Ricarda Junge

Die letzten warmen Tage

Roman

S. FISCHER

Die Handlung dieses Romans und alle
seine Figuren sind frei erfunden.
Jegliche Ähnlichkeit mit lebenden oder
realen Personen wäre rein zufällig.

MIX
Papier aus verantwortungsvollen Quellen
FSC® C083411
FSC
www.fsc.org

Erschienen bei S. FISCHER

Gesamtherstellung: CPI books GmbH, Leck
Printed in Germany
ISBN 978-3-10-002218-9

Für Heide und Thomas, weil ihr so fest an meiner Seite steht.
Für Victoria und Friederike, ihr macht mein Leben reich.

»Da erzitterte der Spiegel so fürchterlich,
dass er zur Erde stürzte und in Stücke zersprang.
Einige Stücke waren kaum so groß wie ein Sandkorn,
und wo sie jemand ins Auge bekam, da blieben sie
sitzen, und da sahen die Menschen alles verkehrt
oder hatten nur noch Augen für das Verkehrte
bei einer Sache.«

Hans Christian Andersen, *Die Schneekönigin*

EINS

Wenn wir in der Lage sind, uns an einen besseren Ort zu denken als den, an dem wir uns gerade befinden, warum sollten wir dort nicht bleiben?

In der Mitte des kleinen Parks, auf einem hellen, von Linden umstandenen Platz, drehte sich eine rote Marmorkugel auf einem Granitblock. Sowohl über die Kugel als auch über den Sockel floss Wasser und bildete eine dünne, silbrige Haut, die aufspritzte und glitzerte, wenn man sie mit dem Finger durchstieß. Ein Junge und ein Mädchen in abgeschnittenen Jeans, T-Shirts und Plastiksandalen kletterten auf den Granitblock. Sie spielten Zauberer und Fee, hielten die Welt in den Händen und drehten sie. Alles andere war vergessen. Sie wölbten die Hände über die Kugel, breiteten die Arme aus, die kleinen Schultern hoben und senkten sich. Nur durch ihre magischen Kräfte wurde die Kugel bewegt, konnte das Wasser fließen.

Es war ein heißer Tag in einer Reihe von heißen Tagen, die den Boden ausgedörrt und den Rasen verbrannt hatten. Obwohl kein Wind wehte, stieg von den Parkwegen gelber Staub auf, der sich wie Löschpapier auf die Kinderhaut legte. Das Wasser roch wie ein unterirdischer Fluss, es war kalt und klar und prickelte an den Füßen. Mit nur einer Handbewegung holten die Kinder es aus der Tiefe herauf; sie hätten den Fluss auch unterbrechen und die Kugel zum Anhalten zwingen können. Das wussten sie und spürten ihre Kraft, ihre Macht. Da räusperte sich der Junge und sagte: »Du bist meine liebste Schwester.«

Das Mädchen fuhr sich mit der Zunge über die Lippen und dachte, dass es leicht sei, dies zu behaupten, da sie nur zu zweit waren und er keine andere Schwester hatte. Doch dann erkannte sie die Bedeutsamkeit des Moments und nickte. In ihrer Verlegenheit durchstieß sie die Wasserhaut mit dem Finger, dass es nur so spritzte und glitzerte und sie beide nass wurden.

Mein Bruder und ich.

Hieran denke ich, hierhin wandere ich zurück, wenn ich unglücklich bin.

ZWEI

In der Tür bleibe ich noch einmal kurz stehen. Sehe mich um. Muss ich die Fenster schließen, bevor ich gehe? Ich will nur Zigaretten holen. Beim Spätkauf drei Straßen weiter. Fünf, höchstens zehn Minuten. Dann werde ich wieder zurück sein.

Die Tür aber schließe ich ab. Lasse den Schlüssel in meine Handtasche fallen. Geld hab ich dabei. Auch das Handy. Brauche ich noch etwas? Nein.

Im Treppenhaus riecht es nach Weißkohl und einem scharfen, essighaltigen Putzmittel. Außerdem ein bisschen nach Klo, nach uralten Abflussrohren. Wie die wohl von innen aussehen? Das hab ich mir früher in Leipzig oft vorgestellt. Meine Studentenbude hatte keine Toilette, sie war auf dem Treppenabsatz. Da roch es genauso wie hier.

Wurde ein Haus saniert, riss man die alten Rohre heraus und warf sie durch die Fenster in Container, die an der Straße standen. Es krachte, splitterte, knallte, trotzdem brachen die Rohre fast nie. Sie waren von innen gestählt. Rötlich braune Verkrustungen, dicke schwarze Stalagmiten, ein knappes Jahrhundert Scheiße, fast schon fossil. Nie konnte ich daran vorbeigehen, ohne hineinzusehen.

Die Tasche geschultert, laufe ich die Treppe hinunter. Ein wackliges Holzgeländer, auf den Stufen Linoleum, mintgrün gestrichene Wände, über jedem Treppenabsatz hängt eine Glühbirne. Die zwischen erstem Stock und Erdgeschoss ist kaputt. Beobachtet mich wer? Steht über mir und sieht mir nach? Unsinn. Dennoch ein Kribbeln im Nacken. Ich blicke zurück. Kein Mensch da. Natürlich nicht.

Immer finde ich einen Grund, vom Schreibtisch aufzustehen. Da ist niemand mehr, der mich zurückhält und fragt: Wo willst du jetzt wieder hin?

Dieses Alleinleben ist noch ungewohnt.

Schon tagsüber ist in der Gegend nicht viel los. Jetzt, am Abend, sind die Straßen wie ausgestorben. Dabei liegt der Prenzlauer Berg nicht weit entfernt. Drei Tramstationen, zu Fuß eine Viertelstunde. Dort reiht sich Geschäft an Geschäft, Café an Café, man findet nie einen Parkplatz, und alle Häuser sind längst saniert. Hier riecht es an kühlen Tagen immer noch nach Braunkohle. Viele Ladenlokale stehen leer. Anstelle von Coffeeshops gibt es Asia-Imbiss-Container auf Baubrachen. Erst seit kurzem macht ein hipper Friseurladen namens ›Schnittstelle‹ dem alteingesessenen ›Friseur Schröder‹ und ›Mandys Herren-, Damen- und Kinderschnitte‹ Konkurrenz. Ecke Richard-Sorge- und Erich-Mühsam-Straße kündigt ein Schild den Bau von ›High-End-Quality‹-Luxusappartements an. Darüber hat jemand mit roter Farbe »Verpisst euch« und »Kapitalistenschweine« gesprüht.

Ich gehe zum ›Spätkauf‹ am Frankfurter Tor, dem einzigen in der Gegend, der meine Zigarettenmarke im Sortiment hat. Am Prenzlauer Berg hatte ich dieses Problem nicht.

Zwei Päckchen. Zehn Euro vierzig verlangen sie inzwischen dafür. Ich zähle das Geld auf den Tresen, stecke die Zigaretten ein. Als ich anfing zu rauchen, hat ein Päckchen noch fünf Mark gekostet. Da war ich dreizehn. »Warum musst du mir ausgerechnet das nachmachen?«, hat meine Mutter damals gefragt. Sie rauchte lässig und elegant, neigte den Kopf zur Seite, knickte die Hand etwas ab, blies den Rauch langsam aus, mit halbgeschlossenen Augen sah sie ihm beinahe sehnsüchtig nach. Bei ihr waren es selten mehr als drei oder vier Zigaretten am Tag. Eine morgens, zwei am Mittag, und abends immer eine vor dem Badezimmerspiegel. Ich liebte es, wenn sie den Rauch mit gespitzten Lippen gegen ihr Spiegelbild blies. Langes, dunkles Haar, ein schmales Gesicht, ein breiter Mund und eine etwas zu große Nase – »hab ich von meinem Vater«, hat sie oft gesagt und sie einen Zinken genannt. Wenn ich mit den Fingernägeln am Türrahmen kratzte, ganz leise nur, zuckte Mutter zusammen und sah mich erstaunt, nein, verwirrt an. Immer kam es mir vor, als wäre sie gerade aus einer anderen Welt zurückgekehrt. Zu mir. Dann lächelte sie und wedelte mit der Hand: »Husch, husch ins Bett. Ich seh gleich noch mal nach dir.«

Neben meinem Job – ich bin Werbetexterin in einem Online-Versandhaus – schreibe ich an einem Roman, meinem zweiten, versuche die Geschichte meiner Mutter zu erzählen, ihre Flucht aus der DDR, komme mit der Arbeit aber nicht recht voran.

Ich setze mich auf eine in die Hauswand eingelassene Steinbank und zünde mir eine Zigarette an. Skater fahren über den Platz, die Räder der Boards rattern über den unebenen Betonboden.

Es ist Anfang September. Die Tage werden kürzer.

Bald wird es wieder monatelang kalt und dunkel sein. Im vergangenen Winter lag in Berlin von Dezember bis Anfang März Schnee.

Ich gehe die Allee entlang, mit schnellen Schritten unter den Pappeln hindurch. Habe eine Idee für den Roman. Will nach Hause. Muss zurück an den Schreibtisch. Sofort. Ein kurzer Moment nur, in dem ich die Geschichte vor mir sehen kann. Wenn ich nicht schnell genug bin, ist er vorüber. Ich gehe noch schneller. Unter meinen Schuhen knirscht Kies. Am liebsten würde ich rennen. Der Wind fährt in die Kronen der Pappeln. Plötzlich dieser Mann.

Wir stoßen zusammen.

Ich pralle zurück.

Stolpere.

Er packt mich am Arm.

DREI

Er trägt einen grauen Anzug und ein weißes Hemd. Seinen Trenchcoat hat er sich über die Schulter gelegt.

»Ist doch wärmer, als ich gedacht hab«, sagt er und geht weiter neben mir her. Mein Arm fühlt sich an, als hätte seine Hand einen Abdruck darauf hinterlassen. Das gibt bestimmt einen blauen Fleck.

Auf den ersten Blick hat der Mann größer gewirkt, als er ist. Er ist schlank, nein, schmal und sicher keine einsachtzig groß, strahlt jedoch etwas Zähes, Zielstrebiges aus. Sein rotblondes Haar ist streng zurückgekämmt, als hätte jemand lange Bahnen Kupferdraht auf seinem Kopf ausgespult. Er hat sehr helle Haut.

»Kann man hier irgendwo essen gehen?«, fragt er. »Und einen schönen Rosé trinken?«

An der Allee gibt es einige Restaurants, die Prager Hopfenstuben, den Griechen, ein Steakhaus, das damit wirbt, dass man nirgendwo sonst billiger essen kann.

»Das macht mich nicht an«, sagt er und legt sich den etwas heruntergerutschten Trenchcoat wieder über die Schulter. Er sieht zu mir. Seine Augenbrauen sind so hell, dass man sie kaum erkennen kann. Er lächelt. »Es soll hier eine ganz gute Bar geben. Die Tschechische Bar oder so.«

Er sieht mich immer noch an. Ich wende den Blick ab. »Da gibt's kein Essen. Nur vernünftige Drinks.«

»Vernünftig? Sehr gut.« Er lacht und muss husten. Presst sich die Faust an den Mund. Schüttelt den Kopf, ungeduldig, verärgert, scheint mir. Seine Augen tränen. Mit kratziger Stimme sagt er: »Da gehen wir hin.« Er räuspert sich, lächelnd schaut er mich an. »Sagen Sie bitte nicht nein.«

Ich hätte die Fenster schließen sollen.

Er hat von der Bar nur gehört? Nein. Denn als wir eintreten, begrüßt ihn der Barkeeper, und aus einem Séparée ruft eine Frau: »Hier sind wir, Consti. Warum bist du schon wieder so spät?«

»Ich habe noch jemanden kennengelernt«, sagt er, und als würde er spüren, dass ich wieder gehen will, fasst er mich an den Schultern und schiebt mich vor sich her. Wieder dieser feste Griff. Er legt seine Wange, kühl und glattrasiert, an mein Ohr. »Wie heißt du überhaupt?«, flüstert er.

»Anna.«

»Darf ich euch Anna vorstellen?«, ruft er. Flüstert wieder: »Die sind sowas von öde, bitte lass mich nicht im Stich.«

Die Frau trägt große korallenfarbene Ohrclips, enge Designerjeans und eine locker sitzende graue Seidenbluse. Auf ihrer flachen Brust liegt eine dicke rote Kette, die zu den Ohrklipsen passt. Die anderen, alles Männer und deutlich älter als ich, tragen Anzüge oder Jackett und Jeans.

Eine Glaswand und eine Tür, die lautlos zur Seite gleitet, trennt das Séparée von der Bar.

Gedämpfte Musik, Jacques Brel, den muss man eigentlich laut hören.

Wir setzen uns auf eine niedrige Bank. Viel zu klein für uns zwei. Der Barkeeper empfiehlt einen Daiquiri Natural, den nehme ich. Consti – der Name gefällt mir nicht. Consti. Er bestellt eine Flasche Rosé. Aber die Tischlampe gefällt mir. Sie hat einen eierschalenfarbenen Schirm und einen schweren Silberfuß in Form eines Kiefernzapfens. Aschenbecher sind in die niedrigen würfelförmigen Tische eingelassen, die zwischen den Bänken stehen. Ich zünde mir eine Zigarette an. Consti hustet, es klingt trocken und rau. Die Korallenfrau, die sich gerade angeregt unterhält, wirft mir einen bösen Blick zu. Ich inhaliere tief, stoße den Rauch durch die Nase aus. »Stört es dich, Constantin?«

Er lacht. »Nenn mich bloß nicht so! Ich bin Consti, sonst komm ich mir alt vor.«

»Ich mag keine Männer, die wie kleine Jungs heißen.«

Er sieht mich an. »Rauch du nur.«

Constantin arbeitet in der Internetbranche. Die anderen auch. Solche Leute habe ich mir irgendwie lässiger vorgestellt. Einer der Männer, vielleicht Anfang vierzig, mit kantigem Kinn, Glatze und schwarzer Hornbrille, erzählt von einem Fonds, der in Berliner Start-ups investiert. »Fünfzig Millionen Euro hab ich grad an der Hand«, sagt er.

E-Commerce, Business-to-Business, Wagniskapital, nichts davon kenne ich. Constantin hat gerade eine App verkauft, die auf Sonderangebote aufmerksam macht. Ob Klopapier, Hotelzimmer oder Luxusklassewagen – mit dieser App, erklärt er mir, weiß man immer, wo in der Nähe das beste Schnäppchen zu haben ist. Es gebe auch Restaurant-, Event- und Wellness-Apps.

»Und eine für Hostessen«, grinst der Typ mit der Hornbrille. Constantin ignoriert ihn, wendet sich wieder an mich. »Die ersetzen die alte soziale Infrastruktur fast komplett«, sagt er. »Du kennst dich aus – egal, wo du bist. Fühlst dich überall wie zu Hause.«

Die Korallenfrau mischt sich ein: »Aber deswegen bist du doch nicht in Berlin. Verrätst du mir, was du vorhast, Consti?«

Am Tisch wird es still. Alle sehen zu ihm. Er beugt sich vor, zieht eine Zigarette aus meinem Päckchen und steckt sie an. »Wenn es so weit ist, erfährst du es als Erste. Ist noch nicht spruchreif, Chérie.«

Er pafft nur. Rauch verhüllt sein Gesicht. Die Korallenfrau hebt die gezupften Augenbrauen. Da sehen sie aus wie dünne Portale. »Das will ich doch hoffen«, sagt sie.

Sein Körper spannt sich an. Ein heiseres Krächzen. Trotzdem zieht er noch einmal an der Zigarette, stößt den Rauch aber sofort aus und drückt sie dann in den Aschenbecher.

Nach dem zweiten Drink will ich gehen. Verabschiede mich. Constantin küsst mich auf beide Wangen und setzt sich wieder. Als ich die Glastür aufschiebe und das Séparée verlasse, nickt er mir zu. Ich gehe an die Bar, um zu zahlen. Habe ich genug Geld dabei? Ohne aufzuschauen, sagt der Barkeeper: »Müssen Sie nicht. Ist geklärt.« Er füllt Crushed Ice in einen Shaker.

Wann hast du das gemacht, Constantin?, denke ich. Will mich nach dir umsehen. Da stehst du plötzlich neben mir.

»Ich begleite dich«, sagst du, den Mantel über der Schulter.

»Musst du nicht.«

»Keine Widerrede. Glaubst du, ich lass dich allein gehen?« Du legst deine Kreditkarte auf den Tresen. Der Barkeeper zieht sie durch, reißt den Beleg ab und reicht ihn dir zusammen mit einem Kugelschreiber. Ich beuge mich zu dir, will sehen, wie du unterschreibst. Mein Großvater hat immer gesagt, dass die Handschrift viel über einen Menschen aussage. Er selbst schrieb nur an der Schreibmaschine, ›incognito bleiben‹ hat er das genannt.

Du ziehst einen silbernen Füllfederhalter aus der Innentasche deines Jacketts, schraubst die Kappe ab, setzt sie hinten sorgfältig auf. Schwarze Tinte und eine harte spitze Mine. Eine ebenso harte, beinahe zackige Schreibbewegung. Deine Schrift ist schlank, wirkt fließend, die hohen, großen Buchstaben beugen sich leicht. Wie Strandhafer, wenn Wind durch ihn streicht.

Es ist kalt, als wir aus der Bar kommen. Du schlüpfst in deinen Mantel, fragst: »Oder willst du ihn?«

Ich schüttele den Kopf. »Waren das Kollegen von dir?«

»Eher Haie im selben Becken.« Du nimmst meine Hand, faltest deine Finger um meine. »Schön, dass ich dich begleiten darf.«

»Du hast mir keine Wahl gelassen«, sage ich, lächele, aber du, plötzlich, geradezu aggressiv, fährst mich an: »Hast du dich gewehrt? Hab ich nichts von gemerkt. Wer sich nicht wehrt, darf sich hinterher nicht beschweren.«

Was ist jetzt los? Hast du zu viel getrunken? Ich bleibe stehen, aber ehe ich etwas sagen kann, flüsterst du: »Ach, verdammt.« Langsam, als wärst du gerade erwacht, hebst du die Hand, spreizt Zeigefinger und Daumen, reibst deine Augen. »Ich war noch bei den Haien. Manchmal komm ich nicht rechtzeitig wieder an Land, und dann packt mich was, tut mir leid.« Du lässt die Hand sinken, hebst den Kopf. »Jetzt bin ich da.« Du blickst mir in die Augen. »Geh noch ein Stück mit mir.«

VIER

Mit sechzehn war ich das erste Mal auf der Frankfurter Buchmesse. Ich lief von Verlagsstand zu Verlagsstand, erzählte von meinem Roman und drückte jedem, der nicht sofort ablehnte, mein Manuskript in die Hand.

Ich hatte mein ganzes Erspartes in die Anfertigung der Kopien, die Spiralbindung und die Pappbuchrücken gesteckt und mit Bleistift selber das Cover gezeichnet: Eine Theaterbühne, Scheinwerfer, eine Frau, die zusammengekauert im Lichtkegel saß und das Gesicht vom Publikum abwandte. Die Buchstaben des Titels zerliefen wie Wachs oder Tränen und tropften auf den Bühnenrand. »Und sie ging auf einer einsamen Straße« hieß der Roman.

»Vielleicht ist der Titel ein bisschen zu lang«, sagte Michael Breitling, der in Wiesbaden, wo ich wohnte, Buchhändler war und mich auf die Messe mitgenommen hatte. Er war auch der Vater meines damaligen Freundes und wollte, dass ich ihn Michi nannte. Aber meine Eltern hatten mir das Siezen so eingebläut, dass mir ›Michi‹ einfach nicht über die Lippen kam. Wir fuhren über die A66 nach Frankfurt.

Ich starrte zum Fenster hinaus.

Eine große Tankstelle, abgeerntete Felder, IKEA, die

bunten Hochhäuser direkt an der Autobahn, wie eine Lärmschutzmauer mit Fenstern, ein Autobahnkreuz, die Skyline.

»Kannst du den Messeturm sehen?«, fragte Herr Breitling, also Michi. »Weißt du, wie hoch er ist?«

»Er sieht wie ein Stift aus«, erwiderte ich.

»250 Meter. Das höchste Gebäude Europas.«

»Der größte Rotstift der Welt«, sagte ich, und Herr Breitling lachte.

Er stellte sein Auto auf einen großen unbefestigten Parkplatz, dann fuhren wir mit einem Shuttlebus zu den Messehallen. Ich trug die Manuskripte meines Romans in einer Reisetasche über der Schulter. Sie war schwer und sperrig und blieb im Drehkreuz am Eingang hängen. Herr Breitling half mir, sie drüberzuheben. »Belletristik«, sagte er und deutete einen langen Gang hinunter, »ist in die Richtung.« Einen Moment lang sah es aus, als wollte er noch etwas hinzufügen, aber dann nickte er nur. Ich nickte zurück, schulterte meine Tasche und machte mich auf den Weg.

Auf der Rückfahrt hielt ich die leere Tasche fest an die Brust gedrückt. Meine Wangen glühten. Mein Herz schlug schnell. Ich hatte das Gefühl, dass ein Stück von mir in Frankfurt geblieben war. Unter dem größten Rotstift der Welt. Ich war angespannt und hätte doch weinen können vor Glück.

Wir ließen die Skyline hinter uns.

Der Himmel über Frankfurt war lilafarben gewesen, jetzt ging er in ein dunkles Blau über, in das die schwarzen Schatten des Taunusgebirges ragten. Wir fuhren durch eine Schneise zwischen den Bergen auf das in der Talmulde funkelnde Wiesbaden zu. Ein silbrig durchwebtes Tuch. Einzelne schwach glänzende Fäden wanden sich die Bergkämme hinauf. Es ist nur ein Mittelgebirge und nicht besonders hoch, aber an diesem Abend kam es mir mächtig, ja, beinahe majestätisch vor. Auf einem Bergkamm im Süden blinkte ein grelles Signallicht für Flugzeuge, die Wiesbaden im Steigflug vom Frankfurter Flughafen aus überflogen.

Ich schob meine leere Tasche zwischen die Füße und lehnte den Kopf zurück. Durch das Schiebedach konnte ich hoch in den Himmel schauen. Wir waren das Letzte, was die Passagiere sahen, bevor das Flugzeug die Wolken durchbrach. Hier hatten wir Tag für Tag die Stimmen der Piloten im Ohr: Rechterhand liegt jetzt Wiesbaden, die Landeshauptstadt von Hessen. Hier sahen wir uns auf dem Bildschirm mit der Flugroute aufleuchten, die erste Etappe auf dem Weg nach London, Rom, Singapur oder New York.

Herr Breitling brachte mich nach Hause und wartete mit laufendem Motor im Auto, bis ich die Tür aufgeschlossen hatte und hineingegangen war.

Manche Verlage antworteten mir schon wenige Tage nach der Buchmesse, andere ließen sich dafür Monate Zeit. Unter meinem Bett stand ein schwarzer Lackkarton mit einem silbern eingefassten Etikett, auf das ich »Verlagskorrespondenz« geschrieben hatte. Den meisten Platz darin nahmen die Kopien meines Romans ein, die mir die Verlage zurückschickten. Wenn ich den Deckel vom Karton hob, sah ich die Frau im Scheinwerferlicht auf der Bühne, das Gesicht vom Publikum abgewandt.

Nachts schlich ich ins Arbeitszimmer meines Vaters und schrieb an dem großen schwarzen Computer, der der Kirchengemeinde gehörte. Tagsüber gab er dort die Daten ihrer Mitglieder ein. Zu beiden Seiten des Schreibtischs stapelten sich die abgegriffenen Pappregister. Sie verströmten einen muffigen Geruch. Bis zur Anschaffung des Computers hatte das Verzeichnis aus Tausenden alter Karteikarten bestanden, die zum Teil noch in Sütterlin beschrieben waren. Andere waren mit Schreibmaschine getippt und immer wieder mit Tipp-Ex korrigiert worden. Es gab Unmengen von Karteileichen, Leute, die schon lange gestorben, deren Karten aber nicht aussortiert worden waren. Ihre Daten wurden nicht in den Computer übernommen, sondern sie wanderten in einen speziellen Papierkorb, der, wenn er voll war, in einen Schredder geleert wurde. Hin und wieder zog ich eine Karte heraus, las den Namen und schrieb ein Gedicht für jemanden, den ich nicht kannte. Erna Beilfuß, Eitel Friedrich, Hannah Hungerlein oder Diana Maria Sturm, mein Vater wunderte sich, wenn ich die Namen vor mich hersagte. Einmal fand meine Mutter eines der Gedichte. Es war auf Endlospapier ausgedruckt, den gelochten Rand hatte ich sorgfältig abgetrennt. Drei Seiten lang Sehnsucht, Flucht, Wiedersehen und Fortgehen. Knappe Zeilen, die am linken Papierrand begannen, auf die Mitte zuschossen und kurz vorher wie abgehackt endeten. Sie waren einem Gemeindemitglied gewidmet, dessen Karte bald in den Schredder wandern würde. Ich weiß bis heute, dass der Mann mit Nachnamen Kummer hieß.

»Was hältst du davon?«, wollte Mutter abends von Vater wissen. Sie waren im Wohnzimmer. Ich stand auf dem Treppenabsatz und lauschte.

»Sie kannte diesen Herrn Kummer doch überhaupt nicht.«

Mein Vater antwortete so schnell, dass er unmöglich das ganze Gedicht gelesen haben konnte: »Das ist so in ihrem Alter. Da bringt man, was man nicht versteht, in einfachen Reimen zusammen. Sie halten die Welt, die sonst vielleicht auseinanderfällt.« Er lachte, wahrscheinlich über seinen Reim.

»Wo fällt in ihrem Leben denn etwas auseinander? Kannst du mir das – bitte – einmal verraten?«, sagte Mutter verärgert.

Wenn sie mich nachts am Computer erwischte, schickte sie mich ins Bett. »Mir wäre lieber, wenn du dir ein Hobby suchen würdest, dem du tagsüber nachgehen kannst und das dich unter Leute bringt«, sagte sie.

Auch Vater gefiel nicht, dass ich schrieb, ›dichtete‹, wie er sagte. Er kenne den Reiz und den Irrglauben, sich gleichzeitig aus der Welt und in sie hineinschreiben zu wollen. Auch er hatte sich als Dichter versucht, bevor er sich aufs Predigen verlegt hatte, und glaubte, dass man damit nur scheitern konnte. Von der Kraft, die für mich von dem Computer ausging, wollte er nichts hören; von dem schwarzen Keyboard, den würfelförmigen Tasten, dem leisen Klackern und den Sätzen, die auf ein gleichmäßiges, sanftes Auf und Ab meiner Finger hin auf dem Bildschirm erschienen.

Der einzige Mensch, mit dem ich darüber sprechen konnte, war Benedict, mein Großvater väterlicherseits. Nach der Buchmesse rief er mich alle paar Tage an und fragte, ob ich schon etwas von den Verlagen gehört hätte. Meine Großeltern lebten in Sierksdorf an der Ostsee. An der Promenade betrieben sie ein kleines Geschäft, das »Strandstern« hieß. Früher hatten sie in allen Badeorten an der Lübecker Bucht »Strandsterne« gehabt, aber nachdem mein Vater kein Interesse daran gehabt hatte, sie zu übernehmen, hatten sie eines nach dem anderen aufgegeben. Der Sierksdorfer »Strandstern« war ihr erster Laden gewesen, jetzt war es der einzige, der noch geblieben war, ihr letztes Gefecht, wie mein Großvater sagte, das Ende eines erfolgreichen Familienunternehmens. Auch er hatte eigentlich Schriftsteller werden wollen.

»Aber die Zeiten waren damals nicht so«, sagte er am Telefon zu mir. »Nach dem Krieg musste man die Chance beim Schopf packen und etwas Vernünftiges machen.« Er begann zu lachen: »Man könnte auch sagen: Als es drauf ankam, hat für mich nur das Geld gezählt.« Sein Lachen ging in einen gurgelnden Husten über, als wären seine Lungen mit Wasser gefüllt. »Du machst das anders, mein Kind«, sagte er. »Du erbst einmal und kannst es dir leisten zu schreiben. Dann wirst du am Ende deines Lebens etwas haben, das dir niemand nehmen kann und das dich überlebt.«

In seinem Arbeitszimmer stapelten sich kistenweise vergilbte Zeitungen aus den fünfziger und sechziger Jahren, in denen seine Kurzgeschichten abgedruckt worden waren. Jetzt fieberte er mit mir, ließ seinem Zorn freien Lauf, verfluchte die arroganten Lektoren, lobte meinen Mut und hielt mich an, immer weiterzuschreiben: »Bleib dabei, lass dich nicht davon abbringen. Wenn du aufgibst, bereust du es für den Rest deines Lebens.«

Ich konnte mir kaum vorstellen, dass ich eine Entscheidung, die ich jetzt traf, für den Rest meines Lebens bereuen könnte. Aber mir gefielen das Pathos und die Leidenschaft, mit der mein Großvater über das Schreiben sprach. Da brannte ein Feuer in ihm, das auch ich in mir spürte und das außer uns niemand zu teilen schien.

»Ich hatte immer das Gefühl, erzählen zu müssen«, sagte er. »Da war so viel in meinem Kopf. Dieses Leben, das einem alles nur nimmt und nie etwas bietet, schon gar keinen Ausweg, keinen Aufstieg, nur Arbeit in der Fabrik vom zwölften Lebensjahr an – und dann kamen die Nazis. Florenz. Dahin haben sie mich geschickt. Soldat in Italien. Das erste Mal raus in die Welt. So ein Rausch, so ein Wahnsinn. Danach hat mein Kopf nicht mehr mir gehört. Ich konnte nicht mehr schlafen. Mit niemandem sprechen. Ich musste mich zwingen zu schreiben, mir jedes Wort mühsam abringen. Aber es half. Damals hat es mich gerettet. Du brauchst keine Rettung und quälst dich nicht so. Du schreibst einfach. Das ist gut.« Wenn er so lange geredet hatte, wurde er meistens von einem Hustenkrampf geschüttelt. Dann stürmte Liane, meine

Großmutter, auf klackernden Absätzen herein und riss ihm den Telefonhörer aus der Hand. Ich glaubte, dass sie immer schon hinter der Tür stand, uns belauschte und nur darauf wartete, das Gespräch an sich zu nehmen. Sie sprach, wie sie ging: trippelnd und gleichzeitig resolut. »Was tust du nur, Benedict?«, rief sie in den Hörer, als wäre nicht er, sondern ich gemeint. »Du hustest, als hättest du TBC. Geh in die Küche und trink ein Glas Wasser.«

Ich hörte, wie sich mein Großvater immer noch hustend aus dem Sessel erhob und durch das Zimmer schlurfte. Meine Großmutter schloss die Tür hinter ihm und sagte ins Telefon: »Du darfst ihn nicht quälen. Sonst steigert er sich wieder in seine Geschichten rein. Hätte er wirklich schreiben wollen, hätte er es doch tun können. Was will dieser Mann nur immer mit seiner Schreiberei? Uns geht es doch gut. Wir haben alles erreicht.«

Ihr Laden lag direkt an der Promenade. Schon von weitem konnte man die bunten Strandbälle und Luftmatratzen sehen, die an Haken an der Hauswand angebracht waren und im Wind auf und ab wippten.

Wenn Eike und ich in den Ferien in den ›Strandstern‹ kamen, gab Großmutter uns zwei leere Einkaufskörbe und sagte: »Jetzt kauft mal schön ein. Sucht euch alles aus, was euch gefällt.«

Es gab Zeitschriften, Taschenbücher, Windräder, Postkarten, Sandspielzeug und kleine Netze mit Muscheln und Seesternen.

Mutter blieb meistens am Strand, nur Vater begleitete uns. »Aber schleppt mir nicht wieder so viel nutzloses Zeug an«, rief sie uns hinterher.

Während Eike und ich durch den Laden rannten und die Sachen mehr an uns rissen als aussuchten, half Vater seinen Eltern, packte mit an, wenn eine Lieferung kam, räumte Regale ein, füllte die Eistruhe auf und bediente die Kunden, als hätte er nie etwas anderes getan. Manchmal sagte meine Großmutter dann: »Das kannst du, Junge. An dir ist ein Kaufmann verlorengegangen.«

Großvaters Fingernägel waren gelb und von Rillen durchzogen, mein Bruder Eike hat einmal gesagt, sie sähen wie der Rücken einer Assel aus. Mit einer Hand hielt Großvater fest den Schaltknüppel umfasst, die andere hatte er flach auf das schwarze Lederlenkrad seines 190er Mercedes gelegt, den er Baby-Benz nannte und so langsam und raumgreifend wie einen Traktor fuhr. Er musste uns immer chauffieren. Großmutter unternahm viel mit uns, hatte aber keinen Führerschein. Meinen Großvater ärgerte es, dass sie den »Strandstern« vernachlässigte und manchmal sogar schloss, wenn wir da waren.

Bis ich zu schreiben begonnen hatte, hatte ich nie viel mit ihm gesprochen. Er war ein mürrischer alter Mann, der an Schlaflosigkeit litt und zu cholerischen Anfällen neigte. Während meine Großmutter vorne im Laden stand, machte er die Buchhaltung, kümmerte sich um die Warenannahme oder arbeitete hinten im Lager. Manchmal duschte er sich mehrere Tage lang nicht, trug die gleichen speckigen Kleider und lief überall, auch draußen, in seinen ausgelatschten Pantoffeln herum. Meine Großmutter sagte dann: »Geht eurem Großvater bloß aus dem Weg, er hat wieder so eine Laune.«

Wenn sich unsere Wege doch kreuzten, brüllte er uns an oder begann unvermittelt zu weinen. Manchmal auch beides zusammen. Dann, nachdem er uns tagelang mit seiner schlechten Stimmung und seiner verwahrlosten Erscheinung gequält hatte, tauchte er plötzlich wieder frisch geduscht auf, in dunkelblauen Hosen und weißem Hemd, einen Pullover locker um die Schultern gelegt und eine Zigarette im Mundwinkel. Sein dunkelgraues Haar glänzte wie polierter Granit, und seine blauen Augen leuchteten, als freute er sich uns zu sehen.

Einmal saß ich im Lager hinter dem Geschäft und schrieb an meinem Roman. Meine Großeltern hatten keinen Computer, und Großvaters Schreibmaschine durfte ich nicht anrühren. Mit Stift und Papier kam ich nur langsam voran. In der Grundschule war ich Linkshänderin gewesen. Aber als meine Lehrerin gesagt hatte, dass mein Schriftbild deswegen unsauber sei, hatte ich mich mühsam auf Rechtshändigkeit trainiert. Im Ergebnis war meine Handschrift unlesbar geworden. Ich bemühte mich, in großen, sauberen Blockbuchstaben zu schreiben, hielt den Kugelschreiber fest in der Hand und drückte die Mine so fest ins Papier, dass sie es manchmal durchstach. Plötzlich stand mein Großvater hinter mir. Ich hatte ihn gar nicht kommen gehört, so vertieft war ich in meine Arbeit gewesen.

»Was, zum Teufel, tust du da?«, fuhr er mich an.

»Ich schreibe einen Roman.«

Er zog einen Hocker heran, setzte sich zu mir und sagte: »Da hast du ja schon ordentlich was zusammengehauen. Lässt du es mich mal sehen?«

Er las mir am Telefon seine Erzählungen vor. Es waren kurze, traurige Geschichten, ohne Pathos und große Gesten. Meistens spielten sie im Krieg oder der Zeit kurz davor. Sie hießen »Kindbettfieber«, »Vater und Sohn«, »Tod in der Fabrik«, »Am Ruder«, »Partisanenjagd« und »Trümmer«. Er zählte die Literaturpreise auf, die er nach dem Krieg dafür erhalten hatte, und versuchte, mir die Zeit zu beschreiben, in der sie entstanden waren. Er hatte mit meiner Großmutter im Dachgeschoss eines verwinkelten Hauses in der Lübecker Altstadt gewohnt. Ich stellte ihn mir in einer dunklen, zugigen Kammer vor, in der er in mehrere Decken und Schals gehüllt im Schein einer Lampe an der Schreibmaschine saß, während meine Großmutter mit dem Fahrrad Bücher ausfuhr. Sie hatten noch kein eigenes Geschäft, aber bereits eine Idee, wie sie sich eine Existenz aufbauen wollten. Bei der Währungsreform 1948 hatten sie das Kopfgeld, das sie für meinen Vater und sich erhalten hatten, nicht sinnlos verprasst, wie mein Großvater sagte, sondern in Bücher investiert und eine Leihbücherei gegründet, in der sie alle Romane, die unter den Nazis verboten gewesen waren, wochenweise verliehen. Die Bücher standen in ihrer Wohnung, aber die Kunden kamen nicht dorthin, sondern wählten aus einem Katalog, den mein Großvater zusammengestellt hatte.

In dem Jahr, in dem ich meinen ersten Romanversuch auf der Messe verteilt hatte, feierten wir Silvester bei meinen Großeltern. Mein Großvater hatte in einem gusseisernen Korb auf der Terrasse ein Feuer gemacht, in dem alles Schlechte des vergangenen Jahres verbrennen sollte. Es war zu kalt, um sich allzu lange im Freien aufzuhalten. Einer nach dem anderen gingen Mutter, Vater, Großmutter und Eike ins Haus zurück, bis nur noch Großvater und ich am Feuer standen. Mit einem großen rußigen Stock stocherte er in den Flammen herum.

»Bist du wirklich erst sechzehn?«, fragte Großvater, ohne mich anzusehen.

»Ich komme mir auch älter vor«, sagte ich, woraufhin er den Kopf hob und mir zulächelte. »Klugscheißerin«, sagte er. »Sollte man sich in deinem Alter nicht eher für Jungs interessieren?«

»Ich habe einen Freund.«

»Na, immerhin.« Er stocherte wieder im Feuer herum. »Ich habe nur Kurzgeschichten geschrieben. Einen Roman habe ich nie zustande gebracht. Man braucht dafür einen langen Atem.« Funken stoben in die Dunkelheit auf, als ein Holzscheit verrutschte. »Hast du noch etwas von den Verlagen gehört?«

»Nein, nichts mehr.«

»Auch dein Vater wollte Schriftsteller werden«, sagte er und begann zu husten. Er spuckte den Schleim ins Feuer und zündete sich eine Zigarette an. »Aber keiner von uns hat so früh begonnen wie du.«

»Womit? Mit dem Scheitern?«

Er lächelte erneut. Meine Wangen brannten vor Kälte,

und meine Hände wurden langsam taub. Ich trat näher ans Feuer und spürte, wie mir die Hitze entgegenschlug.

»Sie wollen dein Buch nicht haben«, sagte er.

»Zwei, drei Verlage haben noch nicht geantwortet«, erwiderte ich.

»Die kannst du vergessen. Was willst du jetzt tun?«

Ich hob die Schultern.

»Du musst weiterschreiben. Fang etwas Neues an«, sagte er. Durch das bodenhohe Fenster konnte ich die anderen im Wohnzimmer sehen. Als meine Großeltern ihr Haus Ende der sechziger Jahre gebaut hatten, hatte der Architekt gesagt, dass sie ihr Privathaus mit ihrem Geschäft verwechselten. Ob sie denn wirklich im Wohnzimmer wie in einem Schaufenster sitzen wollten? Die Geschäftsräume lagen an der Vorderseite des Hauses. Mein Großvater hatte die Pläne für das Haus gezeichnet.

Hier im Dunkeln auf der Terrasse konnte man die Mauern des Hauses nicht sehen, sondern nur das riesige hell erleuchtete Wohnzimmerfenster, in dem sich die anderen wie durch eine Kulisse bewegten.

»Geh rein und wärm dich auf«, sagte Großvater und warf seine Zigarette in den Feuerkorb. »Ich bleibe noch ein paar Minuten draußen.«

»Bist du enttäuscht?«, fragte ich.

»Nein.« Er zündete sich eine weitere Zigarette an. »Schreib einfach einen großen Roman. Du hast das Zeug dazu. Ich weiß, du wirst mich nicht enttäuschen.«

An der Terrassentür drehte ich mich noch einmal nach Großvater um. Im Schein des Feuers konnte man ihm sein Alter nicht ansehen. Er sah wieder aus wie auf dem

Schwarzweiß-Foto von ihm, das im Wohnzimmer stand: ein kleiner, drahtiger Mann mit olivfarbener Haut, dunklem Haar und einer dünnen Zigarette im Mundwinkel. Er trug einen hellen, offenstehenden Trenchcoat, hatte die Hände in den Taschen vergraben und die Schultern leicht hochgezogen, als würde er frieren.

FÜNF

Stell dir den Garten vor, in dem ich als Kind gespielt habe. Hier steht der Apfelbaum, klein und knorrig, da ist die Schaukel, auf der man zu zweit sitzen kann, hier ist der Hang, der hinter der Terrasse und einem Blumenbeet so steil abfällt und so lehmig ist, dass die aufgeschüttete Muttererde bei jedem Regen weggespült wird und die kleinen, mühsam von meiner Mutter gepflanzten Bodendecker entwurzeln und wegrutschen. Aus dieser Erde, leuchtend rot mit schwarzen Schlieren, formte ich als Kind dicke Batzen und kleine Kügelchen, baute Mauern daraus, Türme, Burgen, Figuren, die in der Sonne zu steinharten, staubigen Landschaften trockneten.

Wiesbaden-Sonnenberg heißt das Viertel, ich möchte fast sagen: die Gegend, die Landschaft, in der ich aufgewachsen bin. So groß wie ein Fliegenschiss im Vergleich zu dem Berliner Stadtteil, dem Kiez, in dem ich heute lebe, aber nicht zu Hause bin. Für mich war der Fliegenschiss damals die Welt. Die weiße Doppelgarage, darüber die zwei Fenster des väterlichen Arbeitszimmers; die beiden Steinpfosten mit den Feuerkäfern darauf, das quietschende Tor, die Treppe, die zur Haustür hinaufführte, daneben der große Rhododendronbusch mit seinen dunklen, fast schwarzen, immergrünen Blättern, wie ein Dach, unter dem mein Bruder und ich uns Höhlen bauten, von wo aus wir alles beobachten konnten, die Haustür, die Treppe, das Tor, die Straße, ohne dass uns aber jemand sah. Wann kam mir zum ersten Mal der Gedanke, dass der Busch nicht nur meinem Bruder und mir als Versteck dienen könnte? Wann ging ich zum ersten Mal auf die Haustür zu und erstarrte: Was, wenn im Busch jemand sitzt und mir auflauert? Springt da gleich einer raus und geht mir an den Hals?

»Warum sollte dir jemand auflauern?«, fragt Constantin. Wir laufen nebeneinander her. Wahrscheinlich rede ich wieder zu viel. Den Fehler mache ich immer bei Männern. Als wollte ich sie verschrecken. Verschrecken ist so ein Wort, das Mutter oft sagt. Für sie sind Männer wie Tiere, klug, schön und scheu. Sie ergreifen die Flucht, nähert man sich ihnen zu schnell. Man muss behutsam mit ihnen umgehen.

Aber ich kann einfach nicht still sein, rede und rede auf Constantin ein. Stört ihn das? Seine Hand streift meine. Wahrscheinlich nur zufällig. Mein Herzschlag beschleunigt sich trotzdem.

Meine Mutter ist vorsichtig, fast schon misstrauisch, was man ihr nicht gleich anmerkt. Sie wirkt freundlich und offen, hat viele Freunde, auf Feiern steht sie nie allein, ist immer von einer Menschentraube umgeben. Sie bewegt sich geschmeidig, streicht sich das Haar aus dem Gesicht, spitzt die Lippen, bläst den Zigarettenrauch langsam aus, sie lacht gern laut und plaudert viel, weiß über alles Bescheid: Wer seine Frau betrügt und mit wem, wer bald geschieden wird, bei wem das Geld gerade knapp ist, bei welchem Paar es mit dem Kinderkriegen nicht klappt und ob deshalb eine Adoption geplant ist – da kann Mutter gleich sagen, dass es Probleme geben wird, denn die adoptierten Kinder sind alle schwierig. Welche Mutter gibt heutzutage noch ihr Baby weg? Die muss drogensüchtig oder sonstwie gestört sein, und so was überträgt sich natürlich aufs Kind.

Bevor mein Bruder und ich geboren wurden, hat sie ehrenamtlich in einem Kinderheim misshandelte Kinder betreut und an den Wochenenden mit nach Hause genommen. »Man konnte ihnen einen kurzen Moment der Geborgenheit schenken«, sagt sie. »Aber wirklich helfen – das ging nicht. Dafür war es zu spät. Was man einem Kind antut, lässt sich nicht ungeschehen machen, das wird nie wieder gut.«

Wenn sie sich entspannen will, liest Mutter ›Bunte‹ und ›Frau im Spiegel‹. Vor allem Geschichten über die europäischen Königshäuser liebt sie, und manchmal ruft sie einen aufgeregt an und fragt etwa: »Hast du das Verlobungsfoto von Prinzessin Madeleine gesehen? Der Mann wirkt verschlagen, dieser Blick, diese Körperhaltung, mit dem stimmt was nicht, ich fürchte, das wird nicht gut ausgehen für Madeleine.«

Meistens liegt sie mit ihren Einschätzungen richtig. Nicht nur, was die Königskinder angeht. Sie beobachtet aufmerksam, ist sehr wachsam – nicht wie ein Jäger, sondern eher wie jemand, der auf einem Wachturm steht und alles überblickt. Sie ist vorsichtig, aber nie ängstlich. Bittet man sie um Rat, spricht sie offen aus, was sie denkt.

Sie ist Ärztin, hatte aber wegen uns Kindern keine eigene Praxis, sondern arbeitete im Gesundheitsamt. Wenn sie über Mittag zu Hause war, um für Eike und mich zu kochen, erzählte sie uns von ihren Patienten. Den Prostituierten etwa, fast alle Schwarzafrikanerinnen, die jeden Freitag in die AIDS-Sprechstunde kamen und vor Angst fast in Ohnmacht fielen oder hysterisch zu kreischen anfingen, wenn sie ihnen Blut abnehmen wollte. Mutter konnte ihnen nicht erklären, was sie tat und warum sie es tun musste – die Prostituierten waren gesetzlich dazu verpflichtet, sich regelmäßig untersuchen zu lassen, aber das verstanden sie nicht. Die meisten sprachen kaum Deutsch.

Ihre Zuhälter fuhren sie zwar hin, begleiteten sie aber niemals hinein. Während der AIDS-Sprechstunde stand vor der Tür immer eine Kolonne protziger, tiefergelegter Wagen. Später wurden die Frauen darin zurück ins Bordell gebracht. Fast alle waren sie mit Deutschen verheiratet, hießen Keilhau, Sommer und Meckelmann, verstanden ihre Namen aber nicht, wenn Mutter sie aufrief. Dann musste sie ins Wartezimmer gehen und den Namen so lange langsam und deutlich aufsagen, bis eine Frau zögernd aufstand und ihr in den Behandlungsraum folgte. Mutter versuchte, sie mit Gesten zu beruhigen. Oder mit einem Lied. Sie kann nicht singen. Manchmal konnte sie die Frauen damit zum Lachen bringen und so ihr Vertrauen gewinnen.

Wenn Mutter uns davon erzählte, saßen mein Bruder und ich am Küchentisch und hörten ihr fasziniert zu.

Sie stand mit dem Rücken zu uns am Herd, schälte einen dicken Block Tiefkühlspinat aus der Packung und drehte die Flamme kleiner, damit die Kartoffeln nicht überkochten.

»Diese Frauen kommen aus Ländern, in denen man bis zur nächsten Wasserstelle kilometerweit laufen muss und Lasten auf dem Kopf trägt«, sagte sie. »Sie haben nie eine Schule besucht und glauben an Hexen und Zauberer. Wie kleine Kinder sind sie. Und dann tauche plötzlich ich auf – eine Ärztin im weißen Kittel, die sie mit Latexhandschuhen anfasst, ihr Blut in Plastikröhrchen zieht und es mit rätselhaften Etiketten versieht. Kein Wunder, dass sie da Angst bekommen. Könnt ihr euch vorstellen, dass es Männer gibt, die ins Bordell gehen, um diese Kinder – am besten noch ohne Kondom –, ach, was sage ich da? Ich sollte euch das gar nicht erzählen.« Sie schlug die Eier am Pfannenrand auf und gab sie ins siedende Fett. Dann nahm sie die Kartoffeln vom Herd, goss das Wasser ab und sah über die Schulter zu uns: »Wer von euch will heute pellen?«

Zu mir hat sie immer gesagt, dass ich jeden Mann, den ich kennenlerne, fragen müsse, ob er schon einmal in einem Bordell war: »Wenn ja, schieß ihn sofort ab.«

»Und? Willst du mich fragen?«

»Natürlich nicht«, sage ich. »Ich schieße niemanden ab.«

Constantin lacht. Wieder berühren sich unsere Hände.

Wirklich nur zufällig? Er hustet, hält sich die Faust an den Mund und krächzt: »Keine Sorge, das ist nur dieses sibirische Klima hier, diese verdammte Berliner Kälte.«

So kalt ist es gar nicht. Vielleicht meint er den Wind, der immer über die Allee fegt. Kilometerweit geht es da geradeaus, freie Bahn und nichts, was ihn aufhält. Wohin laufen wir eigentlich? Schon sind wir am Strausberger Platz. Wohin will dieser Mann? Er geht ziemlich schnell, flüchtet vielleicht schon vor mir.

Vor uns ragt das Park-Inn-Hotel in den lilafarbenen Nachthimmel auf, achtunddreißig Stockwerke hoch. Manchmal kann man Bungee-Springer vom Hoteldach fallen sehen. Constantin berührt meine Schulter, ich soll mit ihm über die Straße gehen. Wohnt er hier irgendwo? Er schiebt mich zwischen auf dem Mittelstreifen geparkten Autos hindurch. Kino International, Café Moskau. Oder will er ins Hotel? Soll ich mitgehen? Ich bleibe vor einem Schaufenster stehen: ein Zelt, in dem eine ganze Familie Platz hätte, und zwei Schaufensterpuppen, Mann und Frau, in wetterfesten Jacken und Hosen.

Sie tragen schwere Wanderstiefel, Ferngläser, Sonnenbrillen, Trinkflaschen und monströse Rucksäcke, an denen Schlafsack und Isomatte hängen.

»Schrecklich«, sagt Constantin. »Bevor ich mir das alles auflade, springe ich lieber vom Hochhaus.«

Mutters Vorsicht, dieses ewige Misstrauen – vielleicht ist das bei allen Flüchtlingen so. Sie ist in der DDR geboren, in Rostock. Als sie elf Jahre alt war, waren ihre Eltern mit ihr und ihrem Bruder in den Westen geflohen. Das ist lange her, sie sei doch noch ein Kind gewesen, sagt sie immer, und trotzdem: Einmal alles verloren, das reicht – nein, das fehlt – für ein ganzes Leben. Da guckt man genau hin, passt auf.

Vielleicht ist es aber auch nur bei Mutter so. Ihres Vaters wegen, aber darüber spricht sie nicht gern.

Wenn ich früher abends ausgegangen bin, blieb meine Mutter so lange wach, bis ich wieder zu Hause war. Selbst wenn sie am nächsten Tag arbeiten musste, konnte sie nicht einfach schlafen gehen. Bei meinem Bruder hat sie es genauso gemacht. Sie hat uns nie aufgehalten, im Gegenteil, sie wollte, dass wir Spaß hatten, tanzten, alle Kinofilme sahen, durch Bars und Kneipen zogen, mit Freunden unterwegs waren – das Leben in vollen Zügen genießen, hat sie immer gesagt. Und sie hatte auch keine Angst um uns – zumindest nicht so wie die Eltern mancher meiner Freundinnen –, sie dachte nicht, uns könne etwas passieren, sondern fürchtete, wir würden nicht wieder zurückfinden.

»Vergesst die Brotkrumen nicht«, sagte sie immer, bevor wir gingen.

»Wir sind doch nicht Hänsel und Gretel, ihr setzt uns doch nicht im Wald aus«, sagte mein Bruder dann.

Scherzhaft drohte sie ihm mit dem Finger: »Pass auf! Das kann schneller passieren, als du denkst!«

Sie versuchte nicht, uns zu kontrollieren, telefonierte uns nie hinterher. Sie saß einfach im Wohnzimmer, las Zeitschriften oder sah fern, rauchte und trank schwarzen Kaffee gegen die Müdigkeit. Wenn sie den Schlüssel im Schloss hörte, sprang sie nicht gleich hoch, rannte uns nicht entgegen, sondern blieb sitzen und wartete, bis wir zu ihr kamen. Dann schaute sie lächelnd auf: »Da seid ihr ja. Hat euch die Brotkrumenspur wieder nach Hause geführt?«

Und ich sagte immer: »Wir haben Steinchen gestreut. Die leuchten im Mondlicht und werden nicht von den Vögeln aufgepickt.«

Vielleicht sollte ich das jetzt auch tun, Steinchen streuen, damit ich wieder zurückfinde. Der Alexanderplatz liegt hinter uns. Wir gehen über eine Brücke, an deren Geländer eine riesige, moosbedeckte Statue steht: Eine dicke Frau gibt einem kleinen, knienden Mann etwas zu trinken.

»Was war denn mit ihrem Vater?«, fragt Constantin. Legt plötzlich einen Arm um mich. Also kein scheues Tier? Ich drücke meine Wange an seine Schulter.

»Er ist verschwunden.«

»Wie meinst du das?«

»Kurz nach ihrer Ankunft im Westen waren sie bei Verwandten untergekommen, in Lübeck. Mein Großvater, er hieß Karl, wollte die Wohnung nur kurz verlassen, um sich Zigaretten zu kaufen. Meine Mutter spielte auf der Straße, dieses Hüpfspiel, Himmel und Hölle, das erzählt sie immer. Sie hat ihn noch gesehen, er hat gelacht und gewinkt. Er ist nie zurückgekehrt. Spurlos verschwunden.«

SECHS

Es war stockfinster. Ich hörte Stoffrascheln und Atemholen. Hin und wieder hallte ein Husten vom Gewölbe wider. Bei Tag sah es wie ein Himmel aus, hellblau und mit glänzenden Sternen bemalt, die man nun, in der Nacht, nicht sehen konnte. Wir hätten genauso gut in einem dunklen Kerker sitzen können. Plötzlich begann jemand zu singen, ich stellte mir einen schmalen blondgelockten Jungen aus dem Knabenchor vor: *Bleibet hier und wachet mit mir. Wachet und betet.* Es klang traurig und flehend. Eigentlich hätte es eine Männerstimme sein müssen, Jesus im Garten Gethsemane. Die Freunde, die dort mit ihm wachten, würden einschlafen. Jesus musste die Nacht allein überstehen. Ich mochte die Geschichte, besonders die Stelle, an der er betete: *Vater, lass diesen Kelch an mir vorübergehen.*

Ich weiß noch, wie schwer es mir fiel, meine Augen in der Dunkelheit offen zu halten. Aber ich wollte nicht einschlafen, wollte kein Kind mehr sein und diese Nacht mit den Erwachsenen feiern. Es war das erste Mal, dass ich meine Mutter dazu überreden konnte, meinen Bruder und mich in die Mitternachtsmesse mitzunehmen. Ich war fünf oder sechs, Eike ein gutes Jahr älter. Er schob seine Hand in meine, ich konnte ihn atmen hören. Meine

Mutter fuhr sich mit den Fingern über den Mantel, kratzte mit den Nägeln am Stoff, wahrscheinlich war sie in Gedanken schon beim nächsten Morgen, deckte den Frühstückstisch und versteckte die Ostereier für uns. Die Kirche kam mir da wie ein düsterer Wald vor. Die Bankreihen, Säulen, Schultern und Köpfe, die manchmal im Schein der Taschenlampe eines Kirchendieners aufleuchteten, waren Büsche und Baumstämme. Die Dunkelheit hielt den Altar und die großen Statuen verborgen, vier Männer aus weißem Marmor, die Apostel, in deren Mitte Jesus von Nazareth stand. Er musste Angst gehabt haben. Er hatte gewusst, was passieren würde. *Bleibet hier und wachet mit mir.* Ich presste die Finger meines Bruders so fest zusammen, dass er aufstöhnte und seine Hand wegzog. *Wachet und betet.* Zum Gesang kam jetzt eine andere Stimme, die eines Mannes, meines Vaters vielleicht, aber die Lautsprecher verzerrten sie so, dass ich sie nicht sicher erkennen konnte: *Am Anfang schuf Gott Himmel und Erde; die Erde aber war wüst und wirr, und Finsternis lag über der Urflut.* Ich wusste, dass der Kelch nicht an Jesus vorübergehen, dass ihn am Ende sogar sein eigener Vater im Stich lassen würde. Wo war die Hand meines Bruders? Mutter strich sich wieder und wieder den Mantel glatt; ein leises rhythmisches Schaben – manchmal wachte ich frühmorgens davon auf, dass jemand unter meinem Fenster die Straße kehrte, es war das gleiche Geräusch. *Mein Gott, mein Gott, warum hast du mich verlassen?* Mutter setzte sich kerzengerade auf. *Da riss der Vorhang im Tempel von oben bis unten entzwei und die Erde bebte.* Mit einem Donnern setzte die Orgel ein, und ich wusste, dass jetzt alles vorbei, alles wieder gut war. Jesus schlug die Augen auf und lag in einer kalten, dunklen Grabkammer. Am Altar zündete mein Vater die Osterkerze an. Jetzt konnte ich sein Gesicht sehen. Dann tauchten die Marmorstatuen aus der Dunkelheit auf. Jesus mit ausgebreiteten Armen. Das Osterlicht wurde in die Kirche getragen. Mutter gab mir eine Kerze, zündete sie für mich an, Eike war an ihren Arm gelehnt eingeschlafen. *Er ist auferstanden, er ist wahrhaftig auferstanden.* Diesmal erkannte ich Vaters Stimme sofort, trotz der knarzenden Lautsprecher. Jesus hatte den Tod überlebt. Das Unvorstellbare war geschehen, er trat aus der Grabkammer, war tatsächlich zurückgekehrt. Ich sah zu Mutter. Sie hatte den Blick starr auf den Altar gerichtet.

Am Morgen stand Mutter auf dem Balkon und sah uns bei der Ostereiersuche zu. Vom Balkon führten drei Stufen in den Garten, ein kleines, von Hecken umgrenztes Rasenstück hinter dem Pfarrhaus. Auf der Balkonbrüstung standen Plastikblumenkästen mit Narzissen und Hyazinthen. Mein Vater war gleich nach dem Frühstück wieder in die Kirche gefahren, um den Zehn-Uhr-Gottesdienst zu halten. Die Glocken läuteten, ich konnte die Türme der Marktkirche über dem Dach unseres Hauses in den Himmel aufragen sehen. Mutter ließ Eike und mich keinen Moment aus den Augen. Wenn ich stehen blieb, rief sie sofort: »Ihr habt noch nicht alles gefunden! Sucht weiter! Nicht, dass ihr etwas vergesst!«

Mein Bruder behauptete, dass sie alle Verstecke auf einer Karte einzeichnete, damit kein Osterei und kein Schokoladenhase im Garten liegen blieb. Keine Ahnung, ob das stimmte, aber es hätte ihr ähnlich gesehen. Sie schrieb sich Erinnerungszettel und Listen und plante auch Nebensächlichkeiten bis ins kleinste Detail.

Als wir alles gefunden und in unsere Osterkörbe gelegt hatten, kam sie zu uns herunter und sah nach, ob wir wirklich nichts übersehen hatten. Dann setzte sie sich ins Gras und eröffnete uns, dass sie noch ein Geschenk für uns habe. Ich sah ihr sofort auf den Bauch und hoffte, dass sie schwanger war. Ich wollte nicht immer die Kleine bleiben.

»Papa und ich haben ein Haus in Sonnenberg gekauft«, sagte sie. »Es ist sehr schön dort und wird euch gefallen.« Ihr Blick glitt durch den Garten, über den Balkon und die Fenster unserer Wohnung. »Wir werden erst in einigen Wochen umziehen. Ihr könnt euch in Ruhe verabschieden.« Es klang so endgültig, dass ich dachte, wir zögen in eine andere Stadt. Ich war überrascht, als ich auch von unserem neuen Haus aus die Türme der Marktkirche sehen konnte.

Meine Mutter sagte immer, es sei besser, beizeiten zu gehen, als im Nachhinein zu erkennen, man habe den richtigen Moment zum Absprung verpasst. Wenn ihr etwas zu lange dauerte oder sie verärgert war, fuhr sie sich mit einer Hand übers Haar und sagte: »Ich nehme freiwillig meinen Hut, macht, was ihr wollt, ich gehe.«

Mein Bruder hielt sich immer die Ohren zu, wenn sie damit anfing, und hatte Angst, dass sie damit uns meinen, dass sie uns verlassen könnte. Erst recht ertrug er es nicht, wenn sie mit einer Rolle Müllsäcke in unser Kinderzimmer kam und sagte: »Wir müssen hier mal wieder entrümpeln. Was wirklich wichtig ist, müsst ihr unter einem Arm tragen können. Von allem Übrigen verabschiedet ihr euch jetzt mal. Wenn man sich schon vorher getrennt hat, fällt es einem hinterher leichter zu gehen.«

Mir jagte sie damit keinen Schrecken ein, und ich ließ mich auch nicht dazu überreden, etwas wegzuwerfen. Vater hatte mir einmal erklärt, all das komme aus einer anderen Welt, die mit uns nichts zu tun habe. Ich glaubte ihm. Es war die Welt, die sich nur in ihrem Kopf befand und durch die sie in Gedanken wanderte, wenn sie mit geschlossenen Augen vor dem Badezimmerspiegel stand und nicht reagierte, wenn man etwas zu ihr sagte.

Um zum Absprung jederzeit bereit zu sein, hängte sie auch keine Gardinen auf, brachte keine Lampen an. Nach unserem Umzug holte sie Eike und mich zwei Wochen lang jeden Tag nach Dienstschluss von der Schule ab und fuhr mit uns in ein Einrichtungshaus. Erst aßen wir in der Cafeteria zu Mittag, dann gingen wir durch die Ausstellungsräume und suchten Möbel aus. Aber am Ende sagte sie immer, dass die Dinge, die ihr gefielen, zu teuer seien, um sich später einmal leichten Herzens wieder von ihnen trennen zu können. Andererseits brächten die schlechten Zeiten so viele hässliche Dinge, dass man sich nicht schon in guten Zeiten damit umgeben dürfe. Wir verstanden das alles nicht.

Eines Abends sagte ich ihr: »Wenn du morgen nichts kaufst, kommen wir nie wieder mit.«

Am nächsten Tag holte Vater uns von der Schule ab und brachte uns nach Hause. Er fuhr hektisch und war in Eile, weil er wieder zur Arbeit musste. Auf der Treppe vor der Haustür wartete eine seiner Konfirmandinnen. Er dankte ihr, dass sie so schnell gekommen war, um auf uns aufzupassen, und schloss die Haustür auf.

»Wo ist Mama?«, jammerte Eike.

»In der DDR. Sie besucht Tante Hanne.«

Hanne war eine Freundin aus Kindertagen. In den Sommerferien fuhren wir immer für eine Woche zu ihr. Ohne uns hatte Mutter sie noch nie besucht.

»Warum hat sie mir nichts davon erzählt?«, jammerte Eike.

»Du warst in der Schule!«

Obwohl Eike der Ältere von uns beiden war, begann er zu weinen. »Warum hast du sie gehen lassen? Papa, bitte, hol Mama zurück!«

An diesem Abend begann Eike zu packen. Reglos sah ich zu, wie er ein halbes Pfund Kaffee, eine Dose Coca-Cola und drei Bananen zu seinem Schlafanzug in den Rucksack stopfte. Dann fiel ihm ein, dass er gar nicht wusste, wo Vater und Mutter unsere Kinderausweise verwahrten, und er ärgerte sich, dass wir uns bisher nicht dafür interessiert hatten. »Immer zum Absprung bereit sein, aber nicht wissen, wo die Ausweise sind«, schimpfte er und hoffte, die Grenzbeamten mit den Lebensmitteln bestechen zu können, ihn auch so in die DDR zu lassen. Meine Mutter kaufte immer für Tante Hanne ein, wenn wir zu ihr nach Rostock fuhren. Meistens hatte Hanne sie vorher angerufen und ihr eine Liste mit Dingen durchgegeben, die sie aus Westdeutschland brauchte. Immer standen Bananen, Kaffee und Coca-Cola darauf. Manchmal nahmen die Beamten uns die Hälfte davon an der Grenze ab.

Am liebsten hätte ich Eike begleitet.

»Tut mir leid, Schwesterchen«, sagte er. »Aber die Lebensmittel reichen nicht, um gleich zwei Kinder über die Grenze zu bringen.«

Ich hatte Angst, dass sie ihn verhaften oder erschießen würden, aber er schüttelte lachend den Kopf: »Das tun sie nur, wenn man in den Westen will.« Trotzdem packte er zur Sicherheit noch ein weißes T-Shirt ein, das er als Zeichen seiner friedlichen Absichten schwenken wollte. Schließlich krochen wir zusammen in sein Bett, nahmen den Rucksack unter die Decke und warteten darauf, dass Vater schlafen gehen würde.

In der Nacht weckte mich das Klingeln des Telefons. »Metzler«, meldete sich Vater laut, danach sprach er leise weiter. Eike hielt seinen Rucksack mit beiden Armen umschlungen und schlief. Leise kletterte ich aus dem Bett und schlich ins Schlafzimmer, wo Vater sich gerade anzog. »Was machst du denn hier?«, flüsterte er.

»Willst du auch in die DDR?«

»Natürlich nicht.« Er zog sich einen Pullover über sein Hemd und nahm sein Jackett aus dem Schrank. »Ich muss ins Krankenhaus. Ein Mann liegt im Sterben und möchte, dass ich das Abendmahl mit ihm feiere.« Er wickelte sich den karierten Schal um, den er, weil er schnell fror, selbst an warmen Tagen oft trug. Mutter sagte, Vater sei so groß und schmal, dass sein Körper die Wärme nicht speichern könne. Vielleicht hatte er deswegen auch langes Haar und trug einen Bart.

»Kann ich mitkommen?«, fragte ich.

»Das geht nicht, mein Mäuschen.« Er schlüpfte in die Schuhe und band sich die Schnürsenkel zu.

»Hätte der Sterbende etwas dagegen?«

»Ja, hätte er. Nein. Ich weiß nicht.« Vater sah sich im Schlafzimmer um, ob er etwas vergessen habe.

»Woher weiß er, dass er stirbt?«, fragte ich.

»Er ist schon lange sehr krank.«

»Aber in dieser Nacht, wie kann man das so genau wissen?«

»Man weiß es nicht. Manchmal spürt man es aber. Geh jetzt wieder ins Bett und pass auf, dass du Eike nicht weckst.«

Ich lief die Treppe hinunter zum Dielenschrank. Vater kam mir hinterher. Zwischen Winterschuhen und Gummistiefeln standen zwei kleine schwarze Koffer, einer für Haustaufen, der andere für die Feier des Abendmahls.

»Man kann sie nicht unterscheiden«, sagte Vater und nahm einen heraus. Er legte ihn auf seinen Unterarm und klappte ihn auf. Ich stellte mich auf die Zehenspitzen. In dem dunkelblauen Samtbett sah das Taufbecken wie ein silberner Mond aus. Daneben lag ein verziertes Silberfläschchen mit Taufwasser. »Leider der Falsche.« Er stellte ihn zurück und griff nach dem anderen. »Oft liegen Tod und Leben sehr nah beieinander.«

»Darf ich reinschauen?«

Er öffnete ihn. Ein silberner Becher, eine Dose Oblaten, ein kleines Kreuz und eine Kristallkaraffe mit Rotwein. Vater schlüpfte in seinen Mantel und knöpfte ihn bis zum

Hals zu. Dann nahm er den Koffer. Auf einmal fühlte ich mich beklommen. »Wann kommst du zurück?«

»Es wird nicht lange dauern.«

Er schloss die Haustür auf, die über Nacht immer abgesperrt war. Kühle Luft wehte herein. Ich fröstelte.

»Wirklich, ich bin bald wieder da.« Damit zog er die Tür hinter sich zu.

Eine Weile stand ich zitternd in der Diele. Dann lief ich ins Kinderzimmer, löste vorsichtig den Rucksack aus Eikes Armen und versteckte ihn.

Eike fragte nicht, wo der Rucksack geblieben war. Er schien fast erleichtert zu sein, dass er seine Reise nicht antreten musste, und als unsere Mutter nach einer Woche aus Rostock zurückkam, tat er, als wäre sie gar nicht fort gewesen. Sie holte uns von der Schule ab und fuhr mit ins Möbelhaus, wo sie endlich einen Glastisch, zwei Metallröhrensessel und eine Tischlampe kaufte, die wie ein weißer Pilz aussah.

Unser Wohnzimmer war ein sehr großer, heller Raum mit einem Panoramafenster und einer auf die Terrasse führenden Tür. Der Boden war mit einem hellen Fischgrätparkett ausgelegt, die hohen Wände waren weiß gestrichen. Mutter hatte viel zu wenige Möbel gekauft, das Zimmer wirkte nicht eingerichtet, sondern als würden wir gerade ausziehen. Trotzdem schien Mutter zufrieden zu sein. Aber als mein Vater am Abend nach Hause kam, gab es Streit.

Ich lag in meinem Bett und hörte Mutter sagen: »Das genügt doch völlig. Ich brauche nichts Schweres, nichts

Großes, du weißt doch, dass ich das hasse, ich binde mir keinen Klotz ans Bein.« Vater redete mitten hinein: »Komm endlich in dieser Welt an. Wir wollen hierbleiben. Du kannst nicht ewig das Flüchtlingskind sein. Ein Zuhause ist doch kein Klotz am Bein. Du musst hier nicht weg, kapier das endlich, niemand geht, wir bleiben hier, solange wir wollen.« Einen Moment lang war es still. Dann gab Mutter mit schneidender Stimme zurück: »Wie kannst du dir da so sicher sein?«

Er antwortete nicht, sondern ließ sie allein. Die Haustür fiel zu. Dann war es abermals still. Schrecklich still – waren sie beide gegangen? Ich sprang aus dem Bett, lief die Treppe hinunter. Mutter saß wie erstarrt in einem der beiden Metallröhrensessel in der Mitte des Wohnzimmers und warf einen riesenhaften Schatten über den Fußboden und an die gegenüberliegende Wand. Als ich hereinkam, hob sie nicht einmal den Kopf. Ich lief zu ihr. »Mama?«

»Was willst du denn hier?« Ihre Stimme hallte durch den fast leeren Raum, ihr Schatten schwankte leicht, breitete sich wie dunkler Sand zu ihren Füßen aus. Ich setzte mich hinein. Mutter beugte sich zu mir, zog mich näher an sich heran. »Haben wir dich geweckt?« Sie strich mir mit einem Finger den Scheitel entlang. »Hast du uns streiten gehört?«

»Nein«, sagte ich. Sie mochte es nicht, wenn man sie belauschte. Erwischte sie mich dabei, zog sie mich am Ohr, bis es glühte.

»Warum bist du dann wach? Es ist Schlafenszeit.«

»Ich kann nicht schlafen.«

»Hast du schlecht geträumt?«

»Ja«, log ich, damit sie mich noch ein wenig bei sich bleiben ließ und nicht sofort wieder ins Bett schickte. Als sie den Ellenbogen auf die Armlehne und das Kinn in die Hand stützte, schrumpfte ihr Schatten, war jetzt nur noch wenig größer als ich. Ich versuchte, ihn zu berühren, konnte die Holzstäbchen des Parketts fühlen. Mutter beugte sich vor, und der Schatten bewegte sich.

»Du musst dir keine Sorgen machen«, sagte sie leise. »Wirklich nicht. Du weißt doch, was das Beste an deinem Vater ist.«

»Was?«

Sie lachte. Es klang wie ein gedämpftes Gurgeln. »Dass seine Eltern mich nicht mögen.«

»Weil du ein Flüchtling bist?«, fragte ich.

»Unsinn. Weil sie verrückt nach der Strandperle sind.«

»Strandstern«, sagte ich. Sie hob die Schultern und ließ sie gleichgültig wieder sinken. »Sie haben ein Geschäft nach dem anderen eröffnet, so viele Läden wie Perlen an einem Band. So etwas habe Bestand, sagten sie. Das sei etwas, worauf man aufbauen könne. Als dein Vater nicht mit einsteigen wollte, gaben sie mir die Schuld daran. Ich hätte ihn dazu gebracht, sie im Stich zu lassen, ihr Lebenswerk zu zerstören und wegzugehen. So war das bei ihnen angekommen. Dabei wollte er einfach nur studieren und nicht Kaufmann sein. Seine Eltern haben gesagt, dass ich ihn verlassen würde, sobald ich ihn dazu gebracht hätte, sie zu verlassen. Ich sei eine Zerstörerin und unfähig, mit ihm etwas aufzubauen. Das hat keinen Bestand, haben sie gesagt, und dass unsere Beziehung nicht halten würde. Wahrscheinlich behalten sie die letzte Strandperle nur, weil sie immer noch glauben, dass er irgendwann angekrochen kommt und den Laden übernimmt.«

»Strandstern«, sagte ich wieder.

Mutter drückte mir einen Kuss aufs Haar. »Mach dir keine Sorgen. In ein, zwei Stunden ist dein Vater bestimmt wieder da. Er würde nie zulassen, dass sie recht behalten.«

Der kleine Schatten schien sich zu ihren Füßen zusammenzukauern. Ein Kinderschatten, dachte ich und drehte mich zu Mutter. Sah sie ihn auch? Sie hatte die Augen geschlossen. Eine Weile saßen wir schweigend zusammen. Dann sagte sie: »Du kannst jetzt schlafen gehen. Ich bleibe noch ein bisschen wach.« Als ich zögerte, lächelte sie mich an: »Sei ganz beruhigt, Mama passt auf, es kann nichts passieren.« Da streckte sich der Schatten wieder aus, zog quer durch den Raum und stieg groß und breit die Wand hinauf.

SIEBEN

»Natürlich hab ich schon mal davon gehört, dass Menschen einfach verschwinden«, sagt Constantin. Wir gehen Arm in Arm, dicht aneinandergeschmiegt. »Für mich ist es eine schreckliche Vorstellung, sich einfach so aufzulösen. Als wär man nie da gewesen. Ich meine, jeder hinterlässt doch immer und überall Spuren. Ich kann doch nicht in einem Moment noch hier und dann plötzlich weg sein. Unauffindbar. Für immer verloren.«

»Schrecklich ist es für die, die zurückbleiben. Sie …«

»Nein.« Er schüttelt heftig den Kopf. »Wie kannst du das sagen? Deren Leben geht weiter. Meines ist einfach vorbei.«

»Wie meinst du das?«

Wir biegen in eine schwach beleuchtete Gasse, die wie eine enge Schlucht zwischen Hochhäusern – Plattenbauten – hindurchführt. ›Privatweg‹ steht auf dem Schild. Dumpf hallt das Geräusch unserer Schritte von den Hauswänden wider.

»Oft denke ich …« Er schüttelt abermals den Kopf, muss husten, verzieht ärgerlich das Gesicht und fährt mit kratziger Stimme fort: »Weißt du, ich bin so viel unterwegs, ständig am Arbeiten, hab überhaupt kein Privatleben, wenn ich mal nicht mehr nach Hause komme – das merkt gar keiner. Wahrscheinlich würde mich niemand vermissen. Ich könnte wirklich einfach verschwinden …« Er räuspert sich, holt weit mit der Hand aus. Ich drücke meine Wange an seine Schulter. »Fällt mir schwer, das zu glauben, Constantin.«

Er zupft an meinem Ohrläppchen. »Nenn mich bitte nicht so. Nenn mich Consti. Ich komme mir sonst so alt vor.«

»Jaja, du Consti«, scherze ich und knuffe ihn in die Seite. Spielerisch weicht er aus.

»Ich übertreibe wirklich nicht«, sagt er, hebt seinen linken Arm und schüttelt ihn leicht, bis der Ärmel seines Mantels ein Stück zurückrutscht. Constantin hat eine massive Golduhr mit Kettenarmband um – das Uhrgehäuse liegt an der Innenseite des Handgelenks auf seiner Pulsschlagader. »Gestern um diese Zeit saß ich noch im Flugzeug, kam aus New York. Am Vorabend war ich in Washington, nächste Woche hab ich in München, Toulouse und Madrid zu tun – wenn ich mal sterbe, dann wahrscheinlich in einem Hotelzimmer. Da lieg ich dann in einem fremden Bett, mit meinem Laptop zusammen …«

»Und das Zimmermädchen kriegt einen Nervenzusammenbruch, wenn es dich morgens findet«, sage ich und muss lachen. Er duckt sich stöhnend. »Mann, bist du herzlos!«

»Bist du so einsam?«, frage ich immer noch lachend.

»Sehr einsam«, sagt er und bleibt vor einem Hochhaus stehen. Neben dem Eingang wuchern dichte dunkle Büsche. »Kommst du noch mit hoch?«

Seine Wohnung liegt im zehnten Stock. Als er die Tür aufschließt, schlägt uns stickige warme Luft entgegen. Als hätte die Sonne den ganzen Tag lang auf die Fenster geschienen und alles aufgeheizt; in Plattenbauten gibt es oft keine Rollläden. Es riecht nach Staub und einem Desinfektionsmittel - muffig, ein bisschen nach Plastik -, wie in einer Amtsstube.

Der Flur ist winzig. Constantin lacht mich an, wirkt unversehens aufgekratzt, wirft seinen Mantel über einen Garderobenhaken. Ich sehe mich in einer rahmenlosen Spiegelplatte, in Stiefeln, Jeans und einem schwarzen Pullover, aus meinem Pferdeschwanz haben sich Strähnen gelöst. Ich streiche sie hinter die Ohren.

»Nur herein, herein! Willkommen in meinem trauten Heim!«, ruft Constantin. Läuft in die Küche. Ich folge ihm. Eine Kocheinheit mit zwei Platten, eine kleine Spüle, ein Kühlschrank, eine Mikrowelle, zwei weiße Oberschränke. Für einen Tisch ist kein Platz. Durch eine Durchreiche kann man ins Wohnzimmer sehen.

»Willst du etwas trinken?«, fragt Constantin. Im Kühlschrank liegt eine Flasche Champagner. Sonst nichts.

»Darf ich mir die Wohnung anschauen?«, frage ich.

»Aber klar!« Er öffnet die Oberschränke, schlägt mit den Türen, sucht wohl die Gläser.

Das Wohnzimmer hat einen großen Balkon, der in die Hauswand eingelassen ist, sieht wie eine Schachtel aus. Ein Kunststoffstuhl liegt umgekippt an der Brüstung. An der welligen Zierborte der Markise reißt der Wind. Sie ist schon ganz ausgefranst. Hoffentlich schickt mich Constantin nicht zum Rauchen raus. Der gegenüberliegende

Plattenbauriese liegt zum Greifen nah. Die meisten Fenster sind dunkel, nur hinter dreien flackern bläulich Fernseher.

Das Schlafzimmer liegt gen Osten. Da wird man morgens früh von der Sonne geweckt. Es gibt tatsächlich keine Rollläden, nur wächserne graue Vorhänge. Hinter einem weiteren Riesen mit Schachtelbalkonen sehe ich den Fernsehturm, seine silberne Kugel sieht wie ein zweiter Mond aus. Rechterhand leuchten die Neonbuchstaben der ›Morgenpost‹ auf dem Springer-Hochhaus.

Von der Decke des Schlafzimmers hängt eine orangefarbene Glaslampe. Die Möbel aus dunklem Furnierholz strahlen – obgleich nur auf Retro gemacht – etwas Muffiges aus. Eine Schrankwand, ein Schreibtisch mit schmaler Schublade, ein dazu passender Stuhl, ein wuchtiges Doppelbett, das zwei Nachtkästchen mit Spitzendeckchen flankieren.

Constantin steht plötzlich hinter mir. Umfasst mit einem Arm meine Taille.

»Gibt leider nur einen Sektkelch«, sagt er und hält ihn mir an den Mund. Ich nippe. Dann trinkt er ihn über meine Schulter hinweg aus.

»Die Wohnung passt nicht zu dir«, sage ich.

Constantin lacht. »Das ist ein Gästeappartement. Hab ich nur für drei Nächte gemietet.« Er stellt das Glas auf einem der Nachtkästchen ab. »Ich weiß, es ist fürchterlich. Aber so was passiert eben auch mal, wenn man immer was Neues ausprobieren muss. Ich glaube, es gibt kaum ein Berliner Hotel, in dem ich noch nicht war. Ich übernachte nicht gern zweimal am selben Ort.«

»Warum das denn?«

»Das Leben ist zu kurz für Wiederholungen.«

»Für Scheußlichkeiten aber eigentlich auch.« Ich zupfe an dem wächsernen Vorhang.

Constantin lacht erneut. »Immerhin gibt es hier kein süßes Zimmermädchen, das meinetwegen einen Nervenzusammenbruch kriegt. Ah, aber bestimmt eine türkische Putzfrau. Die hat natürlich auch keinen Toten verdient.«

»Im Osten putzen die Deutschen noch selbst«, sage ich. »Ist dir das nie aufgefallen?«

»Tatsächlich?« Er zieht sein Jackett aus, geht an den Kleiderschrank und nimmt einen Drahtbügel heraus. »Von wegen blühende Landschaften.« Er schiebt den Kleiderbügel ins Jackett, streicht es glatt und hängt es außen an den Schrank. »Was arbeitest du eigentlich? Vom Romanschreiben kann man doch sicher nicht leben.«

»Ich bin Werbetexterin. Bei einem Online-Versandhaus.«

»Bei welchem?« Er knöpft sein Hemd auf.

»›Universal Shoes‹. Darf ich rauchen?«

»Tatsächlich? Mit denen hatte ich gerade geschäftlich zu tun. Ja klar.« Er streift sein Hemd ab, steht mit nacktem Oberkörper vor mir. »Ich geh schon mal duschen. Einen Ascher findest du auf dem Balkon.«

Seine Hand liegt auf meinem Bauch. Ich spüre die schwere Armbanduhr, die er nicht abgelegt hat; ein Teil des Kettenarmbands und die Glaswölbung über dem Zifferblatt drücken sich in meine Haut. Constantins Haar ist schweißnass, leuchtet kupferfarben. Ich fasse hinein. Er lächelt. Nimmt die Hand von meinem Bauch. Rollt das Kondom ab, ich kann das Latex riechen und uns, lässt es neben das Bett fallen und schließt die Augen. Dann seufzt er, wälzt sich aus dem Bett, hebt das Kondom auf, steigt über den offenen Koffer, der auf dem Fußboden liegt, und geht ins Badezimmer. War der Koffer eben schon da? Klappend fällt der Deckel des Mülleimers zu. Constantin wäscht sich die Hände.

»Ich hasse Kondome«, sagt er, als er zurückkommt. »Ekelhafter Geruch.« Dann schließt er den Koffer, schiebt ihn an die Wand. Gleich wird er mich bitten aufzustehen, damit er das Bett machen kann. Er sieht auf seine Uhr.

»Bleibst du noch?«

»Du weißt doch, dass ich ein Flüchtlingskind bin.«

Er steht nackt vor dem Bett, die dicke Uhr am Arm, und sieht auf mich herab. »Ich dachte, das ist deine Mutter.«

»Sie ist der Flüchtling, ich bin ihr Kind. Auch wenn man selbst nichts verloren hat – da vererbt sich was.«

»Was denn?«

»Ein Gefühl von Verlust.«

»Was soll das heißen? Dass du gleich wieder abhaust?«

»Möchtest du, dass ich bleibe?«

Er legt sich zu mir, drückt sich das Kissen im Nacken zurecht. Bald wird er wieder aufstehen, seine Hemden aus dem Schrank nehmen, den Kulturbeutel aus dem Badezimmer holen, alles ordentlich in den Koffer packen und gehen. Ich sehe zu der Glaslampe hinauf. Die niedrige Decke ist mit porigen grauen Platten verhängt. Ich kann keinen Schmerz, kein Bedauern spüren, nur eine pochende Unruhe, als wäre Constantin wirklich schon fast zur Tür hinaus, als müsste ich aufspringen und ihm schnell hinterherlaufen, weil er etwas hiergelassen hat, das ich ihm noch unbedingt geben muss, bevor er geht.

Sein Mund ist leicht geöffnet, seine Augen geschlossen. Schläft er? Wie hell seine Wimpern sind und die Bartstoppeln – als hätte jemand Salz auf seine Wangen gehaucht. Ich widerstehe dem Drang darüberzustreichen. Will dich nicht wecken, schlaf, Constantin. Aber als ich mich vorsichtig aufsetze, um dich besser betrachten zu können, schlägst du sofort die Augen auf. »Aber jetzt gehst du?« Schon wieder schaust du auf die Uhr. »Es ist erst halb drei. Bleib doch noch.« Du streckst den Arm aus. Ich soll mich zu dir legen. Ich schmiege mich an dich, drücke meine Wange auf deine Brust, dein Atem geht leise und pfeifend – als wäre da ein Widerstand, als saugtest du die Luft durch einen schmalen Spalt an. Du hustest. Dein Brustkorb zittert. Ich streiche darüber. Du atmest tief ein und entspannst dich wieder. Ich greife deine Hand, betrachte das Kettenarmband der Uhr, befühle die einzelnen Glieder, durch das Gold zieht sich eine gerade helle Linie – Silber oder Weißgold? –, sieht wie der Kondensstreifen eines Flugzeugs aus. Ich kenne niemanden, der das Uhrengehäuse an der Innenseite des Handgelenks trägt. Ich setze mich auf, drehe deine Hand, streiche mit dem Finger deine Pulsschlagader entlang, die dunkel unter der hellen Haut vortritt, umkreise das Uhrengehäuse, das wie eine Sonne darauf liegt. Versuche es nach oben zu schieben. Das Kettenarmband sitzt zu fest. Deine Hand zuckt. »Was machst du da, Anna?«

Ich schiebe meinen Fingernagel unter den Verschluss.

Hebe ihn an. Er springt klickend auf. Ruckartig ziehst du die Hand zurück. Das Armband schlenkert, blitzt auf. Du schließt es wieder. Schiebst das Handgelenk hinter den Kopf. »Ich nehme sie nie ab«, sagst du. »Leg dich jetzt zu mir, ein wenig Zeit haben wir noch.«

ACHT

Diesen Drang zu erzählen hatte ich schon als Kind. Besonders abends, wenn Mutter Eike und mich zu Bett brachte und ich nicht wollte, dass sie ging. Immer fragte sie uns, was wir den Tag über getan hätten. Alles noch einmal Revue passieren lassen, nannte sie es. Eike mochte das nicht, wollte, dass sie uns gleich etwas vorlas, aber ich begann sofort zu erzählen.

Ich hatte eine kleine Radtour über die Feldwege hinter unserem Haus gemacht und dabei das Gefühl gehabt, Auto zu fahren. Einen Sportwagen, windschnittig, extrem wendig und schnell, der Fahrtwind zischte, fuhr mir ins Haar, ich raste davon. Flog ich gar? In den Himmel hinauf, den die Wolken wie Schiffe durchpflügen, große Tanker, kleine Schiffe, ich springe in ein Speed-Boot, aufrecht stehend und ohne zu schwanken, überflieg ich unser Haus …

»Fliegen? In einem Boot?«, unterbrach mich Mutter.

»Ja! Über die Stadt, die unter Wasser lag, so sah es aus, über die Berge und weit, weit darüber hinaus!«

Mutter legte ihre Hand an meine Wange. »Was hast du denn wirklich gemacht?«, fragte sie.

Ich komme in ein fernes Land. Da gibt es weder Flüsse noch Straßen noch Wege; nur Häuser, die dicht an dicht stehen, eins wächst aus dem anderen; die meisten Fenster und Türen öffnen sich nicht nach außen, sondern immer nur in den nächsten Raum. Wenn man raus will, muss man durch den Schornstein klettern. Dann springt man von Dach zu Dach oder balanciert die Regenrinnen entlang.

»Schluss jetzt«, ging Mutter gereizt dazwischen. »Reicht dir nicht, was du hast? Musst du immer noch etwas dazuerfinden? Ich mag diese Geschichten nicht. Jetzt ist Eike dran.« Damit wandte sie sich meinem Bruder zu, der in seinem blauweiß-gestreiften Lieblingsschlafanzug neben mir saß und sich eine Haarsträhne um den Finger wickelte – friemeln, nannte Mutter das. Regelmäßig musste sie ihm die verfilzten Strähnen abschneiden.

»Wir sind halt geradelt«, nuschelte er und gähnte. »Aber rasend schnell war Anna gerad nicht. Ständig findet sie was, das sie unbedingt aufsammeln und mitnehmen muss.«

Mir kam er immer wie die Ziege aus dem Märchen vor. Meck, meck, meck. Man führte ihn auf eine saftige Wiese, wo er stundenlang graste. Doch fragte man ihn abends, ob er genug bekommen habe, meckerte er: Wovon sollt ich satt sein? Ich sprang nur über Gräbelein und fraß kein einzig Gräselein. Meck, meck, meck.

Mutter lachte und strich ihm über das Haar. Dann zog sie die Schublade meines Nachttischs auf und nahm die Schätze heraus, die ich den Tag über gesammelt hatte. Kleine Steine, eine Kornähre, Blütenblätter, einen zerknitterten Kassenzettel und den abgebrochenen Flügel eines Modellflugzeugs, der hatte in einer Hecke gesteckt. Mutter legte alles in ein kleines Körbchen. »Wenn es voll ist, sortierst du aus und schmeißt weg«, sagte sie. »Du kannst hier nicht Tag für Tag dieses Zeug anschleppen.«

Anders als der Breikessel im Märchen quoll mein Körbchen nie über. Ich leerte es regelmäßig aus und brachte meine Schätze in Sicherheit, suchte Verstecke im ganzen Haus. Wenn Mutter eines entdeckte, gab es immer ein großes Geschrei: »Du stopfst alles so voll, bis wir feststecken und hier nicht mehr rauskommen.«

Meine Mutter besaß nur einen einzigen Schatz, den allerdings hütete sie wie ich meine Sammlung. Es war ein altes in senffarbenes Leinen gebundenes Märchenbuch, auf dem eine mattschimmernde Zeichnung klebte. Darauf beugte sich ein blondgelockter Prinz in blauen Pumphosen und einem golddurchwirkten Hemd über eine junge Frau, die schlafend unter einem grün zugewachsenen Fenster lag. Das Schwert, mit dem er sich den Weg freigeschlagen hatte, hielt er noch in der Hand.

Vor ihm waren Hunderte anderer Männer in der Dornenhecke stecken geblieben, die das Schloss wie eine Mauer umgab. Er aber hatte Glück gehabt.

»Nur Glück, mehr nicht«, sagte Mutter immer, wenn sie das Märchenbuch in die Hand nahm. »Der Fluch währte hundert Jahr, und dieser Prinz war einfach nur zur richtigen Zeit da, sonst wäre er genau wie die anderen elend zugrunde gegangen.« Das sei wie im Krieg, sagte Mutter, wenn ganze Häuserzeilen im Bombenhagel versinken und nur ein Gebäude wie durch ein Wunder stehen bleibt – so wie ihr Rostocker Elternhaus. Ihr Vater hatte ihr immer erzählt, dass er, als er aus dem Krieg heimgekehrt war, nichts als ein Trümmerfeld vorgefunden hatte – Schutt, so weit das Auge reichte. Das ganze Viertel, in dem er aufgewachsen war, gab es nicht mehr. Genau wie die Straße, auf der er als junger Mann mit Großmutter spazieren gegangen war, und die Toreinfahrt, in der er sie zum ersten Mal geküsst hatte. Einzig sein Elternhaus stand noch, zeigte ihm schon von Ferne, dass er heimgekehrt war, wies ihm wie ein Leuchtturm den Weg durch die Trümmer.

In diesem Haus, das seine Großeltern gebaut hatten, waren im Frühjahr 1946 Onkel Georg und vier Jahre später Mutter geboren worden.

Mein Großvater Karl war Bauingenieur gewesen. Nach dem Krieg fand er sofort eine Stelle im Rostocker Bauamt. Wenn ich heute an Rostock denke, sehe ich als Erstes die Lange Straße vor mir, die er mitgeplant und -gebaut hat. Es ist eine kommunistische Prachtmeile, wie es sie ähnlich in vielen größeren Städten der früheren DDR und des ehemaligen Ostblocks gibt; wie die Karl-Marx-Allee in Berlin. Aber anstelle der römischen Säulen, der hell verkachelten Fassaden und südlich anmutenden grünen Fensterläden, die es hier gibt, hat man in Rostock Backstein verwandt und ganz norddeutsch Ziergiebel und Rosetten miteingebaut. Mein Großvater Karl, so erzählt meine Mutter, war sehr stolz darauf gewesen. Ihr selbst hatten sie aber auch gefallen – damals, als Kind. Da hatte sie sich immer gefreut, wenn ihre Mutter sie zum Friseur oder zum Einkaufen in die neuen Geschäfte mitnahm. Im Vergleich zu den prächtigen Neubauten war ihr ihr Elternhaus altmodisch und heruntergekommen vorgekommen. Sie hatte ihre Mutter, meine Oma Lore, am Arm gezupft und gesagt, sie wolle lieber hier wohnen. Lore – im hellen Wollmantel, mit Lederhandschuhen und einem flotten kleinen Hut, den ihr ihre Lübecker Familie geschickt hatte – beugte sich zu meiner Mutter und flüsterte: »Tinchen, da wohnen ausschließlich Kommunisten.«

Und Mutter, in ihrem karierten Kittelkleid, Kniestrümpfen und mit dem kinnlangen braunen Haar, hatte sofort verstanden: »Die wollen wir nicht als Nachbarn!« Lore hatte genickt und ihr gleichzeitig einen Finger auf die Lippen gelegt. »Aber das verraten wir keinem.«

Im August 1961, nur wenige Tage vor dem Bau der Mauer, waren meine Großeltern mit Georg und Mutter nach Ostberlin gefahren. Die S- und U-Bahnen fuhren damals noch durch die ganze Stadt, aber ohne Reiseerlaubnis durften DDR-Bürger nicht an den westlichen Bahnhöfen aussteigen. Mobile Einsatzkommandos beobachteten alle Fahrgäste, versuchten, Flüchtlinge unter ihnen auszumachen, am Verlassen des Zuges zu hindern und zu verhaften.

Um ihre Pläne zu verschleiern, hatten meine Großeltern ihre Fahrt nach Ostberlin als Wochenendausflug getarnt und sich ein Zimmer in einer Pension genommen. Dort stellten sie ihr Gepäck ab und zogen ihre besten Sachen an. Es war, als wollten sie in die Kirche gehen. Meine Mutter sollte nur dieses Märchenbuch mitnehmen, das mein Großvater ihr einmal zu Weihnachten geschenkt hatte und aus dem er ihr abends immer vorlas. Meine Mutter druckste herum, wollte sich an Großvater vorbei aus der Tür des Pensionszimmers schieben. Er hielt sie am Arm fest. »Wo ist es? Ich hab dir doch heute Morgen gesagt, du musst es unbedingt einstecken.«

Ihr kleiner Rucksack lag auf dem Bett. Großvater stülpte ihn um. Er war leer.

Mutter hatte das Märchenbuch ihrer Freundin Hanne geliehen. »Aber Vati, was ist denn? Ist doch nur übers Wochenende, ist doch nicht schlimm«, sagte sie, als Tränen in seine Augen traten. Sie umarmte ihn. »Am Montag gibt Hanne es mir doch schon wieder zurück!«

Er hatte sie in den Arm genommen, festgehalten und ihr einen Kuss auf die Haare gedrückt. »Hast ja recht, ist nicht schlimm.«

Am Abend kamen sie im Westberliner Aufnahmelager Marienfelde an. Man teilte ihnen ein enges Zimmer zu. Mein Großvater ließ sich auf eines der Stockbetten sinken und vergrub das Gesicht in den Händen. Die ganze Nacht lang. Er hat meiner Mutter nie wieder vorgelesen.

Fünfzehn Jahre nach ihrer Flucht reiste sie – bereits als Erwachsene – wieder in die DDR ein. Ihr erster Weg führte sie natürlich zu ihrem Elternhaus. Hinter einem Fenster im ersten Stock, dort, wo früher ihr Wohnzimmer gewesen war, bewegte sich eine Gardine und jemand spähte misstrauisch herunter. Schnell ging Mutter weiter. Nicht weit entfernt wohnte Hanne, die inzwischen verheiratet war. Sie hatten sich ein paarmal geschrieben. Jetzt fielen sie sich in die Arme. Dann führte Hanne sie ins Wohnzimmer, trat an ein Regal und zog das Märchenbuch heraus, das sie all die Jahre für Mutter aufbewahrt hatte. Auf der ersten Seite stand in blasser Schreibschrift: *Rostock, Weihnachten 1955. Für Christine, von Deinem Vati.*

Nur dies war ihr vom Vater geblieben.

NEUN

Ich habe den Aschenbecher vom Balkon hereingeholt. Nun steht er auf meinem nackten Bauch und funkelt, wenn ich mich bewege. Er ist aus schwerem Kristallglas. Ich hätte gedacht, dass es in so einem Appartement höchstens einen aus Aluminium gibt.

Du liegst regungslos neben mir. Selbst dein Atem geht so leise, dass ich ihn kaum hören kann. Doch jedes Mal, wenn ich zu reden aufhöre, blinzelst du und fragst, ob alles in Ordnung sei.

»Ja. Sicher«, antworte ich.

»Warum schläfst du nicht?«

»Kann ich nicht.«

Ich zünde mir eine weitere Zigarette an. Du setzt dich auf, nimmst sie mir aus der Hand und drückst sie ungeschickt aus. Asche stäubt über meinen Bauch. Du trägst den Aschenbecher zum Fenster, öffnest es und stellst ihn hinaus.

»Pass lieber auf«, sage ich. »Der ist schwer, wenn der runterfällt, zehn Stockwerke tief, und da gerade jemand vorbeigeht ...«

»So ein Unsinn, was du dir immer ausdenkst«, sagst du und schließt das Fenster. Dann kommst du zurück, schmiegst dich an mich, streichelst meinen Bauch – oder wischst du nur die Asche von meiner Haut? Du legst deine Hand über meine Augen, ich mache sie zu. Da sagst du: »So ist es gut, mein Liebchen.«

»Liebchen?«

»Schscht, ruh dich aus, sei ganz ruhig, schlaf, Liebchen, schlaf.«

Ich kann nicht.

Das konnte ich früher schon nicht – schlafen, wenn alles schläft. Diese Ruhe, die dann im Haus herrschte, war mir unheimlich. Ich war fünfzehn oder sechzehn. Sobald meine Eltern und Eike zu Bett gegangen waren, stand ich wieder auf und schlich wie immer in Vaters Arbeitszimmer. Es lag direkt neben der Haustür, hatte zwei Fenster zur Straße hin. Die Rollläden waren heruntergelassen. Es war stockfinster. Ich machte trotzdem kein Licht, tastete mich langsam zum Schreibtisch, setzte mich in den hohen steifen Lehnsessel davor. Dann drückte ich den Start-Knopf des Computers, der seufzend erwachte und warme staubige Luft ausblies. Sie roch nach altem Papier. Als wäre der Computer in Wirklichkeit nicht mit Kabeln, Drähten und Mikrochips, sondern mit Pappkladden, Aktenordnern und stapelweise Manuskripten gefüllt. Ich schaltete den Monitor ein, ein Aufleuchten, hell wie ein Blitz, ein Flackern, dann tauchten gelbe Zeichen und Buchstabenkolonnen auf und zogen langsam über den schwarzen Bildschirm.

Es dauerte mehrere Minuten, bis ich endlich die Datei mit meinem Roman öffnen konnte. So lange saß ich in höchster Anspannung da, lauschte, ob ich jemanden geweckt hatte, ob jemand herunterkam. Aber wenn mein Text auf dem Bildschirm erschien, fiel alles von mir ab, und ich schrieb die ganze Nacht lang.

Erst gegen halb sechs, kurz bevor Mutter aufstand, schaltete ich den Computer aus und schlich in mein Zimmer zurück. Ich war nicht müde, sondern aufgekratzt. Mit klopfendem Herzen sank ich auf mein Feldbett. Mein richtiges Bett hatte ich auseinandergebaut und in den Keller getragen, nachdem ich dieses Lager auf einem Flohmarkt entdeckt hatte. Es war das allererste Möbelstück, das ich mir selber gekauft habe.

Nur wenige Zentimeter über meinem Gesicht verlief die Dachschräge. Raufasertapete. Ihre leuchtend weißen Erhebungen warfen winzige tiefschwarze Schatten. Ich starrte sie an.

Der Wecker meiner Mutter klingelte. Sechs Uhr. Sie stellte ihn aus und stand sofort auf. Ging nach unten in die Küche, schaltete die Kaffeemaschine ein. Dann lief sie von Zimmer zu Zimmer und zog die Rollläden hoch, rasselnd und klappernd. »Jeder Einbrecher, der versucht, sie aufzustemmen«, sagte sie immer, »weckt uns durch den Höllenlärm, den er damit verursacht, lang bevor er ins Haus gelangt. Niemand kommt hier ungehört rein oder raus.«

Wohnzimmer, Esszimmer, Diele, Arbeitszimmer, Rollläden hoch, Fenster auf, lüften. Dann in die Küche zurück.

Um sechs Uhr fünfzehn stand Vater auf. Ich hörte, wie er die Tür des Badezimmers abschloss und die Dusche anstellte. Es dauerte immer ein paar Minuten, bis das

Wasser die richtige Temperatur bekam – so lange rasierte er sich.

Nebenan rasselte Eikes Wecker los und fiel scheppernd vom Nachttisch, als mein Bruder ihn auszustellen versuchte. Jedes Mal war das so. Immer um sechs Uhr dreißig. Er stand murrend auf, schlurfte zur Treppe und sagte, während er hinunterging, immer wieder: »Ich brauche Kaffee, Kaffee, ich brauche Kaffee.«

In der Dusche sang Vater. Was, konnte ich nicht verstehen. Das Wasser zischte.

Von unten rief mich meine Mutter: »Anna! Es ist gleich sieben! Steh endlich auf!«

Der Badezimmerspiegel war beschlagen. Tropfen perlten von den kleinen blaugrünen Wandkacheln. Ich zog mich aus und stellte mich unter die Dusche. Erst das kalte Wasser, dann langsam heißes dazufließen lassen. Ich lehnte die Stirn an die Kacheln, hob die Arme über den Kopf und spürte, wie mir das Wasser über den Rücken lief. So wäre ich gerne für immer stehen geblieben. Mir fielen die Augen zu.

Abermals rief Mutter nach mir. Ich schreckte auf. Aus dem Abfluss gurgelte es, als ich das Wasser abstellte. Dampf drängte zum Fenster, das Vater einen Spalt weit geöffnet hatte. Ich spähte hinaus – kahle Hecken und Bäume, Raureif lag auf der Wiese hinter dem Haus – und schloss das Fenster. Eike hämmerte gegen die Tür: »Wie lange verschanzt du dich noch da drinnen? Mach endlich auf!«

»Kannst du mich zur Schule fahren?«, fragte ich Mutter, als ich in die Küche kam.

»Du hast doch noch nicht mal gefrühstückt. Ich muss los, nimm den Bus. Den kriegst du gerad noch, wenn du dich jetzt ein bisschen beeilst.« Sie gab mir einen Kuss und eilte zur Tür hinaus. Sieben Uhr dreißig. Um acht musste sie bei der Arbeit sein.

Mutter fuhr einen schwarzen Citroën 2CV, eine Ente. »Ein verdammt guter Fluchtwagen«, sagte Eike immer im Scherz. Im Winter stellte sie die Ente nicht in die Garage, sondern an den Gehsteig vor unserer Tür. Die Straße führte steil bergab. Wollte der Citroën morgens nicht anspringen, löste Mutter einfach die Handbremse und rollte los. Sie bremste nur an den Kreuzungen, zog mehrmals den Choke und drehte den Schlüssel. Spätestens unten am Kurpark hatte sie den Motor in Gang gebracht. Manchmal kam ich mir wie ihr Auto vor. Nur, dass ich länger als bis zum Kurpark brauchte, um in Gang zu kommen.

Ich verpasste den Bus, der nächste käme erst wieder in einer halben Stunde. Also ging ich zu Fuß. Ich würde so oder so zu spät in der Schule sein.

Mir war kalt. In der eisigen Luft sah mein Atem wie weißer Rauch aus. Wie gern wäre ich einfach umgekehrt, um mich auf dem Feldbett zusammenzurollen. Oder besser noch: um weiter an meinem Roman zu schreiben.

Ich kam an den Kurkliniken vorbei. Die mit Schieferplatten verkleideten Fassaden der Bettenhäuser sahen wie geschuppte Tafeln aus. Daneben geduckt das Thermalbad, eine Schildkröte mit eingezogenem Kopf. Vom Außenbecken stieg der Dampf des heißen Wassers.

Um acht Uhr fünfzehn fing der Unterricht an. Eine gute halbe Stunde hatte ich noch. Bademantel, Badeanzug und Handtuch konnte man im Thermalbad leihen.

In den Umkleidekabinen tropfte Kondenswasser von der Decke und lief an den blauen Kunststoffwänden herab. Schal, Jacke, Handschuhe, Pullover, Unterwäsche, ich konnte mich nicht schnell genug von meinen Kleidern befreien. Es war zehn vor acht.

Von innen sah das Thermalbad wie eine große, leicht geöffnete Muschel aus. Die niedrige Decke wurde zur Fensterfront hin langsam höher. Ich suchte mir einen Liegestuhl, der nah genug an der Fensterfront stand, um hinaussehen zu können, aber weit genug entfernt war, um nicht in der Zugluft zu sitzen, die durch die großen, braungetönten Scheiben kam. Draußen lag der winterlich graue Park, in dem Kurgäste in dicken Jacken und Mänteln spazieren gingen. Ich breitete das Handtuch aus und drapierte den Bademantel über die Lehne. Auf Brusthöhe waren die drei goldenen Lilien des Wiesbadener Stadtwappens gestickt. Manchmal, wenn ich genügend Geld hatte, lieh ich mir auch noch passende Badeschlappen.

Um acht sammelten sich im großen Becken die Teilnehmer des Wassergymnastik-Kurses. Die Trainerin stand am Beckenrand, eine kleine stämmige Frau in Shorts und T-Shirt und mit kräftigen, dunkel behaarten Beinen. Wenn sie Anweisungen gab, klang es laut und abgehackt, sie bellte eher, als dass sie sprach. Ihre Schlappen klatschten über den Fliesenrand, und manchmal, wenn sie unzufrieden war, blies sie in die silberne Pfeife, die an einem Band um ihren Hals hing.

Acht Uhr fünf. Von den Kursteilnehmern sah ich nur weiße Schultern und bunte Badekappen, die über hellblauen Schwimmbrettern hingen. Solange hier drinnen geturnt wurde, hatte ich das Außenbecken für mich allein. Ich glitt ins warme Wasser, das auf der Haut kribbelte, als wäre es mit Kohlensäure versetzt, und tauchte unter dem Plastikvorhang hindurch ins Freie. Die Kälte griff mir scharf ins Gesicht und durchs Haar auf die Kopfhaut. Der Mond stand noch am Himmel. Der Dampf wehte in Schwaden über das Schwimmbecken. Manchmal stieg er auch in dichten Fahnen auf, als würde das Wasser brennen.

Ich schwamm in die Mitte des Beckens zur Fontäne und tauchte unter den hart prasselnden Strahlen hindurch. Mit dem Rücken an die Edelstahldüse gelehnt, stand ich wie in einem Zelt. Die Welt verschwand hinter weiß schäumenden Wasserbahnen. Ich schloss die Augen. Der Unterricht endete erst um viertel nach eins, vorher durfte ich nicht nach Hause kommen. Auf einmal war ich sehr müde.

»Anna«, sagt Constantin und berührt sanft meine Schulter. Ich bin also doch eingeschlafen? Ich schlage die Augen auf. Er steht vor dem Bett, mit nassem Haar, hat schon geduscht, beugt sich über mich, drückt seine Lippen auf meine Stirn. Fest sind sie und warm.

»Zeit«, sagt er, »den Tag zu beginnen.« Damit geht er in die Küche.

Draußen ist es noch dunkel. Ich kann die Leuchtbuchstaben auf dem Springer-Hochhaus sehen.

»Wie viel Uhr ist es?«

»Schon halb fünf«, ruft er munter. Der Wasserkocher blubbert. Ich quäle mich aus dem Bett. Bin todmüde.

Constantin hat meine Kleidung ordentlich über dem Kopfteil des Bettes drapiert. Nur mein Slip liegt noch auf dem Boden. Ich hebe ihn auf. Der Teppich – die ›Auslegeware‹, denke ich – riecht komisch, irgendwie chemisch. Wahrscheinlich das Reinigungsmittel.

Ich schalte die Deckenlampe ein. Um den Schalter klebt ein Gummirahmen, damit man die Tapete nicht schmutzig macht, und auch die Wände sind zur Hälfte mit durchsichtigen Plastikplatten verkleidet. Ich lösche das Licht wieder und schlüpfe in mein T-Shirt.

Der Wasserkocher geht aus. Einen Augenblick später ruft Constantin: »Kaffee ist fertig.«

Als ich in die Küche komme, schraubt er gerade ein Glas mit Pulverkaffee zu und stellt es zurück in den Schrank. Constantin hat einen engen, silbrig glänzenden Slip an. Ich bin noch nie einem Mann begegnet, der keine Boxershorts trägt.

Auf der kleinen Arbeitsfläche neben der Spüle steht nur eine Tasse für mich.

»Wie trinkst du ihn?«, fragt Constantin. Zum ersten Mal nehme ich die Fältchen um seine Augen und die tieferen Falten um seinen Mund wahr.

»Mit Milch«, sage ich.

»Hier gibt's leider nur Zucker.«

»Dann trink ich ihn schwarz.«

Das Haar auf seiner Brust ist grau. Das ist mir in der Nacht gar nicht aufgefallen. Wie alt er wohl ist?

»Willst du noch duschen?«

»Kann ich auch zu Hause.«

»Ist gut.«

Er gibt mir die Kaffeetasse. Ich nippe daran. Viel zu heiß. Ich nehme sie mit ins Schlafzimmer. Constantin schließt die Badezimmertür hinter sich zu. Ich zünde mir eine Zigarette an. Der Aschenbecher steht noch vor dem Fenster. Ich öffne es. Die Luft ist kühl, riecht aber mild, beinahe frühlingshaft. Ich lehne mich weit hinaus. Zehn Stockwerke bis nach unten. Rauschender, strudelnder Wind schlägt gegen die Hauswand, greift mir ins Haar. Eine Böe entreißt mir die Zigarette. Kurz kann ich sie fallen sehen, sie trudelt, sprüht Funken. Dann ist sie verschwunden. Ich schlage das Fenster zu. Es springt wieder auf. Mit klopfendem Herzen drücke ich mich an die Wand.

ZEHN

»Was soll das?«, fragte Vater. »Willst du mich provozieren?«

Wir saßen in seinem dunkelblauen Mercedes, einem W 111 aus den sechziger Jahren, mit kleinen Heckflossen und lackierten Radkappen; fast schon ein Oldtimer. Durch die Windschutzscheibe konnte ich am Ende der langen glänzenden Kühlerhaube den Stern aufblitzen sehen.

Vater fuhr mich zur Schule, um sicherzugehen, dass ich nicht wieder schwänzen würde. Dazu hatte ihn Mutter verdonnert. Jetzt sei er mal dran. Sie habe die Faxen satt. Er war also sowieso schlechter Laune.

»Mach das sofort aus«, zischte er, ohne den Blick von der Straße zu wenden.

»Aber warum denn?«

»Treib es nicht zu weit!«

Dabei hatte ich, bevor ich die Kassette eingelegt hatte, sogar gefragt: »Du hast doch nichts dagegen, oder?«

»Natürlich nicht.«

Aber jetzt saß er übers Steuer gebeugt da wie ein großer blonder Stier. Sogar die Nüstern blähte er, stieß abermals zornige Zischlaute aus.

Die Musik klang der, die er selbst gern hörte, sehr ähnlich. Er mochte Stephan Sulke, André Heller, Hannes

Wader und auch Reinhard Mey. Den hatten wir früher manchmal zusammen gehört. *Ich hab mit dir gelebt mein ganzes Leben, ich kenn dich in- und auswendig scheint mir, und all meine Erinnerungen verweben sich ganz mit deinem Namen und mit dir.* Als Kind hatte ich geglaubt, dass Vater eigentlich Reinhard Mey sei und dass er, wenn er sich zurückzog, um seine Predigten vorzubereiten, in Wirklichkeit diese Lieder schreibe: *Sie sagen, du tust gut, ich glaube eher, du rührst mich, wühlst mich auf, wenn ich dich seh. Du triffst mich tiefer, du gehst mir viel näher, du tust mir weh.* Immer hatte Vater auf mich den Eindruck eines Mannes gemacht, der etwas zu verbergen habe: ein Geheimnis, das wir miteinander teilten, wenn wir zusammen im Auto saßen oder in Mutters unbequemen Metallrohrsesseln im Wohnzimmer, dicht vor der Stereoanlage, die Füße auf ein Regalbord gelegt. *Durch's off'ne Fenster dringt der Tag ins Zimmer und Morgenlicht durchflutet schon den Raum. Ich spür dich neben mir, du schläfst noch immer und suchst ihn festzuhalten, deinen Traum.* Dann regte Vater sich nicht, trank nichts, rauchte nicht, sprach nicht, lauschte nur seiner Musik. *Wie hastig geht die Zeit später am Tage. Komm einen Augenblick noch nah zu mir. Wann sag ich, wenn ich es dir jetzt nicht sage, dass ich glücklich bin mit dir.* Nicht selten warf er mir dann einen kurzen Seitenblick zu, den ich, wie als Zeichen, dass ich verstanden habe, erwiderte. Ich erkannte ihn, seine Stimme, seine Worte, ich wusste, dass er diese Lieder schrieb, komponierte, ich verstand, dass auch er ein Dichter war, immer noch. Er hatte nie aufgehört einer zu sein, sprach nur nicht offen darüber, weil Mutter nichts davon wissen sollte. Sie hielt Künstler für egoman und unzuverlässig.

Und Reinhard Mey konnte sie ganz besonders wenig ausstehen. Sie mochte überhaupt keine deutschsprachige Musik. Vater und ich aber … – wie lange lag das zurück!

Und nun saß er so da. Und regte sich auf, steigerte sich immer mehr hinein.

Die gezahnten Rädchen der Kassette klackerten im Recorder. Frank Rennicke. Eine weiche, melodische Stimme, die von einer Gitarre begleitet wurde.

Wir bogen ab, der Wagen glitt die Steigung der Fichtestraße hinauf. Ich konnte schon die Kreuzung sehen, an der meine Schule lag. Da bremste Vater scharf ab. Ein Bus an der Haltestelle blockierte die Straße. Ein paar meiner Mitschüler stiegen aus, man musste das letzte, ziemlich steile Wegstück zu Fuß laufen.

Ich hasste die Schule, wäre am liebsten wieder nach Hause gegangen.

»Ich verstehe dich nicht, es sind doch nur noch wenige Monate«, sagte Vater immer. »Die sitzt du doch auf einer Arschbacke ab.« Herbst 1997. Das dreizehnte Schuljahr, das es heut nicht mehr gibt, hatte gerade begonnen, im Frühjahr darauf sollte ich Abitur machen.

Rennicke begann das nächste Lied. Vater schnaubte.

»Reg dich ab«, sagte ich. »Es ist nur Musik.«

»Mach das endlich aus«, sagte Vater drohend beherrscht, kuppelte, legte den ersten Gang ein und ließ, als der Bus langsam anfuhr, den Motor aufheulen. »Das ist doch Scheiße! Merkst du das nicht? Was ist los mit dir?«

Das fragte er mich auch immer, wenn er mich nachts beim Schreiben erwischte. Ich würde den Ernst der Lage verkennen; sei kurz davor, wegen meines andauernden

Schwänzens von der Schule zu fliegen. Wenn ich so weitermachte – in meiner eigenen Welt versank, anstatt mich der Realität zu stellen –, würde es mir bald ganz schlecht ergehen. Das Leben sei schließlich kein Roman, sondern gnadenlos, das müsse ich endlich einmal kapieren, ich könne es mir nicht einfach so zurechtschreiben, wie es mir gefalle. Immer, immer diese blöden Sprüche!

Er hatte einfach keine Ahnung, nicht die allergeringste. Ich musste diesen Roman schreiben. Unbedingt. Und er kapierte das nicht, sah immer und überall bloß Probleme, die er lösen musste. Immer er allein. Mir traute er so was nicht zu.

»Mach' doch selbst aus «, fauchte ich.

»Erklär's mir«, zischte er.

»Seit wann interessiert dich, was ich denke?«

»Fang jetzt bloß nicht wieder mit dem Roman an.«

Rennicke jaulte kurz auf, weil das Tonband ausgeleiert war. Es war überdies eine ziemlich schlechte Aufnahme, dreißig Mark, unter der Ladentheke im Frankfurter Bahnhofsviertel. Verbotene Musik. Zensiert, nannte es mein neuer Freund Falk. Manthey, Falk Manthey.

Ich verschränkte die Arme vor der Brust und starrte aus dem Beifahrerfenster.

»Stell aus, oder du kannst das letzte Stück laufen.«

»Das traust du dich nicht, mich rauszuschmeißen.«

Er schwieg.

Als er immer noch nicht reagierte, sang ich laut mit.

»Sonntagabend in Berlin, wenn die Türken dann durch Kreuzberg ziehen, packt mich die kalte Wut, Angst in der Nacht, mein Volk, was hat man mit dir gemacht?«

Da riss er das Lenkrad herum, schoss über die Bordsteinkante auf den Gehweg, zog noch im Fahren die Handbremse und brachte den Wagen mit einem Ruck zum Stehen. Ich flog in den Sicherheitsgurt und schlug mit der Kniescheibe gegens Armaturenbrett.

»Raus!« Vaters Fingerknöchel waren weiß, so fest umklammerte er das Lenkrad. »Sofort raus!«

Ich schluckte den Schmerz hinunter und löste meinen Gurt. »Du willst mich echt auf die Straße setzen? Wegen der Musik?«

»Und wehe, du gehst nicht schnurstracks zur Schule«, schnaubte er, ohne mich anzusehen.

Die Musik lief weiter, ein neues Lied, etwas flotter jetzt, es klang, als würden die Töne marschieren. *»Der Werwolf! Der Werwolf zieht durchs Land, mit der Waffe in der Hand zieht er durchs Land.«*

Eine dicke Frau mit grauen Locken radelte an uns vorbei, einen großen Henkelkorb auf dem Gepäckträger. Ich wusste, was da drin war: unsere Klassenarbeiten, sollten wir heute zurückkriegen, und Karotten, die Frau machte ständig Diät. Fichtestraße, starke Steigung, knallroter Kopf. Trotzdem schaffte sie es, auf das Dach des Mercedes zu schlagen, weil er ihr im Weg stand. Sie musste sich zwischen der Hecke und dem Wagen hindurchzwängen, hob ihren fetten Arsch vom Sattel, um besser in die Pedale steigen zu können, und fiel vor Schreck fast vom Rad, als Vater sie wegen des Schlags auf das Autodach anhupte.

»Blöde Kuh«, zischte er.

»Das ist meine Deutschlehrerin.«

»Nicht mehr lange, wenn du so weitermachst.«

»Deutsch krieg' ich schon auf die Reihe.«

»Mit deiner Einstellung wirst du bald gar nichts mehr auf die Reihe bekommen.«

»Umso besser. Wenn sie mich von der Schule werfen, kann ich endlich in Ruhe schreiben.«

Er begann zu brüllen. »Weißt du eigentlich, was das ist?« Geschäumter Speichel spritzte aufs Lenkrad. »Der Werwolf?«

»Klar.« Ich versuchte, meiner Stimme einen zackigen Klang zu geben: »Bewehrte tapfere Soldaten, die bis zuletzt für uns gekämpft haben.«

Er wischte die Spucke vom Lenkrad. Sah plötzlich müde aus. Traurig. Warum kapierte er denn nicht, dass ich meinen Weg längst gefunden hatte, dass es mir endlich gut damit ging?

Unversehens tat er mir leid.

Ich drückte auf die fingerdick hervorstehende Auswurftaste, das Band leierte noch einmal kurz, dann sprang die Kassette heraus.

»Alte Männer und Kinder«, sagte er hilflos. »In den letzten Kriegstagen noch dazu mobilisiert, sich erschießen zu lassen.«

Mein Körper spannte sich an, meine Hand hielt die warme Kassette umfasst, er hatte einen Fehler gemacht. »Das ist nicht der Werwolf. Du meinst den Volkssturm«, sagte ich. »Warum redest du über Sachen, mit denen du dich nicht auskennst?«

In dem Moment drehte sich Vater zu mir, seine Hand schoss vor, riss mir die Kassette aus der Hand und zerrte das Band raus.

»So«, machte er. Ich starrte ihn an. Dann schrie ich los. »Spinnst du? Weißt du, was die gekostet hat?« Ich streckte die Hand aus. »Du schuldest mir dreißig Mark.«

Aber ich hatte das noch nicht ausgesprochen, da schoss die Hand abermals vor. Traf flach meine Wange, ich reagierte einfach nicht schnell genug. Riss mich zusammen, war wütend, war derart erniedrigt.

Stumm öffnete ich die Seitentür. Stumm stieg ich aus.

Er würde es niemals kapieren.

So marschierte nun auch ich die Fichtestraße hoch.

Ob er mir nachkam?

Wieso kam er mir nicht nach?

Aber ich sah mich nicht um, versuchte es nur einmal verstohlen. Nicht ich, sondern er hatte die Kontrolle verloren. Er musste sich doch entschuldigen!

Aber nein, er kam mir nicht nach. Sondern der Mercedes glitt geradezu schnurrend auf die Straße zurück, beschleunigte schon, und als er an mir vorbeifuhr, sah Vater nicht einmal mehr her.

Geteerte Wege führten im Zickzack zur Schule. Sie waren immer wieder von roten gegeneinander versetzten Gittern blockiert, durch die weder Autos noch Radfahrer, sondern nur Fußgänger kamen. Auch meine Deutschlehrerin musste jetzt schieben. Der Schulhof war terrassenförmig in den Hang hineingebaut, aber kein Mensch hielt sich je in den unteren Rängen auf, alle drängten sich auf dem ersten Hof, der ganz oben direkt vor dem Haupteingang lag.

Meine Freundin Esther winkte mir zu. Sie war wieder mit ihrer Realschulfraktion zusammen, der White-Trash-

Clique, wie Lucy sie scherzhaft nannte. Die meisten aus der Realschulfraktion hatten es nur mit Mühe und Not an die Oberstufe geschafft, und kaum einer von ihnen würde das Abitur machen. Dass sie trotzdem hier waren, entsprang dem Wunschdenken unserer Lehrer, jeder, wirklich jeder könne es bei uns schaffen – und dass nicht die Herkunft eines Schülers über seine Zukunft entscheide. Tatsächlich hatten nur diejenigen, die schon vorher auf einem Gymnasium gewesen waren oder wenigstens – wie ich – den gymnasialen Zweig einer Gesamtschule besucht hatten, eine wirkliche Chance, das Abitur zu bestehen. Wer woanders versagt hatte, konnte entweder auf die Privatschule an der Bierstadter Straße gehen, wo man das Abitur angeblich gegen Geld bekam – oder auf unsere Oberstufe. Warum zahlen, wenn man's geschenkt kriegen kann, war das Motto des letzten Abiturjahrgangs gewesen.

Die Schule war eine der größten der Stadt, und die Schüler teilten sich in zwei klar voneinander abgegrenzte Gruppen: in die Blender und die Versager. Lucy, Esther und ich waren Blender. Als Gewinner fühlte sich keiner von uns.

Ich kannte beide noch nicht lange. Nachdem ich mit meinem Gesellschaftskundelehrer so aneinandergeraten war, dass er mich rausgeschmissen hatte, war ich kurzerhand in einen anderen Kurs gesteckt worden. In meiner ersten Stunde kam ich in den Klassenraum und setzte mich auf den einzigen Platz, der noch frei war – neben Esther. Sie rammte mir ihren Ellenbogen in die Seite und zischte: »Da sitzt Lucy, zieh Leine.« Ich verschränkte die Arme vor der Brust und blieb sitzen.

Lucy hatte ein Muttermal auf der Wange, das wie die Insel Sylt aussah. Wenn sie nicht zur Schule kam, sagte Esther immer: »Sturmflut, Sylt ist mal wieder am Untergehen.« – Lucy litt an Depressionen, kam fast nie zum Unterricht. War sie doch einmal da, wechselten Esther und ich uns ab, irgendwo einen Stuhl für sie aufzutreiben. Ich mochte sie beide, Lucy und Esther; zu Falk und unserer Clique, den Freunden, die meine Eltern nicht mochten, gehörten sie aber nicht. Meine Freunde besuchten vernünftige Schulen, echte Gymnasien, und zwar ohne Umwege von der fünften Klasse an. So gehörte es sich. Mein Vater sagte immer, das sei alles Unfug; wenn ich mein Abitur erst einmal hätte, würde mich niemand jemals fragen, wo ich es gemacht hatte. Lucy nannte unser Oberstufengymnasium ein Auffangbecken. Sie hatte es auf dem Leibniz-Gymnasium nicht geschafft und war von dort zu uns gewechselt. Trotz ihrer Depressionen hatte sie einen ziemlichen Ehrgeiz und schrieb verdammt gute Noten. »Ich bin alles müde«, sagte sie immer. »Aber blöd bin ich nicht.« Die Lehrer konnten Lucy nicht ausstehen – weil sie so gut wie nie zum Unterricht erschien und trotzdem alles kapierte. »Wenn ich so viel auf dem Kasten hätte wie Lucy«, sagte Esther immer, »wäre ich nicht depressiv.«

Esther löste sich aus der Realschulfraktion und kam mir grinsend entgegen. Ich zog ein ernstes Gesicht. Sie sollte gleich merken, dass es mir nicht gutging. Sie hatte kurzes, dunkles, zur Seite gescheiteltes Haar, milchkaffeebraune Haut und einen Mund, den Lucy immer das Kussmaul nannte. »Komm schon, Esther, uns kannst du's doch verraten«, sagte sie oft. »Der stocksteife weiße Spießer, mit dem deine Mutter verheiratet ist, kann unmöglich dein Vater sein. Du hast schwarzes Blut, deine Mutter hat einen Neger geliebt, gib es zu.« Esther lachte immer darüber, aber ich wusste, dass sie auch ihre Zweifel hatte. Sie hatte mir einmal erzählt, sie glaube, dass ihr wirklicher Vater ein amerikanischer GI war, der sie zu sich in die USA holen würde, sobald er von ihr erfuhr.

Esther verstand sofort. Nachdem sie mich kurz in den Arm genommen und auf beide Wangen geküsst hatte, fragte sie: »Hast du Stress?« Sie trug Stoffturnschuhe, ein enges graues T-Shirt und Cargohosen. Wie immer duftete sie ein wenig nach Kokosnuss, nach der Milch, aber auch nach der Schale, weiße Süße und rauer Holzgeruch.

Ich hob die Schultern. »Mein Vater dreht mal wieder völlig am Rad.«

»Wegen dem Roman?«

»Des Romans. Nee, wegen der Musik.«

»Deiner Scheißmusik, was?« Sie wollte mir wieder ihren Ellenbogen in die Seite stoßen, kumpelhaft, aber ich wich ihr aus.

»Na und? Ich lasse mich nicht zensieren. Der spinnt doch.«

»Dann ist ja alles okay.«

Ich schnaubte. Mit einem Finger hob sie die Perlenkette an, die Falk mir geschenkt hatte. Ich trug meinen schwarzen Hosenanzug, die Zicken-Uniform, sagte Esther immer. Sie tippte mit dem Finger auf den Kragen meiner weißen Bluse. »Du hast da einen Make-up-Fleck.

Wenn du dein Gesicht schon so zukleistern musst, mach es wenigstens ordentlich. Soll ich dir mal was sagen?«

»Was?«

»Diese Leute, diese Gentlemen und dein toller Freund ...«

»Falk Manthey.«

»Er und sein komischer Club. Die machen nur Ärger. Dieses Reiche-Jungen-Gehabe, ihr Wir-sind-die-besseren-Menschen-Scheiß, das ist braune Kacke. Da steh ich gar nicht drauf.«

Ich fasste mir ans Herz: »Wenn mich das anmachen würde, Esther, wären wir längst geschiedene Leute.« Sie kontrollierte mit einer mechanisch wirkenden Geste den Sitz ihres zur Seite gegelten Haars. »Vielleicht sind wir das bald. Wenn du nicht aufpasst.«

»Warum habe ich das Gefühl, dass ich heute von allen Seiten bedroht werde?«

Esther trat einen Schritt zurück, sie war einen Kopf kleiner als ich, zog ein zerdrücktes Softpack Lucky Strikes aus der Hosentasche und fingerte eine Zigarette heraus. »Auch eine?«

Ich nickte und ließ mir Feuer geben.

Über der Eingangstür blinkte rot das Signallicht, die erste Stunde begann. Der Schulhof leerte sich langsam. Esther und ich rauchten weiter. Zwei Lehrer gingen an uns vorbei, sagten aber nichts. Vielleicht, weil sie selbst zu spät dran waren. Esther schnippte ihre Zigarettenkippe auf die Betonplatten. Und plötzlich umarmte sie mich. Einen Moment lang stand ich steif und mit abgewinkeltem Arm da, dann ließ ich meine Zigarette fallen und erwiderte Esthers Umarmung. Sie stellte sich auf die Zehenspitzen und flüsterte mir ins Ohr: »Ich weiß, dass du schrecklich verliebt bist. Und dein Falk ist ja auch –«, sie holte Luft und sprach hastig weiter: »Nein, er ist kein schlechter Kerl. Aber pass auf dich auf. Dieser Club ist gefährlich.« Sie seufzte und berührte mein Ohrläppchen zart mit den Lippen. Ich bekam eine Gänsehaut, packte Esthers Kopf und küsste sie fest auf die Wange. »Ich bin's so leid, immer aufzupassen. Aber für dich, meine Süße, tu ich's vielleicht.«

»Bau keinen Mist«, sagte sie. »Nicht so kurz vor Schluss. Ohne dich schaffe ich mein Abitur nicht.« Sie überlegte kurz, dann zuckte sie mit den Schultern. »Du hast richtig Stress, oder? Brauchst du für heute Nacht einen Schlafplatz?«

ELF

Mein Feldbett passte nicht in den Volvo Kombi, den Esther sich vom Freund ihrer Mutter geliehen hatte. Lucy hockte mit schlaffen Schultern und hängendem Kopf auf der Treppe neben dem Rhododendronbusch. Ihre Lippen waren aufgesprungen und in den Mundwinkeln eingerissen, ihre grünen Augen sahen entzündet aus. Sylt war wieder in Not. Schon seit einigen Tagen. Diesmal konnte ich es verstehen. Lucy hatte das Abitur nicht geschafft. Esther hatte ihr zwei kleine Steine gegeben, damit sie nicht ständig die Handgelenke aneinanderrieb oder gar daran herumkratzte. In unregelmäßigen Abständen schlug sie die Steine hart gegeneinander. Jedes Mal zuckten Esther und ich zusammen und drehten uns sofort nach ihr um. Aber sie schaute nicht einmal auf, schien uns gar nicht zu bemerken. Nur einmal, als meine Mutter herausgekommen war und gesagt hatte, dass ich viel zu viel Gepäck habe - nein, Ballast, sagte sie -, hatte Lucy genickt und gelächelt: »Sie haben vollkommen recht.« Mutter hatte sie irritiert angesehen und war ohne ein weiteres Wort zurück ins Haus gegangen.

Der Volvo parkte in der Auffahrt zur Doppelgarage. Von dort aus hatten wir Lucy ständig im Blick. Als wir in meinem Zimmer gepackt und meine Möbel auseinandergebaut hatten, hatte sie die ganze Zeit lang geweint. Sich aber nicht anfassen lassen. Jetzt begann sie sich sacht vor und zurück zu wiegen.

Esther fluchte und mühte sich weiter mit dem Feldbett ab. Seit ein paar Monaten lebten ihre Eltern in Scheidung. Das schien ihr nichts auszumachen. »Respekt, Respekt«, hatte sie neulich gesagt. »Hätte nicht gedacht, dass meine Mutter einen Lover hat. Meine Eltern haben eh nur noch stumm nebeneinanderher gelebt. Bin trotzdem platt, dass sie sich echt von ihm trennt. Übrigens hat er auch schon 'ne Neue.«

Ihre Mutter war mit dem Besitzer des ›Presseclubs‹ zusammen, einem verrauchten Café, in dem es Couscous, Mate-Tee, Anti-Atomkraft-Sticker und keinen Stuhl gab, der nicht wackelte. Ich hatte den Mann nur einmal kurz gesehen, als wir den Volvo bei ihm abgeholt hatten: ein zwergenhafter, verwachsen wirkender Typ mit Nickelbrille, Halbglatze und Pferdeschwanz. Für so einen hätte ich meinen Mann nicht verlassen. Der moosgrüne, schon etwas angerostete Volvo Kombi passte zu ihm.

»Linker Typ, linke Karre«, sagte ich.

Esther wischte sich mit dem Handrücken den Schweiß von der Stirn. »Noch so ein Spruch, und du machst deinen Umzug allein.« Dann zerrte sie weiter am Feldbett. Ich sah zu Lucy. Sie hatte die Handflächen nach oben gedreht und starrte die Steine an, als wüsste sie nicht, wie sie dort hingekommen waren. Im Grunde genommen fühlte ich mich nicht viel besser als sie. Und vielleicht hatte auch ich einen Dachschaden – das behauptete Mutter schon seit einiger Zeit von mir. Langsam glaubte ich, dass sie recht hatte. Ständig schien alles verkehrt zu laufen. Kleinigkeiten ließen mich aus der Haut fahren und brachten mich derart in Rage, dass ich mich selbst nicht mehr wiedererkannte. Oder ich fing an zu heulen. Wenn ich nur an diese bescheuerte Bundestagswahl dachte! Ich war neunzehn, es war meine erste gewesen. Ich hatte für Helmut Kohl gestimmt, die Birne, wie Eike ihn nannte, für den Kanzler der deutschen Einheit und die blühenden Landschaften, die er versprochen hatte. Aber Gerhard Schröder war Kanzler geworden. Über zwanzig Millionen Menschen hatten die SPD gewählt. Ich hatte wie ein Schlosshund geheult und mich gefühlt, als wäre nicht Kohl, sondern ich der Verlierer gewesen. Esther hatte mich in den Arm genommen. »Ach, Schätzchen, Süße, du wirst noch so viele Wahlen erleben, eine von ihnen wirst du sicher gewinnen!« Da hatte ich einen hysterischen Lachkrampf bekommen und mich fast eine Stunde lang nicht wieder eingekriegt. Total bekloppt. Keine Ahnung, was mit mir los war. Es schien einfach nichts mehr zu passen. Alles reizte mich. Auch das Scheißfeldbett, der Volvo Kombi und Esther, die Lucy seit deren letztem Aufenthalt in der Anstalt nicht mehr aus den Augen ließ und überallhin mitschleppte. Wahrscheinlich würden wir Lucy morgen früh auch mit nach Leipzig nehmen müssen. Ständig ging Esther zu ihr und fragte, ob sie zur Toilette müsse oder etwas trinken wolle. Wenn ihr die Steine herunterfielen, hob Esther sie auf und gab sie Lucy wieder.

»Jetzt ist sie echt abgedreht«, sagte ich.

Esther zuckte nur mit den Schultern. »Die kriegt sich schon wieder ein. Los, pack gefälligst mit an.«

Gemeinsam zogen wir das Feldbett wieder aus dem Kofferraum. Als wir es an Lucy vorbeitrugen, um es zurück in mein Zimmer zu bringen, sprang sie plötzlich auf und rief: »Das Problem werde ich lösen. Auf dem Boden musst du nicht schlafen! Ich besorge dir eine Matratze, die man klitzeklein falten kann, klitzeklein!« Sie begann zu kichern, dann brach sie abermals in Tränen aus. Sofort war mir auch wieder zum Heulen zumute. Esther warf mir einen Blick zu: »Bleib cool, ich leih dir eine Isomatte.«

Wir nahmen Lucy tatsächlich mit nach Leipzig. Im vergangenen Schuljahr war sie ständig in der Anstalt gewesen. Die Anstalt – das war die geschlossene Psychiatrie der Frankfurter Uniklinik. Wenn man Lucy in dieser Zeit auf dem Handy anrief, hörte man nur ihre Stimme vom Band: »Leider kann ich im Augenblick nicht ans Telefon kommen, da ich heute Morgen aus unruhigen Träumen erwacht bin und mich in ein riesenhaftes Ungeziefer verwandelt fand.« Normalerweise ging es ihr nach der Anstalt etwas besser, diesmal nicht. Trotz ihrer Abwesenheiten war sie die beste Schülerin von uns dreien. Sie hatte die Abiturprüfungen nicht nur mitgeschrieben, sondern auch mit einem Notendurchschnitt von 0,9 bestanden. Trotzdem war sie durchs Abitur gefallen. »Zu oft gefehlt«, hatte sie uns mit bebender Stimme erklärt, als sie aus dem Büro des Direktors gekommen war. »Der verarscht mich doch. Den verklage ich. Dagegen ziehe ich vor Gericht. Und wenn ich gewonnen habe und er mir mein Zeugnis ausstellen muss, schieb ich ihm trotzdem noch eine Bombe in sein Riesenarschloch und lasse ihn hochgehen.«

»Genau, lass uns losziehen und Sprengstoff besorgen, ich helf dir«, sagte ich, um einen Scherz zu machen und die Situation zu entspannen, doch Esther, mal wieder, puffte mich in die Seite: »Halt die Klappe. Stachele sie nicht noch weiter an.«

Da wurde Lucy auf einmal ganz ruhig: »Für den bin ich einfach nur eine Arbeitsverweigerin. Eine reiche Tochter, der es an der nötigen Disziplin fehlt. Ich werde ihn umbringen, ich schwöre euch, ich bringe ihn um.« Wir versuchten, sie abzulenken, auf andere Gedanken zu bringen. Wir gingen schwimmen und abends zusammen tanzen. Sie lachte, umarmte und küsste uns immer wieder. Gegen vier Uhr morgens brachten wir sie nach Hause, bis in ihr Zimmer. Esther deckte sie wie ein kleines Kind zu und gab ihr einen Gute-Nacht-Kuss. Ich schloss die Vorhänge und knipste das Licht aus. Dann waren wir gegangen, und Lucy war wieder aufgestanden und hatte sich im Badezimmer die Pulsadern aufgeschlitzt.

Esther hatte das Abitur bestanden, allerdings war ihr Notendurchschnitt so hundsmiserabel, dass sie keinen Studienplatz bekommen hatte und auf der Warteliste ganz hinten stand. Aber egal. Die Sprüche unserer Eltern – strengt euch an, dann wird was aus euch, gute Ausbildung gleich guter Job – stimmten eh nicht mehr. Die Arbeitslosigkeit war so hoch wie noch nie und stieg immer noch weiter. Ständig hieß es, das Sozialsystem stehe kurz vor dem Kollaps, amerikanische Verhältnisse zögen ein, nun drohe auch hier jedem jederzeit der Absturz – wahrscheinlich hatten die Leute deswegen SPD gewählt, erhofften sich von einem sozialdemokratischen Kanzler eine Wende zum Guten, zur sozialen Sicherheit.

»Ein bisschen mehr Eigenverantwortung würde uns Deutschen nicht schaden«, sagte Falk immer. Darüber konnte Esther nur lachen: »Dein Freund hat gut reden, seine Eltern haben doch Kohle und zahlen, damit er auf eine private Universität gehen kann. Die scheißen doch auf den Staat, brauchen ihn überhaupt nicht.«

»Ich scheiß auch auf den Staat«, murmelte Lucy. »Ich brauch das auch alles nicht.«

Von uns dreien war ich die Einzige, die in diesem Jahr ein Studium begann. Dabei wollte ich weder nach Leipzig noch Jura studieren. Meine Lateinlehrerin, die ich sehr mochte, hatte einmal gesagt, dass alle Schriftsteller im alten Rom Rechtsgelehrte gewesen waren. Wenn mir nichts Besseres einfalle, solle ich es ihnen nachtun.

Esther saß am Steuer, weil wir meine Sachen bis unter die Decke gestapelt hatten und sie die Einzige war, die ohne Rückspiegel fahren konnte. Ich hatte mich hinter ihr auf die Bank gezwängt, Lucy hockte mit untergeschlagenen Beinen auf dem Beifahrersitz. Unsere kleine Reise gefiel ihr. Vergnügt durchsuchte sie das Handschuhfach des Volvos und kramte zwischen einem Stapel verschmierter CDs einen halbgerauchten Joint hervor, der dem Freund von Esthers Mutter gehören musste. »Schau an, schau an, der Lover deiner Mum ist ein Mann mit Geschmack«, sagte sie lachend und steckte den Joint für uns an. Während Esther einen tiefen Zug nahm, hielt Lucy eine CD hoch, die sie im Handschuhfach gefunden hatte: »Nicole mit ›Ein bisschen Frieden‹. Ich sag's ja: ein Mann mit Geschmack.«

Esther sah sich nach mir um. »Das ist doch was für dich, Schätzchen.«

»Warum das denn? Ich hasse Nicole.«

»Erste deutsche Gewinnerin des Eurovision Song Contest«, sagte Esther. »1982. Großer Sieg fürs Vaterland. Vergiss das nicht auf deiner Liste nationaler Errungenschaften.«

Ich trat von hinten gegen ihren Sitz, aber sie hatte es kommen sehen und sich so weit nach vorn gebeugt, dass sie mit beiden Armen über dem Lenkrad hing und von meinem Tritt nicht getroffen wurde. Lucy legte die CD ein. Wir kreischten vor Ekel und Vergnügen, und als Lucy mitzusingen begann, fielen Esther und ich laut mit ein: *»Ich weiß, meine Lieder, die ändern nicht viel, ich bin nur ein Mädchen, das sagt, was es fühlt. Ich singe aus Angst vor dem Dunkeln ein Lied und hoffe, dass nichts geschieht.«* Wir hörten so lange ›Nicole‹, bis die CD zu springen anfing und Lucy etwas anderes auflegen musste: Chris de Burgh. »Da braucht man glatt noch einen Joint«, sagte Esther, aber im Handschuhfach lag neben den CDs nur noch ein Haufen grauer fest zusammengeknüllter Taschentücher, mit denen wir uns gegenseitig bewarfen.

Wir fuhren auf der dreispurigen Autobahn Richtung Kassel. Bei Herleshausen passierten wir die ehemalige deutsch-deutsche Grenze und wechselten auf die alte Ostautobahn, die frühere Transitstrecke, auf der ich als Kind manchmal mit meinen Eltern unterwegs gewesen war. Wegen der Straßenschäden war das Tempo auf achtzig, manchmal sogar auf sechzig Stundenkilometer beschränkt. Die Landschaft war hügelig, die herbstlich bunten Wälder zu beiden Seiten der Strecke waren in militärischer Ordnung gepflanzt, die Bäume sahen aus, als stünden sie Spalier. Lastwagen quälten sich Stoßstange an Stoßstange die Steigungen hinauf und versuchten, einander in waghalsigen Manövern zu überholen, sobald es bergab ging. Esther ließ das Fernlicht aufblenden und zog hupend an ihnen vorbei. »Die Scheißstraße ist völlig im Eimer«, schimpfte sie und wich einem Schlagloch aus, wobei sie beinahe die Leitplanke touchierte.

»Bestimmt noch von Adolf gebaut«, sagte ich.

Lucy richtete sich stocksteif auf und äffte Falks Tonfall nach: »Ächte deutsche Wärtarbeit.«

»Damals vielleicht«, sagte ich lachend und biss mir auf die Zunge, als der Volvo durch ein Schlagloch krachte. »Jetzt hat's die Achse wirklich erwischt.«

»Diese Trasse ist garantiert noch von den Römern«, sagte Esther. Lucy schüttelte übertrieben heftig den Kopf. »Du bist so bescheuert! Bis hierhin sind die Römer überhaupt nicht gekommen. Das ist alles Barbarenland. Weißt du nicht, wo der Limes verläuft?« Als wir es beide nicht wussten, regte Lucy sich darüber auf, dass wir Abitur gemacht hatten und sie nicht. Sie kurbelte das Fenster herunter, lehnte sich hinaus und schrie: »Hilfe! Ich bin unter Idioten gefallen! Hilfe, die Idioten umzingeln mich!«

»Barbaren meinst du«, sagte ich. Lucy lehnte sich noch weiter hinaus: »Das Einzige, was hier barbarisch ist, is your lack of education!«

»Edu-was?«, fragte Esther nervös. Sie machte sich Sorgen, dass Lucy mit ihrem Geschrei eine Polizeikontrolle provozieren würde. Lucy lachte und kurbelte die Fensterscheibe wieder hoch. Ein Freund von Falks Eltern hatte ein Maklerbüro und vermittelte auch Immobilien in Ostdeutschland. Er hatte mir eine Wohnung besorgt. Ich tastete nach dem Schlüssel in meiner Tasche und versuchte, mir mein neues Zuhause vorzustellen. Ich hatte nicht in eine Wohngemeinschaft ziehen wollen. Ich würde allein leben.

Wir fuhren an den drei Gleichen vorbei, drei Burgen, die auf Hügeln an der Autobahn standen. Eine von ihnen war noch intakt, die anderen beiden nur noch Ruinen.

»Ich geb euch ein Rätsel auf«, sagte Lucy. »Eine von uns schafft es, zwei gehen unter. Wer ist wer?«

Esther und ich schwiegen.

Wir fuhren an Jena vorbei, bunte Plattenbauten vor grünen Hügeln. Chris de Burgh hatte sein letztes Lied gesungen, Lucy schob keine neue CD mehr ein. Esther las die Ortsnamen von den Schildern, Magdala, Schorba, Ohrdruf, Krauschwitz, Taucha, und versuchte, sie sächsisch auszusprechen. Sie konnte nur hessisch, ich nicht einmal das. Meine Mutter, die sich als Norddeutsche fühlte, hatte auch die kleinste hessische Sprachfärbung bei Eike und mir sofort korrigiert.

»Scheiße«, sagte Esther, als wir in Leipzig-West von der Autobahn abfuhren. »Warum musstest du unbedingt in die Zone ziehen?«

ZWÖLF

Lucy hat einmal gesagt, unsere Heimatstadt sei eine dumme Schöne, die sich ergeben ins Tal, ihren Kerker, schmiegt. Googelt man ›Wiesbaden geographisch‹, steht dort der Begriff ›Kessellage‹. Die Stadt ist von Bergen umzingelt.

Verglichen damit war Leipzig ein offenes Feld mit ungeschützten Flanken nach Norden, Osten, Süden und Westen.

Meine Wohnung lag in einer Gegend, in der fast alle Häuser unsaniert waren. Von einigen standen nur noch die Fassaden. Die Straßenzüge erinnerten an ein kaputtes Gebiss mit Lücken, braun verfärbten und abgebrochenen Zähnen. Angeblich hatte man hier zu DDR-Zeiten Ex-Häftlinge, Regimekritiker und Ausreisewillige einquartiert, um sie mürbe zu machen.

Ich hatte mich um Studienplätze in Hamburg, München und Köln beworben. Aber die ZVS, die Zentralstelle für die Vergabe von Studienplätzen, hatte mich hierher geschickt. »Jetzt gehst du auch noch in den Osten«, hatte Mutter mit belegter Stimme gesagt, als ich ihr den Bescheid gezeigt hatte. »Was ist das bloß? Warum könnt ihr nicht hierbleiben?« Eike war schon im Jahr zuvor nach Berlin gezogen und studierte dort Politikwissenschaft und Philosophie. Er hatte eine große Wohnung an der Schönhauser Allee und bot an, mir ein Zimmer zu geben, falls es mir in Leipzig nicht gefallen sollte.

Ich saß im Leipziger Gewandhaus, das bis auf den letzten Platz mit Erstsemestern gefüllt war, und hörte dem sächsischen Ministerpräsidenten zu, der König Kurt genannt wurde und aus Westdeutschland stammte. Er sagte, dass wir in Leipzig Pionierarbeit leisteten. Die, die wie er den Schritt hierher gewagt hatten, und die, die in Leipzig geboren waren und ihr Glück nicht im Westen gesucht hatten. »Ihr seid hier, um mit aufzubauen«, sagte er, und einen Augenblick lang kam ich mir wie eine Trümmerfrau vor, die fleißig, tapfer und ohne zu klagen, tat, was zu tun war.

In meinem Haus gab es keine Zentralheizung, die Toilette befand sich nicht in der Wohnung, sondern im Treppenhaus, und das Bad bestand aus einer Plastikduschkabine neben dem Herd in der Küche. Die wenigen sanierten Häuser nannte ich Goldzähne. An den Fassaden hingen die Banner der Maklerbüros und versprachen luxussanierten Wohnraum zum kleinen Preis. Keine Provision, keine Kaution. Die meisten Goldzähne standen leer. Angeblich sollte das Haus, in dem ich wohnte, auch bald saniert werden. Bis dahin lebte ich in den Geschichten, die meine Mutter aus ihrer Kindheit erzählt hatte, sah zum ersten Mal Eisblumen an Fensterscheiben emporwachsen, trug eimerweise Kohlen aus dem Keller herauf, machte Feuer und wärmte meine Hände am Kachelofen.

Ich litt wieder an Schlaflosigkeit, konnte die Stille des

Hauses, in dem außer mir niemand wohnte, nicht ertragen, schrieb die Nächte durch oder telefonierte mit meinem Großvater Benedict. Da war eine Art Fieber in mir, das mich unruhig machte, meinen Mund ausdörrte, meine Hände zittern ließ, meinen Blick trübte. Am Ofen lag die Isomatte, die ich von Esther bekommen hatte, aber wenn ich mich hinlegte, die Augen schloss und zu schlafen versuchte, kam es mir vor, als könnte ich nie mehr aufstehen, als wäre alles vorbei, wenn ich nicht sofort wieder aufsprang und weiterschrieb.

»Ich kenne das«, sagte mein Großvater Benedict. »Die Geschichte in dir wächst immer weiter. Sie lässt dich nicht los, und wenn du sie nicht erzählen, nicht irgendwie rauskriegen kannst, füllt sie dich, nein, sie stopft dich irgendwann bis zum Zerbersten aus. Und was bist du dann? Ein ungeschriebenes Buch? Ein gescheiterter Schriftsteller? Nichts bist du dann.«

Manchmal liege er nachts in seinem Bett, erzählte er, und stelle sich vor, dass ein Diener an seine Tür klopfe, um ihm etwas zu essen zu bringen, einen Teller Suppe vielleicht. Das sei der größte Luxus, den er sich vorstellen könne, ein Mensch, der ihm Gutes tue und mit dem er trotzdem nicht sprechen müsse. Höchstens knappe Antworten würde er geben: Herein. Hierhin bitte. Sie können gehen. Ich brauche nichts mehr.

Ich wollte überhaupt nichts mehr sagen müssen und stellte in Gedanken einen Wachposten an meine Tür, der für mich sprach: Sperrzone. Hier kommt keiner durch. Diese Tür bleibt verschlossen.

Es kam trotzdem immer etwas herein, pfiff durch den Ofen, drang durch die Ritzen der Fenster, unter der Wohnungstür schob sich ein leeres Blatt Papier hindurch, eine ungeschriebene Drohung. Ich linste durch den Spion ins dunkle Treppenhaus. Machte überall in der Wohnung Licht. Zog die Vorhänge zu. Spähte auf die Straße hinaus. Ging unruhig durch alle Zimmer. Rief Großvater an. Er war der Einzige, der so spät noch wach war. »Ich schlafe nie«, sagte er, wenn ich fragte, ob ich ihn geweckt hätte. Und dann: »Warum reden wir? Du sollst schreiben.«

Mein Telefon hatte einen Wackelkontakt. Wenn ich mich zu stark bewegte, brach die Verbindung ab. Dann konnte ich meinen Großvater nicht wieder erreichen. Er legte den Hörer nie auf. Ich wählte seine Nummer wieder und wieder und schrie das Besetztzeichen an, während er schweigend am anderen Ende der Leitung saß und wartete, dass ich weitersprach. Manchmal störte uns auch meine Großmutter, das Türglas klirrte, wenn sie energisch die Klinke drückte und ins Zimmer kam. »Wer kann hier wieder nicht schlafen?«, rief sie, als wäre sie Krankenschwester und er ein Patient. Er legte die Hand auf die Sprechmuschel, aber ich hörte trotzdem, wie er zu ihr sagte: »Es ist das Kind.«

»Überweis ihr Geld«, erwiderte meine Großmutter. »Dann ist Ruhe.«

Bis meine Eltern gemerkt hatten, dass ich nicht studierte, sondern meinen Roman schrieb, hatten sie die Miete bezahlt und mir jeden Monat Geld überwiesen. Jetzt verdiente ich meinen Unterhalt in einer Backwarenfabrik.

Wenn ich spätabends nach Hause kam und meine Hände nicht aufhören konnten, Kekse vom Fließband zu klauben und in die Verpackung zu drücken, eins zwei drei, eins zwei drei, immer drei Stück in eine Vertiefung, wenn die Maschinen in meinem Kopf ratterten, das Band nicht stillstand, eins zwei drei, wenn die Kekskrümel noch zwischen den saubergeschrubbten Fingern juckten und mir der Schokoladengeruch wie Öl auf Zunge und Gaumen lag, konnte ich nicht schreiben. Dann brauchte ich Großvaters Stimme und das saugende Geräusch, das sein Lakritzbonbon machte, wenn er es mit der Zunge gegen den Gaumen drückte, das Schmatzen, wenn es sich löste, das Schnippen des Feuerzeugs und das leise Zischen der Glut, die sich in den Tabak fraß. Er fragte mich nach der Fabrik, ließ mich von den Arbeiterinnen und den Vorarbeitern erzählen, von unseren blauweiß-karierten Hosen, den weißen Kitteln, dem Mundschutz, den Hauben und von den Männern, den Chefs, die in Anzügen auf Metallstegen über unsere Köpfe hinweg hin und her gingen.

»Die Geschichte war immer in mir«, sagte er. »Aber ich konnte sie nicht erzählen. Wie nach einem Schlaganfall. Die Worte kamen einfach nicht richtig heraus.« 1953 hatte er für die ersten zwei Kapitel seines Romans ein hochdotiertes Arbeitsstipendium bekommen. Von dem Geld hatte er den ersten »Strandstern« gebaut und eingerichtet. Anfangs war es – eine Weiterentwicklung der Leihbücherei, die sie bis dahin betrieben hatten – noch eine Buchhandlung gewesen, aber als sie nicht genug Gewinn abwarf, wurde bald ein Gemischtwarenladen daraus, der auf die Bedürfnisse von Touristen spezialisiert war. Eigentlich hatte er das Geschäft nur nebenher betreiben wollen, zum Broterwerb, sagte er, und hatte fest vorgehabt, weiter an seinem Roman zu arbeiten. »Aber ich habe es nicht getan«, sagte er. »Da hast du es besser mit deiner Fabrik. An Scheiße bleibt man nicht kleben, nur an Geld.«

Manchmal nannte er das Schreiben einen Fluch, dann wieder einen Segen. Ich hielt beides für übertrieben. Und hatte dennoch Angst, genauso zu scheitern wie er. Tagsüber war ich davon überzeugt, dass ich wohl kaum mein Leben lang darunter leiden würde, sollte ich einmal herausfinden, dass ich doch keine Schriftstellerin war. Ich wollte meinen Roman schreiben, die Geschichte erzählen, glaubte, dass ich das Richtige tat, aber selbst wenn ich mich irrte – ich war erst zwanzig Jahre alt, was machte es da, einmal falsch abzubiegen oder ein Feld zu beackern, dessen Boden womöglich unfruchtbar war? Ich konnte jederzeit zurück an die Universität gehen und doch noch studieren. Oder nicht?

Mein Großvater Benedict stammte aus Marienspringe, einem bayrischen Nest in der Nähe von Wasserburg, in dem es einen gutgehenden Gasthof und ein großes, von Nonnen geführtes Irrenhaus mit vergitterten Fenstern gab. Er war ein uneheliches Kind, seine siebzehnjährige Mutter hatte sich von einem jungen Münchener Arzt schwängern lassen, der auf der Durchreise eine Nacht im Gasthof verbracht hatte. Als sie merkte, dass sie mit meinem Großvater schwanger war, hatte sie versucht, sich das Leben zu nehmen. Danach war sie ins Irrenhaus der Nonnen gekommen und hatte monatelang durch ein vergittertes Fenster zum Gasthof ihrer Eltern hinübergesehen, die sie nicht besuchten. Wie erleichtert war sie gewesen, als sie endlich, endlich wieder nach Hause durfte! Die paar Schritte über die Straße waren der schönste Weg ihres Lebens gewesen.

Die Nonnen hatten meinen Großvater nach Wasserburg zu einer Pflegemutter gegeben. Sie bekam auf einen Schlag eine Geldsumme ausgezahlt, die bis zur Ausbildung reichen sollte und die sie auch dann behalten durfte, wenn das Kind vorher starb. »Sie hat die Kinder schlafen gelegt, so nannte man das. Die Unerwünschten, die Bastarde. Und die Behinderten. Die Kinder, die niemand haben wollte. Die eine Last, eine Schande waren. Natürlich bin ich zuvor noch getauft worden, auf den Namen ›Benedict‹, das heißt ›der Gesegnete‹«, sagte mein Großvater und begann krächzend zu lachen. »Die Kinder sind verhungert oder erfroren, noch als Säuglinge. Die Pflegemutter war eine wohlhabende Frau.«

»Eine Art späte Abtreibung«, sagte ich.

»Schlafen legen klingt weicher«, erwiderte er. »Und eine Abtreibung hätte man nicht mehr rückgängig machen können. Kennst du die Redewendung, dass ein Kind still zur Welt gekommen ist?«

»Eine Totgeburt.«

»So ähnlich habe ich mir früher immer die Kinder in Wasserburg vorgestellt. Dass sie friedlich einschlafen. Aber hast du mal einen Säugling schreien gehört, wenn er hungrig ist oder Schmerzen hat? Als dein Vater zur Welt kam – manchmal, wenn er nachts weinend wach wurde, stand ich an seiner Wiege und habe mir vorgestellt, wie lange er durchhalten könnte, wenn niemand ihn – wie lange würde es dauern? Ich habe ihn aus der Wiege genommen und seiner Mutter gebracht. Ich konnte es nicht ertragen, ihn weinen zu hören. – Meine Mutter hatte eine ältere Schwester, die in Lübeck, weit weg vom bayrischen Marienspringe, als Köchin arbeitete. Sie erfuhr aus einem Brief meiner Mutter, wohin ich gekommen war, und wollte mich zu sich holen. Nur fehlte ihr das Geld für die Reise. Da hat sie der Pflegemutter geschrieben. Jeden Samstagnachmittag, wenn sie frei hatte, schickte sie einen Brief und erkundigte sich nach mir. Sechs Jahre lang. Bis sie das Geld für die Reise zusammenhatte.«

»Die Briefe haben dir das Leben gerettet.«

»Das ist zu pathetisch«, sagte er. »Streich das wieder.«

»Ich schreibe nicht mit. Aber es ist eine gute Geschichte.«

»Wirklich gut wäre sie erst, wenn ich sie aus Sicht der Mutter erzählen könnte. Ich habe es ein paarmal versucht, aber am Ende habe ich immer diese Ohnmacht gespürt, als wäre mein Körper plötzlich gelähmt und ich müsste, ohne etwas tun zu können, zusehen, wie sie … dann bin ich so wütend geworden, dass ich nächtelang nur noch davon geträumt habe, sie umzubringen. Meine eigene Mutter. Ich habe sie mit einem Kissen erstickt. Ich habe gedrückt und gedrückt, aber jedes Mal, wenn ich es wegnahm, schlug sie wieder die Augen auf.«

»Hast du sie noch einmal gesehen?«

»Ja. Als ich erwachsen war und selber schon Vater, bin ich einmal nach Marienspringe gefahren.«

»Wie war das?«

Er schwieg eine Weile lang, dann seufzte er. »Selbst wenn ich es wollte, ich könnte es nicht erzählen. Ich kann einfach nicht.«

»Jetzt schneit es schon wieder«, sagte Großvater. Das war im Februar 2001. »Heute können wir nicht bis in die Puppen telefonieren, ich muss raus und Schnee schippen gehen.« Ich wusste, dass er Arbeiten mochte, bei denen man an nichts denken musste, die eintönig und auf angenehme Weise ermüdend waren. Er arbeitete gern im Lager seines Geschäfts, sortierte, stapelte, katalogisierte, rechte Laub oder hackte stundenlang Holz.

Die Stumpen auf den Bock legen, die Axt heben, zuschlagen und am Ende die Scheite aufschichten.

Daran dachte ich manchmal in der Fabrik. Während meine Hände sich im vorgegebenen Takt der Maschinen bewegten, löste sich etwas in meinem Kopf. Meine Gedanken flossen, einen Moment lang konnte ich an mehreren Orten gleichzeitig sein und löste mich in ihnen auf. Vielleicht ging es Großvater ähnlich.

Während wir telefonierten, stand er immer wieder auf und sah zum Fenster hinaus. »Siehst du das, siehst du das nicht? Die Wege, die Beete, die Auffahrt, die Straße, alles glatt zugedeckt, wie unter weißem Papier. Ein großes unbeschriebenes Blatt. So kann es nicht bleiben. Wir müssen morgen weitersprechen, mein Kind, es wartet Arbeit auf mich.« Ich legte den Hörer vorsichtig zur Seite, damit die Verbindung nicht unterbrochen wurde, stand auf und sah zum Fenster hinaus. Die Laternen warfen gelbliche

Kreise aufs Kopfsteinpflaster. Die Häuserreihe auf der gegenüberliegenden Straßenseite zeichnete sich schwarz gegen den blassroten Himmel ab.

In Leipzig schneite es nicht. Als ich den Telefonhörer wieder aufnahm, hatte Großvater aufgelegt.

Als meine Großmutter ihn Stunden später fand, saß er mit dem Rücken zur Hauswand im Schnee, die Beine ausgestreckt, die Augen geschlossen, eine erloschene Zigarette zwischen den blauen Lippen. Die Schneeschaufel hielt er noch in der Hand.

»Entspannt und friedlich«, sagte Großmutter auf der Beerdigung immer wieder, als könnte sie es nicht glauben. »Steckt sich eine Zigarette an, setzt sich in den Schnee und schläft ein. Dabei hatte er mit der Arbeit noch nicht einmal angefangen.«

Ein halbes Jahr später, im Oktober 2001, erschien mein erster Roman.

DREIZEHN

Was für ein Abgrund. Ich stehe mit dem Rücken zur Wand. Mein Herz klopft. So schlägt das Fenster im Wind auf und zu. Warum kann es Constantin nicht schließen?

»Willst du dich nicht anziehen?«, fragt er.

Ich will ihn anschreien: Mach das scheiß Fenster zu! Bringe kein Wort raus, mein Mund ist ausgedörrt.

Constantin lächelt und klopft mit dem Fingernagel auf das Glas seiner Armbanduhr. »Ich hab gleich eine Telefonkonferenz und will vorher noch schwimmen gehen. Immer schön fit bleiben, hat mein Hausarzt gesagt. Ich muss auf meine Gesundheit achten.« Er lacht. Was ist komisch daran?

Er trägt enge Jeans und ein silbernes Kapuzensweatshirt. Wie ein Teenager. Steht ihm nicht. Lässt ihn alt aussehen. Von seiner Schulter baumelt eine kleine hellblaue Sporttasche, auf die irgendein Glitzerlogo gedruckt ist. Er hält mir meine Jeans hin. Sieht ungeduldig aus. Versucht es mit einem Lächeln zu überspielen. »Du musst bestimmt auch wieder an die Arbeit«, sagt er.

Langsam löse ich mich von der Wand. Schüttele den Kopf. »Es ist Samstag.«

Constantin hebt eine Augenbraue.

»Am Wochenende hat ›Universal Shoes'‹ Werbeabteilung geschlossen.«

»Ich meinte deinen Roman«, sagt er und drückt mir die Jeans in die Hand. »Wie lange bist du schon bei ›Universal‹?«

»Seit mein neuer Roman nicht fertig geworden ist.«

»Woran hakt's?«

»Keine Ahnung.« Ich schließe das Fenster.

Constantin sieht mir beim Anziehen zu. Als ich fertig bin, macht er eine Kopfbewegung zum Bett hin. »Deine Zigaretten.«

»Ach ja.« Sie liegen noch auf dem Nachttisch. Ich stecke sie ein. Würde gern etwas von hier mitnehmen. Eine kleine Erinnerung. Aber Constantin steht schon in der Tür. »Ich muss auch los. Wir können zusammen runtergehen.«

Im Flur schlüpft er in seinen Mantel und knöpft ihn zu. Dann zieht er einen karierten Schal aus der Sporttasche und wickelt ihn sich um den Hals. Zum Schluss setzt er auch noch eine kleine, silbrig glänzende Wollmütze auf. Unsere Blicke treffen sich im Spiegel neben der Garderobe. Er hat grüne Augen mit goldenen Sprenkeln darin. »Ich weiß, es sieht blöd aus«, sagt er und grinst. »Aber nach dem Schwimmen wird mir immer kalt am Kopf.«

»Du gehst doch erst noch.«

Er schiebt mich zur Tür hinaus. Der Fahrstuhl ächzt, bringt uns hinunter ins Erdgeschoss. Wir verlassen das Haus.

Damals, nach Großvaters Tod, besuchte Eike mich mindestens einmal im Monat übers Wochenende in Leipzig. Er brachte Geld mit, füllte meinen Kühlschrank, räumte meine Wohnung auf und drängte mich, stundenlang mit ihm spazieren zu gehen. »Du musst mal vor die Tür«, verkündete er und bot mir den Arm, damit ich mich bei ihm einhakte. Danach sagte er nichts mehr. Kilometerweit liefen wir schweigend nebeneinanderher. Ich glaubte, dass Mutter und Vater ihn schickten. Sie verstanden nicht, warum ich nicht studierte. Mich derart zurückzog. Das Erscheinen meines ersten Romans änderte an ihren Sorgen nichts.

»Merkst du nicht, dass du feststeckst? Dein Leben steht still«, hatte Mutter auf Großvaters Beerdigung zu mir gesagt.

»Ich schreibe mich langsam voran.«

Sie hatte den Kopf geschüttelt. »Vielleicht solltest du wieder nach Hause kommen. Mach eine Ausbildung. Fang etwas Vernünftiges an.«

Eike wollte, dass ich zu ihm nach Berlin zog. »Damit ich dich besser im Auge hab.« Das hatte Esther immer zu Lucy gesagt. Lucy hatte wirklich gegen die Schulleitung geklagt, den Prozess gewonnen und ihr Abitur zugestanden bekommen – das beste unseres Jahrgangs. »Den Wichsern hab ich's gezeigt«, hatte sie mir gesimst. Und wenige Tage später: »Jetzt startet Lucy durch!« Da hatte sie die Aufnahmeprüfung an der European Business School im Rheingau bestanden, der privaten Universität, auf die auch Falk ging. Zur Belohnung hatten ihr ihre Eltern einen quietschroten Mini Cooper geschenkt.

In ihrer ersten Studienwoche kam sie auf dem Weg zur Uni bei strömendem Regen von der Landstraße ab und prallte gegen einen Brückenpfeiler. Die Feuerwehr brauchte Stunden, sie aus dem Wrack des Mini Cooper herauszuschneiden. Die ganze Zeit war sie bei Bewusstsein. Ein Rettungshubschrauber flog sie in die Frankfurter Uniklinik. Da fiel sie ins Koma. Die Ärzte kämpften zwei Tage lang um ihr Leben. Aber Lucy starb an schweren inneren Verletzungen.

Esther erzählte es mir am Telefon. »Kommst du zur Beerdigung nach Hause?«

»Ja, klar, was denkst du denn?«

Ich hatte es auch wirklich fest vorgehabt, war dann aber doch nicht gefahren. Nach der Beerdigung rief Esther mich abermals an: »Du hast versprochen zu kommen! Du bist so was von egoistisch. Wie kannst du Lucy das antun?«

Damals verließ ich meine Wohnung nur, wenn es unbedingt nötig war. Die einzigen Menschen, die ich regelmäßig sah, waren mein Bruder, der Besitzer des Kiosks, bei dem ich Zigaretten kaufte, und der Paketbote, der mir Oma Lores Care-Pakete brachte: Kaffee, Waschpulver, Dosensuppen, kleine Coca-Cola-Flaschen und Miracoli. Manchmal legte sie auch eine Stange Zigaretten bei, dann brauchte ich ein paar Tage lang nicht zum Kiosk zu gehen.

Mein Bruder hatte sein Studium mit Auszeichnung abgeschlossen, ein Volontariat bei einer großen Tageszeitung gemacht und nebenher noch eine Fotoschule besucht. Er träumte von einer Karriere als Auslandskorrespondent, aber die Zeitung hatte keine freien Stellen und übernahm keinen der Volontäre. Also bewarb er sich bei anderen Zeitungen, beim Radio und beim Fernsehen, aber es war keine gute Zeit für angehende Journalisten. Als ich im Herbst 2004 zu ihm nach Berlin zog, hatte er gerade als Produktfotograf bei ›Universal Shoes‹ angefangen. Für mich war es schwerer, einen Job zu bekommen. Einen Roman veröffentlicht zu haben schien bei Bewerbungen eher hinderlich zu sein. Auf jeden Fall qualifizierte es mich nicht, auch über Stiefel, Schuhe und Handtaschen zu schreiben. Aber Eike setzte sich so lange für mich ein, bis ich mich persönlich bei ›Universal Shoes‹ vorstellen durfte. Ich bekam einen Job als Produktbeschreiberin in der Abteilung ›Content‹, aber dort nannten sich alle ›Werbetexter‹, weil es angeblich besser klang. Die meisten meiner neuen Kollegen waren Geisteswissenschaftler, darunter eine Theologin, ein Anglist, ein Doktor der Philosophie und Dutzende Germanisten. Keiner von ihnen hatte eine Anstellung in seinem Fachgebiet gefunden. Ich war die einzige Schriftstellerin und wurde vom Personalchef gewarnt: »Schreiben ist nicht gleich Schreiben. Und Künstler können wir hier gar nicht gebrauchen. Die kleinste Allüre und Sie fliegen raus.«

Wobei ›rausfliegen‹ eigentlich übertrieben war. Ich mietete meinen Arbeitsplatz, und ›Universal Shoes‹ gab mir die Aufträge. Auch wenn ich jeden Tag vom Morgen bis zum späten Nachmittag in ihrem Großraumbüro saß und für niemanden sonst arbeitete, war ich nicht bei ihnen angestellt, sondern galt als Selbständige. Ohne

Urlaubsanspruch, Krankengeld oder Kündigungsschutz natürlich. Aber ich verbrachte viel Zeit mit Eike, und das gefiel mir. Wir lebten auch zusammen, seine Wohnung an der Schönhauser Allee war jahrelang groß genug für uns beide. Dann lernte er Alice kennen, und ich musste ausziehen.

»Im Grunde genommen ist es ein unglaublicher Zufall, beinahe schon ein Wunder, dass ich dir gestern Abend begegnet bin«, sage ich. »Am Wochenende verlasse ich meine Wohnung fast nie, gehe auch nicht aus, schon gar nicht in Bars.« Ich denke an die Fenster in meiner Küche, die ich offen gelassen habe. Und sehe am Hochhaus hinauf, vor dem wir stehen.

»Ich muss jetzt wirklich los«, sagst du.

Ich würde gern ein Steinchen aufheben und mitnehmen. Oder die Zigarette, die mir aus dem Fenster gefallen ist. Das gelbe, plattgetretene Gras vor dem Hochhaus ist mit Kippen übersät, und in den Büschen hängen Plastiktüten, Styroporbecher und zerfetzte Werbeprospekte. Es sind Vogelbeerbüsche. Im Vorübergehen reiße ich eine der roten Fruchttrauben ab. Als ich sie in meine Tasche fallen lassen will, packst du meine Hand und schüttelst sie, bis ich die Beeren loslasse. »Mein Gott, weißt du nicht, dass die giftig sind?«

Ich starre dich an.

»Weißt du das nicht?«, fragst du abermals. Berührst kurz meine Wange. Ein kalter böiger Wind weht durch die Hochhausschlucht, reißt an den Büschen, wirbelt Plastiktüten und Papierfetzen hoch, weht mir das Haar ins Gesicht. Ich schlinge die Arme um meinen Oberkörper. Du schlägst deinen Mantelkragen hoch. Ich habe keine Jacke dabei. Fröstele. Du ziehst an deinem Schal, als wolltest du ihn abnehmen. Um ihn mir zu geben? Du bindest ihn fester zu und fragst: »Wo lang musst du?«

»U-Bahnhof Potsdamer Platz.«

»Das Schwimmbad liegt in die andere Richtung. Dann trennen sich hier unsere Wege.« Zum Abschied gibst du mir einen flüchtigen Kuss auf die Wange.

In meiner Diele stapeln sich die Umzugskartons bis unter die Decke. Überall stehen Möbelteile herum. Obwohl alles genauso aussieht, wie ich es verlassen habe, kommt es mir vor, als hätte sich über Nacht etwas verändert. Kühl weht mir frische Luft entgegen. Ich gehe in die Küche und schließe die Fenster, unter denen mein Schreibtisch steht. Der Laptop summt leise. Einige Manuskriptseiten und Notizzettel sind auf den Boden gefallen. Als ich in die Hocke gehe, um sie einzusammeln, erfasst mich ein Schwindel, aber nicht unangenehm. Sondern wie nach einem langen Flug, auf dem man nicht rauchen durfte; wenn man dann ins Freie tritt, sich endlich eine Zigarette anzünden kann, den Kopf in den Nacken legt, zum Himmel aufschaut und tief inhaliert – unter meiner Haut breitet sich eine dumpfe Wärme aus, eine Art Taubheit, die mich alles viel deutlicher spüren lässt. Ich strecke mich auf dem Boden aus. Schaue zur Decke hinauf. Die Stuckornamente scheinen sich leicht zu bewegen, wie Halme und Blätter, durch die ein leichter, säuselnder Wind geht.

Der Schwindel lässt viel zu schnell nach. Der Dielenboden ist hart und kalt. Ich habe einen pelzigen Geschmack im Mund. Meine Augen brennen. Jetzt breitet sich bleierne Müdigkeit in mir aus. Ich rappele mich auf, schüttele mich und sammle die verstreuten Papiere ein.

Neben meinem Schreibtisch lehnt eine mannshohe, mit Schwarzweiß-Fotos übersäte Magnettafel, auf die oben das Logo von ›Universal Shoes‹ aufgedruckt ist. Die Fotos stammen aus Onkel Georgs Wohnung, sie waren in einer Mappe ganz hinten im Schrank versteckt. Die Magnettafel habe ich auf einer Betriebsfeier mitgehen lassen, konnte sie ganz offen an allen Kollegen vorbeitragen. Niemand hat versucht, mich davon abzuhalten. Ich glaube, sie haben es gar nicht bemerkt.

Hättest du mir doch wenigstens die Vogelbeeren gelassen.

Nicht einmal deinen Nachnamen kenne ich.

Aber meinen U-Bahn-Fahrschein habe ich noch. Mit Datums- und Uhrzeit-Stempel. Daneben notiere ich ›Constantin‹. Zögere kurz. Schreibe ›Consti‹ hinzu. In Klammern. Dann hänge ich den Fahrschein an die Magnetwand.

VIERZEHN

In der Grundschule hatte ich eine Tischnachbarin, die mir ständig Geschenke machte. Sie wollte, dass ich ihren rosafarbenen Radiergummi nahm, steckte mir eine Handvoll Gummibärchen zu oder drängte mir ihren Kakao auf. Sie hieß Svenja, war klein und dünn, hatte ein blasses, sommersprossiges Gesicht und feines milchblondes Haar. Im Stillen nannte ich sie das Mondkalb. Ihre Geschenke schob ich immer wieder zurück. Manchmal weinte sie deswegen, und einmal sprang sie mitten im Unterricht auf, lief zwischen den Tischreihen hindurch zum Papierkorb und übergab sich. Obwohl es nicht meine Schuld war, sondern ein Virus, das reihum jeder in der Klasse bekam, hatte ich ein schlechtes Gewissen und steckte ihre Geschenke von da an ein. Nach einiger Zeit begann sie, mir in rosa Schreibschrift Nachrichten zuzuschieben. Für jeden i-Punkt malte sie ein dickes Herz.

Mutter fischte die Zettel mittags aus meinem Ranzen und las sie mir mit einem Stirnrunzeln vor: Spielst du heute mit mir? Oder: Darf ich Deine Freundin sein?

Es ärgerte mich, dass Svenja mich nicht in Ruhe ließ. Mutter meinte, ich solle nachgeben und sie einmal zum Spielen einladen. Dann wäre der Spuk vermutlich bald schon vorbei. Ich konnte nicht. Irgendetwas an Svenja war mir so unsympathisch, dass ich schon den Gedanken unerträglich fand.

Obwohl sie noch schlechtere Noten als ich schrieb, himmelte sie unsere Klassenlehrerin an. Sie hieß Frau Rosenmüller, war unglaublich dick, trug riesige Bernsteinketten und faustgroße Ohrklipse und hatte hüftlanges orangerotes Haar. Ein Klassenkamerad hatte mir auf dem Schulhof zugeflüstert, dass Frau Rosenmüllers Hintern so ausladend sei, dass man darauf Klavier spielen könne. Immer wenn sie sich durch die Tischreihen zwänge, müsse er daran denken. Dann kribbele es regelrecht in seinen Fingern, es einmal auszuprobieren.

Obwohl Frau Rosenmüller das unmöglich gehört haben konnte, schrieb er plötzlich nur noch schlechte Noten und wurde wegen jeder Kleinigkeit zum Direktor geschickt. Drei Monate später mussten seine Eltern ihn von der Schule nehmen. Danach war ich davon überzeugt, dass Frau Rosenmüller Gedanken lesen konnte. Sobald sie in den Klassenraum kam, versuchte ich, an nichts mehr zu denken.

Svenja aber sah mit offenem Mund und glasigen Augen zu, wenn Frau Rosenmüller sich durch die Tischreihen zwängte und mit dem Hintern gegen unsere Pulte stieß. »Sie hat so schönes Haar«, flüsterte sie mir zu. Oder: »Hast du ihre herrlichen Ohrringe gesehen? Ich glaube, im rechten ist ein kleines Tier eingeschlossen. Eine Fliege vielleicht? Oh, ich liebe Bernstein. Du auch?«

Ich kniff Augen und Mund zusammen, zog die Schultern hoch, ballte die Fäuste und strengte mich an, all meine Gedanken zu verdrängen. Wahrscheinlich steckte

Svenja auch ihr Zettelchen zu. Am glücklichsten war sie, wenn Frau Rosenmüller bei ihr stehen blieb und ihr ein von oben bis unten mit Rotstift verunstaltetes Diktat zurückgab.

»Du bist meine Hauptschulkandidatin, Svenja. Wenn du so weitermachst, ist dein Leben beschlossene Sache, noch ehe es richtig begonnen hat.«

Svenja sah mit großen feuchten Augen zu Frau Rosenmüller auf. »Ich will mich bessern, wirklich. Bitte zeigen Sie mir, was ich falsch gemacht habe.« Sie seufzte und leckte sich mit der Zungenspitze die Lippen, wenn Frau Rosenmüller sich über sie beugte und jeden Fehler einzeln mit ihr durchging.

Hingegen setzten ihr alle die Fehler, die ich machte, zu. »Lass es dir doch erklären«, bettelte sie, sobald ich mein ebenso rotgespicktes Diktat zurückbekam und das Heft schweigend und ohne es eines Blickes zu würdigen, in den Ranzen schob. Ich war schlecht in Deutsch. In der vierten Klasse, da war ich zehn Jahre alt, konnte ich immer noch nicht richtig lesen. Allein beim Anblick eines Buches begannen meine Augen zu brennen, und sobald ich es aufschlug, zitterte ich und mein Kopf leerte sich.

»Katze!«, rief meine Mutter, wenn sie nach der Schule mit mir übte. »Da steht: Katze!«

›Meine erste Fibel‹ hieß das Buch, das alle zur Einschulung bekommen hatten und über das ich als Einzige jahrelang nicht hinauskam. Nachmittags las Mutter mir wieder und wieder den gleichen Text vor:

»Ute sagt: Schau mal, Uwe!

Uwe sagt: Was denn, Ute?

Ute sagt: Schau mal! Eine Katze, Uwe!«

Ich konnte ihn auswendig aufsagen, ständig geisterte er durch meinen Kopf, ich träumte sogar davon. Nur lesen konnte ich ihn nicht.

Wenn Mutter sich erschöpft zurücklehnte und sich mit einem Seufzen eine Zigarette anzündete, hätte ich ihr das Feuerzeug am liebsten aus der Hand gerissen und die Flamme so lange an die Fibel gehalten, bis sie Feuer fing.

Manchmal rief Frau Rosenmüller mich in der Deutschstunde auf. Ich sollte mich mit dem Buch in der Hand hinstellen, weil man so angeblich freier sprach, und der Klasse laut vorlesen. Dann legte das Mondkalb die Arme auf den Tisch und verbarg darin das Gesicht. Es seufzte und stöhnte, und wenn ich mich endlich wieder setzen durfte, griff es nach meiner Hand und drückte sie. Ich bekam ein Gummibärchen oder einen Bonbon. Einen kleinen Trost nannte das Mondkalb es, sah mich mit traurigen Augen an und flüsterte, wenn wir so weitermachten, würden wir beide auf der Hauptschule landen.

Ich hasste sie.

Dann kam Maximilian zu uns in die Klasse und wurde mein neuer Tischnachbar. Er hatte eine Probezeit am Gymnasium nicht bestanden und musste in die vierte Klasse zurück, weil seine Eltern ihn nicht auf eine Realschule schicken wollten. Ich kannte ihn vom Sehen, er war in der Parallelklasse meines Bruders gewesen. Bei ihrer Verabschiedung vor den Sommerferien hatte unsere Klasse ein Theaterstück aufgeführt, an dessen Ende Maximilian aufgestanden war und laut gesagt hatte: »Die süßen Kleinen. Bye, bye, ihr Grundschüler, auf Nimmerwiedersehen!«

Und jetzt war er wieder hier. Das musste die Hölle sein, dachte ich, aber er schien es ganz locker zu nehmen.

An seinem ersten Tag bei uns begrüßte Frau Rosenmüller ihn mit den Worten: »Damit das von Anfang an klar ist: Ich weiß alles über dich, Max. Falls du glaubst, hier wie in deiner früheren Klasse den Clown spielen zu können, hast du dich geschnitten. Ich lasse so was nicht durchgehen. Haben wir uns verstanden?«

Maximilian sprang auf und salutierte. »Eye eye, Sir. Habe verstanden, Sir.«

Alle mussten lachen, woraufhin Frau Rosenmüller uns zu einer Strafarbeit verdonnerte und in der nächsten Stunde auch noch ein unangekündigtes Diktat schreiben ließ.

Maximilian hatte ein längliches, kantiges Gesicht, schmale Lippen und eine spitz hervorspringende Nase. Seine Haut war blass, durch sein blondes, raspelkurz geschnittenes Haar konnte man die blauen Adern auf seinem Schädel sehen. Ich fand, dass er wie ein entlaufener Sträfling aussah. Immer presste er die Hände flach auf den Tisch, als wollte er sich im nächsten Moment abstoßen und aufspringen. Immer trappelte er mit den Füßen, als würde ihm alles nicht schnell genug gehen. Aber immer wenn ich zu ihm schaute, hörte er zu trappeln auf, legte den Kopf schief und grinste. Er hatte warme goldbraune Augen, wie dunkler Honig, dachte ich.

Das Mondkalb saß nun hinter mir und musste mir auf die Schulter tippen oder an meinem Pferdeschwanz zupfen, damit ich mich umdrehte und seine Zettelchen oder Geschenke nahm. Maximilian freute sich darüber, hielt die Hand auf. Ich legte ein Gummibärchen hinein. Er warf es hoch in die Luft, lehnte sich zurück und ließ es sich in den Mund fallen.

Die Zettelchen las er auf dem Schulhof laut vor: »Spielen wir in der Pause hüpfen?« Oder: »Magst du Nutellabrot? Dann teile ich meines mit dir!«

Einmal standen wir alle um ihn herum, und er las: »Hallo Anna, schade, dass jetzt Max neben dir sitzt. Ich vermisse dich!« Er kratzte sich hinterm Ohr, schüttelte den Kopf, dann fuhr er fort, als deklamiere er ein Gedicht: »Oh, liebste Anna, mein Herz bricht, so sehr liebe ich dich, und du merkst es nicht. Welches Meer, welcher Himmel spiegelt sich in deinen Augen, dass sie so wunderbar blau sind, mein Kind. Ach, würde dein Blick nicht immer nur in die Ferne schweifen, sondern auch einmal mich streifen.«

Zuerst hielt ich die Reime für einen Scherz und lachte wie alle anderen. Aber da blickte Maximilian zu mir. »Oh, liebste Anna«, formte er mit den Lippen. Ich entriss ihm den Zettel und starrte die Worte darauf an. Es waren wenige, viel zu wenige Worte für ein ganzes Gedicht. Mein Mund wurde trocken, und mein Herz begann heftig zu schlagen, als Maximilian zu lächeln begann. Hatte er das für mich gedichtet? Meinte er wirklich mich?

Als es zum Pausenende klingelte, gingen wir Seite an Seite zurück in den Klassenraum.

Schweigend saßen wir nebeneinander. In meinem Bauch kribbelte es, und jedes Mal, wenn er sich neben mir bewegte, hielt ich die Luft an, hoffte, dass sein Knie gegen meines fallen oder sein Arm meinen streifen würde.

Als wir die Schule mittags verließen, lief ich hinter ihm her. Wir hatten den gleichen Heimweg, waren ihn aber noch nie zusammen gegangen. Maximilian ging rasch voraus. Ich holte ihn ein, zupfte ihn lächelnd am Arm.

»Was willst du?« Er sah mich nicht einmal an. »Glaub nur nicht, dass wir Freunde sind, Püppchen. Du bist zu jung für mich.«

»Ich bin schon zehn.«

»Und ich fast zwölf. Da liegen Welten dazwischen.«

»Mir hat dein Gedicht gefallen.«

»Das war doch nur Spaß.«

»Ich mag deine Späße«, stammelte ich.

Er sagte nichts mehr, und als ich trotzdem weiter neben ihm herging, wechselte er die Straßenseite.

Ich war so wütend und so enttäuscht, dass ich mich zu Hause in meinem Zimmer einschloss, mich aufs Bett warf und niemanden mehr sehen wollte. Immer wieder klopfte Mutter an, aber erst als Vater abends nach Hause kam und drohte, die Tür einzutreten, wenn ich ihn nicht sofort hereinließ, machte ich auf. Er nahm mich in den Arm, und ich erzählte ihm schluchzend von Maximilian.

»Ach, Gott«, sagte er. »Das ist doch der kleine Beckmann-Klagen. Die Familie kenne ich. Den Senior, also Maximilians Großvater, hab ich beerdigt, das war ein interessanter Typ, ein Kaufmann alter Schule – aber der Rest der Familie …« Ich wartete darauf, dass er mehr erzählte, doch er schüttelte nur den Kopf. Und dann stand Mutter in der Tür. »Sind das nicht die mit den Teppichen?«, fragte sie. Mir fiel sofort die Radiowerbung ein: »Orientteppiche auf drei Etagen, gibt's an der Wilhelmstraße bei Beckmann-Klagen!« Wobei der zweite Teil des Namens hessisch ausgesprochen wurde, so dass er sich auf Etagen reimte. Es war ein alteingesessenes Familienunternehmen – eine Institution, sagte meine Mutter – und lag an der teuersten Einkaufsstraße der Stadt. Hinter den goldgerahmten Schaufenstern funkelten riesige Kristallleuchter. Farbenprächtige Teppiche bedeckten Boden und Wände.

»Das sind ganz kalte, oberflächliche Leute«, sagte mein Vater. »Die Eltern – und bestimmt auch der Junge.« Er strich mir über die Wange, tupfte mit den Fingerspitzen meine Tränen weg. »Du bist ein wunderbares, kluges, hübsches Mädchen, Anna, und ich bin sicher, dass Maximilian das sieht. Trotzdem meint er nicht dich. Das Gedicht war nicht für dich. Er will, dass man ihn wahrnimmt, er muss im Mittelpunkt stehen, und dafür benutzt er dich.«

Ich warf Mutter einen flehentlichen Blick zu, wünschte mir, dass sie Vater widersprechen würde, aber sie zuckte mit den Schultern und sagte: »Ich kenn den Jungen nicht.« Als ich wieder zu weinen begann, zog Vater mich in seinen Arm. »Es tut mir so leid, wir wollen dich doch nur schützen«, flüsterte er, und Mutter sagte: »Die Wahrheit tut manchmal weh.«

Ich konnte die ganze Nacht lang nicht schlafen, starrte die Dachschräge über meinem Bett an und sah Maximilian vor mir. Diese goldbraunen Augen. Sein Lächeln. Seine

Hand, die er aufhielt, damit ich ein Bonbon hineinlegte. Selbst das Trappeln seiner Füße kam mir auf einmal wunderbar vor. Warum sollten wir nicht Freunde sein können?

Am nächsten Morgen ging Maximilian auf dem Weg zur Schule vor mir her. Er grüßte mich nicht und tat, als würde er mich nicht hören, als ich ihn rief. Ich rannte zu ihm, fasste ihn am Arm. »Was ist los mit dir?«

Er machte sich los. »Lass mich, Kleine, ich will nicht, dass mich jemand mit einer Grundschülerin sieht.«

Er war doch selbst einer. Ich biss mir auf die Zunge. Er fügte mit etwas versöhnlicherer Stimme hinzu: »In der Schule können wir wieder reden.«

Ich ließ mich hinter ihn zurückfallen, glaubte, dass ich gleich wieder weinen würde. Vor Wut. Aber diesmal kamen keine Tränen, und ich nahm mir fest vor, nie wieder mit Maximilian zu sprechen.

Als das Mondkalb mir ein Kaugummi schenkte, hielt Maximilian wieder die Hand auf. Ich ignorierte ihn und schob es mir in den Mund.

Seine Füße trappelten, er stieß mich mit dem Ellenbogen an: »Jetzt komm schon, sei nicht gleich eingeschnappt.«

Ich drehte mich weg und schaute zum Fenster, durch das man die Burg Sonnenberg mit ihrem kantigen, grauen Turm sehen konnte. Ich starrte sie an und spürte, wie sich etwas von ihrer Wehrhaftigkeit auf mich übertrug. Irgendwann stünde ich dort oben und schüttete heißen Teer über die Schule und Maximilian. Der Gedanke gefiel mir.

»Träum nicht, Anna!« Frau Rosenmüller klatschte in die Hände. Ich zuckte zusammen und konzentrierte mich wieder darauf, nichts zu denken.

Als sie während einer Stillarbeit kurz auf den Flur ging, hörte ich ein Kichern. Maximilian hockte vorn auf dem Lehrerpult. Ich hatte nicht bemerkt, dass er aufgestanden war. Sehr gut. Er war mir egal. Ich vertiefte mich in mein Rechenheft. Immer mehr Leute kicherten. Ich sah nun doch wieder hin. Er hatte Frau Rosenmüllers Tasche geöffnet und ihre Brotdose herausgezogen, eine Art Turm, der aus mehreren übereinandergestapelten Fächern bestand, die von Klammern zusammengehalten wurden. Das Ding kannte ich und versuchte mich wieder aufs Rechnen zu konzentrieren. Ein Klacken. Maximilian hatte den Dosenturm geöffnet. Er hatte einen Henkel, an dem man ihn wie eine Handtasche tragen konnte. Ich hatte Frau Rosenmüller damit schon oft über den Flur gehen und im Lehrerzimmer verschwinden sehen. Sie aß nie vor uns.

Maximilian hatte die Augen weit aufgerissen, starrte scheinbar entsetzt ins oberste Fach und zog ein Paar Wiener Würstchen heraus. Dann ein zweites, ein drittes, ein viertes. Acht Würstchen insgesamt. Er reihte sie auf dem Pult auf. Im zweiten Fach waren Frikadellen. Vier Stück. Knoblauch- und Kümmelgeruch breitete sich im Klassenraum aus. Als Maximilian das dritte Fach öffnete, sah er zu mir. Ich senkte den Blick. »Zwei Berliner!«, rief er. »Dick mit Zuckerguss.«

Die anderen lachten. Ich setzte meinen Stift aufs Papier und rechnete. Maximilian packte das Essen ein und glitt zurück an unseren Tisch. Mit weichen, lautlosen Bewegungen. Ich musste an eine Schlange denken.

»Kein Wunder, dass die Rosenmüller so fett ist«, flüsterte er.

Ich sagte nichts. Fast wünschte ich mir das Mondkalb als Tischnachbarin zurück.

Auf dem Heimweg ging ich schweigend hinter Maximilian her. Vielleicht würde er doch stehen bleiben und mit mir reden? Vielleicht entschuldigte er sich, und ich war doch nicht zu klein? Er tat es nicht. Nur im Klassenraum und auf dem Schulhof hielt er sich ständig an mich. Wohin ich auch ging, immer wieder tauchte er neben mir auf. Bis wir die Schule verließen. Dann war ich abermals Luft für ihn. Wochenlang ging das so. Er machte seine Scherze, und ich sprach kein Wort mit ihm. Mutter hielt das für eine gute Strategie. »Tu einfach, als wäre er gar nicht da.« Ich gab mir alle Mühe und fühlte mich elend. Er war ein Idiot, ohne Frage. Ich mochte ihn trotzdem. Mutter versicherte mir, das würde vorbeigehen.

Ich lud Svenja zu mir nach Hause ein. Sie lief durch mein Zimmer und bewunderte meine Spielsachen. »Das ist die schönste Barbie, die ich jemals gesehen habe.« Sie setzte die Puppe zurück und fasste mir ins Haar. »Ach, Anna, du bist beinahe genauso schön. Wenn wir doch nur auch in der Schule ein bisschen besser wären.«

Ich war froh, als Svenja wieder abgeholt wurde.

Dann, an einem sonnigen Freitagvormittag, rief Frau Rosenmüller mich in der Deutschstunde auf: »Anna, Seite dreiundzwanzig, beide Absätze, bitte.«

Lesen. Vor allen anderen. Mein Herzschlag setzte aus.

»Ich kann das nicht«, flüsterte ich.

Frau Rosenmüller wedelte mit der Hand. »Los, aufstehen, einmal tief durchatmen, und dann zeig uns mal, was du nicht kannst.« Ihre Ohrklipse funkelten, und die großen sattgelben Steine an ihrer Kette brachen das Sonnenlicht und warfen es an die Wände.

Ich stand langsam auf, öffnete mit zitternden Händen ›Meine vierte Fibel‹ und blätterte. Seite elf, zwölf, dreizehn ...

»Welche Seite noch mal?«, flüsterte ich.

Maximilian gähnte und räkelte sich.

»Dreiundzwanzig«, sagte Frau Rosenmüller gereizt.

Vierzehn, fünfzehn, sechzehn ... warum nahm sie nicht jemand anderen dran? Svenja stöhnte leise, litt wieder mit mir. Maximilian begann, ungeduldig mit den Füßen zu trappeln.

»Hast du's bald?«, fragte Frau Rosenmüller.

Ich schwitzte, mein Gesicht glühte, meine Finger rutschten von den glatten, glänzend beschichteten Seiten ab. Frau Rosenmüller stand plötzlich direkt vor mir, entriss mir das Buch, schlug die richtige Seite auf und drückte es mir in die Hand.

»Los jetzt, lies. Du bist schon zehn. Irgendwann muss das doch gehen.«

Sie schob sich zwischen den Tischreihen an ihr Pult zurück. Ich konnte das Rascheln ihrer Kleider hören, versuchte mich auf den Text zu konzentrieren. Starrte ins Buch. Endlose Buchstabenkolonnen, die sich von rechts nach links, von oben bis unten über die ganze Seite zogen. »E-se-e …« Was, zum Teufel, stand da? Mein Blick begegnete kurz Maximilians, der fragend zu mir aufsah. Er hatte das noch nie miterlebt, wusste nicht … Tränen traten mir in die Augen. Ich versuchte, sie wegzublinzeln.

»Lauter, Anna«, rief Frau Rosenmüller vom Pult aus.

»E-se-w…«, stammelte ich und spürte, wie Maximilian mich anstarrte. »E-se-ees-we-a-r.« Er lehnte sich leicht zu mir herüber. »Es war einmal«, wisperte er, »ein böser Zauberer.«

Meine Stimme zitterte, als ich ihm nachsprach.

»Anna, wir hören dich nicht!« Frau Rosenmüller hatte den Kopf leicht zurückgelegt und die Augen geschlossen, als genösse sie es.

»Es war einmal ein böser Zauberer!«, rief ich.

»Eines Tages fertigte er einen Spiegel an …«, wisperte Maximilian, und ich wiederholte laut: »Eines Tages fertigte er einen Spiegel an …«

»… in dem alles Gute und Schöne …«

»… in dem alles Gute und Schöne …«

»… das sich darin spiegelte …«

»… das sich darin spiegelte …«

»… zusammenschrumpfte und hässlich grinste …«

»… zusammenschrumpfte und hässlich grinste … während das, was nichts taugte, deutlich hervortrat und sich gut ausnahm.«

»Sehr schön«, murmelte Frau Rosenmüller immer noch mit geschlossenen Augen. »Du hast fleißig gelernt. Das gefällt mir. Lies bitte weiter, Anna.«

Plötzlich knallte etwas. Svenja war aufgesprungen, hatte ihren Stuhl umgeworfen. Mit erhobenem Arm stand sie hinter mir und schnipste mit den Fingern. »Sie hat gar nicht gelernt! Max sagt ihr vor«, rief sie aufgeregt. »Max sagt ihr vor! Sie kann es immer noch nicht!«

Da drehte Maximilian sich um und packte sie an den Haaren.

»Und du willst ihre Freundin sein?«

Er riss ihren Kopf nach vorn. Sie stolperte, ihr Gesicht knallte auf den Tisch. Etwas knackte. Einen Moment lang war es vollkommen still. Dann kam Svenja keuchend hoch. Schaute zu mir. Aus ihrem linken Nasenloch quoll Blut. Wie dunkel es war, auf ihrer blassen Haut sah es beinahe schwarz aus. Plötzlich, als wäre ein Damm gebrochen, schoss es in einem Schwall heraus, und um mich herum begannen alle zu kreischen.

FÜNFZEHN

Wir saßen auf einer Holzbank vor dem Büro des Direktors. Frau Rosenmüller hatte uns gleich beide zu ihm gebracht, mich eine dreiste Betrügerin und Maximilian einen brutalen Schläger genannt. Sein Pullover war mit Svenjas Blut besudelt. »Beckmann-Klagen«, hatte der Direktor zornig ausgestoßen, ohne mich zu beachten. »Du glaubst wohl, dass du dir alles erlauben kannst.«

Meine Eltern hatten mir eingebläut, immer darauf zu bestehen, dass man sie anrief, wenn ich in Schwierigkeiten war. Dann sollte ich kein Wort mehr sagen und warten, bis sie mir zur Hilfe kamen. Ich war noch nie in Schwierigkeiten gewesen, aber im Büro des Direktors hatte ich sofort daran gedacht, die Arme vor der Brust verschränkt und mit leicht zitternder Stimme gesagt: »Bitte rufen Sie erst unsere Eltern an. Bevor sie hier sind, dürfen wir nicht mit Ihnen sprechen.«

Maximilian hatte mich erstaunt angesehen und gelächelt, als der Direktor uns hinauswies: »Da draußen setzt ihr euch hin! Wenn ich nur einen Mucks von euch höre, könnt ihr was erleben!«

Es läutete zur Pause. Die Klassenzimmertüren flogen auf, und die Schüler stürmten heraus. Wurden langsamer, als sie Maximilian und mich auf der Bank sitzen sahen, starrten uns kurz an und liefen schnell weiter. Niemand fragte etwas oder sagte etwas zu uns.

Der Flur leerte sich. Die letzten Schritte verhallten im Treppenhaus. Vom Hof klangen gedämpftes Lachen und Kreischen herauf.

Maximilian und ich sahen einander nicht an.

»Was war das eigentlich für ein Märchen?«, fragte ich leise.

»Die Schneekönigin. Von Andersen. Kennst du das nicht?«

Ich schüttelte den Kopf.

»Es ist wunderschön. Und traurig.« Er lachte leise. »Der böse Zauberer - sein Spiegel zerbricht, und die Splitter verteilen sich über die ganze Welt. Wenn sie einen ins Auge treffen, sieht man alles verkehrt, sieht nur noch das Falsche bei einer Sache. Am Schlimmsten ist es, wenn ein Splitter in deinem Herzen steckt, dann gefriert es zu Eis und man kann nie wieder etwas Schönes empfinden. Kennst du das wirklich nicht?«

Ich schüttelte erneut den Kopf, fühlte mich etwas benommen.

»Andersen hat lauter unheimliche Geschichten geschrieben«, sagte Maximilian. »Das Mädchen mit den Schwefelhölzern, der Weihnachtsbaum, der nicht sterben will - ich mag sie alle ganz gern.« Er griff in seine Hosentasche, zog ein kleines Fläschchen hervor und schraubte es auf. »Willst du auch?«

War das Alkohol? Ich schüttelte den Kopf. Er trank es in einem Zug aus und schob es zurück in die Tasche.

»Hast du mal ein Kaugummi?«, fragte er.

»Nur einen Bonbon.«

Er schob ihn sich in den Mund. Lehnte den Kopf an die Wand und schloss die Augen.

»Maximilian?«

»Hm?«, brummte er.

»Sind wir jetzt Freunde?«

Er lächelte mit geschlossenen Augen. »Jetzt fliege ich von der Schule, Püppchen.«

Ich zuckte zusammen. Seine Worte trafen mich wie ein Faustschlag. Daran, dass man ihn rausschmeißen würde, hatte ich nicht gedacht. Alles meine Schuld.

»Ist nicht schlimm«, sagte er, als hätte er meine Gedanken gelesen. »Dann komme ich halt auf 'ne andre Schule. Das war's mir wert. Verräter kann ich nicht ausstehen.«

»Ich auch nicht«, flüsterte ich.

Er drehte den Kopf zu mir, sah mich aus halbgeschlossenen Augen an, lächelte. »Wir sind Freunde.«

Ich griff nach seiner Hand, er drückte meine. Da hörte ich Schritte im Treppenhaus. Die schnellen, fast fliegenden Schritte meiner Mutter, die immer zwei Stufen auf einmal nahm, und die schweren, stampfenden meines Vaters, der langsam hinter ihr herkam. Schon eilten meine Eltern den Flur entlang. Ich sprang auf und lief ihnen entgegen. Mutter nahm mich in den Arm. Vater stampfte weiter ins Direktorenzimmer, schmiss die Tür hinter sich zu und fing sofort zu brüllen an.

Ich sah zu Mutter auf. »Maximilian wollte nur …«

»Pscht«, machte sie. »Das spielt jetzt keine Rolle. Du kannst es uns später in Ruhe erzählen.«

Ich schwieg.

Dann ging die Tür wieder auf. Vater kam mit dem Direktor heraus, der mir zunickte: »Es ist alles geklärt, Anna. Du darfst gehen.«

Ich löste mich aus Mutters Arm. »Maximilian hat nur …«, begann ich erneut, aber Vater tätschelte meinen Kopf: »Lass uns das zu Hause besprechen.«

Mutter legte ihren Arm wieder um mich und zog mich mit sich. Es klingelte zum Pausenende. Ein Donnern erfüllte das Treppenhaus, als Hunderte Schüler wieder in ihr Klassenzimmer strömten und schlagartig den Flur füllten. Auf einmal waren wir von Kindern umgeben. Mutter steuerte zielsicher zwischen ihnen hindurch. An der Treppe drehte ich mich noch einmal um, sah meinen Freund mit gesenktem Kopf allein auf der Bank sitzen. Dann schob sich jemand vor ihn, und Maximilian verschwand.

»Wir werden jetzt jeden Tag noch eine Stunde länger lesen üben«, sagte Mutter. »Deine schlechten Leistungen machen dich angreifbar. Du darfst dir im Moment nichts erlauben, schon gar nicht die falschen Freunde. Wenn du gute Noten hast und die Lehrer dir fachlich nichts anhaben können, kannst du machen, was dir gefällt. Dann pisst dir niemand ans Bein, nie mehr, und du darfst deine Freunde wieder selbst aussuchen. Aber bis dahin vergisst du diesen Jungen und lernst. Hast du das verstanden? Anna, hörst du mir zu?«

Jetzt saß Svenja wieder neben mir. Aber sie machte mir keine Geschenke mehr. Im Gegenteil. Wenn ich mich zu ihr drehte, zuckte sie zusammen und sah schnell weg, als hätte sie Angst, ich könne ihr etwas tun. Dabei hatte ich doch gar nichts getan. Trotzdem stand ich in den Pausen allein auf dem Schulhof. Alle behandelten mich mit Respekt und machten gleichzeitig einen großen Bogen um mich. Ich hörte sie tuscheln: »Das ist die Freundin vom Beckmann-Klagen.« Wenn mich im Treppenhaus zufällig jemand anrempelte, entschuldigte er sich sofort. Und einmal rief mir einer hinterher: »Schöne Grüße an den Millionärssohn. Wie ist seine Villa denn so?« Als ich mich umdrehte, sah mich niemand an, und ich konnte nicht ausmachen, wer das gesagt hatte. Ich hatte Maximilian zuletzt vor dem Büro des Direktors gesehen. Danach war er nicht mehr zur Schule gekommen.

Dann, an einem kühlen, verregneten Maimorgen – wir hatten gerade Kunstunterricht und sollten die Burg Sonnenberg malen, deren trutziger grauer Turm hinter Regenschleiern verschwand –, klopfte es an die Tür.

»Ja, bitte«, antwortete Frau Rosenmüller gereizt.

Maximilian trat ein. Sie nickte ihm zu, machte eine Handbewegung zu unserer Bank hin. Vor Erleichterung hätte ich beinahe aufgeschrien. Lautlos glitt er zwischen den Bänken hindurch, mir entgegen. Schon stand er neben mir. Lachend blickte ich zu ihm auf, hätte am liebsten meine Arme um ihn geschlungen. Er sah an mir vorbei. Griff unter die Bank, zog seine Bücher heraus, klemmte sie sich unter den Arm und ging, ohne sich noch einmal umzuschauen.

In welchem Haus wohnte Maximilian eigentlich? Es war, als wäre er morgens immer wie aus dem Nichts aufgetaucht und auf dem Heimweg genauso plötzlich wieder verschwunden.

Ich ging den ›Kamm‹ entlang, eine villengesäumte Straße oberhalb der Burg Sonnenberg. Hier musste das Haus der Beckmann-Klagens irgendwo sein. Ich sah auf alle Klingelschilder und versuchte, die Namen darauf zu entziffern. Immer trat gleich jemand ans Gartentor, spähte aus dem Fenster oder rief in einem Ton, der klarmachte, dass ich mich zum Teufel scheren sollte: »Was ist denn? Kann man dir helfen?«

Alle Grundstücke waren von hohen Zäunen eingefasst, und orangenfarbene Lampen über den Eingängen zeigten die eingeschalteten Alarmanlagen an. Vielleicht war das Haus der Beckmann-Klagens genauso geheim wie ihre Telefonnummer, die ich vergeblich im Telefonbuch gesucht hatte. »So ist das bei reichen Leuten«, hatte mein Bruder gesagt. »Sonst würde schließlich jeder bei ihnen anrufen und sich Geld leihen wollen.«

Abends fragte ich ihn, ob er wisse, wo Maximilian wohne. »Logisch«, sagte er. »Die Beckmann-Klagens haben doch das größte Haus am Kamm, aber man kann's von der Straße aus nicht sehen. Es ist von einem riesigen dunklen Zaun umgeben.«

Er war mindestens zwei Meter hoch, stand auf einem Granitsockel und war von innen mit Metallplatten verkleidet. Neben dem ebenso hohen Tor hing kein Namensschild. Es gab nur eine Gegensprechanlage und einen schwarz glänzenden Knopf. Ich traute mich nicht, ihn zu drücken. Jeden Morgen blieb ich einige Minuten lang vor dem Tor stehen und hoffte, dass Maximilian aus dieser Festung herauskommen und doch wieder zur Schule gehen würde – diesmal zusammen mit mir. Auf dem Heimweg wartete ich noch länger, trieb mich manchmal ein, zwei Stunden in der Nähe des Tors herum, kickte Steinchen über den Gehweg oder tat, als würde ich spazieren gehen. Bloß nicht die Aufmerksamkeit der Nachbarn erregen. Ich hoffte nur, dass Maximilian mich sah. Manchmal dachte ich, dass man ihn in der Festung gefangen hielt und erschießen würde, wenn er auch nur versuchte, sich dem Zaun zu nähern. Er stand irgendwo am Fenster, konnte mich sehen, aber nicht mit mir sprechen und schon gar nicht zu mir heraus. Ich winkte unauffällig, warf schnelle Kusshände in die Luft: Halt durch, halt durch, halt durch!

Immer kam meine Mutter irgendwann in ihrer schwarzen Ente den Kamm heruntergetuckert, hielt neben mir an und rief durch das hochgeklappte Seitenfenster: »Was machst du schon wieder hier? Sofort einsteigen, Fräulein. Jetzt wird lesen geübt!«

Eines Morgens, als ich wieder am Tor wartete, schlenderte einer meiner Mitschüler die Straße entlang. Ein Erstklässler, klein und frech.

»Was machst du hier immer?«, fragte er und grinste dann: »Lässt das Millionärssöhnchen dich nicht mehr rein? Ich hab gehört, dass ihr Freunde seid. Die Villa würd ich mir auch gern mal ansehen.«

Ehe ich etwas erwidern konnte, warf er seinen Ranzen ab, sah sich kurz um und begann, am Zaun hochzuklettern.

»Lass das!«, rief ich.

»Warum?« Er stand bereits auf dem Betonsockel.

»Siehst du die Kameras nicht? Und den Stacheldraht?«

Lachend kletterte er weiter. »Du kannst ja pfeifen, wenn einer kommt!«

»Und wenn es hier Selbstschussanlagen gibt? Da bist du durchsiebt, ehe du über den Zaun springst.«

»Hier? Du spinnst ja«, sagte er und blieb stehen. Seine kleinen Hände umklammerten die Streben des Zauns. »Hat Maximilian dir das erzählt? Oder hast du es selbst gesehen?«

»Mit eigenen Augen.« Ich blickte zu ihm hoch. »Warst du noch nie an der DDR-Grenze? Da sieht's aus wie hier. Und wenn du gleich tot überm Zaun hängst …«

Der Junge sprang auf die Straße, starrte mich kurz an, schnappte sich seinen Ranzen und rannte. Fast tat er mir leid. Was war nur in mich gefahren? Selbstschussanlagen an der Villa der Beckmann-Klagens, was für ein Quatsch. So was gab es doch wirklich nur an der DDR-Grenze.

Etwas surrte. Die Kameras über mir bewegten sich. Ich schaute auf. Sie drehten sich zu mir. Sahen wie schwarze Pistolen aus. Klickend senkten sie sich herab und nahmen mich ins Visier. Da rannte ich auch.

SECHZEHN

Meine Mutter erzählte uns immer, in der DDR sei die Zeit stehengeblieben. Seit ihrer Kindheit – und damit meinte sie ihre Flucht – habe sich dort nichts verändert.

Wenn wir in Rostock waren, führte sie uns mindestens einmal an ihrem Elternhaus vorbei. Der Putz bröckelte von der Fassade. Dickes Moos zog sich über das Dach. Den Zaun im Vorgarten hatte mein Großvater gebaut, der Kirschbaum war zu Onkel Georgs Geburt gepflanzt worden. Sogar die Kaninchenställe, große, übereinandergestapelte Boxen, waren noch da.

Wie gern hätte ich mir einmal das Wohnzimmer angeschaut, das nur zu feierlichen Anlässen genutzt worden war und in dem jedes Weihnachten der Tannenbaum gestanden hatte, so hoch und so prächtig geschmückt, wie sie es, schwärmte meine Mutter, nie wieder irgendwo anders gesehen habe.

Vater, der bei uns für den Kauf und das Schmücken des Weihnachtsbaums zuständig war, litt darunter immer ein bisschen. Nie reichte er an ihre Erinnerungen heran.

Einmal, als wir an ihrem Zuhause vorbeigingen, fragte ich Mutter: »Weißt du, wer da jetzt wohnt? Können wir nicht mal klingeln? Vielleicht lassen sie uns kurz rein, damit du uns alles zeigen kannst.«

Aber Mutter schüttelte den Kopf: »Das kannst du vergessen. Diese Tür ist für immer verschlossen.«

Tante Hannes Mann arbeitete für eine staatliche Behörde und durfte keinen Westbesuch haben. Deswegen übernachteten wir in einer großen, heruntergekommenen Villa. Die alte Frau, der sie gehörte, vermietete gegen Westgeld Zimmer. Wenn wir anreisten, stellten wir unser Gepäck ab und gingen gleich zu Tante Hanne hinüber. Sie wohnte in einer großen hellen Altbauwohnung mit hohen Decken und knarrenden Dielenböden. Überall – in Vitrinen, Regalen, auf den Sofas, den Fensterbänken und den Betten – saßen Puppen. Mädchen und Jungen, Säuglinge in langen Taufkleidern, Kleinkinder mit rosigen Wangen und strammen Waden, Schulkinder in Matrosenanzügen und Kleidchen, die handtellergroße Lederranzen auf den Rücken trugen. Einige der Puppen stammten noch aus Hannes Kindheit, aber die meisten hatte sie selbst gemacht. Mutter ermahnte mich jedes Mal, sie nur anzusehen und nicht zu berühren, aber Hanne sagte, ich solle unbedingt mit ihnen spielen, ein ganzes Jahr lang – seit dem letzten Sommer – warteten ihre Puppenkinder auf mich und sie wünsche sich nichts mehr, als uns endlich wieder glücklich vereint zu sehen. Es gab auch Schubladen voller Puppenkleidung, kleiner Schuhe, Messingkochtöpfe, winziger Bestecke und zarten Porzellangeschirrs. Ich war im Paradies.

»Schade, dass du nicht mehr mit Puppen spielst«, sagte

Hanne scherzhaft zu meiner Mutter, aber die erwiderte schnippisch: »Seit ich damals mein Karlchen hierlassen musste, hab ich kein Puppenkind mehr gehabt.«

»Ja, um ihn tut's mir auch leid. Du kamst montags nicht zur Schule, ich wusste sofort, dass ihr weg seid, hab gleich an dein Karlchen gedacht, bin nach dem Unterricht zu eurem Haus, um ihn zu mir zu holen – hat mich fertiggemacht, dass er da ganz allein sitzt und vergeblich auf deine Heimkehr wartet. Aber bei euch wimmelte es nur so von Uniformierten, alles wurde durchsucht. Da konnte man nicht einfach rein. Es hat mir das Herz gebrochen, noch heute frag ich mich oft, wo er jetzt wohl ist.«

»Wahrscheinlich im Müll«, sagte Mutter, und Hanne schüttelte sich: »Christine! Wie kannst du so herzlos sein! Nein, nein, bei uns kommt nichts weg. Ich bin sicher, er hat ein gutes Zuhause gefunden.«

Wenn wir Kaffee getrunken hatten, hockten Hanne und Mutter sich auf den Fußboden und packten die Geschenke aus, die wir mitgebracht hatten: Waschpulver, Bananen, eine Ananas, Kaffee, Cola, einen Walkman, ein Paar Diesel-Jeans und eine braune Papiertüte, die Hanne feierlich entgegennahm. »Das muss ich mir in Ruhe ansehen, da freue ich mich schon das ganze Jahr drauf«, sagte sie und trug die Tüte an ihren Arbeitstisch, der die gesamte Wand unter den Fenstern zum Garten einnahm. Als sie die Tüte ablegte, rollte ein blaues Glasauge heraus und kollerte über die Tischplatte. Tante Hanne fing es gerade noch rechtzeitig auf, ballte die Faust darum und stieß einen erleichterten Seufzer aus: »Himmel, geh mir bloß nicht kaputt. Sonst gibt's ein einäugiges Kind!« Dann wandte sie sich lächelnd zu Mutter um: »Einäuglein, Zweiäuglein, Dreiäuglein – kennst du das Märchen noch?«

»Klar. Mein Vater hat es mir immer vorgelesen.«

Sofort wandte Hanne sich wieder ab und packte die Tüte aus: Dutzende blaue, braune und grüne Glasaugen, künstliche Wimpern, Farbtiegelchen, feine Pinsel und die unterschiedlichsten Perücken.

Wir mussten stets gehen, bevor ihr Mann nach Hause kam. Deswegen machte Hanne uns zeitig Abendessen, so dass ich nachts wieder aufwachte und Hunger hatte.

Einmal saßen wir gerade am Abendbrottisch, als die Wohnungstür aufgeschlossen wurde. Hannes Mann war zu früh dran. Wutentbrannt schmiss er uns raus. Noch auf der Straße konnten wir hören, wie er Hanne anbrüllte. Als mein Vater sagte, dass er ein Idiot wäre, weil spätestens jetzt jeder von unserem Besuch wisse, schüttelte Mutter den Kopf: »Vielleicht schreit er ja, damit alle wissen, dass er etwas gegen Westbesuch hat.«

Ich mochte Hannes Mann nicht, weil wir seinetwegen in der Villa der alten Frau wohnen mussten. Dort hatten wir immer das gleiche Zimmer am Ende eines langen Flurs. Es war der unheimlichste Ort, den ich je gesehen habe. An den Wänden standen vier altertümliche Gitterbetten, von denen die weiße Farbe abblätterte. Die Kissen und Decken waren mit schweren, muffig riechenden Daunen gefüllt und mit steifer, vergilbter Bettwäsche bezogen. Sie passte zu dem langen, gestärkten Spitzennachthemd, das auf einem Holzbügel an der Tür hing und mit jedem Besuch fadenscheiniger zu werden schien. Im trüben Licht einer Straßenlaterne, das nachts durch die langen Netzgardinen fiel, sah es manchmal wie ein Gespenst aus. Öffnete man die Tür, fing es im Luftzug an, sich zu bewegen, und ein strenger säuerlicher Geruch durchstreifte den Raum. Außerdem durften wir zwar das Bad der alten Dame benutzen, aber für die Nacht stellte sie uns einen Nachttopf hin. Obwohl Mutter behauptete, dass er sauber sei, roch er genauso säuerlich wie das Nachthemd.

Bestimmt hatte die Frau ihre Kinder in diesem Zimmer eingesperrt. Vier, dachte ich, seien es gewesen. Eins nach dem andern war in seinem Gitterbett gestorben. Dem letzten von ihnen hatte das Nachthemd gehört. Deshalb roch es nach Tod.

Ich wurde diese Vorstellung gar nicht mehr los.

Sobald es wieder Nacht war, hörte ich das Flüstern dieses verlorenen und verzweifelten Mädchens. »Durchhalten, durchhalten«, flüsterte es. Durchhalten, alles wird gut.

Von meinen Schulkameraden war keiner je in der DDR gewesen, und nach den Ferien erzählte ich immer, was ich dort erlebt hatte.

Als Eike mich einmal fragte, warum ich in meiner Klasse keine Freunde hätte, antwortete ich lachend: »Ich glaube, sie haben Angst vor mir.«

Er lachte auch: »Nicht vor dir. Aber vor deinen Schauergeschichten. Vor denen habe ich früher auch Angst gehabt. Weißt du noch? Das vergiftete Wasser?«

»Es war verzaubert«, sagte ich, packte ihn an den Schultern und flehte: »Trink nicht davon, Brüderchen, bitte nicht!«

Eike aber rief: »Ich hab doch solchen Durst! Schwesterchen, lass mich bitte trinken!« Er riss sich los, stöhnte.

Ich schlug die Hand vor den Mund: »Ach, Brüderchen, was hast du getan? Das Wasser hat dich in ein Rehkitz verwandelt. Aber sorge dich nicht, weine nicht, ich flechte dir eine Leine aus Gräsern und kümmere mich um dich.«

Wir zogen in eine Hütte im Wald. Da kam ein Königssohn einher und verliebte sich in mich. Ich aber blieb standhaft. Nein, ich ließ mich nicht um den Finger wickeln. Niemals folgte ich ihm auf sein Schloss. Nie gab es eine Hochzeit. Nie wurde ich Königin. Mein Leben lang sorgte ich für meinen verzauberten Bruder.

Das wusste er auch.

Deshalb schlief er immer ein, schlief jedes Mal fest und sicher, noch bevor ich zu Ende erzählt hatte.

Alles, wirklich alles, so glaubten wir damals, würde uns gelingen, sofern wir nur fest genug daran glaubten. Zum Beispiel stellten wir uns vor, dass eine bestimmte Person zu Besuch kommen sollte, und wenn es dann klingelte, schlossen wir nur noch einmal ganz kurz die Augen, beschworen unseren Wunsch und rissen die Haustür auf. Mutter ermahnte uns immer, wir müssten erst durch den Spion sehen, den sie Judas, also Verräter, nannte, bevor wir jemandem öffneten. ›Judas‹ sagte man in Frankreich. Mutters Vater war dort als Wehrmachtssoldat gewesen, das einzige Mal in seinem Leben im Ausland. Den ›Judas‹ hatte Mutter von ihm.

Wir fühlten uns aber sicher. Und wenn der, den wir herbeigewünscht hatten, tatsächlich vor unserer Tür stand, waren wir von der Macht unserer Vorstellungskraft berauscht.

Wäre doch nur einmal Maximilian gekommen! Jedes Mal, wenn es klingelte, stellte ich mir vor, er sei es, und war enttäuscht, wenn da wieder nur einer von Eikes Freunden stand.

Seit Wochen war ich nicht am Haus der Beckmann-Klagens gewesen, traute mich nicht mehr dorthin und ging zur Schule einen anderen, längeren Weg. Es kam mir vor, als hätte ich Maximilian im Stich gelassen, deswegen dachte ich umso fester an ihn und hoffte, dass er das spürte.

Aber wie überrascht war ich, als er wirklich dort stand! Ich sah ihn durch den Judas. Wild begann mein Herz zu hämmern. Ich legte meine Hand auf die Türklinke und zog sie sofort wieder zurück. Nein, ich konnte das nicht! Abermals klingelte es. Eike kam die Treppe herunter. »Mach du auf, bitte, mach du auf!«, flüsterte ich.

»Warum denn? Wer ist es?«

Es klopfte, dann wurde erneut die Klingel gedrückt. Hastig kletterte ich in den Dielenschrank, schloss ihn und versteckte mich zwischen Mänteln, Gummistiefeln und Vaters beiden Köfferchen.

Eike öffnete die Haustür. Ich hörte ihn und Maximilian sprechen, konnte sie jedoch nicht verstehen. Sie redeten und redeten. Es kam mir vor, als wollte Maximilian gar nicht mehr gehen. Im Schrank roch es muffig, es war stickig und warm. Ich schwitzte.

Endlich ging Maximilian. Ich kletterte aus dem Schrank. Eike sah mich kopfschüttelnd an. »Die ganze Zeit redest du nur von ihm, aber wenn's drauf ankommt, kneifst du. Du tickst doch nicht richtig.«

»Jaja, jetzt sag schon! Was wollte er?«

»Er lädt dich zu seinem Geburtstag ein.« Eike hielt einen Umschlag hoch. Ich riss ihn ihm aus der Hand, rannte in mein Zimmer und warf die Tür hinter mir zu.

Anstelle meines Namens hatte Maximilian eine kleine, comicartige Zeichnung gemalt, ein Mädchen mit breitem Mund, langen Zöpfen und einer etwas zu kleinen Nase, mich. Behutsam öffnete ich den Umschlag und zog die Karte heraus. Ein Comicstrip, lauter Bilder, kein einziges Wort. Ich erkannte den hohen, schwarzen Zaun und den grinsenden, blonden Jungen, der im weitgeöffneten Tor stand. Die kantige Digitaluhr an seinem Handgelenk zeigte Datum und Uhrzeit an.

SIEBZEHN

Wir gingen zusammen hin, Eike und ich. Allein hätte ich mich nicht getraut. Sommer 1989. Die großen Ferien hatten gerade begonnen.

Eike drückte den grauen Knopf unter der Gegensprechanlage. Die Kameras über mir summten. Ich duckte mich. Wie von Geisterhand schwang das Tor auf. Das Haus war ein riesiger weißer Würfel mit schießschartenartigen blau verspiegelten Fenstern.

»Jetzt komm schon, hab dich nicht so, was soll denn passieren«, sagte Eike und zog mich durchs Tor. An seiner Hand lief ich die breite Auffahrt entlang, die von hellgrünen Rasenflächen gesäumt war. Obwohl die Sonne immer wieder von dichten Wolken verdeckt wurde und es nach einem Gewitter aussah, hatte Eike Badesachen eingepackt. Angeblich gab es hier einen riesigen Swimmingpool.

Es war drückend heiß. Rechts vom Haus lagen mehrere Garagen, links führten Stufen in einen tiefer gelegenen Park.

Ein Mann mit schulterlangen blonden Locken und einer Art goldgrüner Uniform erwartete uns an der Haustür. War das der Butler? Warum aber war er geschminkt? Auf seiner weißgepuderten Stirn standen Schweißtropfen. Er deutete eine Verbeugung an und sagte, es freue ihn, uns herzlich willkommen heißen zu dürfen. »Folgt mir bitte.« Raschen Schrittes ging er voraus, wahrscheinlich musste er gleich schon die nächsten Gäste empfangen. Wir hatten Mühe, ihm zu folgen.

»Nur keine Scheu, bitte kommt!«, sagte er und winkte uns die Stufen in den Park hinunter, wo eine Frau mit Turmfrisur, Krönchen und einem weit ausgestellten grünen Ballkleid an einem hohen Pult stand. Mit weiß behandschuhten Händen fertigte sie Namensschildchen für uns an, heftete sie an unsere T-Shirts und stäubte rosafarbenen Glitzer darauf.

»Herzlich willkommen auf Prinzessin Tabeas Sommer-Ball«, sagte sie und stieß, ehe wir fragen konnten, wer Prinzessin Tabea war, ein hohes, in eine Hecke eingelassenes Gartentor auf. Da war er, der Pool.

Auf dem kristallblauen Wasser schwammen bunte Badeinseln und Luftmatratzen. Luftschlangen, Ballons und Girlanden hingen in den Palmen, die in Töpfen auf der Terrasse standen. Ein Mann in Frack und Zylinder führte Zaubertricks vor. Ein anderer stand am Grill und briet Würstchen. Dutzende kleiner Mädchen in Sommerkleidern und Badeanzügen liefen lachend umher oder sprangen kreischend ins Wasser. Musik spielte, während Frauen in wallenden Prinzessinnenkleidern Tabletts mit Getränken, kleinen Kuchen und Melonenscheiben herumtrugen. Das war Maximilians Geburtstagsfeier? Das konnte doch nicht sein! Unruhig zerrte ich an Eikes Hand. Ich wollte wieder nach Hause.

»Vergiss es«, sagte er. »Okay, Maximilian hat dich verkohlt. Aber mir ist egal, wer hier feiert. Es ist heiß, und es gibt einen Pool. Wir bleiben.«

Ein dunkelhaariges kleines Mädchen im rosafarbenen Badeanzug winkte ihm. Er zog sein T-Shirt aus und stopfte es in die Badetasche. Mit Daumen und Zeigefinger hielt er sich die Nase zu, nahm Anlauf und sprang zu dem Mädchen ins Wasser. Ich blieb unschlüssig am Beckenrand stehen. Der Zauberer machte riesige Luftblasen. Eine Prinzessin mit rosafarbener Lockenperücke wollte mich schminken. Sie roch nach Vaseline und Schweiß. Ich duckte mich weg und lief über die Terrasse aufs Haus zu. Eine dicke Frau stellte sich mir in den Weg. Sie trug ein hellblaues Kleid mit weißer Rüschenschürze. »Ich bin Anita, Tabeas Kindermädchen«, sagte sie und beugte sich zu mir hinunter. »Kann ich dir helfen, mein Schatz?«

»Maximilian hat mich eingeladen«, sagte ich. »Ich suche ihn.« Ihr Gesichtsausdruck veränderte sich leicht, schien weniger freundlich zu sein. Sie richtete sich auf und zupfte an den Rüschen ihrer Schürze. »Zweiter Stock, das dritte Zimmer auf der rechten Seite«, sagte sie. »Richte ihm schöne Grüße aus. Er könne sich ruhig einmal blicken lassen. Seiner Schwester zuliebe.« Sie trat zur Seite.

Ich huschte davon, lief durch die Terrassentür ins Haus.

Dann war es still. Keine Musik mehr, kein fröhliches Gekreisch, kein Lachen. Auch der Geruch von Grillkohle, Bratwürstchen und Chlorwasser war weg. Nur eine kühle, nach Trockenblumen duftende Luft wehte von irgendwoher.

Dicke Perserteppiche. Eine Kommode, auf der silbern gerahmte Familienfotos standen. Ein weißes Ledersofa, zwei kleine Sessel und ein langer gläserner Esstisch mit durchsichtigen Stühlen. Waren sie aus Glas? Von der kuppelartigen Decke hing ein großer Kristallleuchter.

Eine Flügeltür führte in eine marmorne Eingangshalle. Der Boden, die Säulen, die Freitreppe, alles war blendend weiß. An einer Wand, die über alle Etagen reichte, lief Wasser herunter. Eine Art Wasserfall, der nicht spritzte und toste, sondern still fiel und wie ein silbriges Tuch aussah. Ich stieg die Treppe hoch, ließ meine Finger über den kühlen Handlauf streifen.

»Maximilian?«

Keine Antwort. Aber aus dem Zimmer drang ein leises Knarren.

»Bist du da?« Die Tür war nur angelehnt, ich öffnete sie und sah ihn vor einem Kamin knien. Er stand schwankend auf. Sein Kopf war frisch rasiert, beinahe kahl, sein rechtes Augenlid zuckte. Er kam mir mit unsicheren Schritten entgegen. »Ich hätte nicht gedacht, dass du kommst.« Seine Stimme ging schleppend. Er stützte sich auf meinen Schultern ab. Roch komisch. Ich schob ihn zurück. »Du hast heute gar nicht Geburtstag. Deine Schwester feiert …«

»Halbschwester«, unterbrach er mich. »Wir teilen uns nur die Mutter. Mit Tabeas Vater habe ich nichts zu tun.« Er breitete die Arme aus. »Mit allem hier habe ich nichts zu tun.« Er schwankte zum Kamin zurück und nahm einen Silberring vom Sims. »Den hat mein Vater, mein richtiger, meiner Mutter geschenkt. Als sie mich im Bauch hatte. Ich war ein fettes Baby, ein richtig fettes Baby, kannst du dir das vorstellen?« Er lachte und musste sich, so unsicher stand er, am Kaminsims festhalten. »Er, also mein richtiger Vater, hat sie geliebt. Er wollte sie heiraten. Aber sie macht nie, was man will. Nie.«

Er versuchte sich den Ring aufzusetzen, probierte einen Finger nach dem anderen aus, selbst für den Daumen war er zu groß.

»Er heißt Breitling«, sagte er. »Michi Breitling. Ich bin gar kein Beckmann-Klagen. Ich habe immer gewusst, dass ich das eigentlich nicht bin. Habe das gefühlt, im Herzen gefühlt, dass ich anders bin. Ich sehe ja auch ganz anders aus. Ich bin ein Breitling. Stört dich das?«

Ich schüttelte langsam den Kopf, und als Maximilian mich zweifelnd ansah, sagte ich: »Nein. Wirklich nicht. Nein.«

»Nichts hier gehört mir. Mein richtiger Vater hat einen Laden, in dem er alte Bücher verkauft. Damit wird man nicht reich. Ich bin nicht reich.«

Ich nickte. Er hielt mir den Ring hin. »Das wäre mein Leben gewesen.«

Es war ein schmaler Silberring, in den dunkle Ranken eingraviert waren, Efeu vielleicht. Auf der Innenseite stand etwas geschrieben. Maximilian las es mir vor: »Ich werde dich immer lieben.«

Er steckte sich den Ring in die Hosentasche. »Den nehme ich mit. Den Rest verbrenne ich.«

Er deutete auf den mit Kassetten, Bettzeug und Büchern vollgestopften Kamin. Unter einem Kopfkissen lugten eine Spielfigur und der rote Heckspoiler eines ferngesteuerten Autos hervor.

»Alles wird restlos vernichtet«, sagte Maximilian. »Die ganzen Lügen.«

Mit einem Tritt beförderte er einen Fußball in den Kamin. Die Sachen gerieten ins Wanken und Rutschen, einige fielen heraus. Maximilian heulte wütend auf, und einen Moment lang sah es so aus, als wollte er sie wieder in den Kamin stopfen. Aber dann torkelte er zu seinem Bett, ließ sich bäuchlings darauf fallen und streckte den Arm nach einer Flasche aus, die daneben auf dem Boden stand.

»Was trinkst du?«, fragte ich.

»Schnaps. Weiß nicht. Rum.« Er las das Etikett. »Nein, Wodka.«

Ich hockte mich neben ihn. Er drehte sich auf den Rücken, setzte die Flasche an und verschluckte sich. Als sich sein Husten wieder beruhigt hatte, stellte er die Flasche zurück und wischte sich mit dem Handrücken über den Mund.

»Kommst du aufs Gymnasium?«, fragte er.

»Was?«

»Ob du nach den Ferien aufs Gymnasium darfst. Lassen sie dich? Hast du es geschafft?«

»Nein.«

»Wo schicken sie dich hin?«

»Auf die Gesamtschule.« Er schloss die Augen. Seine langen goldbraunen Wimpern sahen wie halbe Schattenmonde aus. Tränen quollen unter ihnen hervor, wahrscheinlich vom Husten. Ich starrte ihn an.

»Ich bringe es nicht«, sagte er. »Meine Mutter hat gesagt, dass ich wie dieser Breitling bin. Wie mein Vater. Ein Versager.«

»Nein! Bist du nicht! Du bist wunderbar.«

Er schnaubte, es klang, als würde er gleichzeitig lachen und schluchzen. »Was weißt du schon, du kannst nicht mal lesen.«

Er drehte sich von mir weg und weinte. Ich wusste nicht, was ich tun sollte. Von draußen klang das Johlen der anderen Kinder herein und das laute Klatschen, wenn eines von ihnen in den Pool sprang.

»Kennst du deinen Vater, deinen richtigen, meine ich?«

»Ja. Jetzt ja. Aber er will mir nicht helfen. ›Deine Mutter weiß, was sie tut‹, hat er zu mir gesagt. Und er hat mir den Ring gegeben. ›Einen Silberring‹, hat er gesagt. ›Dreißig Mark wert. Jetzt hat sie einen mit Brilli. Und du wächst in guten Verhältnissen auf. Ich kann dir nichts bieten.‹ Dann hat er mich nach Hause geschickt.« Er drehte sich wieder zu mir und sah mich aus geröteten Augen an. »Dein Bruder ist auf einem Gymnasium. Du sollst auf die Gesamtschule. Das kann dir nicht egal sein.«

Ich schwieg. Er lächelte und streckte die Hand nach mir aus. Sie war eiskalt. Er streichelte mir über die Wange. Ich bekam eine Gänsehaut. Dann griff er wieder nach der Flasche und trank diesmal, ohne sich zu verschlucken. »Meine Mutter schickt mich auf ein englisches Internat. Und mein Stiefvater zahlt dafür. Ich glaube, sie sind froh, wenn ich weg bin. Sie sortieren mich aus.«

»Das glaube ich nicht. Das kann ich mir einfach nicht vorstellen.«

»Ich habe ja gesagt, dass du dumm bist.«

»Vielleicht kann mein Vater dir helfen.«

»Mir kann keiner mehr helfen.«

»Doch. Er ist Pfarrer. Das ist sein Beruf. Er könnte mit deiner Mutter und deinem Stiefvater sprechen.«

Maximilian sprang plötzlich auf und jaulte: »Du bist noch viel dümmer, als ich gedacht habe! Kapierst du's nicht? Es ist alles verloren! Ich bin verloren! Sie wollen, dass ich verschwinde! Aus ihrem perfekten Leben, ihrer schönen Welt! Ich soll mich in Luft auflösen! Meine Mutter wollte mich nie! Ich war ein Fehltritt! Ein Fehler von Anfang an! Sie hat damals bloß nicht rechtzeitig gemerkt, dass sie schwanger ist! Bis heut' wünscht sie sich sehnlichst, es würde mich gar nicht geben! Ach, hätte sie mich doch abgetrieben! Dann ...«

»Nein!« Ich packte ihn an den Schultern, er schlug nach mir. Wir fielen aufs Bett. Er setzte sich auf mich und trommelte mit den Fäusten auf meinen Brustkorb. Ich schrie. Er presste seine Hände auf mein Gesicht. Ich bekam keine Luft mehr. Der Druck ließ nach. Maximilian hob seine Hände. Er saß immer noch auf mir. Ich keuchte. Er starrte mich an.

»Tut mir leid«, sagte er. »Tut mir wirklich leid.«

Ich versuchte zu nicken. Mein Hals brannte bei jedem Atemzug, und meine Zunge fühlte sich dick, wie geschwollen an.

»Ich wollte dich noch einmal sehen«, sagte er. »Es sollte schön werden. Richtig schön. So schön, dass du es niemals vergisst. Dass du mich nicht vergisst. Du verstehst mich doch, oder?«

Ich nickte wieder.

»Es tut mir so leid. Ich wäre gern länger mit dir zusammengeblieben. Aber bevor ich mich wegschicken lasse, werde ich selber gehen. Es gibt keinen anderen Weg. Du weißt, was ich meine, oder?«

»Wohin willst du denn?«, fragte ich.

Er sah mich mit großen glänzenden Augen an, freundlich und sanft. »Ich glaube, du stellst dich nur dumm. Das ist deine Taktik. Oder?«

Ich spürte sein Gewicht schmerzhaft auf meinen Hüften, meine Kehle brannte, sein Atem roch schlecht. Ich versuchte noch einmal zu nicken, alles drehte sich, Tränen schossen mir in die Augen. Ich schloss sie. Er küsste mich.

Der Tag darauf war der erste Ferientag. Wir wollten zu Oma Lore fahren. Vater verstaute gerade die letzte Tasche im Kofferraum des Mercedes, als das Telefon in seinem Arbeitszimmer klingelte.

»Wir sind gar nicht mehr da«, sagte Mutter. »Geh nicht ran.«

Vater schloss den Kofferraum, »Nur eine Minute!«, und lief zum Haus.

Eike stöhnte.

Es war heiß. Die Sonne brannte aufs Autodach. Mutter hatte Handtücher auf der Rückbank ausgebreitet, damit wir nicht an den Ledersitzen kleben blieben. Zwischen Eike und mir stand eine große blauweiße Kühlbox.

»Das ist die Grenze, die keiner von euch überschreitet«, hatte Mutter gesagt. »Kein Geschrei, kein Streit, ich will euch die ganze Fahrt lang nicht hören.« Jetzt sagte sie: »Ich wünschte, in dieser Familie könnte jeder seine Grenzen so klar abstecken wie ich.« Sie lehnte in der offenen

Beifahrertür und verschränkte die Arme vor der Brust. »Der Herr Pfarrer hält sich wieder einmal für unersetzlich. Wenn er in einer Minute nicht mit uns im Auto sitzt, fahren wir ohne ihn.«

Eike und ich versuchten, es uns auf unseren Plätzen so gemütlich wie möglich zu machen. Das Handtuch in meinem Rücken begann, bereits feucht zu werden. Ich hatte Durst. Obwohl alle Fenster heruntergekurbelt waren, gab es keinen Durchzug. Ich schloss die Augen und versuchte, das pelzige Gefühl in meinem Mund zu ignorieren. Die Luft war wie Gelee.

»Männer«, sagte meine Mutter und zündete sich eine Zigarette an. »Sie denken nur an sich. Brauchen immer eine Bühne und Publikum. Eine Familie reicht dafür natürlich nicht. Die erledigen sie nebenbei oder lassen sie sitzen. Es ist einfach zum Kotzen. Sie sind alle gleich.«

Eike setzte sich die Kopfhörer seines Walkmans auf.

Heute Morgen hatte ein unfrankierter Brief im Briefkasten gesteckt. Maximilian musste ihn noch in der Nacht für mich vorbeigebracht haben. Wieder das comicartige Mädchen. Daneben hatte er meinen Namen geschrieben, wahrscheinlich um sicherzugehen, dass ich den Brief auch bekam, wenn jemand anderes ihn aus dem Kasten nahm. Ich musste an den Kuss gestern denken.

Mein Bruder warf mir einen kurzen Blick zu, als ich den Brief aus meiner Tasche zog, dann schloss er wieder die Augen und konzentrierte sich auf seine Musik.

»Was hat er dir geschickt?«, fragte Mutter und trat ihre Zigarette aus. Ich hätte schwören können, dass sie die ganze Zeit zu den Fenstern des Arbeitszimmers geschaut hatte, hinter denen Vater auf und ab ging.

»Ein Andenken«, murmelte ich. »Weil er aufs Internat muss. Und einen Brief.«

»Kannst du ihn lesen? Oder soll ich dir helfen?«, fragte sie.

»Es geht schon.«

»Was schreibt er denn?«

»Nicht viel«, sagte ich und starrte verzweifelt die Buchstaben an. Warum hatte er diesmal nur ein Bildchen auf den Umschlag gemalt, den Brief aber geschrieben?

Mutter sah auf ihre Armbanduhr. »Was macht der Mann so lange da drinnen? Ich gebe ihm noch dreißig Sekunden, dann fahren wir.« Sie wandte sich wieder an mich: »In den Herbstferien kommt Maximilian sicher nach Hause. Ihr werdet euch bestimmt wiedersehen.«

Vielleicht sollte ich ihr den Brief doch zum Vorlesen geben. Aber was, wenn es ein Liebesbrief war?

Ich schob die Hand in den Umschlag und tastete nach dem Ring darin. Ich konnte die Efeuranken und die in die Innenseite gravierten Buchstaben fühlen. Mutter knallte die Beifahrertür zu, ging ums Auto herum und setzte sich hinters Steuer. Sie war kleiner als mein Vater und musste sich den Sitz und die Spiegel neu einstellen. Mein Bruder drehte seine Musik lauter, aus den Kopfhörern drangen ein Summen und laute Bässe. Mutter hupte. Keine Reaktion. Vater kam nicht aus dem Haus. Mutter zündete sich eine weitere Zigarette an. »Manchmal habe ich das alles so satt, dass ich auch abhauen und nie mehr zurückkommen will.« Der Rauch schien in der feuchten, warmen Luft zu stehen. Sie warf einen Blick in den Rückspiegel, unsere Blicke trafen sich. »Euch nehme ich natürlich mit. Ich bin Ärztin und verdiene genug. Ich kann für euch sorgen. Ich brauche den Mann gar nicht.«

Eike zog die Schultern hoch, als könnte er sie trotz der Musik hören.

»Wo willst du denn hin?«, fragte ich.

Das Getriebe krachte, als sie den Gang einlegte. »Diese Scheißkarre«, zischte sie und setzte den alten Mercedes mit einem Ruck aus der Ausfahrt zurück auf die Straße. Vater liebte dieses Auto, früher hatten meine Großeltern das gleiche Modell gehabt. Die Reisen, die sie darin unternommen hatten, gehörten zu seinen schönsten Kindheitserinnerungen, sagte er oft. Aber wenn man ihn fragte, wohin sie gefahren waren, zuckte er nur mit den Schultern: »Weiß ich nicht mehr. Wahrscheinlich nirgendwohin. Meine Eltern waren ständig am Arbeiten.«

Eike riss sich die Kopfhörer von den Ohren und rief: »Da ist Papa, warte, Mama, bleib stehen.«

Sie ließ den Wagen langsam gegen die Bordsteinkante rollen, schaltete den Motor aber nicht aus. »Er kommt nicht mit«, sagte sie. »Das kann ich so sehen.«

Vater lief ums Auto herum und beugte sich am Fenster zu ihr herunter. »Es tut mir leid, ich muss noch mal los«, sagte er. »Der kleine Beckmann-Klagen hat gerade angerufen.«

»Was ist mit ihm? Wollte er mich nicht sprechen?«, rief ich und stieß die Autotür auf. Vater drückte sie wieder zu. »Bleib sitzen. Du kannst ihm jetzt nicht helfen. Er ist irgendwo raufgeklettert und will springen.«

»Lass mich raus!«, rief ich und rüttelte an der Tür. Aber Vater hielt sie zu.

»Er ist doch noch ein Kind«, sagte Mutter. »Was ist los mit ihm?«

»Er will sich umbringen!«, schrie ich. »Lass mich raus! Ich muss zu ihm!«

»Ich fahr jetzt da hin«, sagte Vater. »Wartet nicht auf mich, ich komme euch mit dem Zug nach.«

Mutter nickte.

Vater lächelte mir zu. »Sei ganz beruhigt. Ich bring das in Ordnung, ich kümmere mich darum.«

Schon lief er zur Garage, fuhr den Citroën heraus. Wir blieben im Mercedes sitzen.

Mutter sah mich im Rückspiegel an. »Hat Max mit dir darüber gesprochen? Weißt du etwas davon?«

Ich schüttelte den Kopf.

»Und was ist mit dem Brief?«, fragte sie.

Obwohl es glühend heiß war, wurde mir plötzlich kalt.

»Ich konnte ihn nicht lesen«, flüsterte ich.

Der Citroën knatterte an uns vorbei. Eike winkte. »Das sieht er doch gar nicht mehr«, sagte Mutter. Dann streckte sie die Hand nach hinten. »Gib mir den Brief.«

ACHTZEHN

Oma Lore lebte in einem roten Backsteinreihenhaus, das sie ihre Puppenstube nannte. Wie alle Häuser der Siedlung, die Mitte der sechziger Jahre für die DDR-Flüchtlinge gebaut worden war, war es eng und klein; ich fand es gemütlich. Das Küchenfenster und die Haustür berührten einander und sahen wie ein auf den Kopf gestelltes L aus. Vordach, Betonstufe, Fußabtreter; eine würfelförmige Glaslampe, auf die schwarz die Hausnummer geklebt war: 6/i. Alle Hausreihen begannen bei a und hörten bei i auf, waren neun Häuser, neun Buchstaben lang.

In die Mauer neben der Tür war ein Briefschlitz eingelassen. Den Postkasten öffnete man von innen, mir kam er wie ein Geheimfach vor. Eine Diele, durch die man nur im Gänsemarsch gehen konnte. Links die Küche, rechts die Kellertür, am Ende der Diele das Wohnzimmer, in dem auch gegessen wurde, weil in die Küche kein Tisch passte. Oben gab es noch einmal zwei Zimmer, ein Bad und die Wendeltreppe, die eher wie ein Korkenzieher aussah und unters Dach führte.

An Oma Lores Garten grenzte ein Bahndamm, über den zweimal am Tag laut tutend ein Güterzug fuhr, einmal hin, einmal wieder zurück; dahinter lag der Wald, in dem das andere Deutschland begann. Die Grenze verlief mitten durch den Wald. Wenn mein Bruder und ich da hineinradelten, was uns gefährlich und magisch und auf märchenhafte Weise – wie Schlösser oder Burgen – geschichtsträchtig vorkam, riefen wir Oma Lore zum Abschied zu: »Tschüs, Omi, wir machen jetzt rüber!«

Dann traten wir in die Pedale, kreischten vor Vergnügen und Abenteuerlust und machten, dass wir wegkamen, weil Oma Lore das nicht komisch fand und dieses säuerliche Gesicht aufsetzte, das in unserer Familie gefürchtet war; besonders an Weihnachten konnte sie damit allen die Laune verderben. Sie sah dann aus, als hätte sie etwas gegessen, das ihr nicht bekommen war, und nach und nach hatte jeder von uns das Gefühl, sich an etwas vergiftet zu haben.

Die Wände des Reihenhauses waren so dünn, dass man die Toilette während der Mittagszeit nicht benutzen durfte, weil für die Nachbarn schon das Rauschen der Spülung eine Lärmbelästigung war. Um sechs Uhr gab es Frühstück, um zwölf Uhr Mittagessen, und um achtzehn Uhr stand das Abendbrot auf dem Tisch. Meine Mutter tat allerdings alles, um diesen geregelten Tagesablauf zu stören. Sie brachte uns spät ins Bett, ließ uns lange schlafen und fuhr zur Mittagszeit mit uns an den Strand. Oma Lore machte das furchtbar nervös. Alles sollte perfekt sein, gemütlich, nannte sie es. Wenn wir zum Strand wollten, lief sie in die Küche und fing eilig an, Brote zu schmieren und Äpfel zu schälen.

»Das musst du nicht«, sagte meine Mutter dann. »Ich kaufe uns was an der Promenade.«

Oma Lore hatte kleine, lilafarbene Locken und einen schlanken, blassen Hals, der immer nach Kölnisch Wasser roch. Damit sprühte sie auch die weißen, gestärkten Stofftaschentücher ein, die in der Schublade ihres Nachttischs lagen. Von Großvater Benedict und Großmutter Liane bekamen Eike und ich immer Geld, wenn wir sie besuchten. Ein Fünf-Mark-Stück, einen Zehn-Mark-Schein. Oma Lore steckte uns jeden Morgen ein frisches Taschentuch zu. Wenn es am Abend noch sauber war, entfaltete sie es mit einem Ruck und hielt es uns hin, damit wir uns die Nase putzten.

Während der Mittagszeit setzte sie sich zu uns auf die Terrasse, dann spielten wir Karten oder Mensch-ärgere-dich-nicht. Über uns war die orangefarbene Markise ausgefahren, links grenzte uns eine Mauer zum Nachbargrundstück ab, rechts stand ein Windfang aus Milchglas. Dazwischen staute sich die Hitze. Die Terrasse öffnete sich nur zum Garten hin, einem langen, schmalen Rasenstück, in dessen Mitte ein niedriger Kirschbaum mit flacher Krone stand. Darunter hockte Mutter und sah aus, als würde sie auf etwas lauern, auf ein bisschen Wind vielleicht.

»Oh Gott, hier ersticke ich«, rief sie jedes Mal, wenn Oma Lore die Markise ausfuhr und es uns am Tisch gemütlich machte.

Während wir spielten, sah Oma Lore immer wieder zu Mutter rüber und zog ein sorgenvolles Gesicht. »Sitzt du bequem?«, rief sie ihr zu. »Soll ich dir einen Stuhl bringen? Tinchen, möchtest du etwas trinken? Hast du noch Hunger, mein Kind?« Wenn Mutter nicht antwortete, unterbrach Oma Lore das Spiel und schickte Eike oder mich zu ihr, damit wir sie fragten, ob es ihr gutging. Sie konnte Mutter nicht einen Moment in Ruhe lassen.

»Es geht ihr gut«, sagten wir, aber Oma Lore fand immer, dass sie erschöpft aussah oder zu dünn war.

Sobald Mutter einen von uns auf sich zukommen sah, sprang sie aus dem Gras auf und lief ins Haus. »Tinchen, ist alles in Ordnung?«, rief Oma Lore ihr nach, und sie antwortete: »Ich fahre! Wer mitkommen will, muss in einer Minute am Auto sein.«

Sie fuhr in die Stadt, an den Strand oder zu einer Freundin. »Bis heute Abend! Sei mir nicht böse, Mutti, aber ich krieg hier Beklemmungen!«

»Kaum bist du da, musst du schon wieder weg«, jammerte Lore. »Mit dir ist es schrecklich, Tinchen, du warst schon als Kind so hektisch.«

»Als Kind noch nicht«, erwiderte Mutter scharf.

Am Abend, an jedem, übte sie mit mir lesen. Der große Terrassentisch war dann mit Arbeitsmaterialien übersät. Über uns spannte sich ein blassblauer Himmel, die Markise war eingefahren. Hin und wieder wehte eine leichte Brise vom Garten her und flatterte durch die Buchseiten. Hätte es nur einen Sturm gegeben, der den Tisch leerfegen würde! Gemütlich war es hier jetzt überhaupt nicht.

»Was steht da?«, sagte Mutter und stach mit dem Finger auf ein langes Wort ein, das ich seit zehn Minuten zu entziffern versuchte. »Himmel, warum siehst du nicht, was da steht? Das ist doch nicht möglich! Wenn du behindert wärst oder sonst wie bescheuert, könnt ich's ja verstehen, aber du bist doch ganz helle! Du bist doch nicht doof! Also reiß dich gefälligst zusammen und lies!«

Wenn ich aufsprang und nicht weiterlernen wollte, packte sie mich am Arm und hielt mir Maximilians Brief hin: »Du hättest ihn lesen müssen! Und sofort Hilfe geholt! Deine Unfähigkeit hätte Max umbringen können!«

»Tinchen!«, rief Oma Lore dann aus dem Wohnzimmer, wo sie in ihrem Ohrensessel saß und fernsah. »Lass das Mädchen in Ruhe, es ist nicht gut, wenn du so mit ihr sprichst. Du bist gnadenlos.«

»Ich mach hier die Arbeit, die diese fette Rosenmüller nicht geschafft hat!«, keifte Mutter zurück. »Anna wird elf Jahre alt – soll sie weiter blind durch die Welt gehen?« Dann ließ sie den Brief auf den Tisch fallen und vergrub das Gesicht in den Händen. Ich saß stumm neben ihr, wagte nicht, mich zu rühren. Aus dem Wohnzimmer drang die Stimme des Nachrichtensprechers. Nach einer Weile sah Mutter auf, lächelte müde. »Es tut mir leid, Kleines. Komm, lass uns noch ein bisschen weitermachen. Wir schaffen das schon.«

Wenn ich die Augen schloss, konnte ich Maximilian im Fenster stehen sehen. Er hatte die Beine gespreizt und die Hände in den Rahmen gestemmt, sah wie ein großes ›X‹ aus. Ich rief ihn, zuerst reagierte er nicht, vielleicht war ich noch zu weit entfernt. »Maximilian! Bitte! Nicht bewegen! Bleib stehen!« Plötzlich hörte er mich, drehte sich zu mir und dabei verlor er den Halt und stürzte hinab.

Nachts träumte ich von seiner Beerdigung. Er lag in einem offenen Sarg. Um seinen Kopf war ein weißes

Tuch gebunden, wie ein riesiges Taschentuch, das hielt seinen Schädel zusammen, der beim Aufprall zerschmettert war.

Schreiend wachte ich auf. Mutter stürzte herein. »Dieser Junge«, rief sie. »Dieser furchtbare Junge! Jetzt raubt er dir auch noch den Schlaf.« Aber dann seufzte sie und nahm mich in die Arme. »Was träumst du nur für Sachen? Maximilian ist doch gar nichts passiert. Dein Vater war noch rechtzeitig bei ihm, er hat dir doch alles erzählt. Maximilian geht's gut. Jetzt beruhig dich mal. Er ist völlig in Ordnung. Wollte nicht wirklich sterben, sondern nur nicht aufs Internat. Er hat sich betrunken und dann – es war nur eine Kurzschlusshandlung. Er hat es nicht so gemeint. Das hat Papa dir doch erklärt.«

»Aber sie schicken ihn trotzdem weg!«, wimmerte ich. »Nach England! Sie wollen, dass er verschwindet!«

Mutter schob mich auf Armeslänge von sich weg und sah mir fest in die Augen. »Jetzt hör aber auf mit dem Unsinn! Was redest du denn da? Maximilian hat große Probleme, er trinkt, ist schlecht in der Schule, lügt und hat deine Mitschülerin verprügelt …«

»Hat er nicht!«, rief ich, aber sie sprach schnell weiter: »Da ist dieses englische Internat genau richtig für ihn. Es ist eine ausgezeichnete Schule. Ich bin sicher, dass man ihm dort helfen kann.«

Ich starrte Mutter an. »Würdest du mich wegschicken?« Sie schaute verdutzt. Dann lachte sie und zog mich wieder in ihre Arme: »Um Himmels willen, niemals! Ich würde mich doch nicht von meinen Kindern trennen!«

»Warum muss Maximilian dann weg?«

»Ach, Gott, Anna«, seufzte Mutter. »England ist doch nicht das Ende der Welt. Außerdem darf er in den Ferien sicher nach Hause kommen. Denk jetzt nicht mehr an ihn.«

Ich drückte meine Wange an ihre Schulter. »Was, wenn er nicht mehr zurückkommt? Nie wieder?«

Mutter verharrte kurz. Dann gab sie mir einen Kuss auf die Stirn und stand auf. »Schlaf jetzt und träum etwas Schönes.«

Die Treppenstufen knarrten. Die Haustür wurde aufgeschlossen. Einen Augenblick später flammte die Außenbeleuchtung auf, grellweißes Licht fiel durchs Fenster herein auf mein Bett. Ich hörte Mutter zwischen der Häuserreihe und den Garagen zur Straße gehen, den langen schmalen Weg, auf dem ich ihr abends immer entgegenlief, wenn sie aus der Stadt oder von Freunden wiederkam. Das leise Klatschen ihrer nackten Füße auf den Betonplatten entfernte sich. Mutter musste nur kurz Luft schnappen, das sagte sie immer. Gleich würde sie zurück sein.

Zwei Tage später wollten wir zu Tante Hanne nach Rostock fahren. Am Abend vor unserer Abreise saß ich wieder auf der Terrasse beim Lernen. Mutter aber war vor dem Haus bei den Garagen und räumte den Mercedes aus, weil man in die DDR keine Kassetten, Bücher, Zeitungen oder Zeitschriften mitnehmen durfte. Sie war da sehr gewissenhaft, sagte immer, die da drüben würden einen beim kleinsten Anlass hoppnehmen und wegsperren. »Dass man einmal entkommen ist, ärgert sie maßlos. Ein zweites Mal lassen sie einen nicht gehen. Ein winziger Fehler und …«

Ich freute mich, dass auch meine Schulbücher hierbleiben würden.

Mutter kam mit einem Wäschekorb voll Kassetten und Stadtplänen ums Haus herum auf die Terrasse und ging ins Wohnzimmer, wo Oma Lore die Nachrichten schaute. Jeden Abend verfolgte sie die Ereignisse in der Tschechoslowakei und der DDR. Jetzt sagte sie mit sorgenvoller Stimme: »Tinchen, guck dir das nur an. Bist du sicher, dass du mit den Kindern nach Rostock willst? Drüben geht alles den Bach runter. Die Leute flüchten in Scharen. Das wird ein entsetzliches Chaos geben.«

Mutter hockte sich zu ihr auf die Sessellehne, den Wäschekorb auf den Knien. Ich versuchte einen Blick auf den Bildschirm zu erhaschen, aber die rechte Eichenholztür des Fernsehschranks versperrte die Sicht.

»Ich glaube nicht, dass sich da was ändert«, sagte Mutter. »Wenn du einmal mitfahren würdest, dann könntest du es auch sehen - weißt du, das sind keine Menschen mehr, sondern Ratten, die huschen durchs Leben, passen sich jedem Dreck an, kennen alle Fallen und fressen das, was sie kriegen.«

»Christine! Ich mag nicht, wenn du so sprichst.«

»Ich weiß. Die Wahrheit hat dich noch nie interessiert.«

»Fang nicht davon an«, sagte Oma Lore und stellte den Ton lauter. Der Wetterbericht. »Mir wäre lieber, ihr würdet nicht fahren!«

Meine Mutter stand auf, stellte den Wäschekorb auf den Wohnzimmertisch und kam zu mir heraus. »Genug gelernt. Du kannst deinen Kram jetzt wegpacken. Wir wollen morgen früh los.«

Es war dunkel. Oma Lore hatte noch ihre Lockenwickler im Haar und trug einen Bademantel über dem Nachthemd. Aus ihrem rechten Ärmel lugte ein Stofftaschentuch. Immer wieder zog sie es heraus und tupfte sich die Augen. Sie hatte darauf bestanden, dass Eike und ich vor der Abreise noch einen heißen Kakao tranken. Mutter, bereits am Auto, hupte. Ärgerlich schüttelte Oma Lore den Kopf: »Warum tut sie das nur, alle Welt schläft doch noch. Wisst ihr was, ich schmiere euch erst mal ein schönes Honigbrötchen.« Abermals traten ihr Tränen in die Augen.

»Ich glaub, Mama will los«, sagte ich und sah zu Eike, der seine Kopfhörer trug. Er wollte noch bis zur letzten Minute Musik hören. Einen Moment lang wäre ich am liebsten am Wohnzimmertisch sitzen geblieben, den Oma Lore schon am Abend festlich fürs Frühstück gedeckt hatte. Alle Teller waren noch unberührt. Mutter hupte erneut. Ich stand auf. Seufzend blies Oma Lore die Kerze aus, die sonst nur an Sonntagen auf dem Frühstückstisch stand, und tupfte sich die Augen. »Ach, Kinder, ich lass euch gar nicht gern gehen.«

Ich tippte Eike an, der mit dem Walkman hinauswollte. »Den musst du doch hierlassen.« Er warf mir einen grimmigen Blick zu, als könnte ich etwas dafür, und stapfte nach draußen.

Der Mercedes parkte vor Oma Lores Garage. Mutter schaute gerade noch einmal unter die Sitze, kontrollierte das Handschuhfach und die Seitenablagen. Alles leer.

»Wo bleibt ihr denn?«, fragte sie.

»Die Kinder müssen doch etwas essen, Christine, wer weiß, wie lang ihr unterwegs seid.«

»Zwei Stunden«, erwiderte meine Mutter gereizt. »Wenn sie uns an der Grenze nicht zu lange aufhalten. Ich hab dir doch gesagt, dass wir in Rostock frühstücken werden.« Sie schob unsere Taschen in den Fußraum hinter den Sitzen. Der Kofferraum war mit Geschenken für Tante Hanne gefüllt.

»Dein Walkman«, sagte Mutter.

Widerwillig setzte Eike die Kopfhörer ab und gab ihn Oma Lore. Mutter umarmte sie kurz. »Mach dir keine Sorgen, Mutti, in einer Woche sind wir wieder hier.« Oma Lore drückte Eike und mich fest an sich. »Passt gut auf euch auf. Kommt mir bloß heil zurück.« Ihre Stimme brach.

Eike und ich knieten auf unseren Sitzen, sahen Oma Lore durchs Heckfenster am Straßenrand stehen und mit ihrem Taschentuch winken. Wir winkten zurück. Sobald wir sie nicht mehr sehen konnten, hielt Mutter am Straßenrand und stieg aus. »Verdammt nochmal, dass sie's mir immer so schwermacht.« Sie lehnte sich ans Auto und brauchte fünf Streichhölzer, ehe sie die Zigarette anbekam, die sie langsam und schwer atmend rauchte.

NEUNZEHN

Eine Nachricht. Von dir? Sofort greife ich nach dem Handy.

Nein, nur mein Bruder. Am Abend will er vorbeikommen. Du hast ja gar nicht meine Nummer. Ich lege das Handy zur Seite.

Leise surrt der Computer. Durchs Fenster scheint satt und kräftig die Sonne herein.

Vor wie vielen Stunden haben wir uns getrennt? Vor drei, fast schon vier. Und wie lange sind wir zusammen gewesen? Gibt es nicht diese Regel? Man braucht genauso lange, um über jemanden hinwegzukommen, wie man mit ihm zusammen gewesen ist?

Meine Haut riecht nach dir, ich muss an Zedernholz denken. Dabei weiß ich gar nicht, wie das riecht. Ich tippe ›Zedern‹ bei Google ein. Immergrüne Bäume, die viel Sonnenlicht brauchen. Das passt ja. Sie bilden große aufrecht stehende Zapfen aus. Fast lese ich das laut. Kichere. Fasse mir in den Ausschnitt, hebe den enganliegenden Stoff von der Haut und sauge den Geruch ein. Zedernholz duftet, aber in dem Artikel steht nicht, wonach.

Wieder eine Nachricht, erneut von meinem Bruder. Ob ich dann heut Abend auch da sein werde. Er wolle nicht vor verschlossenen Toren stehen.

Seit Alice bei ihm eingezogen ist, herrscht in seiner Wohnung Rauchverbot. Deswegen ist er fast jeden Abend hier. Trotzdem würde er nie einfach unangekündigt vorbeikommen. Auch als wir noch zusammengelebt haben, hat er immer erst angeklopft und auf Antwort gewartet. Er hat es gehasst, wenn ich einfach in sein Zimmer gestürmt bin, um ihm etwas zu erzählen.

Bis nachher, Aschenbecher steht bereit, schreibe ich zurück und zünde mir eine Zigarette an.

Über den Computerbildschirm ziehen Bilder von dunklen Wäldern, dichtem Unterholz und mächtigen alten Bäumen. Manchmal schießen Sonnenstrahlen wie Blitze zwischen den Stämmen hervor. Den Bildschirmschoner hab ich nicht installiert. War wahrscheinlich Eike. »Kann leider nur kurz«, sagt er immer, und dann geht er nicht wieder, bis Alice anruft und wissen will, wo er bleibt.

Die Wälder gefallen mir. Sehen fremd, urtümlich, beinahe märchenhaft aus, ganz anders als hinter Oma Lores Haus. Da standen die Fichten und Buchen in Reih und Glied, so dass man schon von weitem die Warnschilder am Grenzstreifen sehen konnte.

Im Herbst 1989, ich ging bereits auf die Gesamtschule, tauchte Mutter mitten im Unterricht in der Tür meines Klassenzimmers auf, wechselte ein paar Worte mit meiner Lehrerin und winkte mir dann zu, ihr zu folgen. »Wir fahren nach drüben«, sagte sie aufgeregt.

Es war das einzige Jahr, in dem ich gleich zweimal in der DDR war.

Wir stiegen ins Auto. Mutter hatte alle Ablagen und das

Handschuhfach mit Büchern und Kassetten gefüllt. Unter den Sitzen quollen Zeitungen und Zeitschriften hervor. Sie sagte: »Wenn diese Drecksäcke von Grenzern mir dumm kommen, selbst jetzt noch, wenn sie es wagen …« Sie ließ den Motor aufheulen. Lachte. Der Wagen schoss los.

»Die Pässe«, blaffte der Grenzbeamte. Mutter gab sie ihm. Er warf einen Blick in unser Auto, sagte aber nichts. Wir bekamen die Pässe zurück. Der Grenzer winkte uns durch. Mutter wirkte ein bisschen enttäuscht. Nicht mal den Kofferraum hatte er kontrolliert.

Es war später Nachmittag und bereits dunkel. Im Seitenspiegel sah ich den grellerleuchteten Grenzposten hinter uns kleiner werden.

Diesmal übernachteten wir bei Tante Hanne. Ihr Mann nickte uns wortlos zu und verschwand in seinem Arbeitszimmer.

Hanne begann, den Abendbrottisch zu decken.

Mutter schüttelte den Kopf: »Dafür haben wir keine Zeit. Wir wollen gleich los. Du kommst doch mit?«

»Geht ihr mal. Sonst regt Rainer sich nur wieder auf.«

Mutter schnalzte verärgert mit der Zunge. »Dass du dich immer so gängeln lässt, Hanne. Dass ihr das hier alle schon so lange mitmacht.«

»Hör schon auf.«

»Dann komm mit.«

»Ich war da. Vor zwei Wochen. Als Rainer auf Dienstreise war.«

»Vergiss doch einmal diesen Idioten.«

Wir liefen zu Fuß in die Innenstadt, Mutter und ich. Lange Wohnstraßen, braungraue Häuser. Aus den Schornsteinen quoll dichter, gelblicher Rauch.

»Wolkenfabriken«, sagte meine Mutter versonnen.

Vor uns lag ihr Elternhaus. Ich ging daran vorbei. In diesem Moment blieb Mutter stehen. Am Gartentor. Ich lief zu ihr. Sie sah zum Haus hinüber. Ein Fenster war erleuchtet. Die Küche. Die Gardine bewegte sich, wurde einen Spaltbreit geöffnet. Ein alter Mann starrte zu uns heraus. Mutter hob die Hand, winkte. Der Mann zuckte zurück. Die Gardine schloss sich, ich konnte nur noch seinen Schatten sehen. Dann wurde das Licht ausgeschaltet. Mutter lachte leise. »So ein Feigling. Genauso ein Apparatschik wie Rainer.«

»Wer ist das?«

»Hannes Vater.«

»Was? Warum wohnt er in deinem Haus?«

»Weil er kann.«

»Aber …«

Sie unterbrach mich sofort: »Irgendwann werd' ich dir alles erzählen. Aber nicht jetzt. Nicht hier.« Damit schob sie mich weiter.

Es war dunkel und kalt. Die Straßenlaternen schienen nur sich selbst zu beleuchten.

Hunderte von Menschen. Eine feierliche Prozession. Manchmal brandeten Sprechchöre auf, aber sie verebbten immer wieder schnell. Mutter und ich liefen Arm in Arm, ich schmiegte mich an ihre Seite.

»Guck mal«, sagte Mutter. Ich hob den Kopf nur ganz

leicht, wollte mich nicht von ihr lösen. Ein paar Männer am Straßenrand fotografierten die Demonstranten. Die Leute um uns herum senkten die Köpfe und zogen sich die Kapuzen tief ins Gesicht, wenn sie an ihnen vorbeikamen. Staatssicherheit.

»Guck dir diese Scheißkerle an«, flüsterte Mutter. »Sie glauben, dass sie das Richtige tun und auf der richtigen Seite stehen. Mein Vater war auch so. Es ist immer das Gleiche. All ihre Bekannten und Freunde, ja, ihre ganze Familie könnte hier an ihnen vorüberziehen, das würde nichts ändern. Sie würden nie mitgehen.«

Ich wurde langsamer, wollte mir die Männer genauer ansehen, aber Mutter schob mich weiter.

»Wichtig ist nur, dass wir auf der richtigen Seite gehen«, sagte sie. »Bleib nie stehen.«

Ich berühre mit der Fingerspitze den Fahrschein, der zwischen den alten Fotos an der Magnetwand hängt. Ich hätte irgendetwas aus deiner Wohnung mitnehmen müssen. Wieder rieche ich Zedernholzduft. Bin zu müde, um zu arbeiten, und zu wach, um zu Bett zu gehen.

In der Diele quillt ein Stapel länglicher Aufkleber aus einem Umzugskarton: Walkman bitte nur für die eigenen Ohren. Das hat früher in allen Bussen und Bahnen gestanden. Diese Aufkleber habe ich mal auf einem Flohmarkt gekauft.

Wahllos öffne ich ein paar Kartons. Ein Apfelweinkrug, ein alter Lampenschirm aus meiner ersten eigenen Wohnung, zerknickte Plakate aus Museen, ein Bündel Konzertkarten, zwei Schachteln mit Muscheln, jede einzelne mit einem Datum und der Fundstelle beschriftet. Irgendwo müssen noch Maximilians Ring und sein Abschiedsbrief sein. *Es gibt keinen anderen Ausweg. Es tut mir leid. Ich hab dich lieb, Anna.*

Ich schließe die Kartons wieder und gehe ins Schlafzimmer, wo es nicht besser als in der Diele aussieht. Regalteile, Kleidersäcke, Bettpfosten und ein Lattenrost stehen herum. Die Matratze auf dem Fußboden ist von Zeitungen und Bücherstapeln umzingelt. Ich lasse mich fallen und greife nach dem Krimi, den ich zurzeit lese.

Es gibt eine Geschichte, eigentlich einen Scherz, den Mutter später, nach 1989, immer erzählte: »Die ersten Worte, die Anna flüssig lesen konnte, standen auf einem schwarzrotgoldenen Grenzpfosten: Deutsche Demokratische Republik. Demokratisch. Ausgerechnet. Zum ersten Mal richtig gelesen und trotzdem völlig verkehrt.« Das ist so absurd, dass ich immer wieder glaube, sie habe es sich ausgedacht. Aber mein Bruder behauptet, sich daran erinnern zu können. Das will schon was heißen. Wenn ich ihn nach früher frage, sagt er fast immer: »Das ist doch schon ewig her. Wie soll ich das jetzt noch wissen, Schwesterchen?«

In meiner Erinnerung habe ich als Erstes Andersens ›Schneekönigin‹ gelesen. Das Buch hatte ich im Sommer 1989 im Bücherregal der alten Dame gefunden, bei der wir in Rostock immer übernachteten. Wenn ich nachts nicht schlafen konnte, las ich darin, und mit jeder Seite konnte ich die Worte schneller erkennen. Als wir abreisten, schob ich das Buch in meinen Rucksack, wollte es unbedingt mitnehmen. Leider erwischte mich Mutter. »Mein Gott,

Anna, was ist in dich gefahren? Du weißt doch, dass Bücher hier kostbar sind! Stell es sofort zurück!«

In der Küche surrt wieder mein Handy. Ich muss mich zwingen liegen zu bleiben. Meine Augen brennen vor Müdigkeit. Schlafen kann ich trotzdem nicht. Ich stehe auf, sehe nach, wer geschrieben hat. Noch einmal Eike: OK.

Diesmal ist es Maximilian! Wie erstarrt blieb ich stehen und lauschte. Immer, wenn es an der Tür klingelte, wurde alles in mir still. Maximilian war seit fast fünf Monaten auf dem englischen Internat, und ich wartete, dass er endlich zurückkehren würde. Wenigstens für die Ferien. Aber er kam nicht. Jedes Mal traf mich die Enttäuschung wie ein Hieb in den Nacken.

An einem furchtbar verregneten Novemberabend – Mutter hatte schon alle Rollläden zur Nacht heruntergelassen – klingelte es erneut.

Ich hörte Mutter raschen Schrittes den Flur entlanggehen. An der Tür blieb sie stehen. Ich wusste, dass sie durch den Judas sah. Dann schob sie den Riegel zurück und öffnete.

»Was willst du hier?«, fragte sie.

Ich sprang aus dem Bett und rannte die Treppe hinunter. Mutter stand in der Tür, die Hände in den Rahmen gestemmt, als wollte sie den Weg versperren. Ich drängte an ihr vorbei und blieb ruckartig vor einer kleinen, rothaarigen Frau stehen, die eine riesige fliederfarbene Handtasche vor dem Bauch trug. Der Riemen spannte sich quer über ihre Brust. Es war Tante Hanne.

Ich starrte sie an. Fast hätte ich geweint. Sie hingegen

breitete ihre Arme aus, zog mich an sich und gab mir einen schnalzenden Kuss auf den Kopf. Als sie mich wieder losließ, schob ich mich hinter Mutter.

»Ihr guckt mich an wie ein Gespenst«, lachte Hanne. »Freut ihr euch nicht? Wollt ihr mich gar nicht hereinlassen?«

Wieder streckte sie die Hand nach mir aus und versuchte, mich hinter Mutter hervorzuziehen. »Ich habe dir etwas mitgebracht. Willst du es nicht sehen?« Ich umklammerte Mutters Taille.

»Hör auf, das tut weh.« Mutter schob meine Arme weg, befreite sich aus meiner Umklammerung. Dann tätschelte sie meinen Kopf und sagte: »Du musst es dir nur fest wünschen, das weißt du doch.«

»Was denn?«, fragte Hanne.

Mutter zuckte mit den Schultern. »Sie vermisst ihren besten Freund.«

Hanne griff in ihre riesige Handtasche und zog einen kleinen Stoffbeutel, nein, ein zusammengeknotetes Taschentuch hervor. »Soll ich dir zeigen, was ich dir mitgebracht habe? Du sammelst doch noch?«

Mutter klopfte mir leicht auf den Hinterkopf. Ich nickte. Streckte die Hand aus. Hanne legte das Bündel hinein und knotete es auf. Steinchen, ein vertrocknetes Grasbüschel, ein Stück Metall, eine blaue Keramikscherbe, ein Coca-Cola-Kronkorken, ein Pfennig, Kaugummipapier, ein Kassenzettel, eine kleine rote Plastikgabel.

»Ich hoffe, ich habe es richtig gemacht?«, fragte Hanne. »Das ist mein Weg zu euch. Von jeder Station habe ich dir etwas mitgebracht.«

Ich sah zu ihr auf. Ihr Haar war zerzaust, der Mantel zerknittert, ein Ende ihres Schals hing lose auf den Boden herab. An ihren Schuhen, groben Schnürschuhen, klebten Grashalme und Schlamm. War sie den ganzen Weg von Rostock hierher gelaufen?

Ich lächelte. »Das bekommt den Ehrenplatz in meiner Sammlung, danke, Tante Hanne.«

Sie freute sich. »Wunderbar! Dann darf ich jetzt reinkommen?«

Mutter trat aus der Tür. Zögernd, so schien es mir. Hanne zerrte sich den Riemen der Tasche über den Kopf und stellte sie mit einem Rums auf den Fußboden.

»Was hast du nur alles dabei?«, fragte Mutter, nahm Hanne den Mantel ab und schob ihn umständlich auf einen Bügel. Er fiel wieder herunter. Genervt hob sie ihn auf.

»Ich hab gar nichts dabei, das ist nur meine Handtasche«, sagte Hanne und zog ihre Schuhe aus. Offenbar war sie wirklich gelaufen. Sie stellte sie zu unseren.

Mutter hatte den Bügel endlich in den Mantel geschoben und hängte ihn in den Dielenschrank. Einer der Koffer fehlte, Vater war unterwegs. Mutter hob Hannes Schuhe hoch, wie mit spitzen Fingern, und stellte sie vor die Haustür.

»Wie kommst du hierher?«, fragte sie.

»Das letzte Stück hat mich ein alter Mann mit Lodenhut mitgenommen. Moosgrüner Audi und Häkelkissen auf der Rückbank. Willkommen in der BRD. Ich kenne jetzt sämtliche Raststätten zwischen Rostock und Wiesbaden.«

»Soll das heißen, du bist getrampt? Du weißt doch, wie gefährlich das ist!«

»Ach, komm schon. Was soll denn passieren? Wir sind erwachsen. Außerdem bin ich nur freundlichen Bundesbürgern begegnet. ›Von drüben?‹, haben sie alle gefragt. ›Na, dann steig mal ein.‹ Kam mir wie ein Schulmädchen in den Ferien vor. – Aber jetzt könnte ich einen Kaffee gebrauchen. Hast du welchen da?«

»Natürlich«, erwiderte Mutter, blieb aber vollkommen unschlüssig stehen. Vorsichtig knotete ich das Taschentuchbündel zu. Dann fasste ich nach Hannes Hand. »Komm, ich zeig dir die Küche.«

»Du zeigst heute gar nichts mehr«, sagte Mutter. »Was machst du überhaupt hier? Geh wieder ins Bett, es ist Schlafenszeit.«

»Ach, lass sie doch, an einem so besonderen Tag kann sie doch ruhig noch ein bisschen aufbleiben.«

Mutter warf mir einen scharfen Blick zu: Ab jetzt!

Aber Hanne zwinkerte. »Ich will alles sehen!«

Ich musste lachen, zog sie hinter mir her in die Küche. »Das ist unser Küchentisch, der ist aus Marmor, Bistrotisch nennt man den, Papa hat ihn gekauft, Mama ist er zu schwer, mir gefällt er. Das hier ist mein Platz, dort sitzt Eike, Mama hier und Papa – wenn er mal da ist – sitzt unter dem Bild von dem Schriftsteller hier, das ist der Säufer, der hat einen englischen Namen …«

»Hemingway«, sagte Hanne und betrachtete die gerahmte Fotografie, auf der er in einem Seemannspullover zwischen einer tropfenden Kerze und einer Schnapsflasche an einem Tisch saß.

»Das hier ist Mamas Radio, und diese Tür geht in den Garten, soll ich den Rollladen hochziehen, damit du was sehen kannst?« Ich packte den Zugriemen. Hanne klopfte mir auf die Schulter. »Na, das ist eine Begrüßung. So stell ich mir das vor! Aber lass mal, deine Mutti guckt schon ganz grimmig, ich setz mich lieber hierhin und warte auf meinen Kaffee.«

»Ja, setz dich, du kannst meinen Stuhl haben«, sagte ich und stellte mich auf die Zehenspitzen, um die Kaffeedose aus dem Oberschrank herauszunehmen. Mutter schob mich zur Seite. Sie füllte den Tank der Kaffeemaschine mit Wasser und löffelte Kaffeepulver in den Filter. Ich setzte mich Hanne gegenüber auf Eikes Platz. Legte das Bündel vorsichtig ab. Hanne zwinkerte mir zu. Mutter sagte kein Wort, sondern sah dabei zu, wie der Kaffee durchlief.

Nach einer Weile sagte Tante Hanne in einem leisen, neckenden Ton: »Christinchen, Christinchen, du wirkst fast enttäuscht, du hast doch wohl nicht auch jemand andren erwartet?«

»Wen soll ich schon erwarten um diese Zeit?« Doch sie zuckte zusammen, als Hanne laut in die Hände klatschte: »Die Grenze ist offen. Ich wollte dich sehen. Du bist die Erste, an die ich gedacht habe. Und jetzt freust du dich überhaupt nicht.«

»Natürlich freue ich mich.« Mutter holte eine Packung Butterkekse aus dem Schrank. Sie legte einige davon auf ein Tellerchen und stellte es vor Hanne auf den Tisch. »Und wie soll das jetzt weitergehen?«, fragte sie.

Hanne sah erstaunt auf: »Du hast hier doch Platz genug. Kann ich nicht bei dir übernachten?«

Mutter schürzte die Lippen und hob das Kinn. »So wie wir bei dir. Bitte kein Westbesuch.«

»Ach das«, Tante Hanne winkte ab, »das lag nur an Rainer. Das weißt du doch. Und das Fremdenzimmer war doch tipptopp, oder etwa nicht?«

»Es war gruselig«, sagte ich und fröstelte bei der Erinnerung an das Nachthemd und die knarrenden Gitterbetten.

»Gruselig?«, fragte Hanne.

Mutter machte eine wegwerfende Handbewegung. »Ach, Quatsch. Aber schön ist es dort gerade nicht gewesen. Wo ist Rainer überhaupt?«

»Zu Hause. Wollte partout nicht mitkommen.« Sie hob die Schultern. »Er tut sich eben ein bisschen schwer.«

»Und dein Vater? Tut der sich auch schwer?«

Ich sah ihn vor mir, den alten Mann, der uns durch den Gardinenspalt beobachtet hatte und vor Mutter zurückgewichen war.

»Er ist völlig apathisch. Isst nichts, sieht nicht fern, hört kein Radio, will überhaupt nicht mehr vor die Tür. Für ihn und Rainer geht gerade die Welt unter.«

»Für dich nicht?«, fragte Mutter.

»Eher nicht.« Hanne lächelte breit. »Ist es nicht verrückt, dass ich nun endlich auch einmal an deinem Tisch sitze? Ich kann noch gar nicht richtig glauben, dass ich wirklich bei dir bin.«

»Ich auch nicht«, sagte Mutter. Dann lächelte sie zum ersten Mal. Sie sahen sich lange an. Weshalb umarmten sie sich nicht?

»Es ist so lange her«, sagte Hanne.

Mutter wandte sich ab. Sie zog die Glaskanne von der Heizplatte, obwohl der Kaffee noch nicht ganz durchgelaufen war, er tropfte zischend darauf. Mutter schenkte für Hanne ein und stellte den Becher eine Spur zu fest neben das Tellerchen mit den Butterkeksen. Was war mit ihr los? Der Kaffee tropfte weiter auf die Heizplatte. Mutter hatte die Glaskanne in die Spüle gestellt. Ich stand auf und schob sie wieder unter den Filter. Mutter sah mich zornig an: »Gehst du jetzt endlich ins Bett? Noch mal sag ich es nicht.«

»Was ist schon so lange her?«, fragte ich.

»Die Geschichte mit deinem Großvater«, sagte Hanne, doch Mutter fuhr sofort dazwischen: »Dass wir zusammen zur Schule gegangen sind. Und jetzt ab. Ich will nichts mehr von dir hören.«

Sie funkelte mich an. Trotzig erwiderte ich ihren Blick. Ballte die Fäuste.

»Hörst du nicht?«, zischte Mutter. »Verschwinde!«

Ich stieß meine Fäuste in ihren Bauch. Mutter riss die Augen auf, taumelte. Sie schnappte nach Luft. Über mich selber erschrocken wich ich zurück. Langsam fasste sie sich an den Bauch. Tränen schossen mir in die Augen. Nur weg hier!

Aber Mutter packte meinen Arm. Und ließ ihn gleich wieder los. Ein Zittern durchlief sie. Ich spürte, wie sie um Haltung rang. »Das hat doch alles überhaupt nichts mit dir zu tun«, sagte sie dann leise. »Dass du das nicht begreifst. Bitte. Geh jetzt. Lass Hanne und mich allein.«

ZWANZIG

Ich stehe in der Wohnungstür, sehe Eike entgegen. Er hat sich die Kapuze seines grünen Armeeparkas tief ins Gesicht gezogen und steigt die Treppe hoch, als würde er einen Berg erklimmen. Mein Bruder kann immer nur ganz langsam oder ganz hektisch. Dazwischen gibt's bei ihm nichts. Ich bin ihm meistens zu schnell – zu stürmisch, sagt er. Was kein Wunder sei bei einer, die ihre Zeit am liebsten am Schreibtisch verbringt. Mach mal Sport, Schwesterchen, beweg dich ein bisschen, dann staut sich nicht so viel an. Er spielt Basketball, leidenschaftlich, da könne man sich richtig austoben. Dabei sind wir doch keine Kinder mehr, die sich austoben müssen, um die richtige Bettschwere zu erreichen.

Bettschwer, das hat Mutter früher gesagt.

Bin ich nie. In dem Punkt hab ich immer versagt. Ich wundere mich immer noch, dass ich in Constantins Arm tatsächlich kurz eingeschlafen bin. Seitdem aber bin ich wach. Wie viel Uhr ist es eigentlich? Es ist bereits dunkel draußen.

Eike streift seine Kapuze zurück, als er vor mir steht. Er ist einen Kopf größer als ich. »Na, Schwesterchen, alles klar?«, fragt er und stößt seine Stirn gegen meine, ›Bumskopf‹ haben wir diese Begrüßung als Kinder genannt.

»Hör mal, Eike, du weißt doch noch, diese Party …«

»Darf ich vielleicht erst mal das Bier wegpacken?« Er trottet an mir vorbei in die Küche. Ich gehe ihm nach. Er holt ein Sixpack Jever aus seinem Rucksack, öffnet zwei Flaschen und legt die übrigen in den Kühlschrank. »Hast ja wieder nichts eingekauft, Schwesterchen. Wovon ernährst du dich eigentlich?«

Er weiß genau, dass ich mein Essen bestelle. Wie er früher auch. Erst seit er mit Alice zusammenlebt, kocht er selber. Und zwar stundenlang. Es dauert ewig, bis man endlich was auf den Teller bekommt.

Er hängt seinen Parka über die Küchentür und fläzt sich auf meinen Schreibtischstuhl. Stellt die Bierflasche neben dem Laptop ab. Das kann ich nicht ausstehen. Zu gefährlich, da kann immer mal was danebengehen. Aber wenn ich das jetzt sage, fragt er nur wieder, ob ich meine Texte nicht sichere. Du brauchst eine externe Festplatte, Schwesterchen. Es gibt auch einen ganz tollen Online-Speicher …

Ich stoße mit Eike an. Er trinkt einen Schluck, stellt die Flasche wieder neben den Laptop und reibt sich seinen dunklen Dreitagebart. Sein aschblondes Haar ist verwuschelt, das soll so sein, dafür braucht er jeden Morgen mindestens eine halbe Stunde. Er lächelt mich an.

»Diese Party, als Maximilian endlich aus England zurückkam …«

»Wer?«, fragt er und trinkt einen Schluck.

»Maximilian.«

»Ach, Anna.«

»Was denn? Du musst dich doch daran erinnern.«

Er schüttelt unwillig den Kopf. Wie immer bei solchen Fragen. Manchmal kommt's mir fast vor, als leide er an einer speziellen Form von Demenz, die einen Großteil der Erinnerung an unsere Kindheit und Jugend ausgelöscht hat. Vielleicht weil er sich immer Kopfhörer aufgesetzt oder die Ohren zugehalten hat, wenn er etwas nicht hören wollte. Früher dachte ich, das sei Show, heute glaube ich, dass er wirklich immer nur die Hälfte mitgekriegt hat.

Er zieht seine Tabakdose aus der Hosentasche und beginnt, sich eine Zigarette zu drehen. Langsam, pedantisch. Keine Ahnung, warum er sich die Mühe macht. Er sagt, weil er sich jede Kippe erarbeiten muss. Sonst raucht er zu viel. Wie immer fabriziert er einen krummen dürren Strohhalm, aus dem Tabak quillt. Ein Wunder, dass er nicht einfach in einer einzigen Stichflamme aufgeht, als er ihn anzündet.

Er raucht tatsächlich wenig, ich glaube, dass es ihm nicht wirklich schmeckt. Zumindest macht er bei jedem Zug ein Gesicht, als würde er sich vergiften.

»Du hast wieder nicht geschlafen«, sagt er. »Siehst beschissen aus. Kommst du wenigstens mit deinem Roman voran?«

»Ja, klar«, lüge ich.

»Gefällt dir der Bildschirmschoner?«

»Die Wälder? Ja, sehr.«

»Hast sie also gesehen. Heißt, dass du nicht vorwärtskommst.«

»Blödmann.«

Wir grinsen uns an.

Ich trinke mein Bier mit zwei Schlucken halb aus. Eike

streift langsam die Asche ab, führte die Zigarette zum Mund zurück und nimmt einen langen, paffenden Zug. Dann sagt er: »Nur du hast ihn Maximilian genannt. Für alle anderen war er einfach der Beckmann-Klagen.«

»Nein, Breitling. Er wollte wie sein Vater genannt werden.«

»Kann sein. Auf jeden Fall war er ein Arschloch und ein schrecklicher Angeber. Wie hieß noch der, mit dem du später zusammen warst?«

»Meinst du Falk?«

»Falk Manthey, genau. Der Falke und der Breitling und ihr beschissener Gentlemen-Club. Was ist mit denen?«

»Nichts. Ich habe nur gestern jemanden kennengelernt und versucht, ihm Wiesbaden zu beschreiben. Hätte ihm von Maximilians Willkommensparty erzählen sollen. Dem riesigen Haus. Dem hohen Zaun. Den Kameras und den Sicherheitsleuten am Eingangstor. Den Golfcarts, die die Gäste zum Pool brachten. Leider ist mir das gerade erst eingefallen.«

»Ist das wieder so ein Arschloch?«

»Wer?«

»Dein neuer Typ.«

»Ach der, nein, das ist nichts.«

»Dann ist ja gut.« Dieser Ton – genau wie bei Mutter. Ich sehe Eike an. Er drückt seine Zigarette mit der gleichen Sorgfalt aus, mit der er sie gedreht hat. Erstaunlich, dass er sich nicht den Daumen verbrennt. »Breitlings Eltern waren echt beschissen. Lieblos und hart, auch mit der Schwester, Tabea.«

»Maximilians Selbstmordversuch haben sie eiskalt Erpressung genannt«, sage ich. Eike verzieht das Gesicht, dreht den Kopf weg. Davon will er nichts hören. Ein Wunder, dass er sich nicht wieder die Ohren zuhält. »Mit jedem anderen hätte man Mitleid gehabt. Aber mit Breitling?«, fragt er. »Sorry, nein. Der war selbst so ein … ach, egal. Was du immer von dem wolltest. Das kapier ich bis heute nicht.«

Als Maximilian im Sommer 1995 aus England zurückkam, hatte ich ihn sechs Jahre lang nicht gesehen. In allen Ferien, selbst an den Feiertagen, war er im Internat geblieben.

Ich erfuhr nur zufällig von seiner Rückkehr, als ich zwei Mädchen im Bus von ihm reden hörte.

»So'n teures Internat, und trotzdem hat er keinen Abschluss geschafft«, sagte die eine, und die andere nickte: »Hab gehört, dass er säuft. Hat schon mehrmals einen Entzug gemacht.«

»Na, kein Wunder, bei solchen Eltern.«

»Und jetzt hockt er wieder bei denen, ich schwör dir, das wird nicht gut ausgehen.«

Auf einmal schien jeder etwas über Maximilian zu wissen, seine Geschichte vom bösen Stiefvater und der herzlosen Mutter war stadtbekannt. Zahllose Gerüchte machten die Runde, wozu auch Tabea beitrug. Sie besuchte die gleiche Schule wie Eike und erzählte jedem, der es hören wollte: »Max hat sich alles bezahlen lassen. Und uns selbst aus England noch dauernd terrorisiert. Hat immerzu Ärger gemacht. Wollte uns aber weder sprechen noch sehen. Zweimal haben wir ihn besucht. Horrortrips. Das Arschloch hat uns die ganze Zeit ignoriert und sich volllaufen lassen. Am Ende haben sie ihn von der Schule geschmissen, weil er an irgendeinem britischen Nationalfeiertag die deutsche Flagge gehisst hat.«

Trotzdem war es Tabea, die die halbe Stadt zu Maximilians Wiedersehensparty einlud, auch meinen Bruder. Sie hatte spindeldürre Arme und Beine, ein langes, hageres Gesicht und große, zu weit auseinanderstehende Augen. Sie war fünfzehn, ein Jahr jünger als ich. Eike nannte sie eine zornige kleine Elfe, die zwischen Liebe und Eifersucht hin- und hergerissen war. Ich ärgerte mich, weil ich nicht zur Party eingeladen war.

»Reg dich ab«, sagte Eike. »Ich nehm dich ja mit.«

Auf der Straße vor der Villa der Beckmann-Klagens herrschte ein Gedränge wie vor einer Diskothek. Beide Seiten des Gehwegs waren mit Autos zugeparkt, und aus dem Garten dröhnte Musik. Nachbarn standen auf ihren Balkonen und vor den Haustüren und beobachteten, was in ihrem sonst so ruhigen Villenviertel passierte. Ich war angespannt. Versuchte, locker zu wirken, und stieß Eike kumpelhaft in die Seite: »Meinst du, uns erwarten jetzt auch wieder gepuderte Butler und rosa Prinzessinnen?«

»Quatsch«, sagte er und wirkte sehr ernst. Langsam schob er mich zum Eingang. Dort standen zwei Frauen in engen schwarzen Minikleidern und kontrollierten die Gästeliste. Oh, Scheiße. Ich wollte mich nicht vor aller Augen abweisen lassen und drehte um, aber Eike packte mich am Arm und zog mich in die Schlange zurück. »Das ist typisch Beckmann-Klagen. Alles Show. Die können unmöglich wissen, wer alles eingeladen ist und wer nicht.«

Tatsächlich wurden wir beide hereingewinkt.

Da war die Villa. Ich erkannte den weißen Würfel mit den verspiegelten Schießschartenfenstern gleich wieder. Nur der Garten hatte sich in den vergangenen Jahren verändert, wirkte jetzt noch unnatürlicher: Rechteckige Rasenflächen. Weder Büsche noch Bäume noch Beete. Selbst die Palmen auf der Terrasse waren verschwunden. Golfcarts pendelten über die rechtwinklig zueinander verlaufenden Wege.

Eike blinzelte. »Die brauchen wohl voll den Überblick«, sagte er. »Leiden bestimmt an Verfolgungswahn. So platt wie sie hier alles gemacht haben – da pirscht sich keiner unbemerkt an ihr Haus ran.«

Tatsächlich wirkte die Villa wie eine Art trutziger Hochstand. Ich kam mir wie ein Reh vor. Eike schnalzte mit der Zunge. »Willst du allein losziehen, oder hängst du dich an mich dran?« Ohne eine Antwort abzuwarten, ging er einer Gruppe Mädchen entgegen, die er kannte und sogar mit Küsschen begrüßte. Ich folgte ihm. Dann entdeckte er weitere Freunde und steuerte auf sie zu.

Am Pool waren ein meterlanges Buffet und eine Bar aufgebaut. Zwei Barkeeper mixten Cocktails. Daneben stand ein silberfarbenes Sportwagen-Coupé, an dessen Windschutzscheibe ein laminiertes Schild klebte: »Welcome back, Max! Von Mama und Harald.« Wahrscheinlich war das, dieser Harald, sein Stiefvater.

Überall drängten sich Leute, und die Musik war so laut, dass man sich nur schreiend verständigen konnte. Es war deutsche Musik, das wunderte mich, außerdem klang sie punkig, was mir merkwürdig vorkam.

Ich seh ein kleines Mädchen betteln und stehle mich herum. Ich seh den Himmel weinen und frage nicht, warum. Ich sehe Flüsse voller Tränen und Seen voller Leid, Meere voller Dummheit – was ist los mit dieser Zeit?

Dann entdeckte ich Maximilian. Er war mindestens so groß wie mein Bruder, aber schmaler und schlaksiger als er. Im schwarzen Anzug und weißen Hemd stand er auf der Terrasse und begrüßte seine Gäste mit Handschlag. Sein hell-, beinahe weißblondes Haar war nun schulterlang und hinter die Ohren zurückgekämmt.

Was ist los mit uns? Ich kann uns nicht verstehen. Doch reich mir deine Hand, lass uns träumen gehen.

Um Maximilian zu begrüßen, standen die Leute auch hier wie am Eingang Schlange. An seiner Seite hatte sich ein kleiner stiernackiger Typ aufgebaut, in engen schwarzen Jeans und einer grünen Blousonjacke. Eine Art Bodyguard oder Türsteher?

Es ist nicht gerad berauschend, was ich hier seh: Ich seh die Bullen töten Schwarze in L. A., ich seh den Krieg in Jugoslawien, den Hass in unserem Land, wenn ihr etwas ändern wollt, fangt bei euch an.

»Da ist er«, sagte Eike. »Willst du dich auch anstellen?«

Das hier ist euer Erbe, doch wenn's euch nicht gefällt, dann werdet bess're Menschen und ihr kriegt 'ne bess're Welt.

Ich berührte den Silberring, den ich an einem Lederband um den Hals trug. »Ja«, sagte ich. »Aber nicht ohne dich.«

»Du bist sechzehn und keine fünf mehr.«

»Zehn«, sagte ich. »Ich bin damals zehn gewesen.«

Eike zuckte mit den Schultern und blieb neben mir stehen. Während er unruhig auf den Fußballen wippte, glitt sein Blick über die Menge. Er schien etwas zu suchen.

»Was ist das für eine Musik?«, fragte ich.

»Schrecklich, nicht?«, sagte er und richtete sich plötzlich auf: »Oh, wart mal, ich hab da jemanden entdeckt, bin gleich wieder da.« Schon war er in der Menge verschwunden. Auf einmal stand ich vor Maximilian. Er nahm meine Hand. Ich hörte ein Mädchen schreien. Die Musik ging aus. Fast im selben Moment erstarben alle Gespräche.

Ich drehte mich um.

Die Terrasse lag etwas erhöht, ich konnte das große, ovale Schwimmbecken sehen. An einem Ende gab es ein etwa drei Meter hohes Sprungbrett. Tabea stand auf der obersten Sprosse der Leiter und klammerte sich unsicher am Geländer fest. Dann ging sie auf alle viere und krabbelte weiter. Sie war nackt. Das lange dunkle Haar fiel ihr wirr ins Gesicht. Selbst auf die Entfernung konnte ich sehen, dass ihr Körper dürr, beinahe ausgezehrt war. Das Sprungbrett schwankte. Vorsichtig richtete Tabea sich auf, streckte die Arme wie eine Seiltänzerin zur Seite.

Irgendwo rief ein Mädchen: »Mach keinen Scheiß. Komm da runter!«

Tabea ging in kleinen, trippelnden Schritten vorwärts, hopste leicht auf und ab, stolperte, ging wieder auf alle viere. »Niemand liebt mich!«, wimmerte sie. Maximilians Händedruck wurde fester. »Huhuhu«, heulte sie. »Warum liebt ihr mich nicht? Schickt mich nicht weg, bitte, bitte, ich will nicht nach England, bitte, bitte, ich bring mich sonst um, huhuhu.« Sie versuchte aufzustehen, kam auf die Knie, das Sprungbrett schwankte. Wieder rief jemand nach ihr: »Tabea! Tabea! Lass das! Hörst du nicht! Runter da!«

Sie kam auf die Füße, schlug mit den Armen: »Seht ihr das Fenster? Da spring ich jetzt raus! Ich spring!«

Maximilian hielt immer noch meine Hand. »Sie kann nicht schwimmen«, sagte er ruhig, ohne den Blick vom Sprungbrett zu lassen. Der Türstehertyp in der Blousonjacke grinste.

Tabea stolperte wieder, drehte sich einmal um die eigene Achse und stürzte dann seitlich vom Brett hinunter ins Wasser. Die Leute, die gerade noch darin geschwommen waren, kletterten wie in Panik heraus. Abermals begann Tabea zu schreien, diesmal kürzer und abgehackter, sie tauchte auf, schrie, ging unter, ruderte mit den Armen, prustete, schrie. Wir alle schauten nur zu. Da ließ Maximilian meine Hand los, hob sie an den Mund und rief: »Holt sie mal einer raus? Sie kann nicht schwimmen!«

Erst reagierte niemand. Auch ich starrte nur auf den Pool, bewegte mich nicht von der Stelle. Tabea ging unter, kam hoch, ging wieder unter. Endlich sprang ihr ein Junge zu Hilfe. In schnellen gleichmäßigen Zügen schwamm er auf Tabea zu. Eike!

Schon hatte er sie erreicht und versuchte, sie unter den Armen zu fassen zu kriegen. Sie rangen miteinander. Halb schwimmend, halb rudernd zerrte er sie zum Beckenrand. Tabea schrie nicht mehr, wehrte sich aber verbissen.

Mehrere Leute mussten helfen, sie aus dem Wasser zu ziehen.

Als es endlich geschafft war und auch mein Bruder tropfnass am Beckenrand saß, johlte jemand, und ein paar andere begannen zu klatschen. Maximilian schüttelte den Kopf. »Blöde Kuh«, sagte er. »Echt total gestört.« Damit wandte er sich dem nächsten Gast hinter mir in der Schlange zu.

Er hatte mich nicht erkannt.

Eike trinkt sein Bier in zwei, drei großen, gemächlichen Schlucken leer. Dann reibt er sich das Gesicht und klappt meinen Laptop auf. »Ich muss mal meine Mails bei dir checken. Hab mein Handy wieder irgendwo liegenlassen.«

Ich hab mich schon gewundert, dass Alice noch nicht angerufen hat. Sie mag es nicht, wenn er allein loszieht. Und wenn er ihr sagt, dass er bei mir ist, raunzt sie ihn immer an: »Hat deine Schwester kein eigenes Leben?« Das kann ich durch's Telefon hören. Keine Ahnung, was sie gegen mich hat. Immerhin bin ich diejenige, die ihretwegen ausziehen musste.

»Du hast ja immer noch kein Etui für dein Smartphone«, sagt Eike und tippt auf mein Handy, das neben dem Laptop liegt. »Das zerkratzt doch total.«

»Dafür hab ich's und verlier es nicht ständig.«

»Meins ist nicht verloren. Nur vergessen. Wahrscheinlich bei der Betriebsratssitzung eben.«

»Seit wann trefft ihr euch samstags?«

»Du hast übrigens 'ne Nachricht bekommen.«

Ich stehe auf, aber ehe ich mein Handy nehmen kann, hat er es. Ist plötzlich ganz schnell. »Die Nummer kenn ich gar nicht. ›Muss dich unbedingt wiedersehen!‹ Wer ist Consti?«

Ich reiße es ihm aus der Hand, laufe ins Badezimmer, schlage die Tür zu und schließe ab. Dann lasse ich mich auf den Wannenrand sinken und lese die Nachricht. Da steht tatsächlich: ›Muss dich unbedingt wiedersehen!‹ Und sie ist wirklich von Constantin. Ist vor über einer Stunde gekommen. Hätte ich das Handy nur nicht auf ›stumm‹ gestellt. Gerade als ich antworten will, vibriert es. »Kann nicht länger warten«, schreibt er. »Vor deinem Haus steht ein Taxi. Überleg nicht lang, Liebchen, komm her.«

Nein, das kann ich nicht. Mach ich nicht. Oder doch? Den ganzen Tag lang habe ich ständig an ihn gedacht, aber jetzt … soll ich zu ihm fahren? Mit einem Mal fühlt es sich an, als würde sich alles in mir verlangsamen. Wie hat er überhaupt meine Adresse und Telefonnummer rausgekriegt? Er kennt doch nicht einmal meinen Nachnamen.

Ich gehe zurück in die Küche.

Eike steht vor der Magnettafel und tut, als wäre er völlig in den Anblick der Fotos vertieft, die er sonst nie beachtet. Ein Bild zeigt unsere Mutter als elfjähriges Mädchen vor ihrem Elternhaus. Sie hockt auf einem kleinen breitgestreiften Stoffkoffer und lacht in die Kamera. Um den Hals trägt sie das Halstuch der Thälmann-Pioniere. Mit ihrem kinnlangen glatten Haar, dem blassen Gesicht, den dünnen Beinen und den knochigen Knien sieht sie eher mir als Eike ähnlich. Das Foto ist im Juli 1961 entstanden, kurz vor Mutters Abreise in ein Ferienlager auf Rügen. Ihre Eltern hatten sie dorthin geschickt, damit alles so normal wie möglich wirkte und die Fluchtvorbereitungen nicht bemerkt würden. »Rügen war herrlich«, hat meine Mutter mir einmal erzählt. »Zwei Wochen Strand, Ostsee, lange, helle, warme Tage. Dann kam ich nach Hause zurück, und wir sind in den Westen rüber.«

»Alles klar, Schwesterchen?«, fragt Eike, ohne den Blick von den Fotos zu wenden.

»Ja, sicher.« Ich spähe zum Fenster hinaus. Am Straßenrand parkt tatsächlich ein Taxi.

»Oh Mann, Anna!«

Ich schaue mich um.

Eike tippt auf das ›Universal Shoes‹-Logo an der Magnetwand. »Die ist ja von uns! Hast du die geklaut?«

»Die hab ich seit Monaten.«

»Wenn da einer Wind von kriegt, fliegst du raus!«

»Bis jetzt hat sie keiner vermisst.«

»Deine Sammelwut kostet dich noch mal den Kopf.«

Ich schaue erneut auf die Straße.

»Du passt nicht auf dich auf«, sagt Eike.

Das Taxi wartet noch.

»Guck dich hier nur mal um, Anna. Das reinste Chaos. Nicht mal die Möbel sind aufgebaut. Bevor du wieder was Neues anschleppst, solltest du erst einmal Ordnung machen.« Er trifft haargenau Mutters Ton. »Ich helfe dir gerne dabei. Wenn du willst, können wir sofort anfangen.«

»Ich glaube, ich muss noch mal los.«

Einen Moment lang herrscht Stille. Dann fragt er: »Wohin?«

»Zu Constantin.«

»Ist das dein neuer Typ? Ganz im Ernst, Anna, mir wär lieber, du würdest hierbleiben. Du siehst total müde aus.

Totenbleich. Leg dich besser ins Bett. Soll ich es dir aufbauen? Wo hast du Werkzeug? Oder wie lange willst du noch auf der Matratze am Fußboden schlafen?«

»Kann ich mir deine Jacke leihen?«

»Was?«

»Meine ist irgendwie weg, ich find sie seit Tagen nicht.«

»Kein Wunder, in diesem Chaos.«

»Sagt der Mann, der sein Handy verlegt.«

»Willst du wirklich noch los?«

Es ist erst Viertel nach zehn. Ich schlüpfe in seinen Armeeparka, der mir viel zu groß ist, ich versinke förmlich darin, und plötzlich fühle ich mich besser, spüre meine Kraft zurückkehren. Bin wieder hellwach. Jetzt aber schnell. Sonst ist das Taxi noch weg!

Ich werfe Eike eine Kusshand zu. »Schließ die Fenster, bevor du gehst!«

Lauf! Raus aus der Wohnung! Raus!

»Die sind gar nicht offen!«, ruft er und kommt mir hinterher. »Anna!«

Ich bin schon halb die Treppe hinunter, sehe kurz zu Eike hoch, der sich weit übers Geländer beugt. Er lächelt. »Denk dran, Steinchen zu streuen. Damit du sicher zurückfindest.«

Ich winke ihm, laufe weiter. Zum Glück. Keine Sekunde zu früh komme ich aus dem Haus. Das Taxi fährt gerade weg. Ich wedele wild mit der Hand. Es bremst scharf, und ich steige ein.

EINUNDZWANZIG

Sommer 1995, drei Tage nach Maximilians Wiedersehensparty. Mutter kam, ohne anzuklopfen, ins Zimmer. Ich blinzelte verschlafen.

»Da ist jemand für dich«, sagte sie. »Eine Mitzi. Hast du die Klingel nicht gehört?«

Ich hatte sie gehört, aber angenommen, dass Eike Besuch bekam.

Das Feldbett quietschte, als ich mich aufsetzte. »Mitzi? Kenne ich nicht.«

Mutter war schon halb zur Tür hinaus. Über die Schulter warf sie mir einen verständnislosen Blick zu. »Sie sagt, ihr seid zum Schwimmen verabredet.«

Ich schüttelte den Kopf.

Mutter hob die Augenbrauen. »Schick nicht mich vor, wenn du keine Lust hast.«

Es ärgerte mich, dass sie sofort annahm, ich wollte mich vor etwas drücken. »Ich kenne keine Mitzi!«

Mutter schnaubte verächtlich: »Dann sag ihr das.«

Mitzi hatte sonnengebräunte Haut, langes hellblondes Haar und wässrig blaue Augen. Ich konnte sie mir gut im weißen Röckchen und mit wippendem Pferdeschwanz auf dem Tennisplatz vorstellen. Ihre Bewegungen wirkten weich und geschmeidig, aber ihr Gesicht hatte einen verbissenen Zug. Ein bisschen erinnerte sie mich an das Mondkalb aus meiner Grundschule. Sie kaute mit geschlossenem Mund ein Kaugummi, ich roch das Pfefferminzaroma.

»Mitzi?«, fragte ich.

»Miau, miau«, machte sie und warf ihr Haar mit einer Kopfbewegung über die Schulter zurück.

Sie trug ein blauweiß-gestreiftes Polokleid, das ihr nur knapp über den Po reichte und vorne so tief ausgeschnitten war, dass ich ihr orangefarbenes Bikinioberteil sehen konnte.

Mutter stand am hinteren Ende des Flurs und beobachtete uns.

»Ich soll dich abholen«, sagte Mitzi und deutete mit dem Daumen hinter sich auf die Straße. Dort stand ein schwarzer Golf GTI mit dunkelgetönten Scheiben.

»Kennt ihr euch aus der Schule?«, fragte Mutter.

Ich schüttelte den Kopf, Mitzi aber nickte. Und kaute. »Der Breitling will dich sehen«, sagte sie.

»Maximilian?«

»So nennt ihn doch keiner.«

»Aha. Und wo ist er?«

»Ich bringe dich zu ihm.«

»Warum kommt er nicht selbst?«

Mutter lachte und kam den Flur entlang zu mir. »Geh schon mit.« Sie klang entspannt, beinahe heiter. »Ich bin heut den ganzen Tag zu Hause. Du kannst einfach anrufen, wenn du keine Lust mehr hast und abgeholt werden willst.«

Mitzi spitzte die Lippen, einen Moment lang sah es so aus, als würde sie ihr Kaugummi in den Rhododendronbusch neben der Haustür spucken. Dann sog sie es mit einem Schnalzen hinter die Zähne zurück.

»Was ist jetzt? Kommst du?«, fragte sie. »Der Breitling wartet nicht gern.«

»Ich hole schnell meine Sachen.«

Mitzi spuckte ihr Kaugummi auf die Straße, bevor sie auf der Beifahrerseite des Golfs einstieg. Ich rutschte auf die Rückbank und hielt meine Badetasche mit beiden Armen umfasst auf dem Schoß. Am Steuer saß ein stiernackiger Typ mit schwarzer Baseballkappe und engem weißen T-Shirt, die muskulösen braungebrannten Unterarme hatte er auf dem Lenkrad verschränkt. Hatte ich ihn nicht auf Maximilians Party gesehen?

»Mitzi, Mitzi«, sagte er. »Das hat viel zu lange gedauert.«

»Lag nicht an mir«, schnurrte sie.

Er fasste ihr in den Nacken und kraulte sie kurz. Dann sah er sich zu mir um. Ja, das war der Typ, der auf der Party die ganze Zeit wie ein Bodyguard neben Maximilian gestanden hatte. Er grinste mich an. »Der Breitling hat recht, bist wirklich ein hübsches Mädchen. Bin gespannt, wie du im Bikini aussiehst.«

Mutter stand in der Tür und winkte.

Das Taxi wechselt die Spur. Holpert über Straßenbahnschienen und das Kopfsteinpflaster am Bersarinplatz. Biegt am Frankfurter Tor rechts ab. Karl-Marx-Allee. Hier sind Constantin und ich uns gestern begegnet. Übereinandergestolpert, sagt man so. Der Weg, den wir zu Fuß gegangen sind, fliegt vorüber. Schon sind wir am Strausberger Platz. U-Bahnhof Schillingstraße. Nach links am Alexa vorbei. Mühlendamm. Leipziger Straße. Das Taxi macht einen U-Turn, fährt ein Stück zurück und dann in eine Seitenstraße hinein. Es wird langsamer. Im Scheinwerferlicht leuchtet ein Schild auf: Privatweg. Der führt in die Hochhausschlucht. Vor einem Eingang steht Constantin. In den Jeans und dem silbernen Sweatshirt von heute Morgen. Das fahle Licht der Außenbeleuchtung lässt seine Haut schneeweiß aussehen. Noch ehe das Taxi ganz gehalten hat, springt er heran und reißt die Tür auf: »Ich bin halb erfroren! Ich dachte schon, du kommst gar nicht mehr!«

Ich schmiege mich tief in Eikes Parka und steige aus. Constantin bezahlt den Fahrer, dann begrüßt er mich mit einem raschen Kuss auf die Wange. »Was ist das für eine Jacke?«, fragt er, wendet sich aber sofort wieder ab und läuft die Stufen zum Eingang hoch.

»Die gehört meinem Bruder.«

Er schließt die Tür auf, lässt sie gegen meine Schulter fallen und marschiert zu den Fahrstühlen. Was ist los mit ihm? Ist er sauer auf mich? Warum das denn? Er sticht mit dem Finger auf den Fahrstuhlknopf ein. »Diese Scheißfahrstühle. Stecken ständig irgendwo fest. So ein riesiges Haus, da müssten es mindestens vier sein. Aber hier hat man natürlich nur zwei. Und all das kostet immer meine Zeit.«

»Hast du's so eilig?«, frage ich. »Hast du heut noch

was vor?« Er lächelt knapp. Die Fahrstuhltür öffnet sich. Die Kabine ist mit Spiegelplatten verkleidet, eine davon hat einen spinnennetzartigen Sprung. Glassplitter knirschen unter meinen Schuhsohlen. »Die Jacke steht dir gar nicht«, sagt Constantin und schaut prüfend in den heilen Spiegel, streicht mit beiden Händen sein Haar zurück. »Ah, guck dir das an. Kein einziges graues Haar.« Er dreht sich zu mir und neigt den Kopf, damit ich es sehen kann.

»Alles Kupferdraht«, bestätige ich. Er lässt seinen Kopf an meine Schulter fallen. Als wäre er erleichtert. Er schnuppert an meinem Hals. »Was ist das? Du riechst irgendwie – wie ein Mann.«

»Vielleicht das Rasierwasser meines Bruders?«

»Ah ja. Warum trägst du seine Jacke?«

»Weil ich meine in der Eile nicht finden konnte.«

»Ich finde, du warst ziemlich langsam.«

Ich nehme den Weg, den ich kenne, ins Schlafzimmer. Vor dem Bett bleibe ich stehen und höre Constantin hinter mir lachen: »So eilig hab ich's nun auch wieder nicht. Komm doch erst mal ins Wohnzimmer. Ich war gerad noch mal schwimmen. Danach habe ich immer einen mordsmäßigen Hunger, kennst du das? Ich habe uns Sushi gemacht.«

»Gemacht? Selber?«

»Ja, klar, das entspannt mich. Leider hat die Küche hier überhaupt keine Ausstattung. Guck mal.« Plötzlich hält er ein riesiges Messer. Steht direkt vor mir und hebt es langsam. »Für's Sushi«, sagt er. »Musste ich extra besorgen. Kannst du nachher mitnehmen, schenk ich dir.

Ich flieg nur mit Handgepäck, der Zeit wegen, weißt du, da dürfen Messer ja leider nicht rein. Egal, wie teuer sie waren.« Endlich lässt er es sinken. Lächelt mich an: »Los jetzt, essen. Sonst verhung're ich noch.«

»Ich mag keinen toten Fisch«, sage ich.

Ungläubig sieht er mich an. »Das kann nicht sein. Hast du's denn schon mal probiert? Komm, Liebchen, ich füttere dich, du wirst sehen, mein Sushi schmeckt dir.«

Er dreht sich um, geht mit dem Messer ins Wohnzimmer, ruft über die Schulter zurück: »Ich hab übrigens auch schon mal lebende Fische gegessen. Auf einer Geschäftsreise in China, mit einem wichtigen Kooperationspartner, der mich in einem Pekinger Nobelrestaurant zum Essen eingeladen hat. Diese Fische, das waren so kleine, längliche Dinger mit bläulich schimmernder Haut. Die werden mit Schnaps beträufelt, das betäubt sie leicht, so dass sie nicht gleich vom Teller springen und man sie gut am Schwanz packen kann. Dann schluckt man sie in einem Stück runter.«

ZWEIUNDZWANZIG

Ich hatte mich nicht ausgezogen, trug über meinen Jeans ein weites weißes Herrenhemd, das ich von Vater stibitzt und über dem Hosenbund zusammengeknotet hatte. Mitzi lag in einem orangefarbenen Bikini neben mir im Gras. Sie hatte kleine feste Brüste und einen flachen Bauch. Meinen Badeanzug hatte ich gar nicht erst angezogen. Auch der Knoten im Hemd kam mir nun nicht mehr schick, sondern albern vor. Unauffällig löste ich ihn. Der Stoff war zerknittert, als hätte ich im Hemd geschlafen.

Mitzi räkelte sich in der Sonne. Zuerst hatte sie kaum ein Wort mit mir gesprochen und jedes Mal genervt geseufzt, wenn ich etwas gesagt hatte. Dann hatte sie sich ein halbes Dutzend Piccolos im Schwimmbadladen gekauft und zu trinken begonnen. Seit dem dritten Fläschchen unterhielt sie sich mit mir. Sie wollte für ein Schuljahr nach Michigan in die USA und hatte dafür ein Bundestagsstipendium bekommen. Stolz zeigte sie mir einen zerknitterten Brief, in dem ihr mitgeteilt wurde, dass sie sich gegen alle Mitbewerber durchgesetzt und in den Aufnahmetests die besten Leistungen erbracht hatte. Im Briefkopf prangte der grimmige, mit seiner Kraft protzende Bundesadler.

Mitzi zog einen kleinen Stapel abgegriffener Fotos aus ihrer Tasche und gab sie mir. Sie zeigten die amerikanischen Gasteltern, ihre drei kleinen Kinder, zwei Katzen, einen Hund und ein Haus mit Veranda.

»Sieht gemütlich aus«, sagte ich.

Mitzi strahlte mich an und öffnete einen weiteren Piccolo.

Die Wiese fiel leicht zu einer Sonnenterrasse hin ab. Darunter glitzerte das knallblaue Wasser des Pools. Die Weinberge lagen im strahlenden Sonnenschein, und im Tal breitete sich die Stadt aus, als wollte sie unter dem weißen, klaren Himmel zerfließen. Auf der anderen Seite des Tals waren die Wälder des Taunusgebirges in bläulichen Dunst gehüllt.

Obwohl das Freibad gut besucht war, lag niemand in unserer Nähe. Es sah aus, als würden die anderen Badegäste Abstand zu uns halten.

Ich schwitzte in meinen Kleidern, zog die Beine an und umschlang sie mit beiden Armen, hörte Mitzi zu. Mit verschränkten Armen stand der Bodyguard-Typ neben uns. Er hatte die Augen gegen die Sonne zusammengekniffen und schien nach jemandem Ausschau zu halten. Manchmal beugte er sich kurz zu Mitzi herunter, strich ihr über die Brüste, den Bauch und die Oberschenkel. Wenn sie dann zu schnurren begann, sagte er: »Pass nur auf, Kätzchen, gleich kriegt dein Höschen ’nen feuchten Fleck.« Und sie kicherte.

»Magst du die USA?«, fragte Mitzi.

Ich zuckte mit den Schultern.

»Mitzi hat dich etwas gefragt«, sagte der Bodyguard,

ohne sich umzusehen. »Weißt du nicht, dass es unhöflich ist, nicht zu antworten?«

Ich war noch nie in den USA gewesen, aber an unser Wohnviertel grenzten die Siedlungen der amerikanischen Soldaten. Sie wohnten in pfirsichfarbenen Mehrfamilienhäusern, in denen alle Wohnungen gleich eingerichtet waren. Hinter jedem Küchenfenster konnte man eine braune Glaslampe mit stilisierten orangefarbenen Blumen sehen. Die Amerikaner waren immer freundlich und grüßten einen auf Englisch, wenn sie abends mit ihren riesigen Hunden durch unsere Straßen spazieren gingen. Die Frauen hatten unglaubliche Föhnfrisuren, liefen aber, wie auch ihre Kinder, immerzu in Shorts und T-Shirts oder in Jogginganzügen herum. Die machen alles zu ihrem Wohnzimmer, sagte Mutter oft, und tatsächlich strahlten sie etwas aus – eine Art Lässigkeit und Selbstsicherheit –, sie schienen sich überall gleich zu Hause zu fühlen. Sie waren immer nur für zwei, drei Jahre in Deutschland und wurden dann an einen anderen Stützpunkt versetzt. Die Männer hatten das Haar extrem kurzgeschoren, trugen schwere Stiefel und tarnfarbene Uniformen, aber sie lachten einen immer breit an, so dass man kaum glauben konnte, dass sie wirklich Soldaten waren. Manchmal blieben sie vor unserem Haus stehen, wenn Mutter gerade die Treppe fegte oder die Beete im Vorgarten goss, und plauderten mit ihr. Dann schwärmten sie von Deutschland und lobten alles in so hohen Tönen, wie ich es noch nie zuvor von jemand anderem gehört hatte. Mutter wirkte dann verlegen, lachte oder winkte ab. »Oh no, Germany is not all good, you know our history, World War II and so, German gründlichkeit and all that horrible mess we made …« Dann kam sie ins Stocken, entschuldigte sich für ihr schlechtes Englisch, griff nach dem Gartenschlauch oder fegte weiter die Treppe.

Im Oktober hängten die Amerikaner Plastikskelette und Fledermäuse in die Bäume, stellten ausgehöhlte Kürbisse auf und feierten Halloween. Zu Weihnachten wurden ihre Häuser nicht dekoriert, sondern illuminiert. Das bunte Blinken und Leuchten war weithin zu sehen. Im Sommer grillten sie nicht, es gab Barbecue. Und den Kot ihrer Hunde sammelten sie in Plastiktütchen auf, die sie mit der allergrößten Selbstverständlichkeit durch unsere Vorgärten trugen, um sie in unseren Mülltonnen zu entsorgen. Manche Nachbarn hatten deswegen ›No dog poop, please!‹ auf ihre Tonnen geschrieben, aber meine Eltern fanden das zum Glück spießig. Wenn ich aus dem Fenster schaute und einen uniformierten amerikanischen Soldaten mit seinem Riesenhund durch unseren Vorgarten marschieren sah, durchströmte mich immer ein tiefes Gefühl von Sicherheit. Doch nahmen sie ihre Hunde nie mit, wenn sie in ein anderes Land versetzt wurden. Alle ihre Haustiere setzten sie einfach aus. In einem Winter hatte Eike zwei verendete Wasserschildkröten auf dem zugefrorenen Kurparkteich gefunden. Mutter hatte sich geschüttelt: »Das waren sicher wieder diese Amis.«

»Ich mag Root Beer«, sagte ich schließlich zu Mitzi.

»Root Beer?«

»Ja. Ich könnte es pausenlos trinken.« Dabei hatte ich nur einmal eins von einem Soldaten geschenkt bekommen, als ich am Maschendrahtzaun gestanden hatte, der die amerikanische Siedlung umgab, und einer Familie beim Barbecue zugesehen hatte.

Mitzi nickte, war anscheinend zufrieden mit meiner Antwort. Der Bodyguard drehte sich zu mir um und beäugte mich. »Brauchst du Root Beer?«

»Gibt's in Deutschland nicht«, sagte ich.

Er lächelte knapp. »Kann ich dir besorgen. Ich hab mir eine ID-Card gemacht, die mir Zutritt zum Supermarkt von den Amis, ihren Klamottenläden und ihrem Kino verschafft.«

»Und sie lassen dich rein?«, fragte ich.

»Sicher. Du musst nur in Dollar bezahlen.«

»Wie heißt du eigentlich?«, fragte ich.

Er warf mir einen irritierten Blick zu: »Weißt du nicht, wer ich bin? Ich bin Falke. Der Greifvogel.« Dazu grinste er breit und hielt mir die Hand hin, als hätten wir uns jetzt erst getroffen: »Falk Manthey. Die Mitzi, unser Kätzchen, kennst du ja schon. Weißt du, was ein Breitling ist?«

»Klar, eine Sprotte. Habt ihr alle Tiernamen?«

Er wirkte amüsiert, grinste erneut: »Du hast ja gar keinen Plan, hast du echt noch nie was von uns gehört?«

Hatte mein Bruder mir schon einmal von ihnen erzählt, irgendwann einmal ihre Namen erwähnt? Ich konnte mich an nichts erinnern. »Nee, tut mir leid. Aber ich kann im Moment auch nicht viel ausgehen, weil ich an meinem Roman schreiben muss.«

»Was machst du?«, fragte Mitzi und sah mich beinahe misstrauisch an, aber Falk nickte sofort: »Du schreibst? Echt? So einen richtig fetten Roman? Na, das ist mal cool.

Hab gerad ›Steppenwolf‹ für die Schule gelesen, hat mir voll gut gefallen, kennst du den?«

»Nee, leider nicht«, sagte ich und versuchte, mir ihn in ein Buch vertieft vorzustellen.

»Geb ich dir mal«, sagte er. »Total krasse Geschichte, musst du unbedingt lesen.«

Plötzlich sprang Mitzi auf. Ein Dutzend junger Männer kam die Wiese heraufgeschlendert. Sie trugen Handtücher um die Hüften, hatten nackte, muskulöse Oberkörper und kurzes oder ganz abgeschorenes Haar. Maximilian war nicht dabei. Einer von ihnen, ein untersetzter Typ mit Boxernase und wulstigen Lippen, zeigte mit dem Finger auf mich. »Die kenn ich nicht. Ist die sauber? Wer hat die angeschleppt?«

Falk baute sich vor mir auf, schützend, so schien mir, und boxte ihn kumpelhaft in den Bauch. »Ey Rüde, das ist doch das Püppchen vom Breitling.«

Rüde schaute grimmig. »Ach ja, die Pfarrerstochter. Verbürgt er sich auch für sie?«

»Klar. Sonst wär sie nicht hier.«

Rüde zog die Nase hoch und spuckte einen Schleimbatzen aus. »Welchen Namen kriegt sie?«

»Er nennt sie Puppe.«

»Das passt doch gar nicht zu uns«, blaffte Rüde.

Mitzi kicherte, Falk warf ihr einen kurzen Blick zu und grinste dann: »Sie bekommt keinen Tiernamen. Weil sie zu menschlich ist, hat der Breitling gesagt.«

»Hahaha, sehr witzig«, sagte Rüde, aber dann streckte er mir die Hand hin, ich griff reflexartig zu. Sein Händedruck war angenehm warm und fest. »Ich sag's dir ganz ehrlich, du Puppe: Ich glaube nicht, dass du zu uns passt, aber wenn der Chef es so will – na, wir werden ja sehen, ob du dich bewähren kannst.«

Einer seiner Begleiter verteilte Bierflaschen aus einer großen Plastikkühlbox. Ein anderer hatte einen Ghettoblaster dabei und drehte ihn voll auf. Jetzt breitete Falk sein Handtuch direkt neben meinem aus, griff sich zwei Bierflaschen, öffnete sie mit einem Feuerzeug, das er aus dem Bund seiner Badeshorts zog, und wollte mir eine geben. Ich schüttelte den Kopf und zog meine Limonadenflasche aus der Tasche hervor.

»Mathilden-Silber«, las er vom Etikett ab. »Klingt hochprozentig.« Er lachte und stieß klirrend mit mir an. »Auf dein Wohl.«

Mitzi raffte ihr Handtuch zusammen, ging um uns herum und setzte sich neben Falk auf die andere Seite. Aus den Lausprechern des Ghettoblasters tönte ohrenbetäubend laute Musik. Wieder deutsch. Wie auf der Party.

Blutige Küsse, bittere Pillen, vom Schicksal gefickt, und immer drei Promille.

Einige Badegäste packten ihre Sachen zusammen und gingen. Am unteren Ende der Wiese erschien ein Bademeister und sah zu uns hoch. Die Jungs zeigten ihre Muskeln und drehten die Musik lauter. *Ich trinke auf gute Freunde, verlorene Liebe, auf alte Götter und auf neue Ziele,* brüllte es aus den Lautsprechern. Die Jungen brüllten mit. *Ich schlief zu wenig und ich trank zu viel, die Schmerzen im Kopf waren ein vertrautes Gefühl.*

Der Bademeister verschwand. Die Jungen lachten. Rüde stand immer noch vor mir, schaute auf mich herab.

»Das ist unsere Musik. Gefällt dir wohl nicht?« Dann rief er seinem Freund zu: »Hey Alter, spiel das noch mal, die Puppe hier scheint Onkelz-Fan zu sein.«

Falk streckte sich auf dem Rücken aus, sofort schmiegte Mitzi sich an seine Brust. Wieder kraulte er ihren Nacken. Ein Telefon klingelte. In Mitzis Tasche. »Ist bestimmt Breitling, gib her«, sagte Falk und ließ sich ein graues Handy reichen. Er zog die Antenne heraus und stand auf, entfernte sich ein paar Schritte, um in Ruhe telefonieren zu können. Ich kannte niemanden in unserem Alter mit einem Handy. Nicht einmal meine Eltern besaßen eins. Falk beendete das Gespräch und sah zu uns: »Der Chef steckt am Eingang fest. Diese Ärsche wollen keinen von uns mehr reinlassen. Ich geh mal hin und kümm're mich drum. Willste mitkommen, Rüde?«

»Mach du ruhig. Ich bleib hier und pass auf die Ladys auf.« Er schaute grimmig zu mir. Ich sah hilfesuchend zu Falk, aber der marschierte bereits Richtung Eingang. Ich rutschte ein Stück zurück, weg von Rüde, und stand dann auf. Er machte einen Schritt auf mich zu: »Wo willst'en hin?«

»Nach Hause.«

»Vergiss es. Du gehst erst, wenn ich es erlaube.«

DREIUNDZWANZIG

»Ich mag kein Sushi«, sage ich wieder. Constantin nimmt ein Stück mit zwei mahagonifarbenen Stäbchen, die er bestimmt mit den Messern zusammen gekauft hat, und hält es mir hin. »Probier doch wenigstens mal!«

Irgendwelche gelben und grünen Stückchen umwickelt von einer glibberigen glänzenden grauen Haut. Ich schüttele den Kopf. »Nee. Echt nicht. Hast du diese Fische in China wirklich lebendig gegessen?«

Constantin springt auf und schmeißt die Stäbchen auf seinen Teller. »Mein Gott, bist du zickig. Dann eben kein Essen, dann dusche ich jetzt.« Er reißt sich den Pullover über den Kopf, pfeffert ihn in eine Ecke und knallt die Badezimmertür hinter sich zu. Wie ein wütender kleiner Junge. Nein, wie mein Großvater Benedict. Ich muss lächeln. Der hat Aal, Scholle und Dorsch gemocht, das war ein Festmahl für ihn, und er hat sich auch immer aufgeregt, wenn ich nichts davon essen wollte. »Kommst vom Meer und isst keinen Fisch, was sind das für Zicken?« Als hätte er vergessen, dass zwar meine Eltern an der Ostsee geboren waren, aber ich nicht. Genauso wenig wie er, der gebürtige Bayer. Nur wollte er davon nie etwas hören, er hatte auch keinen bayrischen Zungenschlag, konnte dafür aber Plattdeutsch, das hatte ihm meine Großmutter beigebracht. Sein Leben habe erst bei seiner Tante in Lübeck begonnen, hat er immer gesagt, mit der Bagage in Bayern wolle er nichts zu schaffen haben. Er war Norddeutscher, die See und sein ›Strandstern‹, das bedeutete Leben für ihn, und alles, was lebendig und gut war, musste norddeutsch sein.

Komisch, dass ich jetzt daran denken muss.

Wo kommt Constantin eigentlich her? Im Bad fällt etwas klirrend auf die Fliesen, die Schnalle seines Gürtels vielleicht. Ich gehe an die Badezimmertür, klopfe. »Wo bist du geboren, Constantin?« Er dreht das Wasser auf und steigt in die Wanne. Eine Dusche gibt es hier nicht. Ich lege mein Ohr an die Tür, höre, wie er sich einseift, ein Reiben und Klatschen auf nackter Haut. Ich gehe ins Schlafzimmer und zünde mir eine Zigarette an. Auf dem Tisch steht ein MacBook, geschlossen, daneben liegt eine lederne Mappe, aus der Papiere hervorlugen. Den Briefkopf kenne ich doch! Ich zupfe an einer Seite, bis ich das Logo von ›Universal Shoes‹ ganz sehen kann. Ich klemme mir die Zigarette zwischen die Lippen, will die Seite herausziehen. Da wird im Badezimmer das Wasser abgestellt. Na gut. Dann eben nicht. Wahrscheinlich hätte Constantin eh bemerkt, wenn ich an seinem Arbeitsplatz etwas verändert hätte. Er ist so ein Typ. Gut organisiert, ordentlich bis pedantisch – mit Dingen. Bei Menschen vielleicht eher nicht. So wie Eike. Oder Mutter, der sofort auffällt, wenn ich an ihren Cremes, Shampoos oder Lotionen gewesen bin – sie schraubt alle Deckelchen auf eine ganz eigene Weise zu, man selbst kriegt das nicht hin.

»Ich hasse es, dass immer alles wegkommt, wenn du zu Besuch bist«, sagt sie dann. »Ich hab kein einziges Feuerzeug mehr, und an meinen Cremes warst du auch wieder.«

Bevor ich abreise, kaufe ich jedes Mal einen Parfümerie-Gutschein, den ich mit Feuerzeugen beklebe, dann muss sie lachen und sagt: »Ach, war doch nicht so gemeint. Dass du immer alles so ernst nimmst.«

Von meiner Zigarette fällt Asche. Stäubt über die lederne Mappe. Mist. Ich beuge mich vor und puste. In diesem Moment kommt Constantin aus dem Badezimmer. Rasch öffne ich den Laptop, lege meine Hand auf die Tastatur. »Kann ich gerad mal ins Internet?« Sofort ist Constantin bei mir und drückt den Bildschirm runter. »Was fällt dir ein …« Sein Gesicht ist wutverzerrt. Er schnappt pfeifend nach Luft. »Vergreif dich nie wieder …« Hustet rasselnd. Reißt mir die Zigarette aus der Hand, »Geraucht wird hier …« Keucht. In seinen Lungen brodelt es. Er krümmt sich zusammen, fasst sich an die Brust. Ein Gurgeln. Wie Wasser. Zischend steigt es seine Kehle hoch. Und plötzlich wird er ganz ruhig. Kurz herrscht völlige Stille. Er richtet sich langsam auf. Die Zigarette noch zwischen den Fingern. Das Handtuch, das er sich um die Hüften gewickelt hat, rutscht zu Boden.

Jetzt steht er nackt vor mir. »Oh, Gott«, sagt er. »Mein Gott.« Lacht unsicher. Schüttelt den Kopf. Sieht mich so merkwürdig an – erstaunt oder ungläubig? Dann hebt er die Zigarette an seine Lippen und saugt daran. Inhaliert tief in die Lungen, aus denen eben noch dieses entsetzliche Brodeln kam.

»Du darfst nicht rauchen!« Ich will ihm die Zigarette

aus der Hand nehmen, aber er hebt sie über seinen Kopf und blickt mir in die Augen: »Geh nie wieder an meine Sachen.«

Ich schüttele den Kopf. »Komm mal aus dem Haifischbecken raus, Constantin. Vor mir musst du dich nicht in Acht nehmen.«

Einen Moment lang starrt er mich nur an, dann lächelt er: »Ab ins Bad mit dir, duschen, ich hab Sehnsucht nach dir.«

»Und meine Kippe?« Ich will nach seiner Hand greifen, die Zigarette nehmen. Aber er weicht geschickt aus, tritt einen Schritt zurück und lächelt erneut: »Die raucht man danach.« Das Goldarmband seiner Uhr blitzt auf, als er das Fenster öffnet und die Zigarette hinauswirft.

VIERUNDZWANZIG

»Setzen«, blaffte Rüde. »Wir zwei plaudern jetzt erst mal ein bisschen.« Er grinste blöd. Ich zeigte ihm einen Vogel. Er packte mich am Handgelenk, ich wollte mich losreißen, er versetzte mir einen Stoß gegen den Brustkorb, ich stürzte hin. Mit einem Satz war er über mir.

Ich wand mich. »Lass los!«

Er drückte mich zu Boden. Ich strampelte mit Armen und Beinen. Er packte meine Handgelenke. Sein Gewicht schien alle Luft aus meinem Brustkorb zu pressen. Ich keuchte. Er beugte sich so dicht an mein Gesicht, dass ich seine wulstigen feuchten Lippen an meinem Ohr spürte: »Ich trau dir nicht.«

Ich bäumte mich auf, versuchte, nach ihm zu treten. Da begann er plötzlich zu lachen und ließ mich los. Er sprang auf die Füße und hielt mir die Hand hin. Ich schlug sie weg, rappelte mich hoch.

Er grinste. »Du wehrst dich. Das ist stark.«

»Du hast sie ja nicht mehr alle.«

»Ich mag keine Schwächlinge. Was is'n mit denen?«

Maximilian und Falk kamen über die Wiese gelaufen. Keuchend und schwitzend. Maximilian hielt sich die Seite. »Lasst uns abhauen, am Eingang hat's Ärger gegeben.«

Sofort begannen alle ihre Sachen zusammenzuraffen. Die Musik wurde ausgestellt. Falks Unterlippe war aufgeplatzt, er wischte sich mit dem Handrücken darüber und griff nach seinem Handtuch. Maximilian drehte sich zu mir. Sein Gesicht war schweißnass. »Du kommst doch mit?«

»Dein Freund hat mich angegriffen!«

»Wer?« Doch dann rief er: »Rüde, du Drecksack!«

Rüde warf sich sein Handtuch über die Schulter und lachte. »Was denn? Deine Kleine hat tapfer gekämpft, die ist echt okay.«

»Du findest auch immer ’nen Grund, ’ne Frau anzugrabschen.« Er sah zu mir. »Bist du in Ordnung?«

»Ich hab’s überlebt.«

»Der meint’s nicht böse, hat sich nur nicht unter Kontrolle. Komm, lass uns verschwinden!«

»Was’n los?« Ich hatte Mühe, mit ihm Schritt zu halten.

Die anderen Jungen folgten, streiften sich im Laufen T-Shirts und Hemden über.

»Was habt ihr gemacht?«, fragte ich.

»Gar nichts, aber die Badescheißer haben die Bullen gerufen.«

Vor dem Eingang hatte sich eine lange Schlange gebildet, weil das Kassenhäuschen nicht besetzt war, und auch von den Bademeistern war keiner zu sehen. Wir verließen das Schwimmbad. In der Ferne heulten Sirenen. Plötzlich blieben die Jungen stehen. Alle hatten jetzt Hemden oder weiße T-Shirts an. Der Ghettoblaster und der Alkohol wurden im Kofferraum eines BMWs verstaut. Mitzi fuhr sich mit den Fingern durchs Haar und band es sich zu einem Pferdeschwanz zusammen, ein blondes Tennis-Mädchen im kurzen Kleidchen.

»Mann, kannst du harmlos aussehen«, sagte Maximilian zu ihr und grinste. Dann hielt er mir seinen Arm hin. »Hak dich ein, Anna.«

»Warum kommt die Polizei?«

»Ich hab' doch gesagt, wegen nix. Die Badescheißer reagieren immer gleich über. Aber mach dir keinen Kopf. Die Bullen kriegen uns nicht, die sind total fixiert auf Proletenpack, suchen jetzt nach richtigen Schlägertypen.« Abermals bot er mir seinen Arm. »Komm, meine Hübsche, ein Liebespaar beachten die nicht.«

»Ist jemand verletzt worden?«

»Willst du mich hängenlassen, oder was?«

»Nein!«

»Worauf wartest du dann?«

Die Polizeisirenen kamen näher.

Ich hakte mich bei ihm ein.

»Da bin ich aber erleichtert«, sagte er und grinste breit. »Ich dacht' schon, du rufst gleich wieder nach Mama und Papa.«

»Quatsch.« Mein Herz klopfte wild.

Blaulicht flackerte zwischen den Bäumen hindurch. Falk nahm Mitzi Huckepack. Sie schmiegte ihre Wange an seinen Hinterkopf. Ein Krankenwagen hielt vor dem Eingang des Schwimmbads. Wir zogen los, waren etwa ein gutes Dutzend Leute. Die Jungen schienen es jetzt nicht mehr eilig zu haben. In einer lockeren Formation schlenderten sie über die schmale, gewundene Waldstraße den Neroberg hoch. Maximilian und ich folgten ihnen Arm in Arm. Hinter uns knirschten Autoreifen über den Asphalt, Steinchen prasselten gegen Blech.

»Dreh dich bloß nicht um«, sagte Maximilian im Plauderton und zog mich dichter zu sich. »Bleib ganz locker, hörst du?« Er roch gut, kühl und rein wie frischer Schnee. »Danke, dass du mir immer nach England geschrieben hast«, sagte er. Ich starrte ihn an.

Hinter uns hupte es. Ich zuckte zusammen, aber unsere Gruppe teilte sich mit einer Geschmeidigkeit – wie ein aufgleitender Vorhang. Der Polizeiwagen fuhr langsam hindurch. Das Blaulicht flackerte noch, aber die Sirene war ausgestellt. Die Polizisten hatten die Seitenfenster heruntergekurbelt und musterten uns. Maximilian nickte ihnen zu. Ich schmiegte mich an ihn. Mitzi umschlang Falks Hals und kicherte laut: »Lauf, mein Pferdchen, lauf!« Er hatte sich seine Kappe tief in die Stirn gezogen, trabte wiehernd vorwärts, die anderen lachten. Der Polizeiwagen beschleunigte und verschwand hinter der nächsten Kurve. »Ist 'ne Sackgasse, die kommen gleich wieder zurück«, sagte einer der Jungen.

Maximilian zuckte mit den Schultern. Die Gruppe schloss sich wieder, schlenderte weiter die Straße hinauf.

»Ich hab die Briefe noch. Jeden einzelnen. Das waren coole Geschichten. Du hast mir alles erzählt, ich glaub, es gibt nichts, was du in den letzten Jahren gemacht hast, wovon ich nichts weiß. Als wären wir gar nicht getrennt gewesen.«

»Du hast nie geantwortet.«

Der Polizeiwagen kam zurück. Hielt mitten auf der Straße. Als wir rechts und links daran vorbeigingen, sprach einer der Polizisten Maximilian an: »Kommt ihr aus dem Schwimmbad?«

»Ja.« Maximilian blieb stehen, erschrocken umklammerte ich seine Taille, aber er wirkte völlig entspannt.

»Da hat's 'ne üble Schlägerei gegeben. Habt ihr was davon mitbekommen?«

»'ne Schlägerei? Im Opelbad? Man sollte doch meinen, dass bei den Eintrittspreisen kein Pöbel reinkommt. Hoffentlich ist keiner verletzt worden?«

»Dazu darf ich nichts sagen. Aber passt in jedem Fall auf die Mädels auf. Das Neroberg-Fest heute Abend, das zieht leider auch immer – na, solche Leute halt an. Schönen Tag noch.«

»Ihnen auch«, sagte Maximilian und sah dem Polizeiwagen nach. – »Solche Leute? Was er wohl damit meint?« Die anderen lachten.

Sobald der Wagen außer Sichtweite war, rutschte Mitzi vom Rücken ihres Pferdchens herunter, und einer der Jungen ging zum Schwimmbad zurück, um den Alkohol und den Ghettoblaster zu holen. Maximilian hielt mich weiter im Arm.

»Es ist schön, dich endlich wiederzusehen, Anna.« Mit einer Hand zupfte er an Vaters Hemd, das mir hinten schweißnass am Rücken klebte und vorne zerknittert über den Bund meiner Hose ging. »Du bist richtig hübsch geworden.«

Ich schob seine Hand zur Seite. »Ja klar. Und deswegen hast du mich nicht erkannt.«

Er sah mich von der Seite an, mit gerunzelter Stirn. »Was meinst du?«

»Ich war letzten Samstag auf deiner Party.«

»Was? Warum hast du mich nicht begrüßt?«

»Bist du blöd? Ich stand direkt vor dir.«

»Kann nicht sein. Da muss ich ja was an den Augen gehabt haben.« Sein Blick wurde weich. »Weißt du noch? Die Schneekönigin? Haste das jetzt mal gelesen? *Da erzitterte der Spiegel so fürchterlich, dass er zur Erde stürzte und in Stücke zersprang. Einige waren kaum so groß …*«

»*… wie ein Sandkorn, und wo sie jemand ins Auge bekam, da blieben sie sitzen, und da sahen die Menschen alles verkehrt oder hatten nur noch Augen für das Verkehrte bei einer Sache.* Natürlich hab ich's gelesen.«

Maximilian lachte so laut auf, dass die anderen sich nach uns umsahen. Er bedeutete ihnen mit einer Kopfbewegung weiterzugehen. Dann blieb er stehen, zog mich ganz an sich und drückte seine Lippen fest auf meinen Mund.

FÜNFUNDZWANZIG

»Hör auf. Es hat keinen Sinn.« Du schiebst meinen Kopf zur Seite. Ich schmecke Latex auf meiner Zunge, wische mir mit dem Handrücken über den Mund. Du ziehst dir die Decke in den Schoß und presst die Beine zusammen. Deine Hüften sind schmal, beinahe jungenhaft.

»Was ist los?«, frage ich.

»Ach nichts. Es liegt am Kondom. Damit kann ich manchmal einfach nicht.« Du klingst gereizt, aber da ist auch noch etwas anderes, Scham vielleicht. Ich lege meine Hand auf deinen Rücken, als du dich wegdrehst. Er ist mit Leberflecken übersät wie mit Tintenklecksen. Ich streiche deine Wirbelsäule hinauf, berühre deinen Nacken, dein Ohr, die warme, glattrasierte Haut deiner Wange. Du schiebst meine Hand zur Seite. »Lass das. Es geht wirklich nicht. Tut mir leid.«

»Liegt es an mir?«

»Nein. Natürlich nicht.« Dein Seufzen hebt deine Schulterblätter leicht an, die Leberflecke dazwischen fließen zusammen. »Nimmst du die Pille?«, fragst du.

»Nee.«

Du siehst mich über die Schulter hinweg an. Verständnislos. Oder verblüfft?

»Nein? Nehmen nicht alle Frauen die Pille?«, fragst du.

Ich muss lachen: »Das wage ich zu bezweifeln. Also ich nehm sie auf jeden Fall nicht.«

Du drehst dich auf den Rücken, blickst mir in die Augen. »Warum nicht?«

»Was ist das für eine Frage?« Ich greife zu meinen Zigaretten und zünde mir eine an. »Weil - weil ich mit niemandem zusammen bin? Und normalerweise nicht mit fremden Männern schlafe?«

Du verschränkst die Arme hinter dem Kopf, blinzelst mich an. Vielleicht beißt dich aber auch nur der Rauch in den Augen. »Mit fremden Männern? Wir kennen uns doch.«

»Nein, tun wir nicht.«

»Du hast mir dein ganzes Leben erzählt.«

Wieder muss ich lachen. »Das war höchstens die Hälfte.«

»Aber die hast du mir anvertraut.«

»Steht der Aschenbecher wieder auf dem Balkon?«

»Du weichst mir aus. Nein, tut er nicht. Ich hab ihn dir auf den Nachttisch gestellt.«

Ich greife danach, streife die Asche ab. Du räusperst dich. Sofort drücke ich die Zigarette aus, fürchte einen weiteren Hustenkrampf.

»Versuchen wir es mit ›Aufpassen‹?«, fragst du.

Ich stelle den Aschenbecher auf den Nachttisch zurück. »Du meinst, ohne Kondom?«

»Ich würde dich so gerne richtig spüren. Und ich hab auch nichts, falls du dir deswegen Sorgen machst. War erst letzte Woche beim Hausarzt, der hat mich von oben bis unten gescreent. Es ist alles in Ordnung.«

Du streckst die Hand nach mir aus, als ich aufstehe. »Bleib hier! Es war doch nur eine Idee. Weil ich dich so gerne vögeln würde. Wo rennst du denn hin?«

»Nur ins Bad. Alles o.k.! Ich bin gleich wieder da!«

Ich schließe die Tür hinter mir, verriegele sie, klappe den Klodeckel runter und hocke mich mit angezogenen Knien darauf. Mein Herz schlägt so schnell und hart, dass es weh tut.

Maximilian öffnete eine Bierflasche mit seinem Feuerzeug und gab sie mir. Ich mochte Apfelwein lieber, hatte Bier noch nie direkt aus der Flasche getrunken. Ich setzte sie zu schnell ab, so dass der Schaum herausschoss und mir ins Gesicht spritzte. Maximilian nahm mir die Flasche aus der Hand, seine Lippen umschlossen die Öffnung, er saugte den Schaum ab.

»Mensch, Breitling, lass das«, rief Falk. »Trink das bloß nicht!«

Maximilian spuckte lachend den Schaum aus und gab mir die Flasche zurück. »Kreis' nicht wie ein Geier über mir, Falke. Ich bin trocken, und das bleibe ich auch.« Er küsste mich kalt auf den Mund. »Langsam trinken, mein Püppchen. Du hast schon ganz schön was intus. Nicht, dass du kotzen musst.«

»Muss ich nicht. Ich kann mehr ab, als du denkst.«

Lächelnd legte er einen Arm um mich und schob mich weiter.

Wir hatten den ganzen Tag auf dem Neroberg verbracht, Bier und Apfelwein getrunken und die Pizzen gegessen, die Maximilian per Handy bestellt hatte. Er hatte auch für alle bezahlt.

Jetzt war es dunkel, und das Neroberg-Fest war in vollem Gange. Hunderte Menschen drängten sich zwischen Buden mit Kunsthandwerk, Essensständen und der Konzertbühne, auf der eine Frau in langen bunten Kleidern ein Lied sang, das ich aus dem Radio kannte.

»So eine Hippie-Scheiße, linke Kacke«, sagte ein Typ, der Kobra genannt wurde, und rempelte Maximilian kumpelhaft an: »Ich glaub, ich bin im falschen Film, woll'n wir nicht woanders hin?«

»Nee, wir haben hier noch was zu erledigen.«

»Was'n?«

Bis auf Maximilian war keiner von uns mehr nüchtern. Wir rochen nach Schweiß, Bier und Sonnencreme. Genau so, dachte ich, musste ein Sommer riechen. Ich fand alles herrlich, trank vorsichtig von meinem Bier und genoss das Gefühl, wie auf Watte zu gehen. Wenn ich schwankte, zog Maximilian mich fester an sich und boxte mit der freien Hand nach Rüde, der mir zugrölte, ich solle immer schön standhaft bleiben.

»Ich find's hier auch scheiße«, jammerte Mitzi. »Grausame Musik, und alle Leute sind alt, hässlich und spießig. Is doch mein letzter Abend in Deutschland, morgen um diese Zeit bin ich schon in den USA, so hab ich mir meinen Abschied nicht vorgestellt.«

»In 'ner halben Stunde machen wir uns vom Acker«, sagte Maximilian. »Aber vorher will ich noch meinen Vater sehen.« Er deutete auf ein Plakat voller Bandnamen, das auf einer Sperrholzplatte am Stamm einer alten Kastanie hing – als hätte der Baum sich ein Lätzchen umgehängt. Ich kicherte. Maximilian stieß mich in die Seite. »Biste blind, oder was? Ich dachte, du kannst jetzt lesen. Wisst ihr, dass meine Puppe voll die Analphabetin war, als ich sie kennengelernt hab?«

Meine Wangen begannen zu glühen, aber Maximilian lachte und tippte auf einen Bandnamen, den ich zwischen all den anderen nicht gleich gesehen hatte: Michi Breitling and the singing books.

»Oh, Scheiße, was'n das für ein peinlicher Bandname«, sagte Mitzi, und Falk fragte: »Willst du deinen Alten schon wieder ärgern? Das isser doch gar nicht wert.«

»Mach dir keinen Kopf. Wir lassen ihn in Ruhe herumdudeln. Ich will nur, dass er Anna und mich hier zusammen sieht.«

»Wieso das denn?«, fragte ich.

Maximilian streckte langsam die Hand aus. Sehr sanft berührte er mein Dekolleté und den Ring, den ich an einem Lederband um den Hals trug. Seine Stimme war so zart und warm wie seine Finger auf meiner Haut. »Dein Vater hat mir damals das Leben gerettet. Mein Vater hat völlig versagt. Er ist so ein furchtbares Weichei, das hätte mich beinahe umgebracht. Jedes Mal, wenn ich ihn daran erinnere, bricht es ihm fast das Herz. Und wenn er mich jetzt hier mit dem Fräulein Pfarrerstochter zusammen sieht …« Er lachte. Ich schob seine Hand zur Seite. »Rachegefühle sind Scheiße.«

Seine Augen wurden schmal. »Kriegst du so was auf der Gesamtschule beigebracht?«

»Das steht schon in der Bibel. Neues Testament.«

»Kann sein, dass du mir besser gefallen hast, als du noch nicht lesen konntest.«

Arschloch, wollte ich sagen, aber plötzlich brachte ich kein Wort mehr hervor. Mir war so beklommen zumute, dass ich dachte, ich würde zu weinen anfangen. Als hätte er es gespürt, zog Maximilian mich fest in seine Arme. Ich drückte mein Gesicht an seine Brust. »Es tut mir so leid«, flüsterte ich. »Ich war keine gute Freundin, sehe dich heute noch vor dem Büro des Direktors sitzen, so allein … ich hätte nicht gehen dürfen … und dann dein Brief …«

»Schsch«, machte Maximilian. »Du bist die beste Freundin, die ich je hatte. Wenn man's genau nimmt, sogar die einzige.« Er kitzelte mich an der Wange, und als ich kicherte, sagte er: »Ja, genau, lach wieder, und lass die Geschichte Geschichte sein. Ich hab alles überlebt. Es hat mich stärker gemacht. Damals waren wir bloß Kinder, da hatten wir keine Chance, uns zu wehren, aber das ist vorbei, jetzt sind wir an der Reihe, übernehmen das Ruder und schmeißen alle, die uns gequält haben, über Bord.«

»Aber dann fangen wir mit Frau Rosenmüller an. Die hab ich wirklich gehasst.«

Er lachte in mein Haar, ich konnte seinen warmen Atem auf meiner Kopfhaut spüren. »Klar, wenn du willst, ersäufen wir die fette Kuh zuerst.«

»Und das Mondkalb«, sagte ich kichernd.

»Genau, die blöde Verräterin auch.«

Plötzlich begann Mitzi zu schreien: »Alles dreht sich! Alles dreht sich um mich!«

Maximilian und ich sprangen erschrocken zur Seite, als sie sich rücklings ins Gras fallen ließ und wie wild mit den Armen ruderte: »Guckt euch die Sterne an!«

»Mensch, Mitzi, du bist ja hackedicht«, sagte Falk und verzog angewidert das Gesicht. Maximilian lachte, fasste mich um die Taille und zog mich zu Mitzi ins Gras. Er rief: »Guckt euch die Sterne an! Wie sie Karussell fahren! Ich will mit! Nehmt mich mit!«

Zuerst versuchte ich mich aufzurappeln, aber Maximilian hielt mich so fest, dass ich nicht wieder hochkam. Leute liefen um uns herum, stießen gegen uns oder stolperten über unsere Beine. Ich wand mich. »Lass mich los, die trampeln uns tot!«

Maximilian drückte seine Lippen kurz auf mein Ohr. »Entspann dich mal! Uns kann keiner mehr was!« Er brach in Gelächter aus, sah abermals in den Himmel. Kobra und die anderen setzten sich um uns herum. Jemand schaltete den Ghettoblaster wieder an. *Wir spielen dieses Lied für euch da drüben, ihr habt euch selbst besiegt, dieses Land ist kein Vergnügen.*

Maximilian drehte mir sein Gesicht zu. »Guck dir nur diese Sterne an. Wie sie funkeln und strahlen – so will ich auch sein. Die Leute sollen zu mir aufschauen und mich bewundern, aber ich seh sie nicht, ich beachte sie nicht, ich brauche sie gar nicht mehr.« Dann begann er erneut zu schreien: »Nehmt mich mit, holt mich zu euch!«

Als ich am Morgen nach Hause kam, war ich komplett heiser. Und hatte dieses furchtbare Lied im Kopf, das Falk immer wieder abgespielt hatte: *Guten Tag, ich bin die Frei-*

heit, so jetzt kennt ihr meinen Preis. Leider könnt ihr ihn nicht zahlen, auch wenn ihr Bundesbürger heißt.

Mutter hatte die ganze Nacht auf mich gewartet. Jetzt stand sie in der Diele, kam auf mich zu, umfasste mein Gesicht und sah mir in die Augen. *Jetzt tragen wir die gleichen Farben. Doch sind wir alle gleich? Wollt ihr die Mauer wiederhaben? Oder heim in Helmuts Reich?* »Musst du dich übergeben?« Als ich nickte, brachte sie mich ins Bad. Ich schaffte es nicht bis zur Toilette. *Wir spielen dieses Lied für euch da drüben, ihr habt euch selbst besiegt, dieses Land ist kein Vergnügen.* Mutter streichelte meinen Rücken, während ich mich in die Wanne erbrach.

Constantin klopft an die Badezimmertür. »Anna? Warum schließt du dich ein?«

Noch immer hocke ich mit angezogenen Knien auf dem Toilettendeckel. Ich bin nackt. Mir ist kalt.

Ein enges Bad. Kein Fenster. Nur ein Luftschlitz über der Tür.

Abermals klopft Constantin.

»Ich gehe baden«, rufe ich, strecke die Hand nach dem Wasserhahn über der Wanne aus und drücke den Hebel hoch. Zischend beginnt das Wasser zu laufen.

Constantin schweigt. Dann fragt er: »Wie alt bist du?«

Ich lege mein Kinn auf die Knie. »Neunundzwanzig. Wieso?«

»Und du hast keinen Freund?«

»Nein, natürlich nicht.« Ich sehe auf. Moosgrüne Kacheln. Ein Ablage unter der Spiegelplatte und zwei Halterungen für Zahnputzbecher, beide leer. »Ich würde doch nicht … ich betrüg doch keinen.« Aber vielleicht hat Constantin eine Freundin? Oder sogar eine Frau? Nein, er trägt keinen Ring. Jemand – Mutter wahrscheinlich – hat mir einmal erzählt, dass manche Männer ihn ablegen, wenn sie auf Reisen gehen.

»Was ist mit dir, Constantin? Bist du mit jemandem zusammen?«

»Nein. Ich war mal verheiratet. Aber das ist lang her. Weißt du, dass ich zwanzig Jahre älter bin? Nächstes Jahr werde ich zweiundfünfzig. Stört dich das nicht?«

Am Heizungsgitter hängt ein aufklappbarer Kulturbeutel aus schwarzem Leder. In den Fächern stecken kleine röhrenartige Fläschchen, wie man sie in Hotels bekommt. Shampoo, Bodylotion, Duschgel. Dazu eine daumengroße Tube Haargel aus der Drogerie, ein schwarzer Kamm, ein Nagelknipser, vier Wattestäbchen und ein elektrischer Rasierer.

»Anna? Stört es dich? Dachtest du, ich sei jünger?«

»Dein Alter ist mir völlig egal«, sage ich.

»Warst du schon mal mit einem älteren Mann zusammen?«

Älterer Mann. Das klingt ja, als würde ich mit meinem Großvater schlafen.

»Nee«, sage ich und wundere mich, dass der Wasserspiegel in der Wanne nicht steigt. Hab ich den Stöpsel nicht richtig … er liegt noch auf dem Wannenrand. Das silberne Perlenband daran ist ordentlich zusammengelegt. Sieht wie ein Schneckenhaus aus.

»Es ist wirklich nur das Kondom«, sagt er. »Da kann das schon mal passieren.«

»Klar«, sage ich, stehe auf und drücke den Stöpsel in den Abfluss. »Ist doch auch nicht schlimm. Stress dich nicht so.«

Ich höre ihn lachen. »Stress ist mein zweiter Vorname.«

»Wie heißt du eigentlich mit Nachnamen?«

Erneut klopft Constantin an die Tür. »Mach doch auf. Lass mich rein.«

»Ja, gleich.« Ich nehme das Röhrchen mit dem Duschgel aus seinem Kulturbeutel und drücke es komplett ins Badewasser. Sofort steigen weiß schillernde Schaumberge auf. Ich werfe das leere Röhrchen in den Mülleimer. Was ist das denn? Ein kleines Inhalationsgerät liegt darin. Ich nehme es heraus, betrachte es, rieche an dem aufgesteckten Mundstück. »Hast du Asthma, Constantin?«

Er trommelt an die Tür. »Bist du etwa schon wieder an meinen Sachen?«

»Nur an deinem Müll.« Ich schließe auf. »Warum sagst du das nicht? Da darfst du überhaupt nicht rauchen. Und ich in deiner Gegenwart auch nicht.«

Er nimmt mir das Inhalationsgerät aus der Hand und wirft es weg. »Ich lass mir von keinem diktieren, was ich tun darf und was nicht. Alles eine Frage der richtigen Konditionierung.« Er zieht mich an sich und küsst meinen Hals. »Lass uns einfach aufpassen, ja?« Seine Lippen wandern rasch über mein Dekolleté, meine Brüste, umschließen fest meine linke Brustwarze. »Ich bin sehr gut im Aufpassen«, flüstert er rau.

»Aber ich nicht.«

»Lass dich einfach fallen. Ich will ganz tief in dich

eindringen, dich überall spüren, lass es zu, vertrau mir, Anna.«

»Wie lange bist du noch in Berlin?«

Er seufzt laut auf. »Was spielt das für eine Rolle?«

»Keine kleine.«

Er drückt sein Gesicht zwischen meine Brüste, saugt meine Haut kurz zwischen seine Lippen. »Morgen früh muss ich fliegen. In nächster Zeit hab ich aber regelmäßig in Berlin zu tun.« Er greift in meinen Nacken und massiert ihn sanft. »Du bist ja total verspannt, Liebchen. Schau mal, die Wanne ist jetzt voll, lass uns zusammen baden gehen, und dann sehen wir weiter.«

SECHSUNDZWANZIG

Weißt du, meine Mutter hat nichts gegen Männer. Nur vertrauen kann sie ihnen nicht. Keinem. Da steht ihr eben ihre Vorsicht im Weg; dieses Misstrauen, das ich immer schon kannte, mit dem ich aufgewachsen bin. Meistens kommt es völlig harmlos daher, ist nur ein Augenrollen, ein Stirnrunzeln, ein verschwörerisches Lächeln, das sie mir zuwirft. Wenn du das einmal sehen könntest - nein, du bist natürlich ein Mann, dich würde sie nur kurz mustern und dir dann ein paar unverfängliche Fragen stellen. Wahrscheinlich würdest du nicht einmal merken, dass sie gerade den Stab über dir bricht.

Nur selten wird sie etwas deutlicher, etwa wenn ein Mann - mein Vater, ein Arzt, ein Politiker - sich einen Fehltritt geleistet hat und dabei ertappt worden ist: »Jetzt sieh ihn dir an. Das ist typisch. Die lügen dir direkt ins Gesicht und beteuern am Ende trotzdem, immer nur die Wahrheit gesagt zu haben.«

Doch sie lacht dabei, winkt ab oder zieht die Augenbrauen hoch, steckt sich eine Zigarette an und lehnt sich genüsslich zurück, als verfolgte sie ein etwas anzügliches Stück, das sie zugleich langweilt und amüsiert. »Schau dir diesen Mann an.«

Ich weiß noch genau, dass ich ihr einmal, da war ich

vielleicht vierzehn oder fünfzehn, von einem Klassenkameraden vorschwärmte. Brüsk unterbrach sie mich. Von solchen albernen Verliebtheiten halte sie überhaupt nichts, Männer müsse man sehen, wie sie eben seien, sonst werde man bitter enttäuscht.

Oft sagte sie auch, sie habe ›kein hohes Bild von Männern‹, und dann musste ich immer an diese leicht angestaubten Porträtaufnahmen alter grimmig dreinblickender Herren denken, die in den Korridoren von Schulen, Ämtern oder Rathäusern hängen: Direktoren, Schulleiter, Bürgermeister oder auch Pfarrer – alle schon tot, aber unvergessen. Wenn Mutter solche Bilder sieht, sagt sie: »Guck dir diese Helden an. Beruflich erfolgreich, aber was glaubst du, wie viele von denen privat die totalen Versager waren? Wie viele ihre Ehefrauen hintergangen und ihre Familien verraten haben?« Und dann schüttelt sie den Kopf: »Man möchte fast zuschlagen, aber weißt du was? Nicht einmal das sind sie wert.«

Mein Bruder hasst es, wenn sie so zu reden anfängt, bis heute sagt er dann sofort: »Hör auf damit, Mama, lass das!« Doch ich war schon als Kind davon fasziniert. Vielleicht, weil mich da etwas ansprang, das ich deutlich spüren, ja, manchmal sogar sehen, aber nie greifen konnte. Wie einen Geruch, der einen an etwas erinnert – woran? Eine Melodie, die einem bekannt vorkommt, ohne dass man sie zuordnen kann. Eine Geschichte, die man erzählen will, aber nicht mehr zusammenbekommt, und die einem deshalb nicht mehr aus dem Kopf geht. Wie war das noch? Verdammt, wie ist es eigentlich dazu gekommen?

Weißt du, langsam zu verstehen begann ich das alles eigentlich erst, als ich Onkel Georg tot in seiner Wohnung fand. Das ist noch gar nicht so lange her, ein paar Monate erst. Ich rief Mutter an.

»Was ist passiert?«, fragte sie.

Mit zitternder Stimme erzählte ich es ihr, musste immer wieder weinen. Plötzlich schrie sie mich an: »Na und? Hör bloß auf zu heulen! Mein Bruder war ein Versager. Ein elender Schwächling. Er wollte immer nur weg, weg, weg. Hier und Jetzt kannte er nicht. Er ist so gestorben, wie er gelebt hat. Ich hasse ihn. Ich habe ihn gehasst!«

»Aber Mama, hör auf!«, rief ich und klang mit einem Mal wie mein Bruder.

»Nein«, schrie sie. »Nein! Ich habe ihn schon immer gehasst. Wenn du wüsstest, wie er uns das Leben zur Hölle gemacht hat, damals – wir waren gerade erst in den Westen gekommen, und er wollte gleich wieder weg. Zurück! Ich will zurück, ich will wieder nach Hause, hat er geheult, zurück, zurück, bitte, ich will wieder nach Hause! Dabei war er schon fünfzehn, alt genug; ich bin erst elf gewesen. Zurück, zurück, zurück. Ihr hättet's mir sagen müssen, hat er geheult, ihr hättet mir sagen müssen, dass ihr nicht wieder nach Hause zurückgeht, dass wir keinen Urlaub machen. Wenn ihr's mir gesagt hättet – hat Christine davon gewusst? Haben sie es dir verraten?, hat er geheult, und dann hat er mich gepackt und geschüttelt, er war groß und stark, und ich war erst elf; unser Vater musste dazwischengehen und hat Georg – dabei war Vater eigentlich ein sehr sanfter Mann, der keinen von uns vorher jemals geschlagen hatte. Danach hätte Georg doch klar sein müssen, dass es uns allen nicht gutging, dass nicht nur er sein Zuhause verloren hatte. Aber er hat sich total verweigert, nur noch geheult und immerzu von seinen Tieren erzählt, die wir in Rostock gelassen hatten, seinen Kaninchen und seiner Katze, sie hatte kurz vor unserer Flucht Junge bekommen. Die würden jetzt alle verhungern, weil er nicht mehr da war. Ob ich wüsste, was das für ein qualvoller Tod sei, hat er mir nachts im Bett zugeraunt, ob mir das gar nichts ausmache, ob ich nie an ihr seidiges Fell und ihre tapsigen Schritte denken würde. Ihr Leben hatte gerade erst begonnen, hat er immer wieder gesagt, und jetzt …

Es war wie ein Albtraum, aus dem ich nicht mehr herauskam, in dem mich mein großer Bruder gefangen hielt. Dabei waren seine Tiere versorgt, darum hatten Vati und Mutti sich natürlich gekümmert und einer Nachbarin einen Zettel geschrieben, das haben sie uns versichert und hoch und heilig geschworen. Aber Georg hat es nicht geglaubt: Sie hätten uns einmal belogen, uns nicht von der Flucht erzählt, woher sollte er wissen, dass sie nun die Wahrheit sagten? Und dann hat er mir wieder haarklein beschrieben, dass aus den Zitzen der Mutterkatze, wenn sie selbst nichts zu essen bekommt, irgendwann keine Milch mehr fließt und wie die Kleinen dann … oh, bitte, Anna, hör endlich zu heulen auf, er war ein elender dreckiger Scheißkerl, ich hasse ihn.«

Weißt du, Constantin, ich habe ihn eigentlich gar nicht gekannt, bin ihm nur manchmal zufällig begegnet, wenn ich bei Oma Lore zu Besuch war und er ihr etwas vorbeibrachte; sonderbare Sachen, daran erinnere ich mich: Dosenobst, Tütensuppen, Zitronen, zerfledderte Magazine und Zeitungen, Lokalzeitungen, aber nicht die LN, die Lübecker Nachrichten, die Oma Lore las, sondern die Ostsee-Zeitung, die Mecklenburgische Volkszeitung, oft waren sie mehrere Tage, manchmal Monate alt.

Onkel Georg sah ganz anders aus als meine Mutter. Sie war klein, schmal, dunkelhaarig, wirkte zäh und biegsam zugleich. Er war groß, breitschultrig, blond. Für mich, die Hessin, die Wiesbaden-Sonnenbergerin, sah er nordisch aus. Er hatte ein breites, kantiges Kinn mit einem tiefen Grübchen und graublaue Augen. Die meiner Mutter waren goldgrün; nur die Nase hatten sie beide von ihrem Vater, das sagte Mutter immer, diese Nase, die sich auch an meinen Bruder vererbt hat und die an mir vorbeigegangen ist; den Zinken, nennt Mutter sie, aber in Wirklichkeit ist es kein Zinken, weder unförmig noch zu groß, sondern – weißt du, es gibt Autos, die wie Autos, Häuser, die wie Häuser aussehen, die nicht vorgeben, etwas anderes zu sein, die sind, was sie sind, die weder zu viel versprechen noch bescheiden zurückhalten, wozu sie taugen, wozu sie zu gebrauchen sind. Und wenn es stimmt, was man sagt, dass nämlich manche Menschen sich auf ihre Nase verlassen und ihr praktisch blind folgen können, dann müssen damit solche Nasen wie die meiner Familie mütterlicherseits gemeint sein. Nur bei meinem Onkel scheint sie nicht funktioniert zu haben.

Ich erinnere mich, dass er immer schwarze oder dunkelgraue Hemden zu blauen Wrangler-Jeans trug; vielleicht waren sie auch von Lee; auf jeden Fall fiel mir auf, dass es keine Levis 501 waren, die einzigen Jeans, die man trug, die einzigen, die ich kannte.

Onkel Georg kam immer nur auf einen Sprung vorbei. Kaum stand er im Wohnzimmer, sagte er schon: »Ich bin gleich wieder weg.« Dabei wirkten seine Bewegungen ruhig und sparsam, als fürchtete er, irgendwo hängen zu bleiben, etwas zu verschieben oder herunterzureißen, wenn er nicht vorsichtig war, nicht achtgab; auf die Postkarten etwa, die in langen Reihen im Bücherbord standen; dahinter die moosgrünen, mit Gold abgesetzten Buchrücken der gesammelten Werke Karl Mays; oder auf das Bild, das über dem Esstisch hing und das den Rostocker Marktplatz zeigte. Mit dem irgendetwas nicht stimmte, vielleicht war es die Perspektive; ich habe es mir oft angeschaut und bin nie dahintergekommen, warum die gestreiften Markisen schief wirkten, die bunten Häuser auseinanderstrebten und das Kopfsteinpflaster, wenn man genau hinsah, eine komische Wölbung annahm und plötzlich verschwamm.

Später, als ich schon beinahe erwachsen war, ich denke immer, es war gleich nach der Wende, aber es muss in Wirklichkeit mehrere Jahre danach gewesen sein, ich glaube, ich war gerade im Abitur – irgendwann einmal hat Oma Lore den Marktplatz gegen ein anderes Ölbild ausgetauscht, das ebenfalls goldgerahmt war: Ein Weg, ein abgeerntetes Kornfeld, darüber grauer Himmel.

»Warum hängst du dir einen Matschweg an die Wand?«, hat meine Mutter gefragt, als sie das Bild zum ersten Mal sah. Anders als ihr Bruder, der sich vorsichtig durch das Haus seiner Mutter bewegte, sprang sie hin und her, als würde ihr jede noch so kleine Berührung mit einer Türklinke, einer Stuhllehne oder einer Wand einen Stromstoß verpassen. Oma Lore, die immer tat, als würde sie das nicht bemerken, fragte: »Wie gefallen dir meine neuen Gardinen, Tinchen?«

»Ich heiße Christine, und die Gardinen sehen entsetzlich aus.«

Die Wohnung, in der ich Georg fand, hatte ich vorher noch nie betreten. Ich war bei Oma Lore zu Besuch gewesen. Er hatte ihr schon länger keine Tütensuppen und keine Zeitungen mehr vorbeigebracht, und sie fing an, sich um ihn Sorgen zu machen. Ich kann mich nicht erinnern, ob sie nicht mitkommen wollte oder ob ich sagte, dass ich erst einmal alleine hinfahren wolle. Sie gab mir seine Adresse, einen Stadtplan und den Wohnungsschlüssel, an dem eine Hasenpfote befestigt war.

»Ist die echt, Oma?«

»Weißt du nicht, dass das Glück bringt?«

»Wie eklig ist das denn!«

Oma Lore setzte ihr säuerliches Gesicht auf: »Du klingst wie deine Mutter!«

Ich machte, dass ich wegkam, nicht mehr wie als Kind auf dem Fahrrad, sondern im Auto. Das Navigationsgerät leitete mich in eine Hochhaussiedlung, die Buntekuh hieß und die kaum anders wirkte als eine ostdeutsche Plattenbauwüste. Georgs Ein-Zimmer-Wohnung lag im neunten Stock eines lilafarbenen Riesen. Es gab nur ein einziges Fenster, das sah aus wie unter die Zimmerdecke gerutscht, wie ein Kellerfenster, zu dem man hinaufschauen musste. Sonnenlicht fiel herein, nein: herunter.

Obwohl die Wohnung aufgeheizt war, schien es kalt zu sein und weiß wie Neonlicht.

Der PVC-Boden starrte vor Dreck.

Alle Möbel stammten von Oma Lore: eine wuchtige Eichenholzschrankwand mit gelben Glastüren, ein graugeblümtes Sofa, eine leuchterartige Lampe mit goldumrandeten Samtschirmchen und Fransen. Ich konnte mich an Fotos aus meiner Kindheit erinnern: Ich in Windeln auf dem Schoß meiner Oma, die Lampe im Hintergrund. Mein Bruder und ich in Schlafanzügen vor der Schrankwand, in der das Lego-Haus stand, das wir der Kamera stolz präsentierten.

Es waren die ersten Möbel gewesen, die Oma Lore sich in Westdeutschland gekauft hatte. Lange Zeit hatte sie zwischen Kisten und Koffern gelebt und gespart, um sich die Anzahlung leisten zu können. Sie hatte nicht Stück für Stück neu zusammentragen, sich nicht langsam wieder etwas aufbauen wollen, sondern die Möbel auf einen Schlag gekauft und die Raten sechs Jahre lang abbezahlt. Es sollte alles zusammenpassen. So hat es Mutter erzählt. Ich kann immer noch ihre Verachtung hören: Als hätte bei uns jemals wieder irgendetwas zusammengepasst. Nein, das stimmt nicht, das hätte sie so nicht gesagt. Sie sagt Dinge wie: Mir kommt keine Schrankwand ins Haus. Bilder dürfen nie mittig über das Bett oder das Sofa gehängt werden. Möbel werden nach und nach angeschafft. Eine Einrichtung muss langsam mit einem wachsen, weil sie sonst nicht organisch wirkt.

Aus demselben Grund kann sie auch die Reihenhaussiedlung, in der Oma lebt, nicht leiden.

Ich glaube nicht, dass Onkel Georg sich jemals über so etwas Gedanken gemacht hat. Er hat nicht einmal ein Bett gehabt, sondern schien auf dem Sofa geschlafen zu haben, einem Zweisitzer, und er war ein großer Mann. Ich sah das Bettzeug darauf, blauweißrot mit dem Emblem des FC Hansa Rostock. Die Schrankwand war vollgestopft: Aktenordner, Bücher, Pappschachteln, Plastiktüten, Zeitungen, Zeitschriften, stapelweise Kartons, dazwischen kleine Katzen und Kaninchen – oder Hasen? – aus Porzellan. Die Schranktüren schlossen nicht mehr, Stoffreste quollen hervor, einzelne Strümpfe, T-Shirts, ein leerer Kartoffelsack. In der winzigen Küche raschelte es zwischen aufgeplatzten Müllsäcken, und das Geschirr stapelte sich in der Spüle bis unter den Boden des Hängeschranks. Nur an den Wänden herrschte so etwas wie Ordnung. Dort hingen eins neben dem anderen ein blaues Pionierhemd, das an den ausgebreiteten Ärmeln festgenagelt war, eine schwarzrotgoldene Flagge mit Hammer und Zirkel, eine rote Fahne mit Hammer und Sichel, ein Fußballtrikot von Hansa Rostock und das seltsame Ölgemälde mit all den schiefen Markisen, dem wabernden Kopfsteinpflaster, den auseinanderstrebenden Häusern.

Mein Onkel lag auf dem Fußboden. Im ersten Moment sah es aus, als wäre er nur im Schlaf vom Sofa heruntergerutscht und würde immer noch schlafen. Er trug ein weißes T-Shirt und Unterhosen. Seine Haare waren zerzaust, seine Augen geschlossen. Auf seinen Wangen waren graue Bartstoppeln. Einen Arm hatte er über den Kopf hinweg nach einem Tischchen ausgestreckt, auf dem ein beigefarbenes Telefon stand, noch mit Wählscheibe und einem geringelten Kabel. Der Hörer hing herunter. Georgs Finger hielten die Tischkante umschlossen.

Ich weiß nicht, warum, woher ich den Mut nahm, aber ich beugte mich zu ihm hinunter und strich ihm das Haar aus der Stirn. Seine Haut war eiskalt, ich zögerte kurz, dann packte ich ihn unter den Armen, um ihn aufs Sofa zu ziehen. Er sollte nicht so auf dem Boden liegen, ich wollte, dass er es gut hatte, gemütlich, dachte ich. Da kippte das Tischchen, fiel aber nicht um, weil Georgs Hand starr war, sich nicht von der Kante löste, sondern eisern festhielt. Nur das Telefon krachte zu Boden.

SIEBENUNDZWANZIG

Du schläfst. Ich höre deinen leise pfeifenden Atem und rieche den warmen würzigen Duft deiner Haut, muss wieder an Zedernholz denken. Ich kann nicht schlafen, stehe vorsichtig auf, um auf dem Wohnzimmerbalkon eine Zigarette zu rauchen. Im Bad brennt noch Licht. Der Mülleimer ist umgekippt, die Handtücher sind von den Haltestangen heruntergerissen, der Inhalt deines Kulturbeutels liegt auf dem Boden verstreut. Fast, als hätte es einen Kampf gegeben. Ich setze mich auf den Wannenrand und ziehe meine Hand durch das noch warme Wasser.

Die Kündigungsfrist einer Wohnung besteht noch über den Tod ihres Mieters hinaus. Das fand ich verrückt, typisch deutsch, dachte ich, als ich davon hörte. Also hatten wir drei Monate Zeit, Onkel Georgs Wohnung zu räumen, aber Mutter wollte das natürlich sofort in Angriff nehmen. Eike und ich begleiteten sie. Mit dem Schlüssel in der Hand ging sie vor uns den langen düsteren Flur hinunter, die Hasenpfote hatte sie vorher abgerissen und Oma Lore auf den Esstisch geworfen. »Das ist absolut widerlich, Mutti.«

An Georgs Wohnungstür blieb sie stehen. »Was ist das für ein Geruch?«, fragte sie.

Ich schnüffelte, aber da war nichts. Auch Eike schüttelte den Kopf.

»Das riecht doch«, sagte sie. »Riecht ihr das nicht? Was ist das?« Sie schlug die Hand vor den Mund. »Hat er nicht eine Katze gehabt? Hat jemand an sie gedacht?«

»Er hatte keine mehr. Sie ist schon vor Jahren gestorben, hat Oma gesagt.«

»Ach so. Dann ist ja gut. Ich dachte schon … aber was riecht hier dann so?«

»Da ist nichts.« Ich nahm ihr den Schlüssel aus der Hand. »Komm, lass uns jetzt reingehen.« Doch sie lehnte sich mit dem Rücken gegen die Tür und zündete sich eine Zigarette an. Seit der Beerdigung rauchte sie ständig, sogar mehr als ich, das kannte ich gar nicht von ihr.

Eike hielt die zwei Rollen Müllsäcke, die wir eben in der Drogerie gekauft hatten. Ich hatte gleich gesagt, dass das nicht reichen würde. Weder er noch Mutter schienen sich vorstellen zu können, wie es in der Wohnung aussah. Er trat unruhig von einem Fuß auf den anderen.

»Komm«, wiederholte ich. Mutter schüttelte den Kopf und lief zurück zu den Fahrstühlen. »Das ist nicht unser Job.« Ihre Stimme klang auf einmal aufgekratzt, beinahe heiter. »Wisst ihr, ich bestell einfach eine Entrümplungsfirma. Das ich da nicht gleich drauf gekommen bin. Die können dann alles mitnehmen, ich will nichts davon sehen! So weit kommt's noch, dass ich meinem Bruder seinen Dreck hinterherräum'.«

Dabei hatte sie heute Morgen noch gesagt, dass sie niemandem Geld in den Rachen werfen würde, damit er für sie aufräumte. Das könne sie selbst. Jetzt drückte sie den

Fahrstuhlknopf und schnippte ihre Zigarette in den zylinderförmigen Aschenbecher darüber. »Himmel, ich rauche zu viel. Kommt ihr, Kinder? Das müssen wir uns wirklich nicht antun! Wir fahren jetzt an den Strand und lassen uns kräftig durchwehen. Dann krieg ich hoffentlich auch diesen Gestank aus der Nase! So süßlich, verwest, dass ihr das nicht riecht. Ah, ist das ekelhaft.«

Eike überraschte mich. »Ich will mir die Wohnung mal ansehen, Mama!«, rief er ihr hinterher.

»Nein, nein, los jetzt! Wir gehen!«

»Wir kommen gleich nach!«, sagte er.

»Ihr spinnt ja! Ach, macht doch, was ihr wollt. Aber wehe, ihr nehmt etwas mit! Ich will nichts von seinem Zeug haben! Das muss alles, alles weg!« Die Fahrstuhltür öffnete sich, und Mutter trat, ohne sich noch einmal umzusehen, in die Kabine.

»Dann geh ich mal los und besorg Umzugskartons«, sagte Eike mit näselnder Stimme. Er stand mitten im Zimmer, hatte die Schultern hochgezogen und die Hände in die Bauchtasche seines Pullovers geschoben. Bloß nicht mit irgendwas hier in Berührung kommen. Er atmete durch den Mund. In der Wohnung roch es tatsächlich ein bisschen. Nach abgestandener Luft und verdorbenen Lebensmitteln. Als ich das Fenster öffnete, zuckte Eike zusammen, als könnte ich mir allein durch die Berührung des Hebels eine Seuche einfangen.

»Ich brauch keine Kartons.«

»Ich kenn dich doch, du willst doch sicher was mitnehmen«, näselte er. »Aber glaub nicht, dass ich hier was anfasse. Da braucht man ja Schutzkleidung. Warum haben wir keine Gummihandschuhe besorgt? Wo lag er?«

»Ich kann die Sachen auch in die Mülltüten packen«, sagte ich und deutete mit dem Kinn zum Sofa. »Da habe ich ihn gefunden. Sah aus, als würde er schlafen. Seine Hand …«

»Ich organisier dir Kartons«, sagte Eike und lief aus der Wohnung.

Alles, was ich mitnehmen wollte, stellte ich an die Tür. Die Lampe, die Porzellantiere, einige Ordner mit persönlichen Dokumenten und zwei große Super-8-Filmrollen – leider fand ich keinen Projektor dazu. Dafür entdeckte ich ganz zuunterst in einer Schublade einen Packen Schwarzweiß-Fotos: Meine Mutter in Kittelschürze und Kniestrümpfen an der Hand von Oma Lore, die ein keckes kleines Hütchen auf dem Kopf trug. Mutter und Georg in Festtagskleidern dicht nebeneinander vor einem prächtig geschmückten Weihnachtsbaum. Die ganze Familie auf einer Aussichtsplattform in den Bergen. Überrascht stellte ich fest, dass Oma Lore ein ganzes Stück größer als Großvater gewesen war. Noch nie hatte ich ein Foto von ihm gesehen. Er hatte ein weiches, rundliches Gesicht gehabt und ein fliehendes Kinn, sein Haar aber trug er in einem wie mit dem Messer gezogenen Seitenscheitel. Ich drehte das Foto um. ›Lore, die Kinder und ich. Harz-Reise, September 1959‹ stand auf der Rückseite. Ich erkannte die kleine zackige Handschrift in blasser blauer Tinte sofort – es war dieselbe wie in Mutters Märchenbuch: *Für Christine, von Deinem Vati.* Sie hatte immer gesagt, es sei das Einzige, was ihr noch von ihm geblieben war.

Ich höre das Bett leise knarren. Dann rufst du: »Anna? Was machst du? Willst du etwa schon gehen?«

»Nein, nein. Ich bin hier. Im Wohnzimmer.«

Bevor ich zu dir gehen kann, stehst du schon in der Tür, reibst das linke Handgelenk mit der Uhr nervös am rechten Unterarm, als wolltest du dich mit dem Kettenarmband kratzen. »Was ist denn los?«, fragst du.

»Nichts, hab nur eine geraucht.«

»Komm schnell wieder ins Bett«, sagst du, schiebst einen Finger unter den Verschluss den Armbands, öffnest ihn und schließt ihn sofort wieder. »Komm schon, komm, ohne dich friere ich.«

ACHTUNDZWANZIG

Jetzt, am Morgen, fängst du an zu erzählen. »Ich habe einen Sohn«, sagst du und schlüpfst in deinen Mantel. »Er ist sieben, fast schon acht. Benjamin.«

Ich ziehe den Reißverschluss meines – nein, von Eikes – Parka hoch.

»Der Jüngste«, sage ich.

»Was?« Im Spiegel neben der Garderobe kontrollierst du den Sitz deines Haars. Es ist streng zurückgekämmt. Deine Wangen sind so glatt rasiert, dass sie glänzen. Im engen Flur können wir kaum nebeneinanderstehen. Ich öffne die Wohnungstür. »Der Jüngste, das bedeutet der Name.« Wir treten nach draußen.

»Echt?« Du schließt ab. »Ist aber mein einziges Kind. Mein ältestes und mein jüngstes.« Du lachst. Nebeneinander gehen wir zu den Fahrstühlen. »Seine Mutter, meine Exfrau, heißt Sophie. Bedeutet das auch was?«

»Keine Ahnung. Soll ich's googeln?«

Du winkst ab. »Lass gut sein. Weißt du, früher hatte ich immer dieses Bild vor Augen: Sophie und ich auf einer Scholle im Meer. Um uns herum nichts als Weite. Und unter uns, fest unter unseren Hintern – sie hatte übrigens einen süßen Hintern – unser kleines Stück heile Welt.«

»Für mich klingt das eher nach Arktis und Eiszeit.«

»So? Findest du? Kann sein. Würd erklären, warum es nicht geklappt hat. Ich hasse Kälte.«

»Warum habt ihr euch getrennt?«

Du zuckst mit den Schultern. »Warum trennt man sich? Wär die Welt perfekt, wären wir noch zusammen. Aber dann kam Benjamin – na ja, die wenigsten Ehen verkraften ein Kind, sagt man ja.«

Der Fahrstuhl. Wir steigen ein. Ich trage deine Laptoptasche über der Schulter. Du ziehst deinen Koffer hinter dir her, gehst an den Briefkästen in der Eingangshalle entlang. »Siehst du den von der Mietagentur? Ah, da ist er ja.« Du wirfst den Schlüssel ein. Klopfst mit den Fingerknöcheln gegen den Kasten. Wie auf Holz. »Vielleicht bringt auch Blech Glück«, sagst du.

»Brauchst du's denn?«

Du lachst, hältst mir die Tür auf. Dann kneifst du plötzlich die Augen zusammen und schüttelst den Kopf, als hättest du Schmerzen. »Trotzdem, dass es nicht geklappt hat, das tut schon manchmal noch ...«

»Hat sie dich verlassen?«

»Unsinn!« Plötzlich ist da wieder diese Schärfe in deiner Stimme – aber du merkst es sofort, schüttelst dich und fährst ruhiger fort: »Sophie ist eine Perfektionistin. Vater, Mutter, Kind. Eine heile Familie. Etwas anderes geht nicht, kommt in ihrer Welt gar nicht vor. Sie war derartig darauf fixiert, dass sie völlig zusammengebrochen ist, als – ich hab ja selbst geglaubt, es sei für die Ewigkeit. Und dann war es plötzlich vorbei. Man fühlt nichts mehr für den anderen. Es war nicht nur für sie schwer, auch ich hab gelitten. Das kannst du mir glauben.«

»Ich glaub an Gott, an sonst nichts«, sage ich und muss lachen, als du mich irritiert anschaust. »Is'n Spruch von meinem Vater.«

»Ah so.«

Dein Taxi fährt vor. Der Fahrer nimmt dir den Koffer ab. Ich gebe dir deine Laptoptasche.

»Mir hat noch nie eine Frau das Gepäck getragen.«

»Kannst froh sein, dass du sie wiederbekommst. Normalerweise behalte ich immer was. Ich sammle Erinnerungsstücke.«

»Aber nicht mein MacBook, das würde mich umbringen. Ach, Mensch, du kriegst doch noch das Sushi-Messer von mir. Das ist jetzt schon ...« Du willst zum Kofferraum gehen, ich halte dich am Arm fest. »Lass mal, das brauch ich nicht. Rufst du an, wenn du wieder in Berlin bist?«

»Verdammt«, sagst du und legst deine Hand auf meine Wange. »Ich will mich nicht von dir trennen. Kommst du noch zum Flughafen mit?«

Ich rutsche neben dich auf die Rückbank. Dein Handy summt. Einmal, zweimal, dreimal, innerhalb einer Minute treffen ein Dutzend Nachrichten ein. »Sorry«, sagst du. »Aber ich muss das kurz checken. Ach, Scheiße, das geht jetzt den ganzen Tag so.« Kurz greifst du nach meiner Hand. »War so schön mit dir.« Dann ziehst du das Handy heraus. SMS lesen, beantworten, Laptop hochfahren. Draußen ist es noch dunkel. Dein Gesicht wird bläulich vom Licht des Bildschirms erhellt. Die Straßen sind leer. Du scrollst durch deine E-Mails, öffnest einen Anhang, sagst, ohne aufzusehen: »Eine glückliche kleine Familie, vielleicht noch ein zweites Kind, ein eigenes Haus, das wäre schon schön gewesen.« Deine Finger schweben kurz über der Tastatur. »Aber die Welt ist halt echt nicht perfekt. Ich bin nicht perfekt.« Du tippst weiter. Tack, tack, tack, klack, klack, klack, fest und schnell. »Manchmal wär ich es gern.«

»Wart ihr lange verheiratet?«

»Sechs Jahre, sieben Monate und einundzwanzig Tage.«

»Das weißt du ja genau.«

Deine Finger verharren. »Die Chronik des Scheiterns sollte man immer genau auf dem Schirm haben.« Du tippst weiter. »Unfähiges Pack!«, zischst du. Ich zucke zusammen. »Was ist los? Schlechte Nachrichten?«

Ohne aufzusehen, lächelst du. »Nein. Beruflich habe ich nie Probleme. Da läuft alles rund. Weißt du, dass ich kurz vor dem größten Deal stehe, den ich jemals ... was ist das denn?« Eine neue Mail, du überfliegst sie. »Ah, Scheiße, was sind das für faule Säcke? Wenn man nicht alles alleine macht.« Fängst wieder zu tippen an. »Komm, du Wichser, krieg mal deinen Arsch hoch.«

»Das schreibst du aber nicht!« Ich muss lachen.

»Nicht so. Aber die Botschaft kommt hoffentlich trotzdem an.« Du tippst weiter. Warum hast du mich überhaupt mitgenommen, wenn du jetzt nur am Laptop sitzt? Es hat zu regnen begonnen, der Fahrtwind treibt die Tropfen waagerecht über mein Fenster.

»Weißt du, wo ich sie kennengelernt hab?«

»Sophie?«

»In der Schule. War seit der achten Klasse hinter ihr her, jahrelang, aber sie hat mich nicht mit'm Arsch angeguckt. Ich hatte langes Haar, war ein Vorstadthippie, wollte in München Musik studieren. Ich spiel Saxophon.«

»Das würde ich gern mal hören.«

Kurz hebst du den Blick und lächelst mir zu. »Ich war auch Leadsänger. ›The crying tornados‹, so hieß meine Band. Wir sind in Kneipen und auf ein paar kleinen Festivals aufgetreten. Das war's. Es hat nicht mal für die Musikhochschule gereicht.« Du starrst auf den Bildschirm. Mit einem ›Pling‹ geht eine neue E-Mail ein. Grinsend klappst du den Laptop zu. »So, ihr Idioten, jetzt dürft ihr ein bisschen schmoren.« Du streckst den Arm nach mir aus, ziehst mich an dich. »Ich hab dann auf Informatik umgesattelt. Und nebenbei meine erste eigene Firma gegründet. Das waren damals Goldgräberzeiten. Und da bin ich Sophie wiederbegegnet. Am Frankfurter Flughafen. Sie musste beruflich nach Hamburg, ich kam gerade aus Genf zurück. Schon in der Schule war sie tough, jetzt machte sie einen auf aalglatte Businessfrau. Hatte Papis Maklerbüro übernommen, Immobilien, weltweit.« Dein Handy summt wieder. Du küsst mich auf den Hals. »Sie hatte ein knallrotes Aktenköfferchen. Schlangenleder. Und die passenden Pumps dazu.« Du schiebst deine Hand zwischen meine Beine. »Sie hat mich auf die Damentoilette gezerrt.« Drückst deine Finger in meinen Schritt. »Und wollte gefickt werden. Last minute before boarding. Wurde dreimal ausgerufen, please proceed to gate number eight, und ich hab sie durchgefickt. Sie war so geil, dass sie ihren Flug wirklich verpasst hat.« Abermals surrt dein Handy. Du ziehst deine Hand zurück, schaust kurz aufs Display, schüttelst den Kopf, legst es aber nicht wieder weg. »Eine Woche später stand sie plötzlich bei mir vor der Tür. Völlig aufgelöst. Als wäre ihr Vater umgekommen oder ihr Kind. So heulte sie. Sie hatte ihrem Verlobten alles gebeichtet. Der war dann natürlich auf und davon.« Ein Seufzen hebt deine Brust, du schließt die Augen und legst den Kopf zurück. »Da hab ich sie wieder gefickt«, sagst du genüsslich. »Sie richtig hart rangenommen, erbarmungslos, darauf stand sie, wurde erst richtig nass, wenn man …«

Was soll das? Warum erzählst du mir das? Weil es bei uns heute Morgen wieder nicht richtig geklappt hat? Auch ohne Kondom nicht. Ich bin wund, aber nicht vom Ficken. Du hast versucht, in mich einzudringen, bist erschlafft, hast es wieder versucht. Verbissen. Fast wütend. ›Saug. Leck. Kraul meine Eier. Knie dich hin. Zeig deinen Arsch.‹ Als hinge davon dein Leben ab. Du bist am Ende tatsächlich gekommen, hast dabei aber wie unter Schmerzen laut aufgeheult. Und jetzt willst du noch mal? Am Flughafen, in der Damentoilette? Bis sie dich über Lautsprecher ausrufen und erlösen, please proceed to your gate, Mr ›Beruflich klappt's bei mir immer‹. Das Taxigeld für die Rückfahrt wirst du mir ins Höschen stecken.

Du schweigst. Ich spüre, dass du mich musterst. »Anna? Ist alles o.k.?« Mit einem Finger hebst du mein Kinn und schaust mir in die Augen. »Bin ich zu weit gegangen?« Dein Lächeln wirkt beinahe verzagt.

»Schon okay. Ich glaub, ich hör nur einfach nicht gern, wie du …«

Du lachst. »Sorry. War nicht böse gemeint. Es ist mit

mir durchgegangen. Weißt du was?« Du streichelst meine Hand.

»Was?«

»Ich hab eigentlich immer nur One-Night-Stands. Oder buch mir gleich eine Nutte. Aber gestern – dich musste ich wiedersehen. Unbedingt. War wie ein Zwang.«

Der Taxifahrer räuspert sich. »Welche Airline?« Er klingt leicht gereizt, vielleicht hat er schon einmal gefragt. Wir haben den Flughafen beinahe erreicht.

»Air France«, sagst du. »Nach Paris.«

»Woher hast du eigentlich meine Nummer bekommen?«

Du lachst. »Schon vergessen, in welcher Branche ich arbeite? Ich hab eine Kommilitonin, die hackt sich in jeden Computer ein und kann dich dann durch deine Kamera sehen. Wir haben das mal einen ganzen Abend bei den verschiedensten Leuten gemacht, du würdest Augen machen, wenn du wüsstest, wohin die Leute ihren Laptop überall mitnehmen. Sogar zum Scheißen. Wischen sich den Arsch ab und trällern ein Liedchen dabei, wir haben uns kaputtgelacht.«

Keine schöne Vorstellung. Ich winde mich unbehaglich. »Und diese Frau hat dir auch meine Nummer besorgt?«

»Nee, die hat mir jemand aus deiner Personalabteilung gegeben. Hab dir doch gesagt, dass ich ein paar Leute bei ›Universal Shoes‹ kenne. Hat mich zwei Flaschen Schampus gekostet.«

»Na, da bist du ja günstig davongekommen. Find ich nicht okay, dass der …« Lachend ziehst du mich an dich. »Sei ihm dankbar. Ohne ihn hätten wir uns vielleicht nie wiedergesehen. Weißt du«, flüsterst du mir ins Ohr, »wir kennen uns kaum, und wahrscheinlich hältst du mich für verrückt, aber mit dir war ich glücklich. Sehr glücklich.«

Unser Taxi hält am Terminal. Du bezahlst den Fahrer. Er gibt dir deinen Koffer. Du ziehst jetzt doch die Schachtel heraus. »Hier, für deine Souvenir-Sammlung.«

Das Sushi-Messer. »Eigentlich suche ich mir meine Erinnerungsstücke immer selber aus.«

»Na komm, nimm schon, wäre schade darum, das darf doch nicht mit an Bord.« Ein Blick auf die Uhr. »Du, jetzt muss ich mich aber beeilen.« Du drückst mir die Schachtel in die Hand, küsst mich auf die Wange und läufst zur Drehtür.

»Meldest du dich?«

»Klar«, rufst du über die Schulter zurück und verschwindest im Terminal.

NEUNUNDZWANZIG

›Breitlings Bücherstube‹ war ein kleines Antiquariat in der Altstadt. Hinter dem Schaufenster, das nicht nur voller Bücher stand, sondern auch mit Büsten und Nippes vollgestopft war, zog sich der düstere Raum wie ein Schlauch in die Tiefe. Hier trafen sich die ›Gentlemen‹.

Als Maximilian mich zum ersten Mal mitnahm, schürzte Herr Breitling die Lippen, stapfte grußlos an uns vorbei und drehte das Schild, das an einem Kettchen in der Ladentür hing, auf ›Geschlossen‹. Er war ein schlaksiger blonder Mann mit randloser Brille, ausgebleichten Jeans und Segeltuchschuhen. Es war verblüffend, wie ähnlich sich Vater und Sohn sahen.

Maximilian schlenderte in den hinteren Teil des Ladens, in dem es eine kleine Teeküche, ein altes Cordsofa und einige Sessel gab. Herr Breitling lief ihm nach. »Ihr müsst euch woanders treffen. Das hab ich dir doch gesagt.«

Maximilian sah in den Kühlschrank. »Hast du die Bestände nicht aufgefüllt, Papa?«

»Hör auf damit, nenn mich nicht so!«

»Wir brauchen mehr Bier«, sagte er und insistierte: »Papa. – Außerdem zwei bis drei Flaschen Sekt für die Mitzi.«

Herr Breitling sah sich nach mir um.

»Das bin ich nicht, ich bin Anna.«

»Ich kenn dich«, sagte er. »Du bist die Tochter vom Pfarrer.«

Maximilian schlug die Kühlschranktür zu. »Die anderen kommen gleich, Papa. Sorgst du dafür, dass es dann was zu trinken gibt?«

»Schluss jetzt! Deine Mutter flippt nur wieder aus …«

»Hast du Angst vor ihr?« Maximilian baute sich vor ihm auf. »Oder ist es ihr Teppich-Scheißer, der dir Respekt einflößt?«

»Sprich doch nicht so von …«

»Ohne ihn müsstest du für mich löhnen. Deshalb kriechst du ihm in den Arsch.«

»Ach, Maximilian.« Herr Breitling hob die Hände. Schweiß stand ihm auf der Stirn. »Darum geht es doch nicht. Ich hätte nie für dich zahlen können. Guck dich hier doch mal um. Deine Mutter hätte keinen Pfennig bekommen. Mensch, sei doch froh, dass dich ihr Mann adoptiert hat. Dir geht's jetzt so gut, so gut ging's mir nie, und irgendwann wirst du sogar einmal erben. Ich will nur das Beste für dich. Versteh das doch endlich. Ich wäre kein guter Vater für dich. Bitte geh jetzt nach Hause. Mach deine Mutter nicht traurig. Und sag deinen Freunden …«

Maximilian reckte angriffslustig das Kinn. »Kannst ja die Bullen rufen! Wenn du uns loswerden willst!«

Herr Breitling fasste sich an den Kopf. »Ich hetz doch die Polizei nicht auf meinen eigenen … ach, Max.« Er sah aus, als würde er gleich zu heulen anfangen. »Was machst du nur, Max? Was machst du immer für Sachen?« Er wandte sich ab, fuhr sich mit den Händen durchs Haar und stapfte dann mit hängenden Schultern eine Raumspartreppe hinauf, wahrscheinlich in seine Wohnung.

Maximilian warf mir einen Blick zu. »Was glotzt'n so?«

»Vielleicht sollten wir wieder gehen?«

Er schnaubte. »Ich lass mich nicht mehr rausschmeißen. Schon gar nicht von meinem eigenen Vater. Das ist vorbei. Außerdem macht er nur Theater. Er lässt uns jedes Mal wieder rein. Komm, lass uns mal unten im Lager nachsehen. Er hat garantiert Bier da.«

Die Ladentür flog auf. Das ›Geschlossen‹-Schild klapperte gegen die Scheibe. Falk, Kobra und Rüde kamen herein. Rüde streckte mir grinsend die Hand entgegen. »Ey, tut mir leid wegen neulich. Ich hoffe, du nimmst meine Entschuldigung an.« Überrumpelt schüttelte ich seine Hand. »Ja klar, kein Problem.«

Falk küsste mich auf beide Wangen. »Schön, dich zu sehen. Alles klar?«

Als Nächste kam Mitzi, total besoffen und in einem bodenlangen schwarzen Kleid, ständig stolperte sie über den Saum. In der rechten Hand schwenkte sie eine Sektflasche. Falk wandte sich ab. »Kannst mich ruhig grüßen, du Arsch«, zischte sie. »Auch wenn du mich nicht mehr ficken willst, sind wir immer noch im selben Club, oder nicht?«

»Mensch, Mitzi, reg dich ab«, sagte Maximilian. Sie ließ sich von ihm zu einem Sessel führen und sank seufzend hinein. »Ist noch Sekt da?«

»Den hol ich gleich.«

In schneller Folge trafen jetzt immer mehr Leute ein, überwiegend junge Männer mit kurzgeschorenem Haar. Alle trugen dunkle Anzüge und weiße Hemden, bei denen der oberste Knopf offen stand. Nur Maximilian hatte Jeans und ein Sweatshirt an. Weil er nachher noch sprayen wollte. Ich hatte seine Graffiti noch nicht gesehen, aber er hatte versprochen, sie mir zu zeigen. Echte Kunstwerke, keine Schmierereien, hatte er zu mir gesagt. Jetzt winkte er. »Kommste mit Bier holen, Anna?«

Das Lager befand sich im Keller, einer etwas größeren, aber niedrigen Abstellkammer mit lauter schiefen Wänden. Es roch nach Staub, Moder und feuchtem Papier.

»Hab ich nicht 'nen 1-A-Vater?« Maximilian deutete auf die Bierkästen, die sich vor einem Bücherregal stapelten.

»Ich dachte, Mitzi wär schon in Amerika«, sagte ich und nahm die vier Sektflaschen, die obenauf lagen.

Maximilian packte einen Bierkasten. »Hat nicht geklappt.«

»Wie das? Auf'm Neroberg hat sie doch gesagt, es sei ihr letzter Abend in Deutschland.«

»Das sagt sie immer.«

»Du meinst, sie spinnt rum?«

»Nein. Das ganz sicher nicht. Bei uns sind keine Spinner dabei. Es geht ihr nur nicht gut. Weil sie verraten wurde. Wie wir alle.« Er stellte den Bierkasten wieder ab und lehnte sich mit dem Rücken gegen das Regal. Als wäre er plötzlich erschöpft. Doch seine Augen leuchteten. Herausfordernd sah er mich an. »Jedem, wirklich jedem in diesem Club, ist so eine Scheiße passiert. Wir sind alle betrogen worden, jeder auf seine Weise. Und die Mitzi – ›political correctness‹, du weißt, was das ist?«

»Klar.«

»Na? Was denn? Sag's mir!«

»Naja, dass man eben nicht …«

»Verlogene Kacke ist das. Damit wollen sie uns den Mund stopfen. Aber das macht hier keiner mehr mit. Wir sprechen laut aus, was in diesem Land wirklich passiert, in diesem Drecksstaat, der immer ach so gutherzig tut und seine eigenen Kinder verrät. Andauernd lügen sie uns etwas vor. Texten uns mit diesem Scheiß zu: Multikulti, Toleranz, heile Welt. Und wenn's Probleme gibt, heißt es: Lass uns in Ruhe drüber sprechen. Das kann man doch ausdiskutieren. Darüber sollten wir abstimmen. Wir lassen keinen zurück. Bei uns ist jeder willkommen, aber wenn's konkret wird, wenn du wirklich jemanden brauchst, dringend brauchst, dann lassen sie einen im Stich, diese Maulhelden. Ohne mit der Wimper zu zucken. Ich kenn das und hab lange, viel zu lange, geglaubt, das sei nur mir passiert. Dabei passiert so was ständig. Das gehört praktisch schon zum System, nein, das ist das System. Ein System voller Feiglinge. Drückeberger. Weggucker. Mitzi, Falk, Rüde, Kobra – sie alle haben erlebt, was passiert, wenn dich hier einer anschießt. Wenn du verwundet im Dreck liegst. Dann gibt's niemanden, der dich vom Schlachtfeld zieht. Weil's hier ja überhaupt keine Schlachtfelder gibt, nur noch Gutmenschen, die alle so nett zueinander sind. Für jeden ist gesorgt, heißt es. Jeder ist gleich viel wert. Wir zensieren sogar unsere Sprache, achten auf jedes Wort – damit bloß keiner verletzt wird.

Und wenn du doch verletzt wirst«, Maximilian zeigte mit dem Finger auf mich, »dann muss das deine Schuld sein. Dann stimmt mit dir etwas nicht. Dann hast du etwas ganz falsch verstanden oder gemacht. Dann sagen sie einfach, du spinnst.«

Die Sektflaschen in meinen Armen klirrten, als ich die Schultern hob. »Es tut mir leid … ich meinte natürlich nicht … ich kenn Mitzi ja gar nicht.«

»Es geht nicht nur um Mitzi.« Er stieß sich vom Regal ab, wollte den Bierkasten wieder hochnehmen.

»Was ist denn jetzt mit Amerika?«, fragte ich. Er verharrte kurz, richtete sich dann langsam auf und zog ein zerdrücktes Päckchen Zigaretten aus seiner Hosentasche. »Willst du auch?« Ich schüttelte den Kopf. Er zündete sich eine an. Bläuliche Rauchfäden zogen durch die staubige Luft. »Du weißt ja nicht, was so 'n Austauschjahr kostet. Zehntausend Mark allein für Visum, Flug und Organisation. Exklusive Taschengeld natürlich. Für meine Familie wär das kein Problem, aber Mitzis Eltern können sich so was nicht leisten. Gar nicht dran zu denken.«

»Aber sie hatte doch schon eine Gastfamilie, im Schwimmbad hat sie mir Fotos gezeigt.«

»Weil sie ein Stipendium hatte. Vom Deutschen Bundestag.« Maximilian streifte die Zigarettenasche am Rücken eines alten Folianten ab. »Auf einen Platz bewerben sich mehrere hundert Leute. Du brauchst Empfehlungen, musst Praktika machen, sozial engagiert sein, es gibt Dutzende Prüfungen, mündlich und schriftlich, der reinste Marathon.«

»Weiß ich. Hat mir Mitzi erzählt.«

Er nickte. »Sie hat es geschafft. Sich das Stipendium redlich verdient. Mit Ehrgeiz, Disziplin und vor allem mit Fairplay. Sie hat die Tickets gekriegt, das Visum, einen Platz an der Highschool, ihre Gastfamilie, drei Wochen später sollte es nach Amerika gehen.«

»Aber?«

»Diese Wixer im Deutschen Bundestag haben's sich plötzlich doch anders überlegt und Mitzis Stipendium lieber verschenkt. An eine Kasachin. Die war gerade erst nach Deutschland gekommen. Schwere Kindheit, tragisches Schicksal, ein schönes Willkommensgeschenk für das arme Kind. Und mächtig Publicity für die edlen Spender. Dagegen kam Mitzi natürlich nicht an. Is' ja nur 'n deutsches Mädchen. Den Brief, in dem steht, dass sie dafür sicher Verständnis hat und sich nach der ersten Enttäuschung, die sie jetzt vielleicht spürt, gewiss auch mit der Kasachin freuen kann, den konnte sie dir nicht zeigen. Weil ich ihn habe.« Er ließ seine Zigarette fallen und trat sie aus. »Ich sammele solche Geschichten. Das gibt mir die Kraft, die ich brauche, um weiterzumachen. Um nicht noch einmal aufzugeben.«

»Ich verstehe.«

»Ich weiß.« Er nahm den Kasten und schleppte ihn die Kellertreppe hinauf. Ich ging ihm hinterher, die Sektflaschen in meinen Armen.

Die Tür, die vom Treppenhaus in den Laden führte, wurde von innen aufgestoßen und Falk kam heraus. »Wo bleibt ihr denn? Ich dachte schon, ihr macht sonst was da unten.«

Maximilian schob sich an ihm vorbei. Falk stellte sich

mir in den Weg und wollte mir die Sektflaschen abnehmen.

»Die kann ich doch tragen«, sagte ich.

»Musst du aber nicht.« Er lächelte breit. »Ich bin ein Gentleman. Komm schon, lass mich das machen. Ich hab dir auch das Buch mitgebracht, du weißt schon, den ›Steppenwolf‹. Vielleicht gefällt's dir ja.«

DREISSIG

An meiner Gesamtschule gab es in den ersten drei Jahren keine Noten, sondern ›Beurteilungen‹. Besonders über unser Sozialverhalten. Die Klassenlehrerin, Frau Schäfer-Michaeli, schrieb sie mit der Hand. Während wir in der Freiarbeit waren – ›Offenes Lernen‹ nannten wir es –, beobachtete sie uns von ihrem Pult aus und drehte ihren Füllfederhalter zwischen Daumen und Zeigefinger. Sie benutzte nie einen Kugelschreiber, das war genauso verpönt wie Computer, weil beides angeblich die Handschrift verdarb.

Man hörte ein leises Klicken, wenn Frau Schäfer-Michaeli die Kappe des Füllfederhalters abzog und langsam zu schreiben begann, sehr langsam, als müsste sie sich jedes Wort genau überlegen. Manchmal hob sie unversehens den Blick und sah einen an: »Ich glaube, diese Beurteilung zeichnet ein schönes Bild von dir. Ganz natürlich. Auch mit Ecken und Kanten, aber die gehören dazu. Meinem Gefühl nach wird dir das Bild sehr gerecht.«

Ich mochte Frau Schäfer-Michaeli, aber meine Mutter sagte, ich müsse mich vor ihr in Acht nehmen. Lehrern könne man nie trauen und ganz besonders nicht denjenigen, die behaupteten, es mit jedem gut zu meinen.

»Warum?«, fragte ich.

»Weil das fast immer die sind, die sich selbst schlecht behandelt fühlen. Das sind die ganz Tückischen. Glaub's mir.«

Ich konnte nichts Tückisches an meiner Lehrerin finden, trotzdem gelang es mir nun nicht mehr, ihr gegenüber unvoreingenommen sein.

Links neben der Tafel waren sechs bunte Gartenbilder befestigt, die das Unterrichtskonzept der Gesamtschule erklärten: Den Anfang machte ein unscheinbares Samenkorn, am Ende konnte man in voller Blüte eine rote Blume sehen. Ich hatte sie lange für eine Gerbera gehalten. Bis ich in einem Gartencenter gesehen hatte, dass in die langen Stiele Metallstäbchen eingeführt werden mussten, damit sie nicht umknickten. Wir jedoch sollten aus eigener Kraft wachsen und selbst aufrecht stehen. Brauchten nur Erde, Sonne und Regen. Keinen Gärtner und schon gar kein Metallstäbchen, das uns stützte. Eine Gerbera konnte es also nicht sein.

Die Gesamtschule sollte die Welt ein wenig gerechter machen. So sagte es unsere Schulleiterin zu allen Anlässen. Man wolle keine Aufteilung in Realschulen, Hauptschulen und Gymnasien mehr. Niemand solle aussortiert werden, keine schulische Karriere durfte schon am Ende der vierten Klasse feststehen. Die Starken und die Schwachen sollten in einem Verbund voneinander lernen, ›einander beflügeln‹, hieß es. Dabei wurde niemals laut ausgesprochen, wer zu den ›Starken‹ und wer zu den ›Schwachen‹ gezählt wurde. Trotzdem wusste jeder genau, wo er stand. Man spürte es einfach.

Einmal in der Woche mussten wir im Stuhlkreis über unser Sozialverhalten sprechen und einander Hinweise geben, was daran noch zu verbessern war. Man nannte das ›einander konstruktiv kritisieren‹. Frau Schäfer-Michaelis Lieblingssatz war: »Das müssen wir ausdiskutieren.«

Zum Schluss sollten wir gute Vorsätze auf Karteikarten schreiben, die an die Wand neben dem Blumenschaubild gehängt wurden. So hatte man sie immer im Blick. »Aus unseren Schwächen entwickeln wir unsere Stärken«, hieß das bei unserer Schulleiterin.

Ich weiß nicht mehr genau, wann mir zum ersten Mal klar wurde, dass in Wirklichkeit schon längst alles feststand und es kein echtes Mitbestimmungsrecht gab. Kann sein, dass es an dem Tag anfing, an dem meine Tischnachbarin Mariella darum bat, nicht in den Werkunterricht zu müssen. Wir hatten seit der fünften Klasse alle zusammen Englischunterricht gehabt, in der siebten durften die meisten von uns eine zweite Fremdsprache hinzunehmen. Mariella hatte ein Faible für Frankreich, in den Sommerferien fuhr sie mit ihren Eltern immer an die Ardèche und wollte unbedingt Französisch lernen. Frau Schäfer-Michaeli schüttelte bedauernd den Kopf: »Das entspricht nicht deinen Fähigkeiten, Mariella. Ich kann deinen Wunsch gerne noch einmal im Kollegium vortragen, glaube aber, alle Lehrer stimmen darin überein, dass Werkunterricht für dich angebracht ist. In deinem Leben wird er dir weit mehr nützen als Französisch.«

Ich mochte nicht mehr im Stuhlkreis sitzen und konstruktive Kritik üben. Im ›Offenen Lernen‹ wollte ich lieber dichten, als Mathematik zu üben, aber das war natürlich auch im Lehrplan einer Gesamtschule nicht vorgesehen. Es gab ein Gedicht von Heinrich Heine, das ich sehr liebte. Mein Großvater Benedict hatte es mir beigebracht. *Gewähr mir, Bruder, eine Bitt', wenn ich jetzt sterben werde, so nimm meine Leiche nach Frankreich mit, begrab mich in Frankreichs Erde.* Die Zeilen hatten mich zutiefst gerührt, und ich wollte das ganze Gedicht unbedingt im Deutschunterricht vortragen, aber Frau Schäfer-Michaeli meinte, für so einen Stoff seien wir noch längst nicht bereit, mein Großvater solle lieber etwas Altersgemäßes mit mir lesen. Heine sei erst in der elften Klasse dran, und speziell für dieses Gedicht müssten wir alles über die Französische Revolution und die Restauration in Deutschland gelernt haben, damit wir es in den richtigen Kontext einordnen konnten.

Ich begann, mich davonzustehlen, und nutzte jede Gelegenheit, nicht am Unterricht teilzunehmen. Natürlich musste ich das geschickt anstellen. Niemand sollte mir unsoziales Verhalten oder mangelnden Teamgeist vorwerfen können. Also wurde ich erst Klassensprecherin, dann Jahrgangssprecherin. Denn das bedeutete mindestens eine Schülerversammlung pro Woche, für die ich vom Unterricht freigestellt war. ›Übernimmt Verantwortung, engagiert sich für die Belange der Gruppe‹, schrieb Frau Schäfer-Michaeli in meine Beurteilung.

Beim Putzdienst war ich ebenso eifrig dabei. Wir reinigten unseren Klassenraum selbst. Das stärke, hieß es, unser Verantwortungsgefühl. Jeden Tag waren zwei oder drei Schüler dran.

Ich meldete mich immer freiwillig, und während die anderen zum Sport- oder zum Musikunterricht gingen, saugte ich Staub, wischte Tische, leerte den Mülleimer und sortierte Bastelmaterial neu ein.

›Sorgt an ihrem Arbeitsplatz und in den Gruppenräumen für Ordnung‹, stand in meiner Beurteilung. Mutter wunderte sich immer darüber, sie kannte mich nur als Sammlerin. Am letzten Tag eines Sommerurlaubs hatte sie mich einmal dabei ertappt, dass ich meinen bereits gepackten Koffer wieder ausgeräumt und meine Kleider unters Bett gestopft hatte. Stattdessen hatte ich den Koffer mit Muscheln, Steinen und kleinen Plastikbeuteln voll Strandsand gefüllt.

Briefmarken, Kronkorken, Aufkleber, Bierdeckel, Überraschungsei-Figuren – es gab kaum etwas, das ich nicht sammelte. Mein Lieblingsstück war eine Getränkedose, die wie ein kleiner schmaler Bauklotz aussah, wie ein Säulchen. Diese Art Dosen gab es nur in Flugzeugen. Ich hatte sie im Rhododendronbusch neben der Haustür gefunden, als wäre sie direkt aus dem Himmel zu mir heruntergefallen. Sie war mit Root Beer gefüllt gewesen, einem Getränk, das ich da noch nicht kannte. Die Trinköffnung war mit braunen sirupartigen Resten verklebt.

Ich wusch die Dose aus, trocknete sie sorgfältig ab und stellte sie auf meinen Nachttisch.

Manchmal kam es mir vor, als trügen alle Dinge eine Sehnsucht in sich, die mich zart berührte, die nur ich hören konnte. Ein Windhauch, ein Wispern, ein leises Flehen, das auf mich eindrang, das ich nicht ignorieren konnte. Wenn ich jemanden etwas wegwerfen sah, musste ich es aufheben. Den leeren Pizzakarton, den kaputten Stuhl, die Keramikscherben des Bechers, der Mutter heruntergefallen war, alles wollte ich behalten. Und damit etwas anfangen. Ich war mir nur nie sicher, was.

Eines Tages wurde meine Zimmertür aufgestoßen. Mutter, Vater, Eike und Großvater Benedict, der uns für einige Tage besuchte, kamen herein.

»Mein Gott, was ist das denn?«, fragte Vater, der lange nicht mehr in meinem Zimmer gewesen war. »Wie sieht es denn hier aus?«

Er war in der Tür stehen geblieben, neben ihm sah mein Großvater klein und gebrechlich aus. Mutter drehte sich zu ihnen um: »Das ist die Sammlung.«

Sie ging an den Regalen entlang.

»Wie viele Dosen sind das jetzt?«, fragte sie. »Fünfzig oder sechzig? Und guckt euch nur mal diese Kartons an! Die Becher, die Folien und ... hier ...«, sie nahm eine Kiste heraus, »... alles voller Scherben.«

Ihr Gesichtsausdruck blieb neutral, aber ihre Schultern spannten sich an.

Eike hatte sich auf mein Bett gesetzt, die Ellenbogen auf die Knie gestützt und den Kopf gesenkt. Seine Hände lagen auf seinen Ohren.

Mutter blieb vor den Getränkedosen stehen, die zu Pyramiden gestapelt auf einem Regal standen.

»Die kann sie doch nicht alle gefunden haben.« Sie sprach, als wäre ich gar nicht da. »Wo kommen die her? Durchstreift sie die Stadt und durchwühlt die Mülltonnen? Wie ein ... Penner? – Warum tut sie das?«

Ich fuhr mir mit der Zunge über die Lippen, so rau waren sie, waren wie gesprungen.

Vater sah mich mit einem so gequälten Blick an, dass ich verlegen den Kopf senkte. »Was willst du mit dem ganzen Zeug?«, fragte jetzt auch er.

»Jedem Ding wohnt ein Leben inne«, antwortete ich, ohne aufzusehen.

»Wohnt ein Leben inne, wo hat sie das schon wieder her?«, fuhr Mutter auf.

»Jedes hat eine eigene Stimme«, versicherte ich. »Für dich ist es Müll, aber es gibt Menschen, Künstler, die damit etwas anfangen können. Sie machen zum Beispiel Bilder und Skulpturen daraus.«

»Habt ihr eine neue Kunstlehrerin?« Vater klang geradezu erleichtert. Er lachte sogar, streckte die Hand aus, umfasste mein Kinn und hob sanft meinen Kopf an, damit ich ihm in die Augen sah. »Manche Künstler«, sagte er, »arbeiten auch mit ranziger Butter oder schmeißen Scheiße auf eine Leinwand.« Mutter lachte nun auch, und sogar Eike kicherte. Anscheinend hatte er uns doch zugehört. Großvater aber sah mich stumm aus halbgeschlossenen Augen an. Als ich ihm einen bittenden Blick zuwarf, lächelte er, sagte aber immer noch nichts.

Vater nahm eine leere Milchflasche aus dem Regal. »Hat die auch eine Stimme?«, fragte er. Wollte sie mir ans Ohr halten, doch ich drehte den Kopf weg. Da hielt er sie sich an das eigene. »Ich höre nichts«, sagte er und reichte sie Mutter, die sie zwischen den Händen zu drehen begann.

»Das ist ein verdammter Müllhaufen. Keine Sammlung.«

Ich schüttelte langsam den Kopf. »Ihr versteht das nicht.«

»Für einen Müllhaufen ist es aber zu gut sortiert«, mischte sich mein Großvater ein.

Vater drehte sich zu ihm. »Fall mir jetzt bloß nicht in den Rücken. Oder warst du es selbst, der ihr diesen Mist in den Kopf gesetzt hat?«

Großvater blieb ruhig. »Wieso Mist? Das Mädchen macht sich einfach Gedanken.«

Vater brachte ihn mit einer ärgerlichen Handbewegung zum Schweigen. »Das hättest du mal zu mir sagen sollen, als ich in ihrem Alter war. Aber da hattest du weitaus weniger Verständnis für solche Flausen – und zwar völlig zu Recht, wie ich jetzt weiß.« Er sah mich an, rang sich ein Lächeln ab. »Ein Müllhaufen ist ein Müllhaufen ist ein Müllhaufen und sonst nichts. Schaff ihn hier raus. Heute noch.«

»Deine Tochter hat Phantasie«, sagte Großvater. »Du solltest sie ernster nehmen und stolz auf sie sein.«

Vater seufzte gereizt. »Wir sind stolz auf sie. Gerade deshalb wollen wir nicht, dass sie sich in einen Müllberg zurückzieht und Flaschen sprechen hört. Sie soll rausgehen, am Leben teilnehmen und sich Freunde suchen.«

Mutter drückte mir die Milchflasche in die Hand. »Aber erst einmal räumt sie hier auf.«

Als meine Eltern das Zimmer verlassen hatten, klopfte Großvater mir auf die Schulter: »Schmeiß das ganze Zeug raus, auch die Möbel, und kauf dir ein Feldbett. Dann hast du es so, wie deine Mutter es mag. Du hast sowieso alles in deinem Kopf, du brauchst die Sachen überhaupt nicht.«

Eike, immer noch auf dem Bett, kicherte wieder. »Sie

hat den Müll auch im Kopf? Mensch, wenn Mama das hört, wird Anna auch noch ihren Schädel aufklappen und ausräumen müssen.« Damit sprang er auf und klatschte in die Hände. »Also los, lass uns hier Grund reinbringen. Ich pack mit an, Schwesterchen.«

EINUNDDREISSIG

Keine Ahnung, warum ich nicht einfach nach Hause geh. Was will ich jetzt noch hier?

Ich nippe an dem Pappbecher mit Kaffee, den ich mir gerade gekauft habe, und streife zwischen den Flughafengebäuden umher. Wie Baracken kommen mir die Hangars vor. Wurden Mutter und ihre Familie von Tegel nach Hamburg ausgeflogen? Nein, ich glaub, von Tempelhof.

Nach Georgs Tod hatte ich mir in Lübeck das Haus angesehen, in dem Oma Lores Cousine gelebt hat.

Bei ihr waren sie nach der Flucht untergekommen.

Sie bewohnte zwei Zimmer im dritten Stock, hat Mutter erzählt, schlief selbst auf dem Sofa und überließ der Familie ihr Bett. Sie lebt nicht mehr in dem Haus. Oma Lore und Mutter haben schon lange keinen Kontakt mehr zu ihr. Ich ging die Straße entlang, auf der Mutter ›Himmel und Hölle‹ gespielt hatte, als ihr Vater verschwand. Wie kann ein Mensch einfach verschwinden?

Ich werfe den Pappbecher weg, ohne ihn ganz ausgetrunken zu haben, und zünde mir eine Zigarette an. Schlendere ziellos weiter. Allmählich wird es hell. Der Himmel färbt sich pastellfarben, die Sonne sieht aus wie eine geschälte Orange.

Ein Flugzeug rollt die Startbahn entlang, die ich durch eine Lücke zwischen zwei Gebäuden sehen kann. Ich bleibe stehen. Das Flugzeug wird schneller und schneller und schneller, unvorstellbar, dass dieses riesige schwere, silbrig schimmernde Ungetüm … doch da hebt es ab, und mir ist, als könnte ich dich zwischen den Flügeln auf seinem Rücken reiten und kraftvoll mit ihm in den Himmel hinaufziehen sehen.

Das Sushi-Messer liegt in einem flachen schwarzen Karton mit durchsichtigem Deckel und ist fast so lang wie mein Unterarm. Es hat eine schmale beidseitig geschliffene Klinge auf der ›Rockwell Härte 60°‹ steht. Was bedeutet das? Ich kaufe mir ein Ticket für den Tegel Expressbus und fahre zurück in die Stadt.

In meinem Viertel ist noch alles still. Aber das kleine Lebensmittelgeschäft in der Strassmannstraße öffnet gerade. Die Markise wird ausgerollt, und ein Vietnamese baut Obst- und Gemüsekisten an der Straße vor dem Schaufenster auf. Ich gehe in den Laden und kaufe ein Sixpack Bier für Eike, obwohl er sicher schon nach Hause gegangen ist. Neben der Kasse steht ein Plastikkübel voll langstieliger roter Rosen. Die nehme ich alle.

Ich öffne die Wohnungstür. Bleibe stehen. Wonach riecht es hier? Eine muffige Mischung aus Staub und Pressholz weht mir entgegen. Ich schließe die Tür hinter mir und lege die Kette vor.

Im Schlafzimmer stehen ein halbes Dutzend geöffneter Umzugskartons, ein Werkzeugkoffer und eine Leiter.

Eike hat die Regale, den Kleiderschrank und das Bett aufgebaut. Unglaublich. Er muss die halbe Nacht durchgearbeitet haben.

»Du bist spät dran«, brummt jemand. Ich zucke zusammen und sehe meinen Bruder im Schaukelstuhl sitzen, hinter mir, direkt neben der Tür. Er hat sich eine Decke über die Knie gelegt und ein Kissen hinter den Kopf geschoben. Eike würde sich nie einfach in mein Bett legen, das fände er übergriffig.

»Gott, hast du mich erschreckt.«

Er lacht und gähnt dann herzhaft. Auf dem Fußboden stehen aufgereiht leere Jever-Flaschen. Ich stelle das Sixpack dazu. »Nachschub«, sage ich.

»Und die Rosen?«

»Schön, nicht? Hab ich mir gekauft.«

»Du dir?« Er verschränkt die Arme im Nacken und grinst. »Hast du Spaß gehabt? Ist dieser Constantin nett zu dir?«

»Frag nicht so blöd«, sage ich, lege die Rosen aufs Bett und achte darauf, dass sie die Schachtel mit dem Messer verdecken. Was würde Eike von so einem Geschenk halten. Er setzt sich ruckartig auf. – »Shit, wie spät ist es?«

»Gleich halb acht.«

»Oh, verdammt. Alice reißt mir den Kopf ab. Hab ihr nicht mal Bescheid gesagt. Wahrscheinlich hat sie es schon hundertmal auf dem Handy versucht, aber das liegt noch im Büro. Oder sonst wo.« Er springt geradezu hoch. »Wo sind meine Schuhe, hast du meine verdammten Schuhe gesehen?« Wie angestochen läuft er durchs Zimmer.

Sie stehen unter der Leiter.

Ich schaue zur Decke hoch. Da hängt jetzt Onkel Georgs Lampe. Vier Messingarme, Plastikkerzen, gelbliche Glühbirnen und braune Samtschirmchen mit Goldrand und Fransen. »Wo hast du die denn gefunden?«, frage ich.

»In irgend'ner Kiste. Als ich das Werkzeug gesucht hab. Sieht geil aus, total retro, oder?« Sein blondes Haar steht nach allen Seiten ab. Er versucht, es mit den Händen glattzustreichen und sieht sich noch einmal im Zimmer um. Hat er etwas vergessen? »Richtig, mein Tabak! Aber den lasse ich besser hier. Die Gesund-Predigt spar ich mir. Du, krieg ich meine Jacke noch wieder?« Ich ziehe den Parka aus und gebe ihn Eike. Der winkt, läuft zur Tür hinaus und kommt noch einmal zurück. Hebt zwei große Filmrollen vom Boden auf. »Schau mal, die waren in dem Karton mit der Lampe. Sind die auch noch von Onkel Georg?«

»Ja. Wollt ich mir längst schon mal ansehen. Ich habe aber keinen Projektor. Du auch nicht, oder?«

»Nee, aber ich digitalisier sie dir, wenn du willst.«

»Das wäre toll.«

»Kein Problem. Und übrigens: Deine Rosen brauchen Wasser. Achte gut auf sie. Ich hoffe, dein neuer Typ taugt was!«

»Na klar. Diesmal pass ich auf.« Ich bringe Eike zu Tür. Schließe hinter ihm ab und lege wieder die Kette vor.

Du bist inzwischen wahrscheinlich schon in Paris gelandet. Da war ich noch nie.

Von der Magnetwand sieht mich meine Mutter an – als kleines, pausbäckiges Mädchen, das in einem niedrigen Korbkinderwagen sitzt. Ein anderes Bild zeigt die Lange Straße in Rostock, von den sozialistischen Vorzeigehäusern gesäumt, die mein Großvater Karl mitgebaut hat. In der Mitte dieser Straße stehen zwei Kinder, Hand in Hand und stecknadelklein zwischen den riesigen Häusern. ›Meine Straße, April 1961‹, hat Karl auf die Rückseite des Bildes geschrieben. Die Kinder sind sicher Onkel Georg und meine Mutter. Immer, wenn ich das Bild betrachte, frage ich mich, ob es etwas über meinen Großvater aussagt, dass seine Kinder so winzig wirken und er ihre Namen nicht mitnotiert hat. Wenn ich Oma Lore früher nach ihm gefragt habe, hat sie immer gesagt: »Wer braucht einen Mann, wenn er eine Enkeltochter wie dich hat?« Oder: »Siehst du nicht, dass wir auch ohne ihn sehr gut zurechtkommen?«

»Aber wo ist er hin? Niemand kann sich einfach in Luft auflösen!«

»Kannst du die Kartoffeln pellen? Dann mach ich uns Bratkartoffeln zum Mittagessen.«

»Oma! Jetzt sag doch mal! Was glaubst du, ist damals passiert?«

Sie griff nach dem Pfannenwender und schlug scherzhaft nach mir. »Hilf mir, die Kartoffeln zu pellen, oder mach, dass du wegkommst.«

Ich wusste, dass sie Georg und Mutter regelmäßig geschlagen hatte. Nachdem mein Großvater verschwunden und sie plötzlich mit ihnen alleine gewesen war.

»Warum erzählst du nicht, was passiert ist? Mama sagt auch …«

»Dann frag doch sie.«

»Komm, was war damals dein erster Gedanke? Habt ihr nach ihm gesucht? Seid ihr zu Polizei gegangen? Was …«

Sie ließ sich auf den Küchenhocker sinken und griff sich ans Herz. »Mein Gott, Mädchen, warum musst du mich derartig quälen? Ich weiß doch nichts. Er ist einfach verschwunden. Quäl mich nicht so.«

Aus ihr war nie etwas herauszubringen gewesen. Allen Fragen nach Großvater war sie ausgewichen. Dabei hatte sie immer – von Anfang an – gewusst, was passiert war.

Als ich meiner Mutter die Fotos aus Onkel Georgs Wohnung zeigte, schüttelte sie fassungslos den Kopf. »Dass es die noch gibt! Ich kann mich gut an sie erinnern! Mein Vater hatte sie vor unserer Flucht in den Westen geschickt. An alle möglichen Leute, Verwandte meiner Mutter, einen Freund, mit dem er auf die Bauschule gegangen war, an seine Kriegskameraden. Natürlich nicht auf einen Schlag, sondern peu à peu, damit bei den Postkontrollen niemandem etwas auffiel. Ich dachte immer – nachdem Vater verschwunden war … Mutti hat gesagt, sie habe die Bilder verbrannt. Alle. Wir sollten ganz von vorn anfangen und uns nicht an der Vergangenheit festklammern. Er sei ein guter Mann gewesen, habe uns über alle Maße geliebt – aber jetzt denkt nicht mehr an ihn, schaut nicht zurück. Das war total schizophren. Sie hatte nächtelang durchgeheult, aber wir durften nicht mal über ihn sprechen. – Schau, das hier sind Georgs Kätzchen.« Sie drehte das Foto um, las das Datum darauf. »Ja, Juli 1961, genau, das ist nur ein paar Wochen vor unserer Flucht.« Sie ließ das Bild sinken und sah mich an. »Was hast du mit den Fotos vor, Anna?«

»Willst du sie haben?«

»Nein.« Sie gab sie mir zurück und stand auf. »Meinetwegen kannst du sie wegschmeißen.«

»Aber warum denn? Das Märchenbuch hebst du doch auch auf.«

In der Tür blieb sie stehen. »Das gehört mir auch.«

»Genau wie die Bilder.«

Sie setzte sich wieder, wollte sich eine Zigarette anzünden, aber ihre Schachtel war leer. Ich schob ihr meine zu. Sie drehte sie zwischen den Händen.

»Weißt du, was mein Vater in Lübeck als Erstes gemacht hat? Er hat sich ein Fahrrad geliehen und ist tagelang durch die Gegend gefahren. Kilometerweit. Hat alle Leute abgeklappert, denen er Fotos geschickt hatte.

Jeden Abend kam er mit einem neuen Packen zurück. Breitete sie auf dem Bett, den Fensterbänken, dem Fußboden, einfach überall aus. Und wehe, man trat aus Versehen darauf. Dann führte er sich auf, als hätten wir seine Heimat mit Füßen getreten. – Wir campierten zu viert in einem winzigen Zimmer, unsere Kleider kamen vom Roten Kreuz, wir waren Bittsteller, hatten nichts mehr. Er aber sagte: Schau mal hier, unser Haus. Schau mal da, deine Kätzchen. Schaut mal, wie schön unsere Straße im Frühling ist.«

Sie klopfte eine Zigarette aus der Schachtel und zündete sie sich an.

»Mein Bruder war genauso. Er hatte auch kein Auge für's Hier und Jetzt. Konnte nur sehen, was wir verloren hatten. Weißt du, früher habe ich mir manchmal vorgestellt – ich wache morgens auf und plötzlich ist Krieg. Ich war immer sicher, dass ich durchkommen würde. Ich wüsste, wie man sich versteckt, wie man kämpft, wie man etwas zu essen auftreibt. Um zu überleben, da könnte ich sogar töten. Aber mein Bruder – der war eher wie ein Igel, der sich mitten auf der Straße zusammenrollt und die Stacheln ausfährt, wenn ein Auto kommt. Und der dann still vor sich hinleidet, wenn er angefahren worden ist. Passt zu ihm, dass er die Fotos behalten hat.«

Sie lachte leise.

»Er wollte immer herausfinden, was mit Vater passiert ist. War geradezu besessen davon. Einmal hat er sich sogar ans Fernsehen gewandt und einen Journalisten um Hilfe gebeten – aber Mutti, die wollte von so was nichts wissen.«

»Warum nicht?«

Sie hob die Schultern.

»Und du?«

»Ich? Wollte einfach leben. Vorwärtskommen. Mir wieder was aufbauen. Aber die Idee mit dem Journalisten, das war ja schon später, Anfang der Siebziger oder so, die fand ich gut. Da hab' ich Georg sogar unterstützt. Hat aber nicht geklappt. Mutti hat total dichtgemacht, alles boykottiert. Georg hat trotzdem nicht lockergelassen, ich glaub, er hat jede freie Minute verbracht mit dieser Suche. Erst vor ein paar Jahren hat er endlich damit aufgehört, aber da, da war's schon zu spät für ein eigenes Leben.«

»Warum hat er aufgegeben?«

»Es war kurz nach der Wende. Eine Zeitlang ist er immerzu nach Rostock gefahren. Ein paarmal war er auch in Berlin, hab ich gehört. Wir haben ja nicht mehr miteinander geredet. Ich nehme an, er hat in irgendwelchen Archiven gesucht.« Meine Mutter strich mit einer Hand über die Fotos, so dass sie sich wie ein Kartenspiel auffächerten. »Da war es zu spät für ein eigenes Leben«, sagte sie abermals, dann sah sie auf und fixierte mich: »Wirf die Bilder weg, Anna.«

Ich trage ein paar Umzugskartons ins Schlafzimmer und räume Bücher in die Regale ein. Bin müde, höre mittendrin auf, will nur noch ins Bett. Da liegen die Rosen, inzwischen schon etwas welk. Ich schiebe sie zur Seite, betrachte die Schachtel mit dem Sushi-Messer und stelle mir vor, wie ich es später einmal, auf einer Party vielleicht, aus einer Schublade ziehen und herumzeigen werde: Wollt ihr wissen, wie ich dazu gekommen bin? Ich erzähle euch die Geschichte, sie heißt: Scharfe Trennung. Oder: Der Mann, der in Messern bezahlte.

Ich bringe die Rosen in die Küche, um sie anzuschneiden und in eine Vase zu stellen. Ziehe die Schublade auf und nehme eines meiner Messer heraus. Einseitig geschliffen. Von ›Rockwell Härte‹ steht auch nichts darauf. Für Sushi sicher ungeeignet. Zum Rosenschneiden reicht's. Aber dann muss ich doch ganz schön säbeln. Ich probiere es mit dem Sushi-Messer. Die Klinge gleitet mühelos durch die Stiele hindurch. Nicht schlecht.

Ich stelle die Rosen neben mein Bett. Sehe auf mein Handy. Keine neuen Nachrichten. Aber was ist das? Aus der Schachtel, in der das Messer lag, lugt ein Zettel hervor. Nur der Garantieschein. ›Zwei Jahre gesicherte Qualität‹ steht darauf. Ich knülle ihn zusammen und schmeiße ihn weg.

ZWEIUNDDREISSIG

Draußen ist es lange schon dunkel. In eine Decke gewickelt sitze ich im Schaukelstuhl. Obwohl die Fenster weit offen stehen, dringt von der Straße kein Geräusch herein, seit über einer Stunde ist kein Auto mehr vorbeigefahren. Im Park gegenüber singen nachts sonst immer zwei Nachtigallen. Bevor ich in diese Wohnung gezogen bin, kannte ich die nur aus Geschichten. In der ersten Nacht verstand ich nicht, warum sie sangen, und dachte, etwas habe sie aufgeschreckt.

»Noch nie was von Nachtigallen gehört?«, hat Eike gesagt, als ich am nächsten Tag bei der Arbeit davon erzählt habe.

Den ganzen Sommer lang waren sie da. Sobald es dunkel wurde, fingen sie an zu singen. Aber jetzt sind sie still. Vielleicht sind sie schon südwärts gezogen. Während der zwei Nächte, in denen ich bei Constantin war. Ich wickele mich fester in die Decke, stoße mich rhythmisch mit den Fußballen ab, der Schaukelstuhl knarrt. Früher hat er meinem Großvater Benedict gehört. Nur darin, hat er immer gesagt, könne er tief und fest schlafen. Bei mir funktioniert das nicht.

Ich habe die Bücher zu Ende eingeräumt. Jetzt stehen sie zweireihig in den Regalen. Darunter auch der ›Steppenwolf‹, den Falk mir damals geliehen hat. Ich weiß noch, dass er all seine Lieblingsstellen mit grünem Neonmarker angestrichen oder mit einem dicken Ausrufezeichen markiert hatte. Ich hatte ein rotes hinzugefügt, wenn ich seine Begeisterung teilte. Wir waren ergriffen gewesen, tief berührt, fühlten uns beide von diesem Buch verstanden. Manche der Passagen, die wir damals zusammen auswendig lernten, kann ich heute noch aufsagen: *Es brennt alsdann in mir eine wilde Begierde nach starken Gefühlen, nach Sensationen, eine Wut auf dieses abgetönte, normierte und sterilisierte Leben und eine rasende Lust, irgendetwas kaputtzuschlagen, etwa ein Warenhaus oder eine Kathedrale oder mich selbst.* Ich weiß noch, wie enttäuscht ich war, als ich Großvater Benedict von meiner Entdeckung erzählte und er lachend sagte: »Das ist doch Kitsch. Dieser Kerl fühlt nur und versteht nichts. Vor allem aber kann er nicht schreiben.« *Das Leben, dachte ich, muss doch schließlich immer recht haben, und wenn das Leben meine schönen Träume verhöhnte, so dachte ich, es werden eben meine Träume dumm gewesen sein und unrecht gehabt haben.*

Jetzt ist es vier Uhr. Schon in drei Stunden muss ich wieder aufstehen. Mein Handy surrt. Einen Moment bleibe ich erstarrt sitzen. Ein Anruf um diese Zeit bedeutet nichts Gutes, hätte mein Vater früher gesagt. Meistens hat dann jemand im Sterben gelegen. Aber es ist eine Nachricht von Constantin: Wachst du oder schläfst du?

Wie schön das klingt. Stammt das nicht aus einem Märchen? Ich stoße mich ab, schaukele sachte weiter und antworte ihm: Warum schläfst du nicht?

Ich denke an dich.

Bist du noch in Paris?

Können wir skypen, Liebchen?

Ich hole den Laptop aus der Küche, setze mich damit in den Schaukelstuhl.

Du liegst auf einem breiten weißen Bett, hast dir das Kissen in den Rücken gestopft und die Tagesdecke nicht abgenommen. Bist frisch rasiert und geduscht. Siehst sehr blass aus. Dein Kupferhaar ist in feuchten Strähnen zurückgekämmt. In einer Stunde musst du wieder zum Flughafen, weiter nach Toulouse. »Magst du was frühstücken?«, fragst du. »Dann bestell ich uns was.«

»Morgens um vier?«

»Was willst du?«

»Milchkaffee und Croissants.«

Lächelnd greifst du seitlich zum Telefon und bestellst auf Französisch zweimal Frühstück für Zimmer Vierhundertelf.

›Universal Shoes‹ ist auf dem Gelände einer ehemaligen Druckerei im Wedding untergebracht. Gelbe Backsteingebäude, hohe gemauerte Tore und unzählige ineinander verschachtelte Höfe, Durchfahrten und Gänge. Jeder Schritt hallt und jedes Wort.

Als ich noch bei Eike gewohnt habe, sind wir immer zusammen zur Arbeit gefahren. Jetzt treffen wir uns jeden Morgen am Eingang, um, bevor die Arbeit losgeht, gemeinsam noch eine zu rauchen.

Es ist ein kühler dunstiger Morgen. Eike hat den Reißverschluss seines Parkas bis unters Kinn geschlossen und sich die Kapuze tief ins Gesicht gezogen. Zwischen seinen Lippen klemmt eine krumme, dünne Selbstgedrehte.

»Kommst du heut Abend vorbei?«, frage ich.

»Geht nicht«, nuschelt er. »Hab Betriebsratssitzung.«

»Schon wieder? Warst du nicht Samstag erst?«

»Es gibt da so ein Gerücht. Angeblich soll ›Universal‹ verkauft werden. Die Kollegen sind extrem beunruhigt.«

»Und du selbst? Glaubst du, dass was dran ist?«

»Keine Ahnung.«

Er pafft noch einmal, dann lässt er die Kippe fallen und tritt sie aus. Wir gehen durch die Toreinfahrt und über zwei Höfe zum Gebäudekomplex C. Dort arbeiten die Fotografen in einer dreihundert Quadratmeter großen Halle, die in Dutzende Arbeitsinseln aufgeteilt ist. Eikes liegt an der Fensterfront, die vom Boden bis unter die Decke reicht, was vor allem im Sommer schön ist. Dann fühle es sich an, sagt Eike immer, als würde man unter freiem Himmel arbeiten.

Wir durchqueren die Halle und laufen am Büro der Produktbeschreiber vorbei, einem langen, schlauchartigen Raum, der mich ein bisschen an ›Breitlings Bücherstube‹ erinnert.

Der Stellenwert unserer Arbeit ist ganz klar zu erkennen: Bild geht vor Text. ›Visual image‹ vor ›content‹, sagt man hier.

Ich winke zwei Kolleginnen zu und folge meinem Bruder ins Lager, wo er sich die Produkte aussucht, die er heute fotografieren wird. In langen Reihen stehen hohe alte Holzregale, die früher wahrscheinlich der Druckerei gehört haben. Sie sind mit Schuhkartons, Parfümflakons, Koffern, Taschen, Rucksäcken und länglichen Pappschachteln gefüllt, in denen Seidenschals oder Einstecktücher liegen. Auf Kleiderständern hängen in Folien gehüllte Mäntel und Jacken. In der Luft aber liegt immer noch der Geruch von Papier und Druckerschwärze. Das Lager kommt mir wie eine Mischung aus Warenhaus und Bibliothek vor. Aus den langen Regalgängen klingt das leise Quietschen der Karren, die die Fotografen mit großen stabilen Plastikboxen voller Waren beladen und mehrmals täglich zwischen Lager und Studio hin- und herfahren.

Eike füllt die Boxen auf seinem Karren schnell und routiniert mit Schuhkartons, fast alles Turn- oder Laufschuhe, und ein paar Rucksäcken, die er gut findet. Er fotografiert am liebsten Sportprodukte und Outdoor-Kleidung. Seidenschals, Geldbörsen und Einstecktücher hasst er dagegen.

»Aber der Laden hier läuft doch nicht schlecht, das hast du neulich selber erzählt«, sage ich, während ich neben ihm hergehe. »Warum soll er verkauft werden?«

Er zuckt nur mit den Schultern. »Keine Ahnung. Sobald ich was weiß, erfährst du es als Erste.« Er lächelt mir zu. »Mach dir keine Sorgen, Schwesterchen. Wird schon alles gutgehen.«

»Was soll denn passieren?«

»Ist vielleicht doch nur ein Gerücht«, sagt er.

Bis zur Mittagspause habe ich siebenundfünfzig Produktbeschreibungen verfasst. Eike übertrifft mich mit dreiundsechzig Paar Schuhen, die er in der gleichen Zeit von allen Seiten fotografiert hat.

Jeden Tag liefern wir uns diesen Wettkampf. Wer verliert, muss das Mittagessen bezahlen. Auf dem Weg zu unserem asiatischen Schnellimbiss frage ich Eike wieder, was passieren wird, sollten wir wirklich verkauft werden. »Der Laden hier läuft doch dann trotzdem weiter, oder nicht? Wir werden doch nicht einfach dichtgemacht, das geht doch nicht.«

»Nein, wahrscheinlich nicht. Aber man wird Stellen abbauen. Und für die meisten von uns bedeutet das dann Hartz IV. Fast drei Viertel unserer Leute gelten als Selbständige und arbeiten ›Universal‹ nur zu.«

»Ich auch.«

»Weiß ich doch, Schwesterchen. Ist natürlich Quatsch. Sogar Betrug. Scheinselbständigkeit nennt man so was. Seit Monaten verhandeln wir schon, dass das endlich korrekt geregelt wird und alle feste Verträge bekommen. Wenn wir aber jetzt verkauft werden ...« Er zuckt mit den Schultern, hält mir die Tür zum Schnellimbiss auf.

»Dann landen die meisten beim Sozialamt«, beende ich seinen Satz. »Und ich wahrscheinlich auch.«

»Beim ›Job-Center‹«, sagt Eike. »So heißt das jetzt. Leider gibt's keine Jobs in Berlin.« Er lächelt mich an. »Versuch bitte, dir keine Sorgen zu machen. Du schläfst jetzt schon so schlecht und siehst total fertig aus.«

»Ich hab noch nie gut geschlafen.«

Er sieht mich fest an: »Egal, was passiert, wir kriegen das irgendwie hin. Schwesterchen, Kopf hoch!«

»Klar«, sage ich. »Alles gut, ich mach mir keine Sorgen.«

»Wie geht's deinen Rosen?«

Zuerst weiß ich nicht, was er meint. »Sie blühen auf«, sage ich dann und lächele.

DREIUNDDREISSIG

Im Sommer 1995 beendete ich die Gesamtschule. Bei der Abschlussfeier bat mich die Direktorin auf die Bühne und gratulierte mir. »Eigentlich wollten wir dich wegen deiner vielen Fehlzeiten – vor allem morgens in den ersten beiden Stunden – in jedem Fach um eine Note herunterstufen«, sagte sie. »Aber dann hat deine Klassenlehrerin erzählt, dass du jede Nacht an einem Roman schreibst. Du willst Schriftstellerin werden, na, da wollen wir die allmorgendlichen Abwesenheiten mal durchgehen lassen. Künstler soll man nicht abstrafen, sonst wird man von ihnen bestraft. Ich denke nur an die Lehrerkarikaturen bei Thomas Mann.«

Den wir im Deutschunterricht nie durchgenommen hatten, wahrscheinlich kam er auch erst in den höheren Klassen dran. Wie Heinrich Heine.

Mit einem Lächeln überreichte mir die Direktorin mein Zeugnis. Ich hatte den besten Realschulabschluss meines Jahrgangs gemacht. Damit war das Kapitel Schule für mich erledigt, und ich sah mich schon nur noch an Vaters Computer sitzen und schreiben, aber meine Eltern drängten darauf, dass ich Abitur machte, und meldeten mich an einem Oberstufengymnasium an.

Dort fielen beinahe jeden Tag Stunden aus. Es gab nicht genügend Lehrer. Oder zu viele, die ständig krank waren. Die übrigen absolvierten den Unterricht in einem Gleichmut, der mir wie das monotone Rattern eines Zuges vorkam. Nur Herr Müller sorgte manchmal für ein wenig Abwechslung. Er war mein Kunstlehrer und litt unter Verfolgungswahn. Um sich vor gefährlichen Strahlenattacken zu schützen, wickelte er sich oft vom Kopf bis zu den Füßen in Alufolie ein. So stand er in einer Ecke des Klassenzimmers und starrte uns durch einen winzigen Sehschlitz an.

»Der Müller kann einem echt leidtun«, sagte Esther nach fast jeder Kunststunde.

»Der hat doch Glück«, sagte ich. »Ist unkündbar. Überall anders wäre er längst rausgeflogen.«

»Wünscht du ihm das?«, fragte Esther scharf. Ich lachte. »Quatsch. Natürlich nicht. Aber ich hätte gern vernünftigen Kunstunterricht.«

»Lehrer sind mir so was von schnurz«, sagte Esther. »Meinetwegen können sie nackt auf den Pulten tanzen und dabei rülpsen und furzen, Hauptsache, ich krieg mein Abitur.«

Vermutlich sahen meine Eltern das ähnlich.

Leider war auch der Deutschunterricht eine Katastrophe. Herr Tantos war ein Hüne mit schwarzer Hornbrille, hüftlangem schwarzen Haar und einer ausgebeulten, muffig riechenden Jeansjacke, die er immer trug. Sie war über und über mit Aufnähern von Rockbands bedeckt.

In jeder Stunde schimpfte Herr Tantos, wie leid er es

war, denselben Stoff jedes Jahr wieder mit neuen Idioten durchzunehmen, die sich für Deutsch überhaupt nicht interessierten. Gute Laune hatte er nur, wenn er am Wochenende auf einem Rockkonzert gewesen war und uns eine Doppelstunde lang in allen Details davon berichtete.

Manchmal stellte ich mir vor, dass an der niedrigen Decke über meinem Platz – genau zwischen zwei vergitterten Neonröhren – Luftdüsen wie in einem Flugzeug angebracht wären. Ich legte den Kopf in den Nacken. Spürte den Luftzug. Den belebenden Sauerstoff. Sog ihn tief in mich ein.

Esther rammte mir ihren Ellenbogen in die Seite: »Hey, was glotzt du schon wieder die Decke an?«

»Ich ersticke hier.«

»Dann lass uns draußen eine rauchen.«

Eine Zigarettenpause während des Unterrichts, ein Telefonat, mal eben Kaffee am Automaten ziehen gehen, das war alles kein Problem. Und auch bei längeren Abwesenheiten wurde nur selten eine Erklärung verlangt. »Ich kapier' nicht, warum sie uns das Abiturzeugnis nicht einfach so zustecken«, sagte Esther manchmal. »Dann könnten sie auch nach Hause gehen.«

Nachmittags holte Maximilian mich in seinem silbernen BMW Z3 von der Schule ab. Wenn ich den Flur hinunterging, konnte ich oft schon das Röhren des Motors hören.

Auf dem Schulhof wichen die Leute nach rechts und links aus, um dem Wagen Platz zu machen.

Einmal blieb Herr Tantos mit verschränkten Armen im Weg stehen. Er tat, als würde er das Auto gar nicht hören, das von hinten immer näher kam, reagierte auch nicht auf das Hupen und trat dann ausgerechnet in dem Moment zur Seite, in dem Maximilian rechts an ihm vorbeifuhr. Nur Millimeter und es wäre zu einem Unfall gekommen. Dennoch geriet Tantos, obwohl ihn der Wagen nicht einmal gestreift hatte, ins Stolpern, wahrscheinlich hatte er sich erschreckt. Als er sich wieder gefangen hatte, sah er sich nicht nach dem BMW um, sondern schaute direkt zu mir. Ich rannte hinüber, riss die Beifahrertür auf und sprang hinein. Maximilian setzte zurück und schoss mit quietschenden Reifen auf die Straße.

»Bist du verrückt geworden?«, schrie ich. »Du hättest ihn umbringen können.«

»Hätte er es verdient?«, fragte Maximilian.

»Natürlich nicht!«

Am nächsten Tag hing eine Mitteilung am Schultor. Als Maximilian mich abholte, zeigte ich sie ihm.

»Oh, sogar laminiert«, sagte er und las laut: »Bitte unterlassen Sie das Befahren des Schulhofs mit PKW – hu, ein ganz scharfer Hund. Richtig bissig.« Er riss das Schild ab. Wir lachten. Bei Herrn Tantos war ich fortan unten durch. Er ging sogar zum Schulleiter und veranlasste, dass ich in einen anderen Kurs kam. Seitdem hatte ich Tantos' Exfrau als Deutschlehrerin, die uns regelmäßig erzählte, wie schrecklich ihre Ehe mit diesem, sagte sie, oberflächlichen, arroganten Möchtegern-Rocker gewesen sei. Aber in ihrer Abneigung gegen mich hielten die beiden zusammen. In keinem anderen Fach hatte ich so schlechte Noten wie in Deutsch.

Nach der Schule kurvten Maximilian und ich oft stundenlang durch die Stadt oder rasten über die Autobahn, nach Frankfurt, Darmstadt, Offenbach, Fulda, manchmal sogar bis nach Heidelberg oder Köln. Aber wir fuhren niemals irgendwo ab. Wenn ich mal musste, hielt Maximilian auf dem Seitenstreifen, und ich hockte mich hinter die Leitplanke.

Zu Hause hatte er zwei große, ineinander übergehende Zimmer. In beiden waren die Wände komplett mit seinen Graffiti besprüht. Dicke Perserteppiche lagen zusammengerollt an den Seiten, der weiße Marmorboden war mit Farbe bekleckst. Es gab keine Möbel, nur eine Matratze, eine lange Sperrholzplatte auf Metallböcken und zwei verschließbare Dokumentenschränke, in denen Maximilian seine CDs, Kassetten, ein paar Ordner und eine Pistole samt Munition aufbewahrte. Wie Falk und Rüde war er im Sportschützenverein.

Überall lagen seine Klamotten herum, die Fensterbänke waren mit Spraydosen vollgestellt, und den offenen Kamin füllte eine gigantische Stereoanlage, die mit einem Dutzend Boxen in beiden Zimmern verbunden war. Man musste aufpassen, dass man nicht über die Kabel stolperte.

Die beiden Kronleuchter – es waren die gleichen wie im Geschäft der Beckmann-Klagens – hatte Maximilian mit allen möglichen Sachen behängt: Luftschlangen, verschrumpelten Ballons, leeren Schnapsflaschen, zwei ramponierten Modellflugzeugen und den muskelbepackten Spielfiguren von ›Masters of the Universe‹. Solche hatte mein Bruder als Kind auch gehabt. Sie baumelten an Nylonfäden und stießen bei jedem Windzug klackend gegeneinander.

Ich liebte Maximilians Zimmer, fand, dass es nach ihm roch und ihn atmete. Aber wir verbrachten dort nur wenig Zeit, weil er nicht gerne zu Hause war – im Eispalast, sagte er immer.

Wenn wir mit dem Auto unterwegs waren, rauchten wir unentwegt Zigaretten und unterhielten uns stundenlang über Politik, Bücher, Bands und unsere Vorstellung vom Leben nach dem Tod. Manchmal erzählte Maximilian mir auch Geschichten aus seiner Kindheit, etwa von Rita, die früher als Haushälterin bei den Beckmann-Klagens gearbeitet hatte und für ihn so etwas wie eine Ersatzmutter gewesen war. »Meine Mutter und ihr Teppich-Scheißer waren ja ständig weg«, erzählte er. »Im Geschäft, auf Partys, im Urlaub. Tabea hatte ein Kindermädchen, aber ich wurde immer von Rita zu Bett gebracht. Sie hat mir was vorgelesen, mit mir gebetet, mich zugedeckt. Ich musste jedes Mal heulen, wenn sie aus dem Zimmer gegangen ist. Weil ich ja wusste, dass sie jetzt das Haus verlässt und erst am Morgen zurückkommt. Ich hab gebettelt und gefleht und mich an ihr festgeklammert. Sie sollte bleiben oder mich wenigstens mitnehmen. Einmal bin ich ihr heimlich hinterher, bin barfuß und im Schlafanzug quer durch die Stadt zu ihrer Wohnung gelaufen. War stundenlang unterwegs und so erleichtert, als ich endlich vor ihrer Tür stand. Sie hatte die gemütlichste Wohnung, die ich je gesehen habe. Alles war ganz rüschig und plüschig, und überall saßen Teddybären herum. Aber natürlich durfte ich nicht bleiben. Rita hat mich sofort wieder nach Hause gebracht und war erleichtert, dass meine Mutter noch nicht wieder da war. Bitte, bitte, bitte, erzähl deiner Mama nichts von deinem Ausflug, hat sie mich wieder und wieder beschworen. Dabei hätte ich das sowieso nie gemacht. Danach hat Rita mich abends immer eingeschlossen. Ab ins Bett, Gutenachtkuss, Rita muss jetzt nach Haus', das verstehst du doch, Max, wenn du aufwachst, bin ich ja schon wieder da – und dann ist sie ganz schnell aus meinem Zimmer raus und hat – zack – den Schlüssel rumgedreht. Dieses Klicken im Schloss und wie ihre Schritte im Treppenhaus immer leiser werden, das kann ich heute noch hör'n. Ich war so verzweifelt, dass ich eines Nachts einfach alle möglichen Klamotten, das Bettlaken und die Kissenbezüge zusammengeknotet und mich abgeseilt hab. Aus dem zweiten Stock. Da war ich vielleicht sechs oder sieben. Aber schon ein paar Straßen weiter haben mich die Bullen geschnappt und wieder nach Hause gebracht. Meine Mutter war gerade von einer Party wiedergekommen und ist total ausgeflippt, als sie mich in mein Zimmer bringen wollte und gesehen hat, dass meine Tür von außen abgeschlossen war. Sie hat Rita am nächsten Tag sofort gefeuert: Mein armer kleiner Junge, hat dich diese böse Frau einfach eingesperrt, mein süßes Schätzchen, ihretwegen hättest du dir fast das Genick gebrochen, mein Mäxchen, ich mach mir solche Vorwürfe, mir hätte gleich auffallen müssen, was für ein verdorbener Charakter sie ist.

Dass ich Rita geliebt habe, hat Mutter überhaupt nicht mitgekriegt. Ein paar Tage später hat sie so eine grauhaarige Generalin mit Mundgeruch eingestellt. Die hat abends immer nur aufs Zifferblatt ihrer Uhr gepocht und mich angeblafft: Schlafenszeit!«

Ich musste lachen, als er ihren bellenden Tonfall nachäffte.

»Schlafenszeit! Als würde sie sagen: Todesurteil! Giftspritze! Kopf ab!« Er lachte auch, strich mit den Handflächen über das Lederlenkrad und steuerte mit den Knien.

Manchmal, wenn wir bei ihm zu Hause waren, begegnete ich auch Tabea. Einmal kam sie die Treppe herunter, als wir gerade hinaufgingen, und nickte uns wortlos zu. Maximilian nickte zurück, und erst, als sie schon außer Hörweite war, sagte er: »Schönen Tag auch.«

Ein anderes Mal sah ich sie von seinem Zimmer aus im Wintermantel und in roten Moonboots am Pool entlanggehen. Obwohl es ein milder Septembertag war, trug sie Fäustlinge, einen Schal und eine fellgefütterte Mütze. Das Wasser aus dem Pool war noch nicht abgelassen worden, Laub und kleine Äste trieben darauf. Tabea umkreiste den Pool. Mit jedem Mal kam sie dem Beckenrand näher. Ich rief Maximilian, der vor einem seiner Aktenschränke kniete und etwas suchte. Er stand auf, ging langsam zum Fenster und sah hinaus. »Die hat so einen Knall«, sagte er. »Eines Tages ersäuft sie sich. Wenn sie sich nicht vorher zu Tode gehungert hat. Die hat Magersucht, weißt du? Ich versteh die nicht, der fehlt jeglicher Kampfgeist.«

»Sollten wir nicht besser runtergehen und sie reinholen?«, fragte ich.

Maximilian zuckte mit den Schultern, aber dann sah er es ein: »Hast wahrscheinlich recht. Ich schau mal nach ihr. Bin gleich wieder da, und dann hauen wir ab. In einer halben Stunde ist Ladenschluss, und wir können in Papas Bücherstube.«

VIERUNDDREISSIG

Ich sitze in der Küche am Laptop. Es ist kurz nach vier Uhr morgens. Du lachst mich an. Wir sind beide hellwach.

»Bist du jetzt in Toulouse?«, frage ich.

»Nein, ich bin noch am Nachmittag nach Pau weitergeflogen.«

»Wo ist das denn?«

»In den Pyrenäen. Schon ziemlich nah am Atlantik. Hatte dieses Hotel hier zufällig auf einer Website entdeckt. Ein bisschen weit ab vom Schuss, aber herzukommen hat sich gelohnt. Ein herrliches Zimmer. Schade, dass ich gleich wieder weiter muss.«

Du trägst deinen Laptop durch den Raum, als würdest du mich herumführen, richtest die Kamera auf eine antike mahagonifarbene Kommode, einen seidenbespannten Sessel und ein unberührtes, mit goldfarbenen Kissen übersätes Bett. Darüber hängt ein von feinen Rissen durchzogenes Ölgemälde. »Mit dieser Frau habe ich heute die Nacht verbracht«, sagst du. Sie reitet im Damensitz auf einem schwarzen schweißglänzenden Pferd, das Schaum vor dem Maul hat, hält die Zügel fest in der Hand und hat das Kinn beinahe trotzig erhoben. Ihr langes wallendes Kleid ist tief dekolletiert und an der Taille extrem geschnürt.

»Sieht sie nicht scharf aus?«

»O ja.« Ich lache. Die Kamera nähert sich einem Fenster, dessen weißlackierte Flügel weit offen stehen. »Da hinten liegen die Pyrenäen. Bei Tag sehen sie wie eine gewaltige tiefblaue Welle aus.«

Es ist pechschwarze Nacht. Als hätte man direkt vor dem Fenster eine Wand hochgezogen. Die Kamera schwenkt ins Zimmer zurück, schaukelt leicht. Die Reiterin, der Sessel, dein Hemdkragen, das Aufblitzen deiner Armbanduhr. Du setzt dich mit dem Laptop aufs Bett. Hast die Hemdsärmel hochgerollt und den Knopf am Kragen geöffnet.

»Gefällt es dir auch?«, fragst du.

»Was denn?«

»Mein Zimmer.«

»Ja. Sehr.«

»Sprichst du Französisch?«

»Nein. Also kaum.«

»Dann hättest du's hier allerdings schwer. Das ist der einzige Nachteil. Hier spricht niemand Englisch oder Deutsch.«

»Wie angenehm. Dann hätte ich ja meine Ruhe.«

»Die lass ich dir nicht.« Du lachst. »Ich weck dich jetzt jede Nacht.«

»Du weckst mich nicht.«

»Ich brauch auch nicht viel Schlaf. Kannst du die Leute verstehen, die sich darauf freuen, zu Bett zu gehen? Die verpassen doch alles. Weißt du was? Ende Oktober hab ich einen Termin in Berlin. Da will ich dich sehen, richtig sehen, nicht nur auf diesem blöden Bildschirm.« Mit dem Fingerknöchel klopfst du gegen die Kamera.

»Oktober? Das ist ja noch ewig hin«, sage ich.

»Ich schicke dir wieder ein Taxi, okay?«

»Wo treffen wir uns?«

»Ich bin noch nicht sicher, aber diesmal mach ich keine Experimente und such etwas Schönes aus. Nur für uns. Bist du einverstanden?«

»Klar. Ich freu mich auf dich.«

»Ich muss jetzt leider los.«

Es ist vier Uhr achtunddreißig.

»Komm gut in den Tag«, sagst du und wirfst mir eine Kusshand zu.

Seit Großvater Benedicts Tod habe ich niemanden mehr gehabt, mit dem ich nachts sprechen konnte.

FÜNFUNDDREISSIG

Weil Maximilian und ich ständig zusammen waren, dachten alle, wir seien ein Paar. Manchmal glaubte ich es beinahe selbst. Aber er fasste mich nicht einmal an. Mein Haar, meine Hand, meine Wange, ja, aber nie meine Brüste, meine Hüften, er hat mir nie zwischen die Beine gegriffen, und wenn er mich küsste, dann mit geschlossenen Lippen, er drückte seinen Mund fest auf meinen. Einen Kinderkuss, nannte er es. Es gebe nichts, was liebevoller und ehrlicher sei. Oft sagte er auch wie die Schneekönigin: »*Jetzt küss ich dich nicht mehr, sonst stirbst du.*« Dann sah ich ihn an, fixierte ihn, bis er es nicht mehr aushielt und wegschaute.

Waren wir mit den Gentlemen unterwegs, in einer Kneipe, einer Cocktailbar oder einer Diskothek, ließ Maximilian mich oft einfach stehen und verschwand mit einem Mädchen, das er gerade erst kennengelernt hatte. Immer war es Falk, der mir dann einen Drink ausgab, mich auf die Tanzfläche zog oder wild gestikulierend auf mich einzureden begann, als müsste er mich von Maximilians Abwesenheit ablenken. Er regte sich mehr auf als ich, und manchmal flüsterte er mir ins Ohr: »Gib mir einfach ein Zeichen. Nur ein Augenzwinkern von dir, und ich brech diesem Arschloch den Kiefer.«

Ich lachte, riss die Augen auf, um nur nicht zu blinzeln, und sagte: »Das wirst du nicht tun, schließlich bist du so was wie sein Bodyguard. Und Freunde seid ihr auch.«

»Bei Geld und Frauen hört die Freundschaft auf«, erwiderte er ernst. »Außerdem kannst du mir nichts vormachen, Anna, du tust cool, aber ich sehe doch, dass du leidest.«

»Quatsch«, sagte ich und wandte mich zur Bar. »Ich brauch' noch was zu trinken.«

Maximilian blieb nie lange weg, meistens waren es nur zwanzig, dreißig Minuten, die mir wie Stunden vorkamen. Danach nahm er mich in den Arm, küsste mich hart auf den Mund, und ich spürte Falks Blick wie eine kräftige Hand in meinem Nacken liegen, als wollte er mich wie ein Katzenjunges packen und davontragen.

In anderen Nächten zog Maximilian allein los und sprühte Graffiti an Autobahnbrücken und Hauswände. Für die Gentlemen war das eine ›linke Kunst‹. Nur ›Zecken‹ und ›menschliches Ungeziefer‹ beschmierten anderer Leute Eigentum mit Parolen.

Wenn Maximilian und ich herumfuhren, zeigte er mir manchmal seine Werke, es waren die gleichen wie in seinem Zimmer: riesige Märchenfiguren, die Schneekönigin, Schneewittchen, das Mädchen mit den Schwefelhölzchen, Schneeweißchen und Rosenrot mit vollen Lippen, ausladenden Hüften und dicken Brüsten, Zwerge, Kater und Könige mit feisten Gesichtern, warzigen Nasen, nackten Hintern und fetten Schwänzen. Darunter stand immer derselbe Satz, eine Zeile aus einem Techno-Stück, das Maximilian mochte, ›Suicide is the only way out‹. Techno hörten wir nur im Auto oder bei ihm zu Hause, denn die Gentlemen hielten es für hedonistische Volksverdummung. Wenn wir mit ihnen zusammen waren, hörten wir ausschließlich deutschsprachige Musik. Sie hätten sich auch lieber Rudel als Gentlemen genannt, vor allem Rüde fing immer wieder davon an, aber Maximilian wollte nichts davon wissen. Er kannte Gentlemen-Clubs aus England, war selbst Mitglied in einem gewesen. Dort hatten sie sich in einem Bootshaus getroffen und mit Blick auf das silbrige Wasser eines Kanals nächtelang diskutiert, Zigarillos geraucht, Sherry und Whisky getrunken. Maximilian erzählte immer, der Club sei für ihn in der Fremde wie ein zweites Zuhause gewesen und das Einzige, was ihn in England am Leben gehalten habe.

›Selbstmord‹ war für ihn ein magisches Wort. Es öffne Türen in ihm, gebe den Blick frei auf mehr und lasse ihn leichter atmen. »Nicht, dass ich sterben will«, sagte er. »Ich will nicht sterben. Aber die Möglichkeit, sich selber zu töten, seinem Leben ein Ende zu setzen – das lässt alles in einem anderen Licht erscheinen. Man ist frei, verstehst du, weil man nicht gezwungen ist, sondern eine bewusste Entscheidung getroffen hat. Ich habe die Wahl. Das ist ein gutes Gefühl.«

Einmal, als ich mich über einen Lehrer beschwerte, gab er mir seine Pistole und wollte, dass ich sie mit in die Schule nahm. »Knall ihn einfach ab, wenn er dir noch einmal dumm kommt.« Er lachte. »Wahrscheinlich tust du's dann eh nicht. Wenn man über Leben und Tod entscheiden kann, sieht man vieles auf einmal nicht mehr so eng und lässt den Leuten leichter auch mal was durchgehen.«

Er hatte recht. Ich trug die Pistole den ganzen Tag in meiner Tasche herum, und jedes Mal, wenn ich mich über jemanden ärgerte, dachte ich: Ich bring dich um.

Mit dem Möchtegern-Rocker Herrn Tantos hätte ich am liebsten angefangen. Es fühlte sich sonderbar an, ihm ins Gesicht zu sehen, an ihm vorbeizugehen und zu wissen, dass ich es war, die ihn am Leben gelassen hatte. Im Grunde genommen hatte ich ihm sein Leben geschenkt, und als ich Jahre später zufällig hörte, dass er an Magenkrebs gestorben war, qualvoll und langsam, überkam mich das unheimliche Gefühl, es wäre doch besser gewesen, ihn umzubringen. Wenigstens hätte ich ihm dieses Elend erspart.

Als ich Maximilian die Pistole am nächsten Tag zurückgab, war ich wie berauscht. Die ganze Nacht hatte ich auf meinem Bett gesessen und mir die Pistole immer wieder an die Schläfe gedrückt. Es wäre so schnell vorbei gewesen. So leicht. Am liebsten hätte ich die Pistole behalten.

Maximilian nahm sie und entsicherte sie. Er zielte auf mich.

»Leben oder Tod?«, flüsterte er. »Hast du richtig entschieden?«

Plötzlich hatte ich Angst.

»Bist du sicher, dass du nicht sterben willst?«, flüsterte er. »Willst du wirklich leben?«

»Ja.«

»Lauter! Ich kann dich nicht hören!«

»Ich will leben!«, rief ich.

»Noch lauter!«
»Ich will leben!«, schrie ich.
Langsam ließ er die Pistole sinken.
»Gut«, sagte er. »Vergiss es nie wieder.«

SECHSUNDDREISSIG

Fast jede Nacht schreibst du mir zwischen drei und vier Uhr: »Wachst du oder schläfst du?«

»Ich wache«, antworte ich. Dann skypen wir.

Du brauchst kaum Schlaf, sagst, du seist Herr über ihn und könntest ihn rufen und fortschicken, gerad' wie's dir gefällt. Das sei eine Fähigkeit, die in unserer Welt sehr gefragt sei und um die dich viele beneideten. Ich glaube, dass du in Wirklichkeit genau wie ich keine Ruhe findest, wenn um dich herum alles still ist. Da lauert etwas auf dich, das dir Furcht einflößt. Das spüre ich deutlich. Was ist es? Wenn ich dich frage, wehrst du sofort ab: »Glaub mir, Anna, ich habe mein Leben im Griff.«

Tagsüber schicken wir einander unzählige SMS. Du lässt mich an allem teilhaben, was du tust, schreibst mir vom Flughafen, aus dem Hotel, von unterwegs, zwischen zwei Terminen. Und schickst Fotos: vom Gate, dem Sonnenaufgang über den Wolken, einem Ortsschild, der Lobby eines Hotels, einem Restaurant, das gerade angesagt ist und dir von einem Geschäftspartner empfohlen wurde, von einem Schälchen Kokos-Maronensuppe, das du als Vorspeise bestellt hast und in dem hautfarbene Würmchen schwimmen, Shrimps vielleicht, ist schwer zu erkennen.

Wenn ich wissen will, wie es dir geht, bekomme ich Bilder von dir im Bett, beim Zähneputzen, im Flugzeugsitz. Mit geröteten Augen und tiefen Falten um deinen Mund. Es sind Selbstporträts mit der Handykamera. Ich drucke jedes Einzelne aus und speichere alle unsere Nachrichten.

»Wenn du zurückkommst, musst du mir etwas mitbringen«, schreibe ich.

»Was wünschst du dir?«

»Den ersten Zweig, der dich auf deinem Heimweg streift, den brich für mich ab.«

»Im Ernst?«

»Ja!«

»Ach, Liebchen, was lässt du dir für Sachen einfallen?«

»Tust du's?«

»Na klar. Wird gemacht.«

Wechselnde Hotels. Die du alle sorgfältig auswählst. Du willst immer schon vorher wissen, welches Bett und welche Bettwäsche dich erwarten, erkundigst dich nach der Qualität der Matratze und was für Lampen es im Zimmer gibt – du schätzt indirekte Beleuchtung und hasst Energiesparbirnen: »Das Licht ertrage ich nicht.«

Das Badezimmer muss eine Wanne haben. Auch einen Bademantel brauchst du unbedingt: »Einen Reinfall wie mit dem Berliner Appartement will ich so schnell nicht wieder erleben, Liebchen.«

Manchmal rufst du mich direkt nach dem Einchecken an: »Das hab ich richtig entschieden. Hier ist alles perfekt.«

Umgekehrt wirst du wütend, rastest geradezu aus, wenn einmal etwas anders ist als erwartet. Da stört dich das Geräusch der Klimaanlage, dort der Geruch des Waschmittels, mal sind die Kissen zu weich, mal zu hart, einmal hat die Bar nicht vierundzwanzig Stunden geöffnet. »Dabei stand auf der Website, dass sie auch nachts auf hat! So eine Scheiße«, brüllst du mich durchs Telefon an, als wäre ich diejenige, die an der Rezeption sitzt und das Hotelversprechen einhalten muss, jedes Problem innerhalb einer halben Stunde zu lösen. »Weißt du, was das Zimmer hier kostet? Mein Geld nehmen und meine Zeit stehlen, ja, bin ich denn nur von Hirnamputierten umgeben? Na, euch werd ich lehren, was Service heißt!«

»Constantin!«, rufe ich. »Komm wieder runter! Beruhig dich!«

»Verdammt nochmal, nenn mich nicht so! Wie oft hab ich dir schon gesagt …«

»Jetzt reiß dich gefälligst zusammen!«

Kurz schweigst du, dann lachst du plötzlich glucksend. »So redet sonst keiner mit mir. Wär ich dein Chef, wärst du gefeuert.«

»Du spinnst ja! Hat dein Zimmer keine Minibar?«

Erneut lachst du: »Ein praktischer Vorschlag. Gefällt mir. Bist wieder eingestellt.«

Und weiter suchst du nach einem perfekten Hotel, einem besseren Ort, recherchierst im Internet, teilst beim Skypen deinen Bildschirm mit mir und zeigst mir Bilder von Zimmern, Bars, Lobbys und den Wellnessbereichen mit Pool, die dir, obwohl du sie niemals aufsuchst, besonders wichtig sind. Wenn du der Empfehlung eines Geschäftspartners folgst und enttäuscht bist, sagst du: »Wir spielen eindeutig nicht in derselben Liga. Das tue ich mir nicht wieder an. Manche Leute haben einen unterirdisch schlechten Geschmack. Der Typ ist für mich gestorben.«

Auch das Berliner Gästeappartement hatte dir jemand empfohlen, eine Praktikantin. ›Hotel Ostalgie‹ heißt die Kette, die überall in den neuen Bundesländern Hotels betreibt und original im 70er-Jahre-DDR-Stil eingerichtete Gästeappartements vermietet. »Das war so was von grässlich«, sagst du. »Aber die Praktikantin ist noch zu jung, um's ihr übelzunehmen. Da hab ich Beißhemmung.«

Mich fragst du immer, wo ich gerade bin, mit wem und woran ich arbeite, wann meine Mittagspause beginnt, wann sie endet, wie oft ich zum Rauchen vom Schreibtisch aufstehe, wie viele Produktbeschreibungen ich in welcher Zeit schaffe, wie die Stimmung bei den Kollegen ist, ob wir unsere Arbeitszeit korrekt abrechnen und die Stechkarten richtig benutzen.

»Das ist wie ein fremder Planet«, sagst du, als wir nachts miteinander skypen und ich wissen will, warum du dich für all das so interessierst. »Eine ganz andere Welt, in der du dich da bewegst. Ich weiß nicht, ob ich das könnte. Nicht für mich selbst arbeiten, nichts Eigenes schaffen, mich von anderen aussaugen lassen – entschuldige, aber dein Lohn ist ein Witz, du verkaufst deine Zeit unter Wert – nein, wirklich, ich könnte das nicht.«

Du schaust dir die Produktbeschreibungen im Internet an und kannst bald erkennen, welche Texte von mir und welche von den Kollegen stammen.

»Das ist nicht schwer, du hast deinen eigenen Stil, Anna.«

Wenn du mir meine Beschreibungen von Leder, Absatzstärken und Schafthöhen vorliest, muss ich jedes Mal lachen. Aber du lobst mich: »Du bist gut. Du hast mich überzeugt. Die Stiefel kaufe ich. Ich mag deine Textchen, sie sind sinnlich. Wie lange schreibst du daran? Wie viele schaffst du pro Stunde? Lohnt sich das überhaupt, glaubst du, dass du wirtschaftlich arbeitest?«

»Mir reicht es«, sage ich.

Du lachst laut auf. »Anderer Planet, dich meinte ich nicht.«

»Wen dann?«, frage ich.

Du hebst eine Augenbraue. Dann breitest du lächelnd die Arme aus, zur Kamera hin: »Du bist so süß, so arglos. Mein Liebchen, ich möchte dich halten, ganz fest, und nie wieder loslassen.«

»Arglos? Spinnst du? Das klingt ja total bescheuert!«

Du ziehst ein ernstes Gesicht und sagst in neckendem Ton: »Deine Frau Mama hat dir in jedem Fall nicht ihre Vorsicht vererbt.«

Ich verschränke die Arme vor der Brust und strecke das Kinn vor. »Da bin ich froh drum.«

»Ich auch«, sagst du grinsend. »Ich hab mir übrigens deinen Roman besorgt.«

Für einen Moment setzt mein Herzschlag aus. »Und? Gefällt er dir?«

»Er ist traurig.«

»Ist das gut oder schlecht?«

»Er hat mich sehr berührt«, sagst du. Schaust auf deine Uhr. Musst zum Flughafen. »Du berührst mich sehr. Es macht mich glücklich, dass es dich gibt. Ich wünschte, wir könnten jetzt noch weitersprechen, aber ich bin schon spät dran.« Du legst zwei Finger auf deine Lippen, schließt kurz die Augen. Dann blickst du mich an und hauchst mir einen Kuss zu.

Manchmal hast du etwas mehr Zeit, dann skypen wir zwei, drei Stunden bis in den Morgen hinein, und ich komme zu spät zur Arbeit.

Einmal steht Eike an der Tramstation, als ich aussteige. Wahrscheinlich hat er wie immer am Eingang von ›Universal Shoes‹ auf mich gewartet und ist hergelaufen, als ich nicht gekommen bin.

Es ist ein kühler Morgen Ende September, aber die Sonne, die mir ins Gesicht scheint, fühlt sich kräftig und warm an. Wahrscheinlich werden die Temperaturen im Laufe des Tages noch steigen.

Eike vergräbt die Hände in den Taschen seines Parkas. »Du siehst ja fast ausgeschlafen aus, Anna, richtig erholt.«

Genauso fühle ich mich, aber er guckt irgendwie komisch, meint es vielleicht nur ironisch.

»Kann nicht sein«, sage ich deshalb und lache. »Wir haben die ganze Nacht durchgemacht.«

»Der Typ ist bei dir gewesen?«

»Nein, wir haben geskypt.«

»Was macht er denn? Warum ist er nie hier?«

»Er heißt Constantin, Eike.«

»Und warum schläft er nachts nicht?«

Ich hake mich bei ihm ein. Er wirkt angespannt, steif.

Ich stoße meinen Kopf gegen seine Schulter. »Was'n los? Hast du Ärger?«

»Ich? Du musst vorsichtiger sein. Du bist schon wieder zu spät. Lässt deine Arbeit schleifen.«

»Jaja, ich weiß. Du klingst echt wie Mama. Wer feiern kann, kann auch zur Schule gehen. Weißt du noch? Das hat sie früher immer gesagt.«

»Kann sein.«

»Nicht: Kann sein«, sage ich und hake mich bei ihm aus. »Es war so. Genau so. Nur weil du dich an nichts mehr erinnern kannst, heißt das nicht – bei dir hört es sich immer an, als würde ich spinnen, als würde ich mir das alles ausdenken.«

Er stößt die Hände tiefer in die Jackentaschen und stapft mit hochgezogenen Schultern voraus. »Du hast immer schon in deiner eigenen Welt gelebt, Anna. Mit deiner eigenen Logik. Ich trau dir da nicht. Ein Riesenstrauß rote Rosen – den hast du dir angeblich selber gekauft. Warum ist er nicht von deinem Typen? Das passt nicht zusammen. Gibt es diesen Constantin überhaupt?«

Ich bleibe stehen. »Sag mal, spinnst du jetzt?«

Eike geht weiter, schaut über die Schulter zurück. »Bei dir bin ich einfach nie sicher. Du siehst Dinge – kein anderer sieht die so. Ich habe schon als Kind nicht gewusst – weißt du noch, meck, meck, meck, wie die Märchenziege? Das hast du immer zu mir gesagt. Dabei warst du es, die alles total falsch erzählt hat. Anders, als es wirklich passiert war.«

»Daran kannst du dich erinnern?«, rufe ich ihm hinterher. »Wo du alles andere einfach vergisst?«

Er biegt um die Straßenecke. Ich muss laufen, um ihn einzuholen.

Als ich wieder an seiner Seite gehe, sagt er: »Mit meinem Gedächtnis ist alles in Ordnung. Ich vergesse nichts. Scheiße, zumindest nicht die wichtigen Sachen. Aber du erinnerst dich immer an Dinge – das war früher schon so. Wir hatten den gleichen Kern in der Hand, aber bei dir wuchs daraus ein anderer Baum als bei mir.«

»Du siehst einfach nicht richtig hin«, sage ich. »Der Kern interessiert dich nicht.«

Sein Gesicht verhärtet sich. »Das ist ein beschissenes Bild.«

»Es ist deins«, zische ich.

»Also schön.« Er bleibt stehen. »Jetzt hörst du mir einmal gut zu, Schwesterchen.«

»Ich höre dir immer zu.«

»Halt die Klappe.« Seine Stimme zittert, so wütend ist er, aber er versucht sich zu beherrschen. »Wenn ich den Baum sehe«, sagt er, »kenne ich seinen Kern. Aus einem Kern kann nämlich immer nur eine einzige Sorte Baum wachsen. Das ist so was von klar, das musst doch selbst du sehen. Dafür muss man doch nicht im Dreck wühlen. Lass die Vergangenheit endlich Vergangenheit sein. Guck dir an, was daraus geworden, gewachsen ist. Schau nicht ständig zurück. Das kotzt mich so an. Manchmal kotzt du mich so an. Weil du das Offensichtliche einfach nicht siehst.«

Ein Stück die Straße hinauf ist eine Frau mit Kinderwagen stehen geblieben und beobachtet uns. Auch Eike bemerkt sie. Wütend zeigt er ihr den Mittelfinger.

Die Frau geht weiter.

»Ich hab echt keine Ahnung, wovon du sprichst«, sage ich.

»Immer wühlst du im Dreck.«

»Worauf bist du so wütend? Wegen Constantin? Bist du eifersüchtig?«

»Immer schleppst du diese kaputten Typen an, solche Scheißkerle.«

»Constantin ist kein Scheißkerl. Du kennst ihn überhaupt nicht.«

Eike lehnt sich mit dem Rücken an eine Hauswand, legt den Kopf zurück. »Ich kenne dich«, sagt er. »Es ist jedes Mal dieselbe Geschichte.«

»Ich dachte, das wäre es gerade nicht«, gifte ich. »Oder erzähle ich doch nicht immer alles verkehrt?«

»Du spulst zurück und fängst wieder von vorne an. Willst mit aller Macht etwas festhalten, was nicht zu halten ist.«

»Sprichst du von Constantin?«

»Du lässt dich in die Irre führen, spürst irgendwelchen Geschichten nach, folgst fremden Spuren, kommst von deinem Weg ab, nie passt du auf dich auf. Ach, Schwesterchen, merkst du das nicht?«

Ich muss lachen. »Ach, Brüderchen, mach dir doch keine Sorgen. Ich flechte dir eine Leine aus Gräsern und lebe mit dir in einer Hütte im Wald. Und wenn der König kommt und mich heiraten will ...«

Eike stößt sich von der Hauswand ab und geht weiter.

»Es gibt kein verzaubertes Wasser, nur falsche Entscheidungen«, sagt er.

»Jetzt komm schon, beruhig dich!« Ich nehme seinen Arm und will mich wieder bei ihm einhaken. Aber Eike weicht aus. Mein Handy surrt. Ich bleibe stehen, um deine Nachricht zu lesen. Du schreibst: »Habe gerade an dich gedacht.«

»Wir haben gerade von dir gesprochen.«

»Wer wir?«

»Mein Bruder und ich.«

»Und was?«

»Nur Gutes natürlich.«

Ich warte einen Augenblick, aber es kommt keine Antwort mehr. Erst als ich mich an meinen Arbeitsplatz setze und das Handy gerade ausschalten will, surrt es erneut.

»Ich gehöre zu den Guten«, schreibst du.

SIEBENUNDDREISSIG

Eines Nachts, es war im März 1997, fuhr Maximilian mich nach Hause. Wir waren bei ihm gewesen, und ich hatte gehofft, dass ich auch bei ihm schlafen könnte, aber unversehens entschloss er sich, noch sprayen zu gehen. Da durfte ich nie mit.

In letzter Zeit zog er oft allein los und holte mich auch nachmittags immer seltener von der Schule ab. Fragte ich ihn, was los sei und ob er mich nicht mehr sehen wolle, schaute er mich jedes Mal betroffen an und entgegnete, so etwas dürfe ich nicht einmal denken, er liebe mich so sehr, dass ihn allein die Vorstellung umbringen würde, ich könne aus seinem Leben verschwinden. Wir seien Seelenverwandte, ob ich das denn nicht auch spürte, auf der ganzen Welt gebe es niemanden, dem er sich näher fühle als mir. Bei diesen Worten durchfuhr mich ein bisher nie empfundener Schmerz, der immer stärker wurde, ja, der mich stach, je wortreicher und leidenschaftlicher Maximilian beteuerte, es gebe nichts, absolut nichts, was uns jemals wieder trennen könne.

Als wir jetzt vor meinem Haus hielten, zog er mich einmal fest an sich, küsste mich hart auf den Mund und sagte: »Wir sehen uns morgen.« Er stieg nicht einmal aus, sondern ließ, kaum dass ich auf der Straße stand, den

Motor aufheulen und fuhr an. Ich hatte die Tür noch in der Hand, sprang erschrocken zurück und sah, wie er sie über den Beifahrersitz gebeugt zuzog. Dann ging die Innenbeleuchtung aus. Ich blieb an der Straße stehen, bis die roten Rücklichter hinter der nächsten Kurve verschwanden.

Meine Mutter war noch wach. Dabei hatte ich ihr doch gesagt, dass ich heute Nacht wahrscheinlich nicht nach Hause kommen würde. Hatte sie trotzdem wieder gewartet? Betont langsam zog ich meine Stiefel aus und stellte sie neben Eikes Turnschuhe. Die Tür des Dielenschranks war nur angelehnt. Eines der beiden Köfferchen fehlte. Jemand würde sterben, wahrscheinlich noch in dieser Nacht. Ich fühlte mich, als wäre ich es. Versuchte, mich zu beruhigen, zu trösten: Er liebt dich. Nichts kann uns trennen, das hat er doch selber gesagt. Warum vertraust du ihm nicht? Warum kannst du das nicht glauben? Immer dieses Misstrauen.

Ich hängte meinen Mantel in den Dielenschrank. Aus der Wohnzimmertür zog Zigarettenrauch in den Flur. Bläulich graue Fäden, die sich mir entgegenkräuselten, zerfaserten und sich dann auflösten. Nur der Geruch blieb.

Ich schlich zur Treppe. Aber als ich den Fuß auf die erste Stufe setzte, rief Mutter nach mir: »Anna? Sagst du mir nicht hallo?«

Sie saß im Wohnzimmer an ihrem Schreibtisch, einem zierlichen Sekretär, den sie sich vergangenes Weihnachten selbst geschenkt hatte, wie im Vorjahr eine hohe, breite

Kommode. Seit ein paar Jahren gab es unter dem Weihnachtsbaum immer etwas, das sie sich selber gekauft hatte. Eine Angewohnheit, die Vater furchtbar verunsicherte, weil er dachte, seine Geschenke genügten ihr nicht. Zumal Mutter jedes Mal die Überraschte spielte: »Nein, was für eine schöne Kommode, hatten wir so eine nicht in Rostock, von wem hab ich die wohl bekommen?« Dann wandte sie sich lachend zu uns: »Sie sieht wirklich genau wie die aus, die wir damals hatten. – Jetzt guckt doch nicht so! Darf ich mir nicht auch mal eine kleine Sentimentalität erlauben? Wenigstens einmal im Jahr?«

Jetzt lagen Dokumente auf dem Sekretär ausgebreitet. Mutter saß über einen Aktenordner gebeugt und rauchte. »Wo kommst du her?«, fragte sie, sah sich aber nicht nach mir um. Neben ihr stand ihr kleiner Silberaschenbecher, den man verschließen und in der Handtasche mitnehmen konnte.

»Von Maximilian. Weißt du doch«, sagte ich.

»Wolltest du nicht über Nacht bleiben?«

»Ich schreib morgen Mathe, da schlaf ich lieber hier.«

»Ist alles in Ordnung bei euch?«

»Klar.«

Sie drückte die Zigarette aus, nein, drehte sie wie eine Schraube in den kleinen Aschenbecher hinein. »Oma hat mir immer noch nicht die Unterlagen geschickt, um die ich sie dringend gebeten hatte.«

Seit einiger Zeit versuchte Mutter, ihr Rostocker Elternhaus zurückzubekommen und hatte dafür einen Anwalt engagiert.

Sie seufzte und sah sich nun doch nach mir um. »Ich weiß ja, dass sie von Anfang an kein großes Interesse an der Sache gehabt hat, aber langsam bekomme ich das Gefühl, dass sie mich regelrecht boykottiert. – Maximilian und du, habt ihr eigentlich Sex?«

Ich zuckte zusammen. »Was geht dich das an?«

»Wusst ich's doch.« Mutter lächelte müde. »Merkt man gleich, wie der tickt. Das ist auch so ein Mann, der dir alles verspricht und dich dann durch die Hölle schickt. Die ändern sich nie. Alles miese kleine Feiglinge, erbärmliche Schwächlinge, aber dadurch leider besonders gefährlich. Am besten schießt du ihn ab, bevor's dich erwischt.«

»Du spinnst ja«, rief ich. »Wovon redest du eigentlich? So gut kennst du Maximilian gar nicht!«

»Den Typ Mann riech ich meilenweit gegen den Wind«, sagte sie und wandte sich wieder den Akten auf ihrem Sekretär zu. »Wenn Oma so weitermacht, krieg ich das Haus nie zurück.«

Wenig später begannen die Osterferien. Ich sollte zu meinen Großeltern nach Sierksdorf fahren und ihnen zum Saisonbeginn im ›Strandstern‹ aushelfen. Am Abend meiner Abreise wartete ich auf Maximilian. Er hatte versprochen, noch einmal vorbeizukommen. Ich setzte mich vors Haus auf die Treppe und zupfte Blätter vom Rhododendronbusch. Immer, wenn ich mich bewegte, ging die Außenbeleuchtung an.

Es war April. Die Kälte kroch mir unter die Haut. Ich blieb auf der Treppe sitzen, bis mich Mutter ins Haus rief.

Sie wollte über mein Gepäck sprechen. »Willst du bei

deinen Großeltern einziehen? Kommst du nicht mehr zurück? Du nimmst viel zu viel mit, Anna.«

Ich war mir sicher, alles, was ich eingepackt hatte, auch zu brauchen. Dass sie meinen Koffer noch einmal durchsah, kam überhaupt nicht in Frage.

»Du bist ja verrückt!«, fuhr Mutter mich an.

»Lass mich doch einmal in Ruhe!«

»Dann schlepp dich halt tot«, zischte sie.

Ich sprang auf, lief ins Wohnzimmer zum Telefon und versuchte Maximilian zu erreichen. Zu Hause und auf seinem Handy. Aber er nahm nicht ab.

ACHTUNDDREISSIG

Mein Großvater schickte immer ein Taxi, das mich am Lübecker Hauptbahnhof abholte und nach Sierksdorf brachte. Ich kurbelte mein Fenster herunter und sog die feuchte salzige Luft tief in mich ein.

Schon von weitem konnte ich die bunten Strandbälle und Luftmatratzen sehen, die an Haken an der Hauswand vor dem ›Strandstern‹ im Wind auf und ab wippten. Nie werde ich diesen Anblick vergessen und das Gefühl, das mich jedes Mal dabei überkam – als würde ich heimkehren.

Wenn ich aus dem Taxi stieg, stand Großvater schon in der Ladentür, mit seinem granitgrauen Haar, den leuchtend blauen Augen und einer Zigarette im Mundwinkel. Den Fahrer hatte er vorab bezahlt. »Wer will sich mit so was aufhalten, wenn man sich endlich wiedersieht«, sagte er immer.

Ich fiel in seine Arme.

Von drinnen rief Großmutter: »Los, kommt rein! Die Arbeit erledigt sich nicht von selbst!«

Dann hob sie die große gläserne Kaffeekanne von der Wärmeplatte, füllte drei Pappbecher und reichte mir einen. Ihr weißblond gefärbtes Haar war am Scheitel glattgekämmt und unterhalb der Ohren in große Dauerwellenlocken gelegt. Mutter nannte das eine Pudelfrisur, ich wiederum fand, dass meine Großmutter auf verblüffende Weise den in Zellophanwolken gehüllten Marzipanrosen ähnelte, die in einem großen Strauß auf dem Verkaufstresen standen. Das Zellophanpapier wurde oben von gekringelten rosafarbenen Schleifen zusammengefasst, darunter stand auf einem kleinen goldenen Aufkleber: Liebe Grüße aus Sierksdorf.

Der Laden war ein länglicher, kastenartiger Anbau, der die gesamte Front des Wohnhauses meiner Großeltern einnahm. Er sah aus wie nachträglich angesetzt. Dabei war es umgekehrt, und das Haus war aus ihm herausgewachsen.

Aus dem Verkaufsraum gelangte man direkt in die Wohnräume. Wenn jemand nach Ladenschluss noch etwas kaufen wollte, musste er nur ans Schaufenster klopfen. Dann standen meine Großeltern vom Abendbrottisch auf und öffneten ihm. Ich hatte nie das Gefühl, dass sie das als Last empfanden.

Aber manchmal blieben auf der Promenade Leute stehen und schüttelten den Kopf. Andere sagten es laut: Der Anbau verschandle das ganze Haus.

Wenn ich das hörte, wäre ich immer am liebsten hinausgelaufen, um ihnen den Hals umzudrehen, ›sie Mores zu lehren‹, sagte meine Großmutter, aber Großvater lachte: »Lasst sie nur reden. Hauptsache wir wissen, was wir am ›Strandstern‹ haben.«

Der Tag begann morgens um vier. Dann stopfte ein Bote die Tageszeitungen in den Blechkasten vor der Tür, dass es nur so rasselte und klapperte. Danach wurden die Brötchen für den Verkauf geliefert. Um sechs Uhr sperrte Großmutter die Ladentür auf. Wenn es nicht regnete, rollte Großvater die Postkartenständer nach draußen und hängte die Luftmatratzen, Strandbälle, Kescher und Netze mit Sandspielzeug an der Außenwand auf.

Vor dem Laden befand sich eine kniehohe Flutschutzmauer, die die gesamte Promenade entlanglief und nur vor den Haustüren Lücken hatte. Bei Gefahr konnte man die Lücken mit Metallplatten schließen. Aber meine Großeltern taten das jeden Abend. Vor Jahren hatte sie eine Sturmflut im Schlaf überrascht.

Jedes Mal, wenn Großvater die Platte einsetzte und den Deich schloss, überkam mich ein überwältigendes Gefühl von Geborgenheit.

»Wo willst du so spät noch hin?«, fragte er, als er merkte, dass ich an der Hauswand lehnte und ihn beobachtete. Es wehte ein eisiger Wind.

»Nur zum Briefkasten.«

»Schreibst du ihm immer noch?«

Ich nickte. Jeden Tag schickte ich Maximilian Postkarten, immer drei oder vier auf einmal.

»Ein echter Kerl würde nicht einfach dumm rumsitzen und darauf warten, dass du zurückkommst«, sagte Großvater. »Er wäre längst hier, um dich wiederzuholen.«

Ich zog mir meine Kapuze über und band den Schal fester.

»So ein Kerl ist Maximilian nicht«, sagte ich.

»Dann hat deine Mutter recht, und er taugt nichts.«

Ich kletterte über die Flutschutzmauer auf die Promenade, stemmte mich gegen den Wind. Wandte mich rechterhand – Richtung Ortausgang. Dort gab es einen Briefkasten und ein Telefonhäuschen. Großvater rief mir etwas hinterher, aber es zerflatterte, ich konnte es nicht mehr verstehen.

Als ich die Postkarten eingeworfen hatte, stellte ich mich im Telefonhäuschen unter und zündete mir eine Zigarette an. Gischt sprühte gegen die Scheiben, der Sturm heulte und rüttelte an der Tür. Draußen wehten Sand und Algen über die Promenade, stiegen in grauen Wirbeln in das schaukelnde Licht der Laternen auf. Wie gern hätte ich Maximilian davon erzählt. Seine Stimme gehört.

Ich stellte ihn mir in seinem Zimmer vor. Er saß an der aufgebockten Sperrholzplatte und beugte sich über den Entwurf für ein neues Graffiti. Er hob den Kopf, als das Telefon klingelte.

Ich trat meine Zigarette auf dem sandigen Boden des Telefonhäuschens aus. Da lagen lauter Kippen von mir.

Abend für Abend nahm ich mir vor, Maximilian anzurufen, und tat es dann doch nicht. Ich traute mich nicht. Fürchtete mich mehr davor, dass er einfach nicht rangehen würde, als vor dem, was er sagen könnte. Aber solange ich ihm schrieb, dachte ich, würde er das, was uns verband, nicht völlig trennen können. Meine Karten erreichten ihn, die konnte er nicht ignorieren, und es beruhigte mich, wenn ich mir vorstellte, dass sie sich auf seinem Schreibtisch stapelten. »Schreiben heißt festhalten«, sagte Großvater oft.

Wenn ich zurückkam, saß Großmutter am Küchentisch und zählte die Tageseinnahmen, bevor sie sie in den Safe legte. Großvater zählte die Tageseinnahmen schnell und routiniert, sie hingegen ließ sich Zeit dafür, leckte sich beim Durchblättern der Geldnoten den Daumen und stapelte die Münzen wie Spielgeld zu kleinen Türmen auf. Manchmal hielt sie mir lachend ein Bündel Scheine hin: »Wenn du mir auf einen Blick sagen kannst, wie viel Geld ich hier habe, darfst du es behalten.«

Ich lag immer daneben, was sie noch mehr zum Lachen brachte.

Während sie zählte, las mein Großvater ihr aus Krimis, Liebesgeschichten oder Abenteuerromanen vor, die er aus dem Laden mitgenommen hatte. Er achtete immer darauf, dass keine Eselsohren oder Knicke entstanden, denn die Bücher wurden nach dem Lesen wieder in die Drehständer gesteckt und verkauft. Gefiel mir aber eines, dann schenkte er es mir.

Ich hatte meinen Eltern gesagt, dass sie mich nicht vom Bahnhof abholen müssten. Maximilian wisse, wann ich ankommen würde. Ich hatte es ihm geschrieben.

Als der Zug in Wiesbaden einfuhr, schloss ich kurz die Augen und dachte fest an ihn.

Am Ende des Bahnsteigs stand Falk. Er kam mir entgegen und nahm mir die Koffer ab. Irritiert, fast erschrocken, sah er auf. »Was hast du da drin? Wackersteine?«

»Bücher. Wo ist Maximilian?«

»Zu Hause, nehme ich an.«

Ich folgte ihm schweigend durch die Bahnhofshalle

nach draußen. Er hatte seinen schwarzen Golf GTI im absoluten Halteverbot geparkt. Das Glück herausfordern, nannte er so etwas immer.

Er verstaute mein Gepäck im Kofferraum. Auf dem Beifahrersitz lagen die Postkarten, die ich Maximilian geschrieben hatte.

»Wo hast du die her?«

»Er wollte sie nicht«, sagte Falk und hielt mir die Tür auf. »Das Arschloch hat dich überhaupt nicht verdient.« Er beugte sich an mir vorbei ins Auto und fegte die Karten vom Sitz. »Komm, steig ein. Ich bring dich nach Hause.«

Wie erstarrt stand ich da. Das machte ihn so verlegen, dass er mit den Füßen scharrte und zu Boden schaute. Er konnte mir nicht in die Augen sehen. »Tut mir leid, Anna«, sagte er schließlich. »Echt. – Aber es ist, wie es ist. Und die Vorstellung, dass du hier stehst und wartest ... da musste ich ... das konnte ich nicht. Bitte, lass mich dich nach Hause bringen, und wenn du mich dann nicht mehr sehen willst ...«

Abermals spürte ich diesen stechenden Schmerz. Mir war furchtbar kalt »Ich will nicht nach Hause«, sagte ich. »Ich will ...« ... sterben, dachte ich. Nichts mehr fühlen, hören oder sehen, nie mehr.

Sanft berührte Falk meinen Arm. »Komm, steig jetzt ein, Anna. Ich weiß, wo wir hinfahren.«

Sein Zimmer hatte einen kleinen Balkon. Dort saßen wir in dicken Decken auf zwei wackligen Plastikstühlen. Zwischen uns stand, vollgepackt mit Flaschen, Kübeln und Shakern, ein Servierwagen aus verspiegeltem Glas, dessen silberne, wie gedrechselten Griffe bläulich in dem schwachen Licht schimmerten, das durch die Balkontür zu uns schien. Falk nannte diesen Wagen sein mobiles Einsatzkommando. Eine perfekt ausgestattete Cocktailbar.

Er nahm immer Whisky pur, aber für mich mixte er süße weiße schaumige Drinks. Ich trank einen nach dem anderen. Jedes Mal gab Falk mir einen frischen Strohhalm und steckte eine Ananasscheibe ans Glas. Dann schenkte er sich Whisky nach.

Wir redeten kaum, was mich nicht störte. Im Gegenteil, unser Schweigen kam mir satt und behaglich vor, als hätten wir bereits ein ganzes Leben miteinander verbracht.

Einmal sagte er: »Weißt du noch, damals im Opelbad? Anfangs wolltest du nicht mal ein Bier, hast nur diese komische Limo getrunken, Mathilden Silber hieß die.«

»Daran erinnerst du dich?«

Er nickte.

Wir schwiegen wieder.

Ein anderes Mal musste Falk aufstoßen, ich murmelte »Prost«, und wir lachten beide. Schließlich sagte er mit schleppender Stimme: »Anna, es tut mir echt leid. Aber ich glaub, jetzt hab ich so viel getrunken, heut kann ich dich nicht mehr nach Hause fahren.«

Ich nickte nur.

»Ist es schlimm, wenn du hier schläfst?«

Ich schüttelte den Kopf. Die Flaschen auf dem Servierwagen klirrten leise, als Falk seine Hand zu mir hinüberstreckte. Sie war fest und warm. »Du bist ja ganz kalt«, sagte er. »Wollen wir reingehen?«

NEUNUNDDREISSIG

»Und dann habt ihr gevögelt«, sagst du und grinst in die Kamera.

»Nein«, antworte ich gedehnt. »Miteinander geschlafen. War mein erstes Mal.«

»War's gut?«

»Ich glaub, ja. Aber wir waren ziemlich betrunken.«

Du lachst leise, hältst die Hand vor den Mund, als du husten musst. Ich warte, bis es wieder bessergeht. Dann frage ich, wie es bei dir war, das erste Mal.

»Ähnlich, schätze ich. Bin jedenfalls auch betrunken gewesen.«

Du stehst vom Laptop auf, gehst durch eine große moderne Wohnküche, die ich erst jetzt richtig wahrnehme. Weiße Wände, Arbeitsplatten aus dunklem Granit und viel Edelstahl. Nirgends liegt etwas herum. Du nimmst ein Glas aus dem Schrank und füllst es am Wasserhahn. Trinkst es in einem Zug leer. Öffnest die Spülmaschine, stellst es hinein und kommst wieder an den Laptop zurück.

»Wo bist du eigentlich?«

Du lächelst. »Ich dachte schon, du würdest nie fragen.«

»Wieso? Was ist denn?« Plötzlich prickelt es in meinem Bauch. »Bist du etwa schon in Berlin?«

»Nein, dann wär ich längst bei dir und würde nicht nur mit dir skypen. Ich bin in Köln. Zu Hause. Das ist mein Loft.« Du hustest wieder. »Ich hab's erst vor kurzem gekauft. Soll ich dich rumführen? Willst du es sehen?«

Ich schaue auf die Zeitanzeige am Bildschirmrand, werde wieder zu spät zur Arbeit kommen. Egal. Mein Pensum schaffe ich dennoch, schreibe schneller als je zuvor. Eike ist trotzdem ständig am Nörgeln, ich würde meine Arbeit nicht ernst nehmen, die Zeiten änderten sich, gerade jetzt müsse man vorsichtig sein und dürfe in keinem Fall negativ auffallen.

Du aber, wenn ich dir davon erzähle, kommentierst immer: »So ein Quatsch. Hauptsache, du arbeitest effektiv.«

»O ja, das tu ich. Du machst mich so glücklich, das beflügelt mich regelrecht.«

»Dann musst du dir auch keine Sorgen machen.«

Ein elektrischer Kamin, ein Glastisch, auf dem aufgefächert drei Zeitschriften liegen, ein schwarzes Ledersofa vor einem gigantischen Flachbildschirm. Keine Teppiche, keine Gardinen, aber weiße Außenjalousien, deren Lamellen sich auf Knopfdruck summend öffnen und schließen. Das zeigst du mir. Draußen ist es schon hell. Du gehst ins Schlafzimmer weiter. Über dem Bett hängt ein silbernes Saxophon.

»Spielst du mir etwas vor?«, frage ich.

Du lachst. »Dafür fehlt mir heute der Atem.«

Ein begehbarer Kleiderschrank. Ein Anzug neben dem

anderen, die Hemden sind in Folien gehüllt, auf zwei Borden stehen Herrenschuhe mit Schuhspannern.

Du zeigst mir das Badezimmer. Daneben die Sauna. Gehst ins Wohnzimmer zurück. Auf einem Sideboard steht ein gerahmtes Foto von einem kleinen, vielleicht zweijährigen Jungen beim Rodeln. Seine Pausbacken sind von der Kälte gerötet, unter der fellbesetzten Kapuze seines Anoraks lugen seidige kupferfarbene Löckchen hervor.

»Ist das dein Sohn?«

»Ja, das ist Benjamin.« Du hältst das Bild in die Kamera. »Das war ein schöner Tag damals. Wir sind stundenlang Schlitten gefahren. Er war unermüdlich, aber irgendwann, als wir wieder den Hang hoch sind, ist er einfach auf meinem Arm eingeschlafen.«

»Er sieht noch so klein aus. Ich dachte, er wäre schon älter.«

»Ist er inzwischen auch. Wird nächste Woche acht. Leider hab ich noch keine Idee, was ich ihm schenken soll. Gestern hab ich kurz Sophie angerufen und sie gefragt, aber sie hat mir nur wieder damit in den Ohren gelegen, dass ich mir nicht genug Zeit für ihn nehm'. Sonst wüsste ich wohl, was er gerade gern hat. Die kann's nicht lassen, muss immer draufhauen, die blöde, verbitterte Kuh.«

»Wie oft siehst du ihn denn?«

»Ich hoffe nur, dass sich für sie doch noch mal irgendein Kerl findet, der sie wieder richtig durchfickt. Vielleicht lässt sie dann von mir ab.«

Inzwischen weiß ich, dass du dich erschöpft und angeschlagen fühlst, wenn du dich so auf jemanden einschießt, etwa auf den Mann an der Rezeption oder eine völlig unfähige Stewardess, einen schmierigen Kellner oder einen Obdachlosen, der dich unerhörterweise anbettelt, anstatt arbeiten zu gehen. Na, dem hast du's aber gezeigt, den hast du ordentlich auf den Pott gesetzt!

Ich glaube, du meinst es nie so, musst nur eine Weile auf jemandem herumhacken und ihn beschimpfen, damit es dir wieder bessergeht. Ein Opfer suchen, hat Falk so was genannt, aber als ich dir davon erzählt habe, hast du mich entsetzt angesehen: »Bin ich wirklich so schlimm? Tut mir leid!« Und hast mir am nächsten Tag einen Packen CDs gezeigt, die du einem Straßenmusiker abgekauft hattest. »Als Buße. Bist du jetzt wieder mit mir versöhnt?«

Immer noch ziehst du über deine Exfrau her. »Weißt du, dass sie nach Bennis Geburt nie wieder gearbeitet, nie wieder einen Finger gerührt, nie wieder eigenes Geld verdient hat? Ist ja auch okay. Meinetwegen soll sie ruhig die perfekte Mama spielen. Da sag ich ja gar nichts. Aber ein bisschen mehr Dankbarkeit wäre schon angebracht – mein Geld nimmt sie schließlich, und es ist nicht gerade wenig, was ich ihr Monat für Monat rüberschieb'.«

»Constantin«, sage ich sanft. »Ist gut jetzt. Reg dich wieder ab.«

»Ich hasse es, wenn du so mit mir sprichst!«, keuchst du mit einem Mal, atmest pfeifend ein und stellst den Laptop hin. Jetzt sehe ich nichts mehr als einen weißen Fleck. Die Wand. Die Kamera bewegt sich nicht. Ich höre ein Zischen, als würde eine Sprudelflasche geöffnet. Das Asthma-Spray. Du inhalierst tief. Es klingt wie ein Heulen. Hältst kurz die Luft an. Atmest ruhiger weiter. Dann scheppert etwas über den Steinboden. Der Inhalator wahrscheinlich. Du hasst dieses Ding. Schmeißt es jedes Mal wütend weg, wenn du es wieder gebraucht hast.

Die Kamera schwingt durch den Raum. Du setzt dich aufs Sofa, nimmst den Laptop auf deine Knie, ich kann dich wieder sehen. Deine müden, geröteten Augen. Die tiefen Falten, wie ein umgekehrtes ›U‹ zwischen den Nasenflügeln und den Mundwinkeln. Du legst den Kopf schief, lächelst. »Und? Wie gefällt dir die Wohnung?« Als wäre gar nichts gewesen.

»Das klang schlimm«, sage ich. »Bist du wieder okay?«

»Ja, klar, ich hab das unter Kontrolle.«

»Wie lang hast du das eigentlich schon?«

»Seit Jahren. Es war kurz nach Bennis Geburt. Ich hatte gerade meine neue Firma gegründet, musste mordsmäßig viel arbeiten, aber das tu ich gern, ich liebe es, immer wieder was Neues zu wagen, neu aufzubauen, da krieg ich 'nen Kick von, das treibt mich an. Aber dann – wir haben Bennis Taufe gefeiert, ganz groß, davor hatte ich noch ein wichtiges Meeting gehabt, mich gerade rechtzeitig für den Gottesdienst losgeeist, und dann bin ich plötzlich zusammengebrochen. Hab keine Luft mehr gekriegt. Herzinfarkt, dachte ich. Aber als ich wieder aufgewacht bin, haben die Weißkittel mir was von einer Autoimmunerkrankung erzählt. Sarkoidose. Löfgren-Syndrom.«

»Hab ich noch nie von gehört. Was ist das?«

»Ich hab auch erst gedacht, die verarschen mich. Autoimmun, so eine Psychokacke. Passt überhaupt nicht zu mir. Und Sarkoidose, das klingt doch wie Sargdeckel, ich bin fast durchgedreht, als ich die Diagnose gehört hab. Da spielt das Immunsystem völlig verrückt, greift die Haut an, die Augen, die Leber, die Lymphknoten, die Gelenke und auch die Lunge. ›Sie fressen sich praktisch selbst auf‹, hat einer der Weißkittel zu mir gesagt. Werd ich nie vergessen. Und ich hab immer gedacht: Das bin ich nicht. Das passt nicht. Die können unmöglich mich meinen.

Aber mir ging's immer schlechter. Ich hab hochdosiert Kortison bekommen, das schlug einfach nicht an. Jeder Atemzug tat mir weh, ich konnte nicht mehr aufstehen, und meine Fingerknöchel waren so dick, dass mir alles aus den Händen fiel. Ich konnte nicht mal mehr alleine trinken. Aber weißt du, was das Schlimmste war? Dass man sich plötzlich so abhängig fühlte, in dieser Krankenhausmaschinerie feststeckte, all diesen arroganten Ärzten und unfähigen, zickigen Schwestern ausgeliefert war. Und dazu noch Sophie, die heulend an meinem Bett saß und wollte, dass ich verspreche, dass ich von jetzt ab kürzertrete. Die Firma verkaufe. Wir hätten genug Geld, könnten uns eine Weile zurückziehen und dann weitersehen. Mensch, ich dachte, ich sterbe. Und sie redete von Kürzertreten, Aussteigen, Aufgeben, da hätte ich mich auch sofort umbringen können. Meine Arbeit ist schließlich mein Leben. Da hab ich plötzlich kapiert, dass die alle nur labern und gar nicht verstehen, worum es eigentlich geht. Die hatten selbst keine Ahnung, keiner von denen konnte wirklich was für mich tun – das konnte nur ich. Ich hatte die Kontrolle verloren, jetzt musste ich sie wieder zurückbekommen. Und genau das hab ich getan. Hab mich ins Büro geschleppt und einfach wieder zu arbeiten angefangen. Die Weißkittel haben das Wahnsinn genannt und Sophie ist natürlich ausgeflippt, wollte mich unbedingt wieder ins Krankenhaus stecken, ich würde ja Selbstmord begehen, sie komme vor Sorge noch um. Ich hab meine Sachen gepackt und bin in den nächsten Flieger gestiegen. Hatte ein Meeting in Lissabon. Herrliches Wetter. Warme, milde Luft, da hab ich tief durchgeatmet. Und weißt du was? Von da an ging es mir mit jedem Tag besser. Spontanheilung, haben die Ärzte gesagt, und dass es ein kleines Wunder sei. Meine Ehe hat's nicht überstanden, und diese blöden asthmaartigen Anfälle sind geblieben. Aber sonst geht es mir gut.« Du lächelst mich an. »Sehr gut sogar. Seit es dich gibt. Morgen um diese Zeit sitze ich schon im Flugzeug und bin auf dem Weg zu dir, ich kann es kaum mehr erwarten. – Wart mal, ich hab ja noch was für dich.«

Du stehst auf. Ich sehe das Sofa und den Glastisch mit den aufgefächerten Zeitschriften, höre dich schnell durch das Zimmer gehen.

Wieder zurück hältst du einen dünnen Nadelzweig in die Kamera.

»Zeder?«, frage ich sofort.

»Japanische Zierkiefer. Kennst du nicht? Schöne Bäume. Nur leider nicht für diese Breitengrade gemacht. Ich habe eine auf meinem Balkon stehen. Immer wenn ich nach Hause komme, sehe ich als Erstes nach ihr. Man muss sie regelmäßig beschneiden und bei Frost sofort in die Wohnung holen. Dieser Zweig war das Erste, was mich bei meiner Heimkehr gestreift hat.«

Ich weiß nicht, was ich sagen soll. Am liebsten würde ich durch den Bildschirm hindurchgreifen und dich … Du siehst auf deine goldene Armbanduhr. »Musst du heute nicht arbeiten? Ist gleich halb neun.«

»Und du?«

»Ich bin heute zu Hause.« Du lächelst wieder. »Nachher hab ich noch einen Arzttermin. Reine Routine. Lasse mich regelmäßig durchchecken. Sicher ist sicher.«

Ich werfe dir eine Kusshand zum Abschied zu. Schließe den Laptop und stehe vom Schreibtisch auf. Neben der Küchenspüle steht noch mein Kaffee. Kalt. Ich kippe ihn trotzdem runter. Igitt! Ich halte mir die Hand vor den Mund, will ins Badezimmer laufen. Zu spät. Ich übergebe mich in die Spüle. Verdammt. Hab ich mir irgendwas eingefangen? Nur einen Tag, bevor du nach Berlin kommst? Das darf nicht wahr sein. Ich drehe den Wasserhahn auf und halte mein Gesicht in den kühlen Strahl. Abermals krampft sich mein Magen zusammen, und ich übergebe mich erneut.

Seit ich bei ›Universal Shoes‹ arbeite, habe ich noch keinen einzigen Tag gefehlt. Bin sogar hingegangen, wenn ich Fieber hatte. Eike hat recht, wir sind austauschbar. Aber jetzt rufe ich an und melde mich krank. Spüre eine bleierne Müdigkeit in mir. Falle in mein Bett, schließe die Augen und schlafe sofort ein.

VIERZIG

Was hatte ich erwartet? Das in jedem Fall nicht. Maximilian schien mich überhaupt nicht mehr wahrzunehmen, und dass Falk und ich jetzt zusammen waren, interessierte ihn nicht. Wenn wir uns alle in der Bücherstube trafen, sah Maximilian durch mich hindurch. Begrüßte ich ihn, lächelte er zwar, doch so, als wüsste er nur, dass wir uns kannten, könnte sich aber nicht erinnern, woher. Er nahm meine Hand, schüttelte sie kurz und wandte sich ab, zündete sich eine Zigarette an oder schenkte sich ein Glas Wein ein. Denn er trank wieder, wenn auch in Maßen, er habe das jetzt im Griff, behauptete er. Die Sucht sei besiegt, nun könne er endlich genießen.

Anfangs bedrängten wir ihn noch, damit aufzuhören, vor allem Mitzi und Falk blieben lange Zeit hartnäckig, versuchten ihm immer das Weinglas wegzunehmen und schlugen vor, dass alle Gentlemen so lange auf Alkohol verzichten sollten, bis er wieder trocken war. Irgendwann aber gaben auch sie auf und ließen ihn. Vielleicht weil er sich nie betrank, immer bei einem Glas Wein blieb und nichts Hochprozentiges anrührte. Er schien sich tatsächlich im Griff zu haben. Oder doch nicht? Was war los mit ihm? Ich starrte ihn an. Und zuckte zusammen, wenn

Falk seinen Arm um mich legte, mich an sich zog, seine Lippen auf meinen Hals drückte und fest daran sog. Ich hatte überall Knutschflecke.

»Dass der mit dir schläft«, hatte meine Mutter gesagt, »ist nicht zu übersehen.« Aber auch damit schien sie nicht glücklich zu sein. Selbst Falk gefiel ihr nicht, bei ihm erweckte vor allem sein Schweigen ihr Misstrauen. Dabei war er immer sehr höflich. Wenn er mich von zu Hause abholte, ging er jedes Mal noch kurz hinein und begrüßte meine Eltern, er kannte meinen Vater, hatte bei ihm Konfirmationsunterricht gehabt. Falk plauderte immer ein wenig mit beiden, ließ sich aber nie in ein längeres Gespräch verwickeln. Versuchte meine Mutter es trotzdem, lächelte er sie nur an. Einmal, als sie ihn auf irgendetwas Politisches ansprach, auf die kommende Bundestagswahl, glaube ich, zuckte er mit den Schultern und behauptete, Politik interessiere ihn nicht; er lese immer nur den Wirtschaftsteil.

»Sport wäre schlimmer«, sagte meine Mutter ironisch, und er erwiderte lächelnd: »Ach, ja, den les' ich natürlich auch.«

Sie konnten einander nicht ausstehen, auch Falk meine Mutter nicht, das spürte ich deutlich, obwohl er es immer abstritt, wenn ich ihn darauf ansprach. »Ich weiß nicht, was du meinst, Anna. Deine Mutter ist eine ganz reizende Frau.«

»Sie ist alles«, sagte ich lachend, »aber ›reizend‹ mit Sicherheit nicht.«

Falks Vater stammte aus einer alten Wiesbadener Unternehmerfamilie, die Anfang der neunziger Jahre ihr gesamtes Vermögen in ostdeutsche Immobilienprojekte gesteckt und verloren hatte.

Rudolf Manthey hatte sich schnell wieder aufgerappelt. Von seinem alten Wohlstand war er zwar immer noch weit entfernt. Aber nach nur einem Jahr – aus der Villa in den Plattenbau, die dunkelste Zeit meines Lebens, sagte Falk immer – hatte er bereits wieder ein Haus gekauft. Eine kleine Trutzburg aus den 1930er Jahren, gelber Backstein, bullige Fenster, eine massive Eichenholztür und im Dach, fast unter dem Giebel, der kleine Balkon, auf dem Falk und ich oft saßen.

Die Garage, die seitlich ans Haus gebaut war, diente als Lagerraum und Büro für Herrn Mantheys neue Firma. Er vertrieb Reinigungsmittel für Planen, Panzer und Waffen; sein größter Abnehmer war die Bundeswehr.

Giulia Manthey war in Italien geboren und als Kind mit ihrer Familie nach Deutschland gekommen. Bis zu seinem Tod hatte ihrem Vater das ›Dolce Vita‹ gehört, eine Eisdiele in der Fußgängerzone. Frau Manthey hatte einen leichten Akzent, reagierte aber gereizt, wenn sie jemand darauf ansprach. »Ah, kein Italien«, sagte sie dann. »Mafia, alles Mafia. Haben meinen Papa erpresst. Jede Woche um die Hälfte der Einnahmen. Ich habe einen deutschen Pass und bin keine Italienerin mehr.«

Sie war klein und dunkelhaarig, ein wenig mollig, aber nicht dick; hatte ihr Haar immer in zu festen Nackenknoten zusammengesteckt, trug lange weiche Pullover, flatternde Seidenschals und Ballerinas, in denen sie geräuschlos über die hellen Teppiche schritt, die in allen Zimmern lagen. Wir durften darauf nur in Strümpfen gehen, zogen die Schuhe vor der Tür aus.

Frau Manthey besaß zwei Paar Ballerinas, eines für drinnen und eines für draußen.

Falk hatte die dunkle Haut seiner Mutter geerbt und von seinem Vater die grauen Augen und das hellblonde Haar. Seine kleine, spitze Vogelnase hatte einen leichten Linksdrall, war schon mehrmals gebrochen. Wenn ich sie berührte und mit dem Finger über den höckerigen Nasenrücken strich, lachte er: »Muss mich bald wieder kloppen, 'nen ordentlichen Faustschlag kassieren, dass se, wenn se schon schief is', wenigstens nicht mehr nach links zeigt.«

Jeder wusste, dass er sich die Nase nicht bei einer Schlägerei gebrochen hatte, sondern weil er sturzbesoffen gegen einen Türrahmen gestoßen war. Trotzdem trug er sie wie eine militärische Auszeichnung.

Wenn wir ausgingen, sagte er gern: »Auf, auf in den Kampf, jetzt gibt's Krieg.« Das hieß, dass er sich sinnlos betrinken wollte. In vielen Kneipen hatte er Hausverbot, weil er dort randaliert hatte.

Meine Freundinnen Lucy und Esther nannte er ›linke Ratten‹ oder ›menschliches Ungeziefer‹. Wenn ich mich mit ihnen getroffen hatte, sagte er: »Na, hattest du heut wieder Feindkontakt?« Und meinem Vater misstraute er. Den nannte er nicht ›reizend‹.

»So einer sieht doch nicht tatenlos zu, wenn seine Tochter ins rechte Lager wechselt«, sagte er. »Was will er über uns wissen? Horcht er dich über die Gentlemen aus? Glaubst du, er durchsucht deine Sachen?«

»Quatsch«, sagte ich. »Außerdem bin ich nicht rechts.«

Falk streckte mir seinen Zeigefinger entgegen: »Wenn wir jemals auffliegen, wenn es eine Razzia gibt, weiß ich, wo die undichte Stelle ist.«

»Eine Razzia? Wir tun doch niemandem etwas. Du bist ja paranoid.«

»Und du bist naiv. Ich rate dir dringend, vorsichtiger zu sein.«

Es gab eine Geschichte, die über meinen Vater erzählt wurde: Als Zeichen seines Gottvertrauens habe er mich als kleines Kind auf der Orgelempore balancieren lassen. Sie fällt nicht, sie fällt nicht, habe er gesagt. Gott wird sie halten. Gott schützt uns.

Diese Geschichte gefiel Falk. Er kannte sie aus dem Konfirmationsunterricht und erzählte sie oft, meistens, wenn einer der anderen Gentlemen mich mit Lucy und Esther zusammen gesehen hatte und sich darüber ärgerte.

»Sie fühlt sich eben sicher. Geschützt. Sie kann nichts dafür«, sagte Falk.

In Wirklichkeit handelte die Geschichte von Vaters Lehrpfarrer, einem alten Säufer, der mit jedem Glas Schnaps gläubiger und eifernder wurde.

Spring, spring doch. Wenn Gott dein Vater ist, wird er dich auffangen. Traust du ihm etwa nicht?

Nur der Teufel forderte Gott heraus. Oder ein Verrückter.

Das war Vaters Botschaft. Aber Falk verstand sie nicht, und ich beließ es dabei, weil ich mochte, wie er mich ansah, wenn er die Geschichte erzählte: Als wäre ich ein kleines Mädchen, das einen Abgrund entlangbalancierte. Ohne dabei in Gefahr zu sein. Weil es von einer höheren Macht geschützt wurde.

Falks Zukunftspläne glichen einem tabellarischen Lebenslauf: Erst das Abitur. Dann Wehrdienst bei einer Eliteeinheit. Anschließend ein BWL-Studium an einer Privatuniversität im Rheingau. Die Aufnahmeprüfung hatte er schon bestanden, dazu mehrere Praktika bei einer Investmentbank gemacht. Er wolle das ganz große Geld machen, sagte er. Dazu ein eigenes Haus, einen Hund, Kinder und für mich ein kleines Arbeitszimmer, in das er sich einen Sessel stellen wollte, damit er mir beim Schreiben zuschauen konnte, wenn er abends nach Hause kam.

Das einzige Buch, das er jemals mit Interesse, ja, Leidenschaft gelesen hatte, war der ›Steppenwolf‹, und daran maß er auch meine Geschichten, wenn ich sie ihm zeigte. »Hesse hat mich irgendwie mehr umgehauen«, sagte er dann.

Manchmal, wenn wir alle betrunken waren, nannten wir Falk den kleinen Trompeter, wegen des Kommunistenlieds. Musik machen, das konnten die linken Säcke, behauptete Falk immer.

Wir saßen so fröhlich beisammen, in einer so stürmischen Nacht, mit seinen Freiheitsliedern hat er uns so fröhlich gemacht, grölten wir. Und Falk straffte die Schultern, reckte das Kinn in die Höhe und spielte Lufttrompete, bis er sich plötzlich ans Herz griff und zu Boden ging.

Da kam eine tödliche Kugel, bei ein' so fröhlichem Spiel, mit einem so seligen Lächeln unser kleiner Trompeter, er fiel. Falk war wirklich klein, keine einsfünfundsiebzig, aber dafür sehr muskulös. Er absolvierte jeden Tag ein zweistündiges Krafttraining. *Da nahmen wir Hacke und Spaten und gruben ihm morgens ein Grab. Und die ihn am liebsten hatten, die senkten ihn stille hinab. Schlaf wohl, du kleiner Trompeter.* Ich war viel größer als er, vor allem, wenn ich Stiefel mit Absätzen trug, aber das störte Falk nicht, im Gegenteil. Die Absätze konnten nie hoch genug sein. Anders als Maximilian nahm er mich überallhin mit, auch in die Plattenläden im Frankfurter Bahnhofsviertel, in denen Kassetten mit rechter Musik für gigantische Preise unter der Ladentheke verkauft wurden. Wenn wir nach Wiesbaden zurückfuhren, drehte er die Stereoanlage im Auto voll auf und ließ die Scheiben herunter, so dass die Leute auf der Straße stehen blieben und uns anstarrten. Das genoss er. »Die würden uns am liebsten abknallen«, sagte er. »Aber die kriegen uns nicht. Wir balancieren haarscharf an der Grenze von Recht und Gesetz entlang, aber wir überschreiten sie nicht. Wir provozieren den Feind, aber spielen ihm nicht in die Hände.« In solchen Momenten konnte er gesprächig werden, liebte es, wenn ich ihm widersprach und er mich mit Statistiken zur steigenden Arbeitslosigkeit, zur Gewaltbereitschaft von Ausländern oder der explodierenden Zahl von Asylanträgen in Deutschland bombardieren konnte. Kam es zum Streit, wollte er sich jedoch immer wieder sofort mit mir versöhnen. »Weißt du, als meine Eltern pleitegegangen sind, da ging alles ganz schnell. Sofort standen die Banken, das Finanzamt und der Zwangsvollstrecker bei uns auf der Matte. Man hat unsere Sachen durchwühlt, alles aufgelistet und einkassiert. Aber wenn hier ein Kanake jemanden zusammenschlägt oder umbringt, passiert nichts. Man kann ihn nicht einmal abschieben, weil wir tausend Gesetze haben, die ihn schützen. Wir hatten niemandem was getan, haben nur Schulden gehabt, natürlich auch beim Finanzamt – und das gilt in unserem Land als echtes Verbrechen, da hat uns nichts mehr geschützt. Weißt du, dass mein Vater wegen seiner Steuerschulden und angeblicher Verdunkelungsgefahr drei Monate in Untersuchungshaft saß? Am Ende haben sie ihn laufen lassen. Aber was glaubst du, wie es Mama und mir in dieser Zeit ging? Es tut mir leid, Anna, ich wünsch keinem was Böses, aber ich hasse diesen Staat.«

»Ich verstehe«, sagte ich. Falk nahm meine Hand, zog sie an seinen Mund und küsste sie.

Als wir das erste Mal miteinander geschlafen hatten, hatte es ihn sehr gewundert, dass ich noch Jungfrau war: »Das kapier ich nicht. Breitling und du, ihr habt gar nicht?« Dann hatte er mich an sich gezogen, mit beiden Händen mein Haar durchwühlt und mich über und über mit Küssen bedeckt.

»Ich liebe dich«, sagte er immer wieder. »Ich liebe niemanden so wie dich.«

Ich aber konnte nie aufhören, an Maximilian zu denken.

EINUNDVIERZIG

Im Herbst 1997 hatte ich meinen zweiten kleinen Romanversuch fertiggeschrieben und das Buch Maximilian gewidmet.

Am Telefon las ich Großvater Benedict daraus vor. Die Geschichte gefiel ihm.

»Du hast Leidenschaft«, sagte er, »und Kampfgeist. Gibst nicht auf. Das ist gut. Mach so weiter, immer weiter, schreib, das ist wie beim Laufen, den langen Atem muss man trainieren.«

Ein raues, kehliges Räuspern. Das Klicken des Feuerzeugs. Das leise Schmatzen, als er inhalierte. Das Geräusch, das die Seiten meines Manuskripts beim Umblättern machten, ein dumpfes Schwappen. Wie Wasser, das in kleinen Wellen an die Steinpfeiler einer Brücke schlug. Großvaters rasselnder Husten.

Als wir zu Ende telefoniert hatten, kam Vater herein. Er schob sich wie eine große, dünne Katze durch die Tür. Ins Wohnzimmer, wo auf Mutters Sekretär das Telefon stand. Hatte er uns belauscht? Er streckte die Hand nach dem Manuskript aus. Ich presste es an meine Brust, wollte es ihm nicht geben.

»Hast nicht auf mich gehört, schreibst immer noch«, sagte er.

»Ich kann nicht anders.«

»Warum nicht?«

»Weil ich sonst platze«, sagte ich und drängte an ihm vorbei. Er hielt mich an der Schulter fest.

»Das bringt doch nichts«, sagte er. »Das bringt doch alles nichts. Gib mir dieses Zeug.«

Ich rührte mich nicht. Er zog das Manuskript aus meinen Armen, rollte es wie eine Zeitung zusammen und ging.

Als Mutter sich in Vater verliebt hatte, waren beide noch zur Schule gegangen. Sie besuchten das Katharineum, Lübecks altehrwürdiges Gymnasium. Mutter interessierten Naturwissenschaften, sie war still und ehrgeizig, wollte Medizin studieren und gab sich nur wenig mit ihren Mitschülern ab.

Schon damals, erzählte sie, sei ihr klar gewesen, worauf es im Leben ankam, besonders, wenn man eine Frau war: einen guten Schulabschluss, ein Studium, einen Beruf, mit dem man eine Familie ernähren konnte. Auch ohne Mann.

Ihre Mutter, meine Oma Lore, half in einer Arztpraxis aus. Ohne die Abfindung, die sie für ihr Rostocker Haus erhalten hatte, hätte sie mit Onkel Georg und meiner Mutter vielleicht immer noch bei Verwandten gelebt. Es waren 20 000 DM, von denen sie das Reihenhaus kaufte, nicht das Grundstück, dafür zahlte sie eine jährliche Erbpacht. Damals schaffte sie auch die Möbel an, die später in Onkel Georgs Wohnung standen. Ohne die Hilfe ihrer Familie, die sie auch Jahre nach ihrer Flucht noch mit

Kleidern, Lebensmitteln und Hausrat versorgte, wäre sie dennoch nicht über die Runden gekommen.

Mein Vater war ein mittelmäßiger Schüler. Ihn interessierten Naturwissenschaften überhaupt nicht. Er sollte Kaufmann werden und die Ladenkette meiner Großeltern übernehmen. Aber wenn Benedict ihn während der Ferien in Buchführung unterrichten wollte, stahl Vater Geld aus der Kasse und tauchte damit tagelang ab. Er schlief bei Freunden oder in dem Ein-Mann-Zelt, das er in einem Waldstück nahe der Trave aufbaute. Dort schrieb er an seinem Roman.

Mit einigen Freunden hatte er auch eine Theatertruppe gegründet. Sie führten seine Stücke auf oder drehten kurze Schwarzweißfilme, die sie in der Schulaula zeigten. Vater filmte, entwickelte und schnitt selbst. Die Kameraausrüstung und die Ausstattung seines Labors hatte er von meinen Großeltern zum Geburtstag bekommen. Vielleicht in der Hoffnung, dass ihn das Filmen vom Schreiben abhalten würde.

Vater war damals ein großer dünner Mann mit einer randlosen Brille, einem wilden dunklen Bart und langem schwarzen Haar. Überall lief er mit seinem Notizbuch, einem Fotoapparat oder der großen schweren Filmkamera herum. Er hatte auch ein Diktiergerät, einen unhandlichen schwarzen Recorder, auf dem ein abnehmbares Mikrophon saß. Den trug er an einem Riemen über der Schulter, pirschte sich auf Partys an wildfremde Leute heran und zeichnete heimlich ihre Gespräche auf.

Einmal bekam er in der Schule einen Verweis, weil er

die Strafpredigt eines Lehrers mitgeschnitten, die Wochenschaubilder einer Goebbels-Rede damit unterlegt und das dann in der Aula vorgeführt hatte.

Meine Mutter hatte ihn nie beachtet, bis sie ihn eines Tages, ich glaube im Sommer 1966, nahe Sierksdorf eine Landstraße entlanggehen sah. Er war schwer beladen, schleppte sich unter der Mittagssonne mit einem Rucksack, einer Zelttasche, einem Schlafsack, einer Einkaufstüte und einem kleinen grauen Kunststoffkoffer ab. Bei jedem Auto, das in seine Richtung fuhr, setzte er den Koffer rasch auf den Boden und hob den Daumen. Alle Wagen fuhren vorbei.

Mutter war auf dem Weg zum Strand gewesen und tuckerte Vater auf ihrer geliehenen Vespa entgegen. Hielt neben ihm an.

»Wo willst du denn hin? Wanderst du aus?«

Sein Haar war schweißnass, sein Gesicht von der Sonne verbrannt.

»Nee, ich geh in den Wald«, sagte er. »Wo ich in Ruhe schreiben kann. Zu Hause lassen sie mich nicht.«

»Was schreibst du?«

»Einen Roman.«

»Soso.«

»Find'st du bescheuert, ja?«

Sie lächelte. »Was haben deine Eltern dagegen?«

»Mein Vater hat früher auch geschrieben. Weil er an seinem Roman gescheitert ist, soll ich gar nicht erst damit anfangen.« Er hob das graue Köfferchen. »Meine Reiseschreibmaschine wollte er wegnehmen, der Idiot.«

»Ich würd ja gern sagen, steig auf. Aber mit dem ganzen Gepäck – das wird nichts«, sagte meine Mutter.

Er grinste sie an. »Dann nimm nur die Sachen. Ich laufe neben dir her.«

»Bist du sicher, dass du das ganze Zeug wirklich brauchst?«

Er hob die Schultern. »Ich habe nur das Nötigste mitgenommen.«

Sie schüttelte den Kopf. Dann aber stieg sie von ihrer Vespa und lud Vaters Gepäck auf.

Erst eine Stunde später, sie hatten den Wald fast erreicht, merkte Vater, dass er seine Reiseschreibmaschine am Straßenrand stehen gelassen hatte.

Als ich Großvater Benedict einmal fragte, warum er mich schreiben ließ, während er bei Vater dagegen gewesen war, sagte er: »Wenn jemand etwas will, wirklich will, kann man ihn nicht davon abhalten.«

Ich schlich wochenlang um Vater herum. Hatte er meinen Roman gelesen? Weggeworfen? Oder eingeschlossen – wie die wenigen Seiten seines eigenen Romans, die in seinem Bürosafe lagen? Zusammen mit unserem Familienstammbuch, unseren Pässen, den Goldmünzen, die er zu jedem Geburtstag von seinen Eltern bekam, und Mutters Schmuck? Ich traute mich nicht, Vater zu fragen, und bat auch Benedict, es nicht zu tun. Mein Großvater kochte vor Zorn.

Dann bekam ich einen Brief. Blasse Schreibmaschinenschrift auf dünnem grauen Papier. Ein Mann namens

Weiland schrieb mir, mein Vater habe ihm meinen Roman gegeben. Er, Weiland, der ein Förderprogramm für junge Autoren gegründet hatte, habe den Roman rasch und ›mit einigem Interesse‹ gelesen.

Mein Herzschlag beschleunigte sich.

»Wir sollten uns einmal treffen und darüber sprechen«, schrieb Weiland. Er lud mich zum Mittagessen in ein italienisches Restaurant ein.

Ich konnte nicht hingehen. Wollte, schaffte es aber nicht. Traute mich nicht.

Ich lag auf dem Feldbett unter der Dachschräge. Starrte den Wecker auf meinem Nachttisch an. Um 15.00 Uhr waren Weiland und ich verabredet gewesen. Jetzt war es halb vier.

Ich las den Brief noch einmal. Schloss die Augen. Weiland mit meinem Roman. Er hatte ihn gelesen, mir zugehört. Viertel vor vier.

Nicht Großvater, der mich liebte. Nein, ein Fremder. Ein Außenstehender, hätte Mutter gesagt. Der mich nicht sofort ablehnte und mich nicht, wie es die Verlage getan hatten, mit einem Formschreiben abwies. Ausstieß. Nein, nicht mich, natürlich meinen Roman. Aber es fühlte sich an, als meinten sie mich. Nicht nur den Roman, auch mich hatten sie weggewischt, wie Kreideschrift auf einer Tafel. Nicht so dieser Weiland.

Zehn nach vier. Das Telefon klingelte. Ich hörte Mutter ins Wohnzimmer gehen und abnehmen. Einen Augenblick später rief sie nach mir.

Ich saß im Wohnzimmer an Mutters Sekretär. Hatte die Ellenbogen aufgestützt, den Telefonhörer zwischen Ohr und Schulter geklemmt und presste die Fäuste an meinen Mund. Am liebsten hätte ich einen Fuß in den Boden gestoßen, so dass er sich auftat und mich verschlang.

Weiland sprach schnell und zischend: »Ich muss Sie gar nicht treffen, um zu wissen, was für ein Mensch Sie sind! Sie halten sich für etwas Besonderes, aber ich kenne Dutzende von Ihrer Sorte. Sie durften auf dem Schulhof nicht mitspielen, nicht wahr? Fühlen sich ausgeschlossen, immer und überall ausgeschlossen, machen ein ganz großes Drama daraus. Die Welt ist Ihr Feind. Groß und böse. Mit so etwas verschwende ich nicht meine Zeit!«

»Es tut mir leid«, stammelte ich. »Ich hätte absagen sollen!«

»Absagen? Absagen! Dafür ist es zu spät! Ich habe Ihr Buch längst gelesen, bereits Zeit investiert! Zeit verschwendet!«

»Es tut mir leid!«

»O nein! Ich weiß genau, was sie wirklich fühlen: Erleichterung. Darüber, dass sie heute nicht rausgegangen, nicht hergekommen sind. Sie wollen die Welt angreifen, zurückschießen, endlich auch mal was sagen, endlich auch mal dabei sein – jedoch nur von der Schreibstube aus. Bloß keinen Fuß vor die Tür setzen.«

Ich nahm die Fäuste vom Mund. »Hat Ihnen mein Buch denn gefallen?«

»Gefallen?«, zischte er. »Gefallen?«

Plötzlich war es still. Hatte er aufgelegt? Dann sagte er: »Habe mir gerade noch ein Glas Wein bestellt. Wenn Sie hier sind, bevor ich es getrunken haben, können wir sprechen.«

Kein Mensch da. Das Restaurant schien leer zu sein. Nein, hinter der Theke stand wer: ein dicker bärtiger Mann, der Gläser mit einem karierten Geschirrtuch abtrocknete. Er hob den Kopf, als ich eintrat.

»Ich bin hier mit einem Herrn Weiland verabredet?«, fragte ich zögernd.

Er schob wortlos das Kinn vor, deutete zu einer Fensternische, die versteckt am anderen Ende des Raums lag. Dort saß ein kleiner rothaariger Mann mit zerfurchter Stirn und buschigen Augenbrauen. »Das haben Sie ja gerade noch geschafft«, zischte er und hob sein leeres Glas. »Allerdings habe ich langsam getrunken.«

Auf dem zerkratzten Tisch lag mein Manuskript. Weiland nickte mir zu. »Sie dürfen sich setzen.«

»Danke.«

»Zum Essen kommen Sie leider zu spät. Die Küche hat bereits vor einer Stunde geschlossen.«

Ich hätte ohnehin keinen Bissen herunterbekommen.

»Also können wir gleich an die Arbeit gehen«, sagte er und zog mein Manuskript zu sich heran. Es hatte ein schönes Deckblatt, keine Bleistiftzeichnung wie beim ersten Mal, sondern eine Fotocollage, die Maximilians Graffiti zeigte. Für die Bilder war ich wochenlang in jeder freien Minute durch die Stadt gezogen und an der Autobahn entlanggetigert und hatte die monströsen Märchenfiguren von Hauswänden, Brücken und Fußgängerüberführungen abfotografiert.

Weiland klappte das Deckblatt achtlos zur Seite. Setzte eine kleine goldene Lesebrille auf, leckte sich eine Fingerspitze und blätterte.

Er trug ein grellgrünes, zerknittertes Leinenjackett, ein malvenfarbenes Hemd und eine schmale schwarze Lederkrawatte. Merkwürdig, dass er trotzdem furchteinflößend aussah. Vielleicht lag es an seiner Haltung, dem durchgedrückten Rücken, den angespannten Schultern, dem vorgereckten Kopf, wie zum Sprung bereit. Wie zum Angriff, wenn er dazu auch noch die Fäuste geballt hätte.

»Habe mir die Mühe gemacht, alles Satz für Satz durchzugehen«, zischte er. »Hoffe, Sie können den Aufwand würdigen.« Sah kurz auf. Senkte befriedigt den Blick, als ich nickte. »Meine, es hat sich gelohnt. Habe einige gute Sätze gefunden. Schöne Sätze.« Er blätterte weiter, fuhr mit dem Finger die Zeilen entlang, schüttelte den Kopf. Anscheinend suchte er etwas. Fand es nicht. Schlug das Manuskript wieder zu. Versenkte die Hand in die rechte Jacketttasche. Kramte. Zog einen zusammengefalteten Zettel hervor.

»Habe sie hier notiert«, zischte er und schob ihn mir zu. Ich öffnete ihn.

Vier Sätze nur. Kurze Sätze.

Weiland nahm seine Brille ab, klappte langsam erst den einen, dann den anderen Bügel ein und ließ die Brille in seine Jacketttasche gleiten.

»Jetzt nicht in Tränen ausbrechen«, sagte er. »Bin ja da. Helfe Ihnen. Nehmen Sie diese Sätze, machen Sie daraus eine Geschichte. Höchstens drei Seiten. Nächste Woche treffen wir uns wieder.«

ZWEIUNDVIERZIG

Als ich aufwache, geht es mir besser. Vielleicht werde ich doch nicht krank und bin nur müde gewesen. Ich werfe einen Blick auf die Uhr. Schon fast sieben. Wann habe ich das letzte Mal neun Stunden am Stück geschlafen? Um acht bin ich bei Eike und Alice eingeladen. Mein Bruder will indisch kochen. Ob ich das jetzt vertrage? Doch, mein Magen scheint wieder in Ordnung zu sein. Er knurrt laut, auf einmal habe ich einen mordsmäßigen Hunger. Der Kühlschrank ist wie immer leer. Ich schaufele ein paar Handvoll Cornflakes in mich hinein. Bekomme Lust auf was Süßes, unbändige Lust, durchsuche alle Schränke und wühle so lange in den Umzugskartons, bis ich einen alten Schokoladenweihnachtsmann finde.

Ich zögere kurz. Normalerweise bringe ich es nicht fertig, die Dinger zu essen, rühre auch die Osterhasen nie an, vielleicht weil sie Gesichter haben. »Mach's schnell und schmerzlos, dann spüren sie nichts«, hat Mutter früher immer gesagt. »Beiß zuerst den Kopf ab.« Ich reiße das Staniolpapier auf und verschlinge den Weihnachtsmann.

Erst auf dem Weg zur Tram sehe ich die Nachrichten, die du mir aufs Handy geschickt hast. Dutzende. In allen geht es um deinen Arzttermin heute. Der Routinecheck sei bestens gelaufen, schreibst du. Blutdruck o.k., keine ungewöhnlichen Lungengeräusche, keine Hautveränderungen. Die Ergebnisse des Blutbilds stünden zwar noch aus, aber deinem Gefühl nach sei alles im grünen Bereich. Jetzt wolltest du erst einmal ein paar Bahnen schwimmen und am Abend vielleicht noch joggen. Es gehe dir blendend. Besonders beim Gedanken, dass wir uns morgen sähen. Ob bei mir auch alles in Ordnung sei. Du habest dich lange nicht mehr so fit gefühlt.

Es kommt mir vor, als wärst du extrem erleichtert darüber, dass alles in Ordnung ist. Hast du in Wirklichkeit etwas befürchtet? Die letzte SMS ist vor mehr als drei Stunden gekommen. Aber gerade, als ich eine Antwort an dich eingebe, kommt eine weitere Nachricht von dir: »Was ist los? Warum meldest du dich nicht? Ich habe dich hoffentlich nicht mit meiner Krankengeschichte verschreckt?«

Also hat dir das solche Sorgen gemacht. So ein Unsinn. Ich beende meine Nachricht an dich mit »Tausend Küsse, Deine Anna« und schicke sie ab. Keine Minute später rufst du an, redest sofort drauflos, deine Stimme überschlägt sich beinahe: »Weißt du, was mir passiert ist? Nicht in Marseille, nicht in Rom, nicht in einem dieser kriminellen Sümpfe, wo man damit rechnen muss, sondern hier, in Köln! Auf offener Straße und am helllichten Tag! Ich bin ausgeraubt worden! Beim Joggen! Zwei Russen oder Rumänen – oder was weiß ich, wo so'n Pack herkommt – haben mich in eine Gasse gedrängt und mit'm Messer bedroht!«

»Verdammt, Constantin, bis du verletzt?«

»Nein, aber die Uhr haben sie mir abgerissen. Auf die hatten sie's abgesehen.«

»Du musst zur Polizei!«

»Da war ich längst. Aber die kannst du ins Klo treten. Solche Schlappschwänze und Totalversager! Ich könnt kotzen.«

»Warum?«

»Da sitzt so ein uniformierter, schlechtrasierter, schwitzender Fettsack an einem Computer, der noch aus der Steinzeit stammt, und glotzt mich blöd an: Wie ich mit so 'ner teuren Uhr rumlaufen kann! Das sei doch Wahnsinn! Die gehöre in einen Safe, nicht ans Handgelenk!

Wo lebe ich denn? Ist es etwa meine eigene Schuld, wenn ich ausgeraubt werde? Hab ich das Pack provoziert, weil ich eine Uhr trage, die mir gefällt und die ich mir mit ehrlicher Arbeit verdient hab?«

»Natürlich nicht! Das ist doch Unsinn!«

»Und die Polizei unternimmt nichts, gar nichts. Solche Überfälle gebe es jeden Tag. Das seien halt Banden. Organisierte Kriminalität. Da ist man machtlos gegen. Außerdem sei die Uhr doch bestimmt versichert. – Und so einer nennt sich Polizist! Aber ist ja klar, anders als unsereins kriegt der sein Gehalt immer, selbst wenn er dafür keinen Finger krumm macht. Und dafür soll ich dann noch Steuern zahlen!« Plötzlich senkst du die Stimme und zischst: »Du weißt doch, wer der heimliche Herrscher in diesem Staat ist, der mächtigste Mann?«

»Wer?«

»Das Finanzamt, Anna. Aber ich bin mächtiger. Von

mir kriegen die schon seit Jahren keinen Cent mehr. Und gerade ist mir mal wieder bestätigt worden, dass man deswegen auch kein schlechtes Gewissen zu haben braucht. Dieses Land ist erbärmlich! Luschen und Versager auf der einen, kriminelles Pack auf der and'ren Seite. Irgendwann wandere ich noch mal aus.«

»Willst du sagen, du zahlst keine Steuern?«

Schlagartig ändert sich dein Ton, wird ruhiger, beherrschter, geradezu vorsichtig. »Nicht, dass wir uns falsch verstehen«, sagst du. »Ich dreh keine krummen Dinger. Hab nur gute Berater. Alles völlig legal.«

Ich lache. »Jaja, ist klar. Können die mich auch mal beraten? Ich muss nämlich ganz schön was zahlen. Dabei verdien ich gar nicht so viel.«

»Tja, Liebchen, was du falsch machst, kann ich dir sagen, dafür braucht's keine teuren Berater.«

»Jetzt bin ich gespannt.«

»Hat dir das wirklich noch keiner erklärt? Um in Deutschland gut leben zu können, musst du entweder reich und gut beraten sein. Oder aber so arm, dass du von Vater Staat alles in den Arsch geblasen bekommst. Wenn du irgendwo dazwischen stehst, kassieren sie dich gnadenlos ab. Dann bist du verloren. – Ach, Scheiße, um die Uhr tut's mir leid. Die seh ich nie wieder.«

»Hauptsache, du bist okay.«

»Davon abgesehen, dass ich auswandern und den Russkis ein Killerkommando auf den Hals hetzen will, geht's mir gut. Und dir? Warum hast du dich den ganzen Tag nicht gemeldet? Ich hab mir Sorgen gemacht.«

»Ich bin in Ordnung, war nur ein bisschen müde.«

Der Geruch von Kreuzkümmel und Knoblauch schlägt mir entgegen. Eike steht am Herd, Alice deckt den Tisch. Sie dekoriert ihn herbstlich mit Kürbissen, Halloween-Servietten und orangefarbenen Teelichtern. Dabei fühlt sich das Wetter, obwohl wir schon Ende Oktober haben, noch beinahe sommerlich an. Eike sagt, dass die Temperaturen am Nachmittag auf über zwanzig Grad gestiegen seien. Die Sonne habe das Fotostudio bei ›Universal Shoes‹ derartig aufgeheizt, dass sie alle Fenster öffnen mussten.

»Und dir geht's wieder gut?«, fragt er in einem Ton, in dem deutlich mitschwingt, dass er glaubt, ich hätte blau gemacht.

»Ja. Aber heute Morgen war mir plötzlich so übel, von jetzt auf gleich, ich musste furchtbar kotzen, keine Ahnung, was los war.«

Alice räuspert sich. Wahrscheinlich passen ihr das Thema und meine Ausdrucksweise nicht.

»Vielleicht sollte ich dir besser nur Zwieback und Tee servieren?«, fragt Eike, aber als ich ihm die Zunge rausstrecke, grinst er und füllt meinen Teller mit einem knallgelben Reisgericht.

Alice sagt: »Brüderchen und Schwesterchen, wie immer ein Herz und eine Seele.«

Ich lache. »Ein Arsch und ein Pott, hat unsere Mutter früher immer gesagt.« Alice verzieht das Gesicht, als hätte sie in eine Zitrone gebissen, und zupft die Serviette neben ihrem Teller zurecht, obwohl sie perfekt gefaltet ist.

Eike hat sich in Alice verliebt, ohne ein einziges Wort mit ihr gesprochen zu haben. Er hat sie nur gesehen, letztes Jahr auf einer Party, und war sofort hin und weg. Aber er macht bei Frauen nie den ersten Schritt, war früher schon schüchtern, auch wenn er das immer gut überspielt hat. Bei jeder seiner Freundinnen hatte er ständig Angst, etwas falsch zu machen. Oft sagte er zu mir: »Ich glaub, ich hab Mist gebaut, Schwesterchen, hab nicht richtig rübergebracht, was ich sagen wollte, sie hat so komisch geguckt, ganz anders als sonst, verlässt sie mich jetzt? Was denkst du? Ich glaub, ich hab's wieder verzockt.«

Auf der Party beobachtete er Alice den ganzen Abend lang, aber jedes Mal, wenn sie zu ihm schaute, sah er sofort weg. Einmal ging sie ganz dicht an ihm vorbei, das war zu viel für ihn, da musste er die Party Hals über Kopf verlassen.

Zu Hause entdeckte er die Visitenkarte eines Massagesalons. Die hatte Alice ihm in die Tasche gesteckt. Die bedruckte Seite war durchgestrichen, auf der Rückseite stand Alice' Telefonnummer. Natürlich rief er nicht an. Stattdessen rätselte er tagelang, was der Massagesalon zu bedeuten habe. Ob das eine Anspielung sei. Erwartete sie etwas von ihm, das er nicht erfüllen konnte? Er war völlig fertig. Als hätte sie ihn verlassen, bevor sie sich überhaupt kennengelernt hatten.

Zufällig trafen sie sich in einem Café wieder. Alice entdeckte ihn, bevor er sie sah, und sprach ihn an. Keine drei Monate später zog sie bei uns ein. Und setzte mich vor die Tür.

Zugegeben, ich mag Alice nicht besonders, aber wenn mein Bruder mit ihr glücklich ist, ist das für mich völlig okay. Die Feindseligkeiten zwischen uns gehen eindeutig nicht von mir, sondern von ihr aus.

Nach dem Essen schickt sie uns zum Rauchen auf die Straße hinunter. Nicht einmal eine Zigarette am weitgeöffneten Küchenfenster ist noch erlaubt.

»Aber du kommst wieder mit hoch, oder?«, fragt Eike, als wir vor die Tür treten. Alles ist in einen feinen Regen gehüllt, der gleichzeitig vom Himmel zu fallen und vom Boden aufzusteigen scheint. Immer noch ist es warm, und in der Luft liegt ein würziger Duft.

»Nee, ich will nach Hause. Schreiben.«

»Ach, komm schon.«

»Ich glaub, mir wird auch gerad wieder schlecht.«

Eike verdreht die Augen und zündet sich die Zigarette an, die er in aller Ruhe am Küchentisch gedreht hat. Obwohl Alice dabei war. Vielleicht eine Art stiller Protest. Eike gibt mir Feuer. Ich inhaliere und versuche, das flaue Gefühl in meinem Magen zu ignorieren. Eine U-Bahn rattert über die Hochbrücke, gelbe Waggons schießen hinter den grauen Stahlbögen lang. Die U2, Richtung Westen.

Ich lehne mich an die Hauswand. »Mit acht, da haben wir doch mit Lego gespielt, oder?«

»Ja, klar. Wie verrückt. Warum?«

»Constantins Sohn hat Geburtstag.«

»Kennst du ihn?«

»Nee.«

Mein Magen zieht sich zusammen. Hab ich mir doch etwas eingefangen?

»Warum willst du ihm dann was schenken?«, fragt Eike.

»Will ich ja gar nicht.«

»Kapier ich nicht. Meinste, ich wäre ein guter Vater?«

»Wie bitte?«

Eike lacht. »Jetzt biste baff, was?«

Wieder fährt eine U-Bahn vorbei, diesmal Richtung Osten.

»Was soll'n das heißen?« Ich werfe die Zigarette weg, obwohl ich sie nur halb geraucht habe. In meinem Magen rumort es.

»Na, Alice wünscht sich 'n Kind.«

Ich versuche, ruhig und gleichmäßig gegen die Übelkeit anzuatmen. »Und du?«

»Vorstellen kann ich's mir schon. Oder hältst du mich für ungeeignet?«

»Ungeeignet?« Ich muss aufstoßen, Koriander und Kreuzkümmel. Ich schlucke. »Quatsch. Du bist doch nicht ungeeignet. Hätte nur nicht gedacht – ihr kennt euch noch nicht mal ein Jahr.«

»Alice wird bald sechsunddreißig.«

»Das ist natürlich ein Grund.«

»Sei nicht zynisch.«

»Und was ist mit ›Universal‹? Was ist mit unseren Jobs? Wenn wir wirklich verkauft und gekündigt werden? Wie willst du dann für ein Kind sorgen?«

Wieder muss ich aufstoßen, diesmal schießt mir Magensäure in den Mund und die Nase.

»Hätte nicht gedacht, dass du so spießig bist«, sagt Eike.

»Ich? Du redest doch ständig davon! ›Komm nicht

dauernd zu spät, Schwesterchen. Die Zeiten ändern sich. Sei vorsichtig, ich habe ein schlechtes Gefühl.‹ Und jetzt kommst ausgerechnet du mir mit Kinderkriegen?«

Eike hat seine Zigarette bis auf einen winzigen Rest aufgeraucht und zertritt ihn sorgfältig auf dem nassen, von Rissen durchzogenen Gehweg. »Reg dich ab, Schwesterchen. Wir denken ja nur drüber nach. Und selbst wenn ich den Job verliere, ich bin gut, ich find bestimmt etwas Neues. Außerdem kann Alice als Lehrerin leicht ein Jahr aussteigen, kriegt Elterngeld und geht dann ganz easy zurück in den Job.«

Ich lege den Kopf in den Nacken. Der Regen benetzt kühl mein Gesicht. »Diese Gerüchte – ist das jetzt konkreter? Hast du was Neues gehört?«

»Nur, dass der Typ morgen anreist. Der ›Investor‹, Zerstörer nenn ich so wen. Aber von so einem kann man sich doch nicht davon abhalten lassen, seine Zukunft in Angriff zu nehmen.«

Ich schweige. Nach einer Weile fragt er: »Hast du noch ’ne Kippe für mich?«

»Du rauchst doch nie zwei hintereinander«, sage ich und halte ihm meine Schachtel hin.

»Die Zeiten ändern sich.« Er grinst und zündet die Zigarette an. Ich drehe das Gesicht weg. Der Rauch scheint sich gleichzeitig hinter meiner Stirn zu ballen und wie ein Blitz in meinen Magen zu fahren. Mein Oberkörper krümmt sich nach vorn. Ich übergebe mich. Eike springt zur Seite. »Scheiße, du bist ja doch krank.«

Er bringt mich in die Wohnung zurück. Alice kommt uns aus der Küche entgegen.

»Was ist los?«

»Anna muss heute hier schlafen.«

Sie verzieht das Gesicht. »Weil ihr übel ist?«

»Sie hat gekotzt, Alice.«

»Dann halt mal Schwesterchen die Hand.«

Ich stürze an den beiden vorbei ins Badezimmer und übergebe mich abermals.

»Der Badreiniger steht unterm Waschbecken«, sagt Alice. Etwas quietscht. Eike zieht schon die Schlafcouch aus. »Schatz, hast du die Gästebettwäsche gesehen?«

»Die ist auf'm Müll. Die war oll!«, ruft Alice zurück. »Gib ihr doch dein Kopfkissen und das Plaid, das liegt über dem Sessel.«

»Und wo sind die großen Bettlaken hin?«

»Ganz oben im Schrank. – Hast du's?«

»Ja, danke! Ich nehm das blaue, in Ordnung?«

Ich stehe auf und wasche mir das Gesicht mit eiskaltem Wasser. Das tut mir jetzt gut.

Eike kommt rein. »Du kannst dich schon hinlegen. Ich mach dir noch einen Tee.«

»Musst du nicht. Geht schon wieder. Ich …«

»Vergiss es. Du bleibst heute Nacht hier. Mit so was ist nicht zu spaßen. Was, wenn du ohnmächtig wirst und …«

»… an deiner eigenen Kotze erstickst, ich weiß, ich weiß.« Das hat Mutter früher immer gesagt. »Aber es geht mir wirklich schon besser.«

Er fasst mich am Arm. Ich schiebe seine Hand weg. »Das gibt doch nur Ärger mit Alice.«

»Mach dir darüber keine Gedanken.«

»Warum ist sie immer so zickig?«

»Sie meint es nicht so. Hat bloß Angst, dass du wieder einziehst.«

»Da muss sie sich keine Sorgen machen.«

»Hab ich ihr auch gesagt.« Er bugsiert mich durch den Flur, an der Küche vorbei in das Zimmer, das früher mir gehört hat. Jetzt ist es sein Arbeitszimmer. Auf dem Schlafsofa liegen das Plaid und ein Kopfkissen. Daneben steht der gelbe Plastikeimer, den ich uns einmal an einem heißen Sommertag in einem Ein-Euro-Shop gekauft habe. Den haben wir immer mit Crushed-Ice von der Tankstelle gefüllt und unsere Bierflaschen reingestellt.

Ich setze mich aufs Sofa. Habe leichte Kopfschmerzen, aber mein Magen scheint sich beruhigt zu haben. Am liebsten würde ich einfach nach Hause gehen.

»Ich lass hier mal ein bisschen Luft rein, das wird dir guttun«, sagt Eike und klingt wieder wie unsere Mutter. Der Fensterriegel schabt. Ein Knacken. Knarrend schwingt der Fensterflügel auf.

Vertraute Geräusche. Ich habe gern hier gewohnt. Das leise Rauschen des Regens dringt herein. Das Raunen der vorüberfahrenden Autos, das Zischen der Reifen auf nassem Asphalt. Ich sauge die milde, nach Feuchtigkeit duftende Nachtluft ein. Mein Blick schweift durchs Zimmer. Heller Dielenboden, hohe, weißgestrichene Wände. Eine kleine Tür zum Flur, eine breite, mit Schnitzereien verzierte Flügeltür führt ins Schlafzimmer. Sie ist aber geschlossen.

Eike setzt sich neben mich, streicht mir mit einer Hand übers Haar. »Geht's wieder?«

»Ja! Es ist wirklich alles in Ordnung. Mein Magen scheint nur gerade etwas empfindlich zu sein.«

In der Küche rückt Alice die Stühle zurück an den Tisch. Die Stuhlbeine schnarren über den Boden. Ein Topf wird scheppernd in die Spüle gestellt.

Eike steht auf. »Ruf bitte, wenn du noch etwas brauchst.«

»Klar.«

Eike lächelt, löscht das Licht und schließt die Tür hinter sich. Ich ziehe mein Handy hervor, sehe, dass eine nächste Nachricht von dir gekommen ist.

»Hab gerade deinen Zweig eingepackt«, schreibst du. »Bis morgen, mein Liebchen!«

Es ist kurz vor Mitternacht. Um sechs Uhr fünfzehn geht dein Flug nach Berlin. Um acht beginnt dein erstes Meeting.

Du hast gesagt, dass du den ganzen Tag arbeiten wirst und erst gegen neunzehn Uhr Schluss machen kannst. Dann aber wirst du mir sofort ein Taxi schicken, damit ich zu dir kommen kann. Wohin genau, hast du mir nicht verraten. »Lass dich überraschen. Ich habe den Ort sehr gut ausgewählt und bin sicher, dass er dir gefällt.«

Hauptsache, ich bin morgen nicht krank. Ich schließe die Augen. In der Küche wird die Spülmaschine angestellt und saugt gurgelnd Wasser an. Eike sagt etwas, ich kann es nicht verstehen. Alice lacht. Sie gehen gemeinsam ins Badezimmer. Putzen sich die Zähne. Dann gluckert etwas. Pinkeln sie nicht mal allein? Die Klospülung rauscht. Einen Augenblick später verlassen sie das Bad. Die Flurdielen knacken, als sie an meinem Zimmer vorbeigehen.

Im Schlafzimmer wird Licht gemacht, ein heller Schein fällt durch die Ritzen der Flügeltür. Das Bett knarrt. Alice flüstert etwas. Hoffentlich schlafen sie jetzt nicht miteinander. Abermals knarrt das Bett. Dann wird das Licht ausgemacht.

Mir ist kalt. Ich stehe auf und schließe das Fenster. Hinter meiner Stirn pocht es. Am besten nehme ich gleich ein Aspirin. Ich husche ins Badezimmer. Im Spiegelschrank über dem Waschbecken bewahrt Eike seine Medikamente auf. Er ist perfekt sortiert und von Husten über Grippe bis Durchfall immer auf alles vorbereitet. Neben dem Aspirin liegen ein Blister mit Alice' Anti-Baby-Pillen und zwei Schachteln Tampons. Wann habe ich eigentlich das letzte Mal meine Tage gehabt? Hoffentlich kriege ich die nicht jetzt noch, ausgerechnet wenn wir uns sehen. Ich schließe den Schrank, fülle Wasser in Eikes Zahnputzbecher und schlucke zwei Aspirin.

Als ich zurück ins Zimmer komme, steht wieder das Fenster weit offen, und Eike sitzt auf der Schlafcouch. Ich lache. »Mensch, mach nicht so einen Aufstand, Brüderchen, mir geht's wirklich gut.«

»Alice schläft jetzt. Ich muss dir unbedingt etwas zeigen.« Da erst sehe ich den Laptop auf seinen Knien.

»Was denn?« Ich setzte mich neben ihn.

»Ich hab die Filmrollen von Onkel Georg digitalisiert.«

»Das erzählst du erst jetzt? Was ist drauf?«

»Mamas Vater – Opa Karl –, er ist vielleicht …« Eike bricht ab, presst die Lippen aufeinander. Dann öffnet er den Laptop. »Sieh es dir selbst an.«

DREIUNDVIERZIG

Die Mantheys fuhren einen neuen silberfarbenen E-Klasse-Mercedes. Er hatte weiche, fließende Formen und nicht, wie üblich, eckige, sondern runde Scheinwerfer. Genau wie Vaters Oldtimer.

»Ein Auto mit einem zärtlichen Blick, entzückend!«, hatte Giulia Manthey einmal gesagt.

Ich lag zusammengekauert auf der Rückbank. Hatte mir meinen Mantel übergelegt und den Schal fest um den Hals gebunden.

Wir fuhren nach Berchtesgaden. Falk war seit acht Wochen bei den Gebirgsjägern. Morgen Nachmittag sollte seine Vereidigung stattfinden.

Frau Manthey sah sich zum wiederholten Male besorgt nach mir um: »Wie geht es dir? Hast du immer noch Fieber?«

Ihr Mann schlug mit der Faust aufs Lenkrad. Ich zuckte zusammen. »Hörst du schlecht, Giulia? Sie hat gesagt, dass sie fit genug ist und das schafft, jetzt lass sie in Ruhe.«

»Jaja, Liebling, reg dich bitte nicht auf. Konzentrier' dich aufs Fahren.«

»Das kann ich nicht, wenn du ständig wie eine Glucke herumgackerst!«

»Entschuldige, Liebling, ich bin ja schon still.«

»Will ich hoffen.«

Die beiden waren furchtbar. Kaum zu ertragen. Falk sagte immer, dass sein Vater früher, bevor man ihn in Untersuchungshaft gesteckt hatte, anders gewesen sei.

Ich legte das Gesicht auf die Hände, um mein Make-up nicht in die Polster zu schmieren. Sonst würde Herr Manthey ausflippen. Ich hatte es am Morgen besonders dick aufgetragen. Aus Angst, dass Frau Manthey mich nicht mitnehmen würde, wenn sie sah, wie schlecht es mir ging. Sie hatte es trotzdem sofort gemerkt. Aber Herr Manthey hatte ihre Einwände mit einer Handbewegung zur Seite gewischt: »Falk will sie sehen. Nach acht Wochen nur unter seinesgleichen braucht ein Mann seine Frau.«

Vielleicht war das auch so ein Spruch, den er vor der Haft nicht gemacht hätte.

Meine Stirn glühte.

Schon im Sommer war ich einmal zusammen mit Falk in Berchtesgaden gewesen. Er hatte mir die Reise zu meinem achtzehnten Geburtstag geschenkt. Wir hatten in einer kleinen Pension gewohnt, in einem Zimmer mit einem breiten Doppelbett, Daunendecken, einem Kruzifix über der Tür und vor dem Fenster Geranien. Wir hatten den ›Führerbunker‹ besichtigt, Ausflüge an den Hintersee, nach Salzburg und München gemacht und die ganze Woche lang herrliches Wetter gehabt.

Es regnete. Wir überholten einen Lastwagen nach dem anderen.

In Wiesbaden war es noch deutlich über null Grad gewesen. Hier ging der Regen langsam in Graupel über. Dann begann es zu schneien.

Herr Manthey hatte uns in einer Pension direkt neben der Kaserne eingemietet. Außerhalb des Orts. Hier gab es keine Geschäfte, keine Kneipe, kein Café. Nur die hell angestrahlte Kaserne und schneebedeckte Felder.

An meinem Geburtstag hatten wir direkt in Berchtesgaden gewohnt.

Auf dem Zimmer nahm ich Tabletten gegen das Fieber. Durch das kleine, viergeteilte Fenster konnte man die Kaserne sehen. Ein trutziges, graues Fort, das Falk mir im Sommer voll stolzer Vorfreude gezeigt hatte. Er hatte unbedingt zur Eliteeinheit der Gebirgsjäger gewollt. Ich verstand nicht, warum er, der unseren Staat angeblich hasste, zur Armee ging. Ob ich nicht wüsste, was ein Militärputsch sei, hatte er entgegnet.

Maximilian hatte den Wehrdienst verweigert. Genau wie mein Bruder, der stattdessen Zivildienst leistete. Maximilian musste das nicht. Falk behauptete, er sei in Wahrheit wegen seiner Sauferei ausgemustert worden.

Inzwischen beließ Maximilian es nämlich nicht mehr nur bei einem Glas Wein und trank auch wieder Hochprozentiges. Aber wenn einen so was wirklich untauglich für die Armee machte, hätte Falk auch ausgemustert werden müssen.

Hinter der Kaserne ragte die nebelverhangene Kuppe des Watzmanns auf. Dort oben kämpfte sich Falk jetzt durch den Schnee.

»Die große Herausforderung zum Ende der Grundausbildung, die letzte Hürde vor der Vereidigung«, hatte er am Telefon zu mir gesagt. »Wer da versagt, gehört nicht zur Elite.«

Es hörte nicht zu schneien auf. Frau Manthey gab jedem von uns einen Regenschirm. Ihr Mann bekam einen nachtblauen mit goldenen Lilien, Wiesbadens Stadtwappen. Meiner war grau mit einem silbernen Stern, ein Werbegeschenk von Mercedes-Benz. Sie selbst nahm sich eine Art Kinderschirm aus durchsichtigem Kunststoff. Wir stapften über ein schneebedecktes Feld, an dessen Rand zwei Holztribünen aufgebaut waren. Es gab keine Sitzplätze, sondern die Menschen – es waren Hunderte – standen auf treppenartigen Reihen. Familien und Freunde der zukünftigen Gefreiten. Einige hatten sich Flaggen um die Schultern gelegt, blauweiß und schwarzrotgolden, wie bei einem Länderspiel. Andere hielten Plakate und Spruchbänder in die Höhe:

Wir sind stolz auf dich, Michael!

Kopf hoch, Gefreiter Henschel!

Willkommen zu Hause, Gebirgsjäger Hessling!

Jannick, jetzt bist du ein Mann!

Soldaten! Deutschland braucht euch!

Die Mantheys drängten sich in die erste Reihe, nahmen mich zwischen sich.

In der Mitte des Feldes stand einsam ein Fahnenmast. Der Himmel war grau verhangen. Man konnte die Berge kaum noch sehen. Ich fror, trat von einem Fuß auf den anderen. Frau Manthey wickelte sich ihren Schal um den Kopf. Ihr Gesicht war gerötet. »Hoffentlich kommen sie bald«, sagte sie. »Meine Füße erfrieren.«

»Meine auch«, erwiderte ich.

Herr Manthey trug nur einen dünnen Mantel und weder Handschuhe noch eine Mütze. Er reckte die Brust.

Tat, als könnte ihm die Kälte nichts anhaben. Dass seine Nase tropfte, ignorierte er.

»Unser Junge ist seit einer Woche Tag und Nacht da draußen«, sagte er und deutete in Richtung der Berge. »Ein bisschen mehr Haltung könnte euch auch nicht schaden.«

Frau Manthey erwiderte nichts, nicht einmal: Ja, Liebling.

Ein Trompetenstoß. An allen vier Seiten des Feldes flammten Flutlichtscheinwerfer auf. Die Schneeflocken reflektierten das Licht.

Die Soldaten trugen blaugrauweiße Tarnkleidung. Ich kniff die Augen zusammen, suchte nach Falk. Einer hisste die Flagge. Die anderen standen stramm. Die Nationalhymne wurde gesungen. Herr Manthey umfasste mit beiden Händen die Brüstung und sang lauthals mit. *Blüh im Glanze dieses Glückes, blühe, deutsches Vaterland.* Frau Manthey beugte sich zu mir, ihr Regenschirm stieß gegen meinen. »Ich kann unseren Soldaten nicht sehen. Hast du ihn schon entdeckt? Nicht, dass sie ihn in den Bergen gelassen haben!«

»Red keinen Stuss, Giulia«, knurrte ihr Mann.

Ich zupfte an seinem Ärmel, er schüttelte mich unwillig ab.

»Mir ist kalt. Bitte, krieg ich den Autoschlüssel?«

Er gab ihn mir, ohne mich auch nur anzusehen.

Ich schob mich zwischen den Leuten hindurch die Tribüne hinunter und lief am Feld zum Parkplatz zurück. Die runden Scheinwerfer des Wagens blinkten freundlich, als ich die Türen entriegelte. Ich setzte mich hinters Steuer, ließ den Motor an und drehte die Heizung voll auf.

Mein Soldat hatte blutige Lappen um seine Füße gewickelt. Ich zuckte zurück, als er sich in der Pension die Stiefel auszog. Ein fauliger Gestank breitete sich im Zimmer aus.

»Oh, Scheiße, wie ist das passiert?«

Er humpelte schweigend ins Badezimmer. Schälte sich aus seiner Uniform und stieg in die Dusche.

»Was habt ihr da oben gemacht?«, fragte ich.

Er legte die Stirn gegen die braunen Kacheln. Ließ sich das Wasser über seinen Rücken laufen, der massig und breit auf den schmalen Hüften saß. Olivfarbene Haut, muskulöse Oberschenkel, die Waden schienen noch strammer geworden zu sein. Seine Füße konnte ich nicht sehen.

Ich stand vom Bett auf. Falk hatte die Lappen in seine Stiefel gesteckt. Ich zog sie heraus, öffnete das Fenster und legte sie auf die Fensterbank in den Schnee. Falk begann mit dröhnender Stimme zu singen: *Man hat unsere Väter verraten und sie als Verbrecher entstellt. Doch sie waren die besten Soldaten, die besten Soldaten der Welt. Wir werden sie niemals verraten, nicht einmal für Wohlstand und Geld. Denn sie waren die besten Soldaten* … Brach mitten im Lied ab, fing ein anderes an: *Der Werwolf, der Werwolf zieht durchs Land, mit der Waffe in der Hand zieht er durchs Land.*

Ich schloss das Fenster und setzte mich wieder aufs Bett. Falk drückte den Seifenspender neben der Armatur und schäumte sich den kahlrasierten Schädel ein. *Niemals werden wir uns beugen, nie Gewalt für Recht ansehen, Deutschland, Deutschland über alles, und das Reich wird neu erstehen.*

Auf einmal konnte ich es nicht mehr ertragen. »Hör auf!«, schrie ich.

Er sah sich nach mir um. »Was'n los?«

Ich schüttelte den Kopf, wusste nicht, was ich sagen sollte. Falk winkte mich zu sich.

»Nee, lass mich mal.«

»Jetzt komm schon. Ich hab dich so vermisst, Anna.«

Ich stand auf, ging zu ihm ins Badezimmer. Er legte seine nassen Arme um meinen Hals und küsste mich. Wasser rann mir den Rücken herunter. Das Duschbecken war voller Blut. »Scheiße«, sagte ich und wich erschrocken zurück. »Du musst sofort zum Arzt!«

Falk lachte. »Das sieht schlimmer aus, als es ist.« Er drehte den Wasserhahn zu, stieg aus der Dusche und humpelte durchs Bad. Seine Füße hinterließen blutige Abdrücke auf den Fliesen.

»Du musst zum Arzt«, sagte ich abermals. Er nahm ein Handtuch, beugte sich vor und tupfte sich die Zehen trocken. Verzog das Gesicht. »Ah, tut das weh.« Er sah zu mir hoch. »Aber es ist ein guter Schmerz. Einer, der mich stolz macht. Verstehst du?«

»Nee. Echt nicht. Will ich auch gar nich' verstehen.«

Langsam richtete er sich auf. »Was soll'n das? Hast du dich wieder mit diesem menschlichen Ungeziefer rumgetrieben?«

»Falls du Esther und Lucy meinst ...«

»Na, das wird sich jetzt ändern. Die Grundausbildung ist vorbei. Ab jetzt gibt's Freigang, und ich komme wieder jedes Wochenende nach Haus'. Dann kann das Ungeziefer sehen, wo's ...«

»Sprich nicht so von meinen Freundinnen.«

»Weißt du was? Wenn du sie wirklich so gern hast, warum führst du sie dann nicht in unseren Club ein? Nee, willste nicht, weiß ich. Aber warum nicht? Ich glaub', es wird Zeit, dass du dich mal entscheidest, auf welcher Seite du stehst. Und dieser Weiland, mit dem du jetzt immer zusammenhängst, ist doch auch nicht ganz sauber.«

Er humpelte zur Toilette, stützte sich mit einer Hand an der Wand ab. »Lässt du mich jetzt bitte allein? Ich muss scheißen.«

Als ich nicht reagierte, sah er auf. »Was is'? Willste zugucken?«

»Ich geh schlafen«, sagte ich.

»Klar. Aber denk mal ernsthaft drüber nach, was ich gesagt habe.« Plötzlich lächelte er. »Und jetzt ab ins Bett, bin in einer Minute bei dir.«

Er saß fast eine Stunde auf dem Klo, stöhnte und ächzte wie mein Großvater, wenn er Verstopfung hatte. Dann kam er humpelnd aus dem Badezimmer, kroch zu mir unter die Decke und schmiegte sich an mich. »Ich liebe dich«, flüsterte er. »Werde dich immer lieben. Bis mich die tödliche Kugel trifft.« Damit legte er seine großen warmen Hände auf meine Brüste und schlief ein.

VIERUNDVIERZIG

Es ist ein Interview; wahrscheinlich das, von dem Mutter mir einmal erzählt hat. Der Kleidung nach, die Oma Lore, Onkel Georg und sie in dem Film tragen, muss es Anfang der siebziger Jahre entstanden sein; gut zehn Jahre nach ihrer Flucht.

Sie sitzen in Lores Wohnzimmer. Ich erkenne das Bild vom Rostocker Marktplatz über dem Tisch und die Eichenholzschrankwand, die ich zuletzt in Onkel Georgs Wohnung gesehen habe.

Mutter und er sitzen auf dem Sofa, in zweiter Reihe, davor Oma Lore in ihrem wuchtigen beigefarbenen Ohrensessel. Sie hat die Füße fest nebeneinandergestellt und die Knie geschlossen, trägt eine hochgeschlossene Bluse und einen langen dunkelkarierten Rock. In der rechten Hand hält sie eine geblümte Porzellankaffeetasse, in der linken das Tellerchen. Ihr Gesicht wirkt aufmerksam, angespannt, der Blick ist auf jemanden gerichtet, der neben der Kamera steht und den ich nicht sehen kann. Der Mann, wahrscheinlich ein Journalist, spricht ruhig und sachlich.

Die Bänder, die Eike digitalisiert hat, sind nicht beschriftet gewesen. Weder gibt es Vor- noch Abspann.

»Frau Heller, Ihr Mann wurde 1918 in Rostock geboren, war Bauingenieur beim Straßenbauamt Rostock und lebte bis zum 5. August 1965 in der DDR. Sie wurden 1925 in Lübeck geboren und zogen nach ihrer Hochzeit im Sommer 1945 nach Rostock. 1946 und 1950 kamen dort ihre beiden Kinder Georg und Christine zur Welt.«

Bei der Erwähnung ihres Namens hebt meine Mutter leicht das Kinn, mein Onkel rührt sich nicht, sitzt starr neben ihr.

»Wie haben Sie in der DDR gelebt?«, fragt der Journalist.

Lore stellt ihre Kaffeetasse auf einem Beistelltisch mit Häkeldecke ab. »Wir haben in gutbürgerlichen Verhältnissen gelebt«, sagt sie mit einer überraschend festen und klaren Stimme. »Wir hatten auch ein eigenes Haus. Karl, mein Mann, hat nach dem Krieg zunächst als Straßenarbeiter gearbeitet. Da er eine Schwerarbeiter- und eine Kinderkarte besaß, konnten wir uns mehr leisten als andere. Manchmal nahm er auch Chausseebäume ab, so hatten wir immer genügend Brennholz. Da war man fein raus.« Sie schlägt die Beine übereinander, stellt sie aber sofort wieder nebeneinander und streicht ihren Rock glatt. »Der Alltag war in Ordnung«, sagt sie. »Allerdings gab es nicht immer genügend Lebensmittel oder Dinge, die die Kinder gern haben wollten. Da kam uns zu Hilfe, dass meine Eltern in Lübeck wohnten und uns Pakete schicken konnten. Das half uns über die Engpässe hinweg. Aber von denen abgesehen, haben wir im Osten ganz gut gelebt. Nur mit der Politik waren wird nicht zufrieden.«

Meine Mutter verschränkt die Arme vor der Brust und hebt das Kinn, als wollte sie protestieren. Ihr langes, dunkles Haar fällt glatt über die Schultern des engen Rollkragenpullovers. Onkel Georg sitzt regungslos neben ihr.

»Welche Missstände, abgesehen von der Lebensmittelknappheit, kritisierten Sie in der DDR?«, fragt der Journalist.

Lore hebt das Kinn genau wie Mutter eben, verschränkt die Arme aber nicht vor der Brust, sondern stützt sie auf die Lehnen des Sessels, als wollte sie aufstehen. Ihre Füße scheinen sich gegen den Boden zu stemmen.

»Grundsätzlich waren es die penetranten Behauptungen, die mich störten. Man durfte nicht die Wahrheit sagen. Man wusste, was Stalin und der Kommunismus in Russland angerichtet hatten. Um aber in der DDR überleben zu können, musste man immer das Gegenteil behaupten. Man sprach praktisch mit zwei Zungen. Nur die Gedanken waren frei.« Sie entspannt sich etwas und schüttelt leicht den Kopf, als hätte sie sich gerade an etwas erinnert und wundere sich darüber. »Wir bekamen die Parteilinie zwar immer mit. Aber die war nie gleich, man musste sich jeden Tag neu orientieren. Vor einer Arbeitsbesprechung hat mein Mann einmal scherzhaft zu seinem Abteilungsleiter gesagt: ›Lies vorher das ›Neue Deutschland‹, sonst erzählst du uns noch etwas Verkehrtes. Was die Partei gestern gesagt hat, kann heute schon wieder ganz anders klingen.‹ Da wurde er sofort einbestellt und befragt, wie er zur DDR stehe. Aus der Geschichte ist er aber noch einmal mit einem blauen Auge herausgekommen. Man musste wirklich ständig aufpassen, nicht das Falsche zu sagen.«

»Ging Ihrer Flucht ein Entwicklungsprozess voraus?«, fragt der Journalist. Zum ersten Mal regt Georg sich und wendet den Kopf ab.

»Ja«, sagt Lore. »So kann man das nennen. Der zog sich über Jahre hin, dieser Entwicklungsprozess. Dazu muss ich sagen, dass wir nach Ende des Kriegs daran glaubten, dass die Russen nur zehn bis fünfzehn Jahre bleiben und dann abziehen würden. An eine Teilung haben wir niemals gedacht. Eigentlich sind wir 1961 davon sogar überrascht worden.« Sie schweigt kurz, fährt dann fort: »Von 1946 bis 1953 durfte ich nicht in die Bundesrepublik reisen. Meine beiden Kinder durften ihre Großeltern in Lübeck nicht kennenlernen. Das war unerträglich für mich. Deswegen bin ich mit ihnen zweimal ›schwarz‹ über die Grenze zu meinen Eltern gefahren. Das ging damals noch. Erst nach Stalins Tod, '53 glaube ich, gab es einen neuen Kurs. Da wurden endlich Pässe ausgestellt, so dass ich mit den Kindern nach Lübeck reisen konnte. Nur Karl durfte nicht mit, weil er bei der Stadt, also beim Staat angestellt war. Es war lächerlich. Als das mit dem Reisen immer schwerer wurde, hat Karl an Wilhelm Pieck geschrieben und sich beschwert. Er hat Pieck sehr verehrt und große Stücke auf ihn gehalten. Das Antwortschreiben enthielt dann nur die üblichen Floskeln: ›Kämpfen Sie für die Einheit Deutschlands.‹ Dabei haben sie die doch gar nicht wirklich gewollt.« Lore lacht. Erneut zeigt sich auf Georgs Gesicht eine Regung. Seine Augen verengen sich. Ist das Missbilligung oder Groll? Er wäre lieber in der DDR geblieben. Aber als sie geflohen sind, war er erst fünfzehn. Hat er sich da für Politik interessiert? Oder geht es darum, was Lore über seinen Vater erzählt? Gefällt ihm das nicht?

Mutter hat die Beine übereinandergeschlagen und wippt nervös mit dem Fuß.

»Es gab so viel, was mich störte«, fährt Lore fort und schüttelt wieder den Kopf. »Die Gründe für eine Flucht setzen sich im Grunde genommen aus Kleinigkeiten zusammen.«

Meine Mutter lehnt sich ruckartig gegen die hohe Sofalehne zurück. »Unzählige kleine Splitter«, sagt sie. »Einige gehen an dir vorbei, andere treffen dich und bleiben stecken. Irgendwann kannst du es einfach nicht länger ertragen.«

Georg starrt meine Mutter an, als wollte er etwas sagen. Dann presst er die Lippen aufeinander und wendet den Kopf wieder ab. Lore sieht sich nach Mutter und Georg um und schaut zurück zur Kamera. »Sie hat recht. Auch wenn sie noch ein Kind war und sich bestimmt nicht erinnern kann.« Sie sagt es in einem freundlichen, versöhnlichen Ton, vielleicht um Georg zu beschwichtigen.

Mutter schließt die Augen und verzieht das Gesicht.

»Zum Beispiel wurde die Schuld für Versorgungsengpässe und Arbeitsverzögerungen immer auf den Einzelnen abgewälzt. Dass weder die Planung noch die Rohstoffversorgung funktionierten, durfte man nicht sagen. Immer musste sich der Einzelne rechtfertigen. Nie der Staat. Das hat alles gelähmt. Die privaten Betriebe verschwanden, aber die volkseigenen – wir Deutschen sind ja angeblich ein fleißiges Volk, aber offenbar nur, wenn wir in die eigene Tasche arbeiten. Nichts klappte mehr. Alles verkam. Auch unser Haus – wir brauchten dringend neue Fenster. Aber nein, keine Chance, es war, als hätte man einen Sack Gold verlangt.«

»Gab es einen direkten Anlass für Ihre Flucht?«, fragt der Journalist.

»O ja, den gab es. Eines Tages wurde mein Mann zum Kaderleiter des Rats für ›Inneres‹ bestellt. Erst haben sie ihm Honig ums Maul geschmiert. Er sei seiner Heimat sichtbar verbunden, trage aktiv zum Aufbau unseres sozialistischen Staats bei und wie zufrieden man mit seiner Arbeit sei. Karl war ein praktischer Mensch, einer, der mit den Händen arbeiten konnte, aber das reichte nicht. Er sollte auch idealistischer sein, verlangte der Kader, und mit ganzer Seele für die kommunistische Idee eintreten. Wissen Sie, was damit gemeint war? Sie wollten, dass er unsere Freunde bespitzelte.« Sie schlägt die Hand vor den Mund und lässt sie dort, als wollte sie sich vom Weitersprechen abhalten. »Als Karl mir das erzählt hat …«, sagt sie und bricht erneut ab. Schüttelt den Kopf.

»Wie beurteilten Sie die Propaganda gegen den Westen?«, fragt der Journalist.

Lore nickt, wirkt erleichtert. »Die war lächerlich«, sagt sie. »Lauter dumme Sprüche, die überall drangeschmiert waren. Nur die Altkommunisten und Karrieristen haben diese Propaganda überhaupt registriert. Im Osten baue man Schulen, während der Westen seine Jugend im Regen stehen lasse und stattdessen aufrüste. Wer das glaubte, war doch nicht ganz richtig im Kopf.«

»Sah ihr Mann das genauso?«

»Natürlich! Ganz genauso!«

»Äußerten Sie Ihre Kritik am Staat in der Öffentlichkeit?«

»Wo denken Sie hin! Das konnte man höchstens im Freundeskreis machen, und selbst da musste man sie als Frage formulieren und ständig auf der Hut sein. Von Berufs wegen hatte mein Mann sowieso Kontakt zur Stasi – die Straßenbaumeister bekamen ihre Aufträge von der Kreisleitung Rostock, die Ausführung wurde überwacht. Einmal habe ich einen Schreibmaschinenkurs an der Volkshochschule besucht. Mein Mann wusste, dass eine bestimmte Frau in diesem Kurs als Spitzel tätig war. Daraufhin habe ich sie ein bisschen genauer beobachtet und festgestellt, dass sie schon alles beherrschte. Sie konnte sich nicht verstellen. Ein anderes Beispiel: In den Läden mangelte es an Schreibwaren. Deswegen konnten unsere Kinder in der Schule nicht alle Arbeitsmaterialien vorlegen und wurden von den Lehrern getadelt. Als ich das bei einem Elternabend ansprach, gab mir die Lehrerin zu verstehen, ich sei jetzt besser mal still. Die Frau, die uns bespitzeln sollte, war nämlich gerade gekommen. Im Grunde genommen war es lächerlich. Aber in jeder Gruppe, selbst im Urlaub, war einer dabei, der die anderen aushorchte.«

»Wann sind sie geflohen?«

»Das war am 5. August 1961.«

»Wie sahen Ihre Vorbereitungen zur Flucht aus?«

Lore schüttelt den Kopf. »Hatten kaum Zeit, welche zu treffen. Meine Tochter war vorher noch auf Rügen gewesen, eine organisierte Reise. Wir dachten, dass das gut aussieht, dass jemand, der in den Westen will, seine Kinder nicht mit den Thälmann-Pionieren in die Ferien schickt.« Sie lacht leise. Mutter und Onkel Georg sitzen regungslos hinter ihr, zwei Vögel auf einem Drahtseil.

»Mein Mann hat unsere Fahrt nach Berlin als Dienstreise angemeldet«, fährt Lore fort, »da er dort für die Straßenbaumeisterei etwas besorgen musste. Zur Tarnung, damit er uns mitnehmen konnte, buchte er ein Zimmer in einer Pension, und wir verabredeten uns mit Freunden. Es sollte ein Wochenendausflug sein. Unser Gepäck ließen wir in der Pension. Dann sind wir in die U-Bahn gestiegen ...« Auf einmal hebt sie die Hände. Als wollte sie sich ergeben. »Endlich im Westen. Frei«, sagt sie, holt Luft. »Mir fiel ein Stein vom Herzen.«

Als sie nicht weiterspricht: »Sie haben sich dann im Aufnahmelager Marienfelde gemeldet. Welche Verhältnisse fanden Sie dort vor?«

»Da waren Menschenmassen, das kann man sich gar nicht vorstellen. Und jeden Tag kamen noch mal zweitausend Flüchtlinge hinzu. Die reinste Völkerwanderung! Aber in Marienfelde war alles perfekt organisiert. Man merkte gleich, dass dieser Staat funktionierte. Selbst für ein Unterhaltungsprogramm war gesorgt. Man konnte zum Beispiel in Gruppen wandern gehen oder im Chor singen. Aber auch da musste man sich noch vor der Stasi in Acht nehmen. Die haben Kinder entführt, wollten die Eltern so in die DDR zurückzwingen. Wenn wir einen Ausflug gemacht haben, hieß es immer: ›Mütter, haltet eure Babys fest!‹ Obwohl meine Kinder ja schon älter waren, hatte ich sie ständig im Auge. Allein die Vorstellung, sie könnten plötzlich verschwunden sein – grauenhaft.«

»Wie ist es Ihrem Mann in Marienfelde ergangen?«

Sie hebt die Schultern. »Ja, den hat man ein bisschen hart angefasst. Wie jeden, der drüben beim Staat angestellt gewesen war. Da waren ja auch viele Spitzel bei, die wollte man natürlich aussortieren. Karl wurde wieder und wieder vorgeladen und zu seinen Stasi-Kontakten befragt. Während die meisten Flüchtlinge das Auffanglager schon nach kurzer Zeit wieder verlassen durften, hielt man uns dort fast einen Monat lang fest. Aber schließlich bekamen auch wir unsere Tickets und wurden nach Hamburg ausgeflogen.«

»Wie fühlten Sie sich, als sie ankamen? Was war ihr erster Eindruck?«

»Als wir in Hamburg gelandet waren, sind wir mit den Kindern in den Tierpark Hagenbeck gegangen, um erst mal durchzuatmen. Später am Tag sind wir nach Lübeck zu meinen Verwandten weitergefahren. Da gab es keinen großen Empfang, sondern wir wurden ganz selbstverständlich aufgenommen und bei meiner Cousine untergebracht. Wir hatten überhaupt keine Probleme, auch mit den Behörden nicht. Die Kinder wurden rasch eingeschult, und ich fand sofort eine Anstellung als Arzthelferin.«

»Und Ihr Mann?«

Sie nickt heftig. »Ja, unser erster Eindruck von der BRD war durchweg positiv.«

Georg hat das Gesicht abgewandt und sieht zum Fenster hinaus. Der Journalist räuspert sich. Eine Pause entsteht. Lore sieht ihn ruhig und offen an. Plötzlich beugt Mutter sich vor. Das lange Haar fällt ihr glatt ins Gesicht.

Sie streicht es nicht zur Seite. Wie durch einen Schleier hindurch sagt sie: »Ich habe auf der Straße gespielt. Da kam er aus dem Haus. Ich war überrascht, weil er seit Tagen nicht mehr vor die Tür gegangen war. Er hatte nur auf dem Bett gelegen …«

»Tinchen«, unterbricht Oma Lore sie, aber meine Mutter spricht unbeirrt weiter: »›Bin gleich wieder da, will mir nur Zigaretten kaufen‹, hat er gesagt. Das hör ich noch heute. Hat mir kurz gewinkt und ist schnell die Straße hinuntergelaufen. Ich hab ihn nie wiedergesehen.«

Lore beugt sich lächelnd zur Kamera, etwas an ihrer Haltung verändert sich. Sie wird vertraulicher, scheint mir. »Genug jetzt«, sagt sie freundlich, aber entschieden. »Sie wollten etwas über unsere Flucht wissen. Jetzt haben Sie Ihre Geschichte. Und Schluss.«

Auch der Ton des Journalisten ändert sich. »Noch nicht ganz«, erwidert er ebenso entschieden wie Lore. Nicht mehr sachlich. Nicht mehr neutral. »Stimmt es, dass Ihr Mann zurück in die DDR ist?«

Kerzengerade setzt sie sich auf. »Wer behauptet das?«

Georg sieht zu ihr. »Vater hatte doch Heimweh«, sagt er sehr leise. Lore dreht sich ruckartig um: »Heimweh?«

Georg schaut wieder zum Fenster. »Er wollte nach Hause, Mama.«

»Bist du verrückt geworden? Was erzählst du da?«

»Aber könnte Georg nicht recht haben?«, mischt meine Mutter sich ein. »Denk doch mal an die Fotos. Wie Vati sie überall ausgebreitet hat, sie die ganze Zeit angucken musste, schau mal hier, unser Haus, schau mal da, unsere Straße …«

»Ihr seid ja beide nicht mehr richtig im Kopf! Er war ein guter Mann, ein vorbildlicher Vater. Er hat euch geliebt, das müsst ihr doch wissen! Niemals hätte er uns im Stich gelassen. Niemals!«

»Vielleicht hat er's dir ja gesagt?«, fragt Georg. »Aber du hast dich geweigert und wolltest nicht mit ihm zurück?«

»Natürlich nicht! Wir wären doch sofort verhaftet worden! Aber er hat nichts gesagt! Da war nichts! Er wollte nur rasch Zigaretten kaufen, es war genauso, wie Tinchen erzählt.«

»Es sollte auch nur ein Wochenendausflug werden, und dann saß ich plötzlich mit euch in Westberlin fest und durfte nicht wieder nach Hause«, sagt Georg in einem ätzenden Ton. Mutter schreit ihn an: »Was willst du eigentlich? Unseren Vater finden oder uns genauso im Stich lassen? Dann geh doch zurück in deine Scheiß-DDR! Hau du auch ab!«

»Er ist nicht abgehauen, sondern nur nach Hause gegangen!«

»Was meinst du denn damit? Ein beschissenes Land, irgendein System, eine verdammte Stadt? Sind nicht wir sein Zuhause?«

»Du bist so was von arrogant! Denkst immer nur an dich selbst! Fühlst dich gekränkt und verlassen, anstatt einmal ihn zu verstehen! So wirst du ihn nie wiedersehen!«, brüllt Georg sie an, drängt sich an ihr vorbei und läuft aus dem Zimmer. Die Kamera folgt ihm nicht. Wahrscheinlich steht sie auf einem Stativ. Eine Tür wird zugeschlagen, man hört den Knall. Lore vergräbt ihr Gesicht in den Händen, aber ihre Stimme klingt nicht weinerlich, sondern scharf: »Warum quält ihr mich so? Ich weiß doch auch nicht, was passiert ist. Ihm muss etwas zugestoßen sein. Eine andere Erklärung gibt es nicht.« Meine Mutter steht langsam auf, geht zu Oma Lore und legt ihr eine Hand auf die Schulter: »Sag mir die Wahrheit. Bitte. Ich kann mit dieser Ungewissheit nicht leben. Manchmal kommt es mir schon vor, als könnte ich niemandem mehr vertrauen. Ständig nagt dieser Zweifel an mir. Weißt du ehrlich nichts? Oder hat Georg recht? Wollte Vati wirklich nicht bei uns bleiben und ist wieder nach drüben?« Oma Lore sieht ihr in die Augen und sagt mit fester Stimme: »Tinchen, wie kannst du das nur von ihm denken? Dein Vater hätte dich niemals verlassen. Du warst sein liebster Schatz, seine kleine Zauberfee, seine Märchenprinzessin, sein Ein und Alles, das weißt du doch.«

FÜNFUNDVIERZIG

Eike nimmt die DVD aus dem Laufwerk und gibt sie mir. »Was glaubst du, ist er zurückgekehrt oder nicht?«

»Wäre er dann nicht verhaftet worden?«

»Für's Nach-Hause-Kommen?«

Die DVD spiegelt mein Gesicht. Wie blass es ist! Während diese DVD, als ich sie zwischen den Händen drehe, blau und silbern schimmert.

»Was hast du mit dem Film vor?«, fragt Eike. »Wirst du ihn Mama zeigen?«

»Sicher. Falls sie ihn sehen will. Erinnerst du dich, was Papa uns früher über den Judas erzählt hat?«

»Du meinst den Türspion? Dass wir immer erst ...«

»Nein, das kommt doch von Mama, aus ihrer Kindheit, ich glaube, das hat ihr Vater immer gesagt. Ich meine Papas Erzählung, dass es nur drei Sorten von Menschen gebe. Erstens: den Heiligen, aber der ist so selten, dass man ihn nur beachten muss, wenn man ihm wirklich begegnet. Dann Petrus, der sich aus Angst vor Verfolgung versteckt. Er streitet alles ab, verleugnet seinen Glauben und seine Freunde, weil er sich selbst schützen und überleben will. Er ist eben kein Held. Aber das, hat Papa immer gesagt, seien die wenigsten von uns. Die meisten würden sich an seiner Stelle genauso verhalten, menschlich eben. Verachtenswert sei nur, und das ist der Dritte, Judas, der ohne Not zum Verräter werde.«

»Großvater hat seine Familie im Stich gelassen, gut, aber macht ihn das schon zum Verräter?«, fragt Eike. »Ich kann solche Geschichten nicht ausstehen.« Er zieht eine weiche Kunststoffhülle unter seinem Laptop hervor und reicht sie mir. »Steck die DVD da rein, sonst zerkratzt sie. Ich finde, inzwischen ist es egal, was er getan hat und warum. Mama ist auch ohne ihn ihren Weg gegangen, hat so viel geschafft, Medizin studiert, geheiratet und uns bekommen. Vielleicht hat sie ihren Vater vermisst, aber gebraucht hat sie ihn offenbar nicht. Weißt du, lass das mit dem Film, zeig ihn ihr nicht, erzähl ihr gar nicht davon.«

Ich stecke die DVD ein und stehe auf.

Eike sieht mich erschrocken an. »Wo willst du hin?«

»Nur nach Hause«, sage ich, schlüpfe in meine Jacke und mache mich auf den Weg. Ein kräftiger Wind reißt an meinem Haar, als ich auf die Straße trete. Immer noch regnet es.

Ich trage den Umzugskarton mit Georgs Sachen in die Küche. Draußen donnert und blitzt es. Es ist kalt, ich schalte die Heizung ein. Mein Handy surrt, eine Nachricht von dir: »Bin jetzt am Gate. Gleich geht mein Flug. Lande halb acht in Berlin.«

»Flieg vorsichtig!«

Das schreibe ich dir vor allen Flügen, weil es dich jedes Mal amüsiert. Sofort bekomme ich ein Smiley zurück:

»Entere das Cockpit und reiße den Schaltknüppel an mich!«

»Ich freu mich auf dich.«

»Kann es auch kaum erwarten! Boarding beginnt. Mache das Handy jetzt aus.«

Ich nehme zwei Porzellankätzchen aus dem Karton, bei einem ist das Ohr abgebrochen, und stelle sie auf den Schreibtisch. Dann eine hellblaue Wandkachel, auf die die Rostocker Marienkirche gemalt ist; dazu ein Pionierhemd, eine schwarzrotgoldene Flagge mit Hammer und Zirkel. Zuunterst liegen zwei graue prall gefüllte Aktenordner. Nach Georgs Tod habe ich sie einmal kurz durchgeblättert und danach nicht mehr hineingesehen.

Der erste Ordner enthält ein Sammelsurium aus Versicherungsscheinen, einzelnen Kontoauszügen und Stromabrechnungen, die meisten stammen aus den achtziger und neunziger Jahren. Ich finde einen Kaufvertrag für ein Auto, einen gebrauchten VW Passat, an den ich mich dunkel erinnern kann. Georg hat ihn 1993 verschrotten lassen, die Rechnung darüber aufgehoben und sich danach anscheinend kein neues Auto mehr gekauft. Und in einer Klarsichthülle stecken Dutzende Lebensläufe und Bewerbungsschreiben, ebenfalls aus den neunziger Jahren. Offenbar hat man sie ihm zurückgeschickt. Ich blättere sie alle durch.

Er ist Lagerist gewesen. Gabelstaplerfahrer, hat Mutter immer gesagt. Mit siebzehn hat er die Schule ohne Abschluss verlassen, eine Maurerlehre begonnen und bald wieder abgebrochen. Nach zwei Jahren Bundeswehr fing er als Lagerarbeiter in einer Lübecker Maschinenfabrik an und arbeitete dort fast zwanzig Jahre.

Hinter den Lebensläufen finde ich das Kündigungsschreiben und einen kleinen Packen sorgfältig ausgeschnittener Zeitungsartikel, in denen es um die Maschinenfabrik geht. Der Standort in Lübeck werde nach fast achtzig erfolgreichen Jahren wegen zu hoher Lohnkosten aufgegeben. Die Produktion werde ins osteuropäische Ausland verlagert.

Keine dieser Bewerbungen war erfolgreich. Onkel Georg ist bis zu seinem Tod arbeitslos geblieben und auf Sozialhilfe angewiesen gewesen. Das alles habe ich nicht gewusst.

Ich packe die Unterlagen zurück und öffne den zweiten Ordner. Wiederum in einer Klarsichthülle stecken Eintrittskarten zu Spielen des FC Hansa Rostock und Dutzende alter Zugfahrkarten. Offenbar ist mein Onkel von 1992 an regelmäßig nach Rostock gefahren. Er hat Lakritze, Schokolade und Limonade gekauft und davon die Kassenbons genauso aufbewahrt wie die Zugfahr- und Eintrittskarten. Ein erwachsener Mann in Lübeck, ein Junge, sobald er in Rostock ankam.

Dann finde ich, wonach ich gesucht habe.

Alles fängt mit einem Schreiben an, das mein Großvater im September 1961 in Lübeck erhalten hat – vom Kaderleiter seines Rostocker Betriebs, einem Mann namens Werner Däumling. Hannes Vater. Den hat Mutter immer einen Apparatschik genannt.

Im Herbst 1989, als ich mit ihr in Rostock war, waren wir

vor ihrem Elternhaus stehen geblieben. In einem Fenster bewegte sich die Gardine, wurde einen Spaltbreit geöffnet, und ein alter Mann starrte zu uns heraus. Das war Werner Däumling. Nach der Flucht meiner Großeltern hatte er ihr Haus gekauft. Ich sehe zu den Fotos an der Magnetwand.

Meine Mutter mit dem Halstuch der Thälmann-Pioniere, auf dem Weg ins Ferienlager nach Rügen.

Onkel Georg vor einem Kaninchenstall, im Hintergrund sieht man einen schattigen Hof, eine Tür mit einem kleinen viergeteilten Fenster und eine Hauswand, von der Efeu herabfällt.

Ein Gruppenfoto von einem Gartenfest. Mein Großvater und Oma Lore stehen gemeinsam mit einem anderen Paar vor einem Kirschbaum und lachen in die Kamera. Kinder umringen sie, darunter Georg und, Arm in Arm, Mutter und Tante Hanne. – Ich nehme das Bild ab und lese, was mein Großvater auf die Rückseite geschrieben hat: Werners Geburtstag.

Werner Däumling war nicht nur Großvaters Kaderleiter, sie sind auch Freunde gewesen. Offenbar hat Großvater ihm aus Lübeck von sich aus geschrieben, und Däumlings sehr herzlich verfasstes Schreiben ist die Antwort darauf: »Lieber Karl, danke, dass Du Dich mir anvertraut hast. Ich wünschte, Du hättest es früher getan. Aber es ist noch nicht zu spät. Noch kannst Du zurückkommen! Dein Haus ist unverändert, im Betrieb fehlst Du sehr, wir brauchen Dich hier. Ich versichere Dir, dass Du die Möglichkeit erhältst, Dich zu bewähren und Deinen Fehler wiedergutzumachen. Komm nach Hause! Mit vielen Grüßen, Werner.«

Es folgt ein Schreiben der Rostocker Staatsanwaltschaft an Oma Lore, das auf den 17. Oktober 1961 datiert ist – knapp drei Wochen nach Großvaters Verschwinden: »Werte Frau Heller! Unter Bezugnahme auf Ihre Anfrage vom 09. 10. 1961 teile ich Ihnen mit, dass sich Ihr Ehemann zurzeit in Untersuchungshaft befindet, da gegen ihn wegen eines schweren Verstoßes gegen die sozialistische Gesetzlichkeit ein Ermittlungsverfahren eingeleitet worden ist. Eine Verurteilung ist bisher noch nicht erfolgt, obwohl bereits Anklage erhoben wurde. Gez. Müller. Staatsanwalt.«

Spurlos verschwunden? Nein. Mein Großvater saß in der DDR im Gefängnis. Und Oma Lore hat es immer gewusst, von Anfang an. Warum hat sie nichts gesagt?

Rasch durchblättere ich die weiteren Unterlagen. Die Aufenthaltserlaubnis für die BRD – nur für Oma Lore, meinen Onkel und meine Mutter; die Bewilligung für eine Sozialwohnung in Lübeck; dann ein Antwortschreiben des ›Untersuchungsausschusses Freiheitlicher Juristen‹ aus Westberlin, dem zufolge ein Gnadengesuch zum jetzigen Zeitpunkt noch keine Aussicht auf Erfolg habe, da der Verurteilte dafür erst mindestens die Hälfte seiner Haftstrafe in der DDR verbüßt haben müsse.

Lore hat es trotzdem versucht. Vergeblich. Ich finde Dutzende Kopien von Hilfegesuchen, die sie an Behörden, Politiker und Journalisten geschrieben hat. Das letzte Schreiben hat sie im Februar 1962 verfasst, vier Monate nach Großvaters Verhaftung. Warum hat sie nicht weitergemacht? Hat sie aufgegeben?

Dann stoße ich auf die Kopie eines Antrags auf Akteneinsicht, den Onkel Georg im Dezember 1993 bei der Stasiunterlagenbehörde in Berlin gestellt hat. Damit hat er Oma Lore keine Wahl mehr gelassen. Der Antrag ist auch von ihr unterschrieben. Wahrscheinlich hat sie Georg da alles, was sie noch von seinem Vater besaß, gegeben.

Mein Handy surrt. Du sitzt bereits im Taxi und bist zum Meeting unterwegs. Sendest mir Küsse.

Es ist Viertel vor acht. Um neun muss ich bei der Arbeit sein. Ich sehe mir die Prozessunterlagen an, die Georg in Berlin bekommen hat.

Mutter spielt auf der Straße. Ihr Vater kommt aus dem Haus, will Zigaretten holen. Es ist der 27. September 1961, die Flucht in den Westen liegt keine zwei Monate zurück. Tagelang hat er nur auf dem Bett gelegen, seine Fotos angestarrt und sich geweigert, zu essen und vor die Tür zu gehen. Jetzt aber wirkt er entspannt, beinahe fröhlich. Er winkt Mutter zu. Sie sieht ihn die Straße entlanggehen, spielt weiter; ein Hüpfspiel, Himmel und Hölle, das hat sie immer gesagt. Für sie ist er von diesem Moment an verschwunden. Tatsächlich macht er sich auf den Weg zum Lübecker Hauptbahnhof, wo er sich einen Fahrschein kauft; und als Oma Lore Mutter zum Essen ins Haus ruft, sitzt Großvater längst im Zug nach Rostock.

Hat er wirklich geglaubt, man würde ihn unbehelligt zurückkehren lassen?

An der Grenze bei Hernburg wird er von Volkspolizisten aus dem Abteil geholt. Man legt ihm Handschellen an, verfrachtet ihn auf einen Lastwagen und bringt ihn nach Grevesmühlen, wo ihn zwei Stasibeamte bereits erwarten.

Er sei nicht in die DDR ›eingereist‹, sondern einfach nach Hause gefahren, hat er laut Vernehmungsprotokoll gesagt.

Von Grevesmühlen wird er ans Bezirksgefängnis Rostock überstellt. Dort kommt er in Einzelhaft, wird immer wieder verhört, meist mehrmals am Tag, manchmal auch in der Nacht.

Jedes Verhör ist akribisch dokumentiert.

Man wirft Großvater ›Republikflucht‹ vor, darauf stehen drei Jahre Gefängnis, und bezichtigt ihn außerdem der »freiwilligen Offenbarung gegenüber einem fremden Nachrichtendienst« – also der Spionage. Gemeint sind die Aussagen, die er im Aufnahmelager Marienfelde über seine Arbeit beim Bauamt gemacht hat und die der Rostocker Staatsanwaltschaft komplett vorliegen. Eine Bemerkung über den Mangel an Baumaterial wird ihm besonders schwer angelastet.

Großvater verzichtet von Anfang an auf einen Verteidiger und sagt ständig, es tue ihm leid. Er bittet um Gnade. »Als wir drüben ankamen – ich wusste sofort, dass wir einen Fehler gemacht hatten«, beteuert er. »Ich wollte gleich umkehren. Meine Frau hat mich aber zurückgehalten.«

In den Prozessakten findet sich auch eine Kurzbeurteilung über den Strafgefangenen Heller, Karl, geb. am 11.07.1918 in Rostock: »Sein Gesamtverhalten war bisher ohne größere Beanstandung. Den Weisungen des Aufsichtspersonals folgt er widerspruchslos. Im Verwahrraum sorgt er für Sauberkeit und Ordnung. In Brigadeversammlungen diskutiert er wenig und hält sich im Hintergrund. H. ist Leser unserer sozialistischen Presse, zeigt darüber hinaus aber wenig Interesse an der Entwicklung unseres sozialistischen Staates. Eine offene Stellungnahme gegen unseren Staat ist nicht bekannt. Seine Frau und die beiden gemeinsamen Kinder haben die DDR im August 1961 illegal verlassen.«

Der Prozess gegen Großvater findet am 8. Februar 1962 unter Ausschluss der Öffentlichkeit statt und dauert keine Dreiviertelstunde. Das Urteil lautet: Zehn Jahre Haft für Republikflucht und Spionage.

Noch am selben Tag wird Großvater mit einem Gefangenentransport von Rostock nach Berlin-Hohenschönhausen gebracht. Seine Heimatstadt wird er niemals wiedersehen.

In einem an Lore adressierten Umschlag sind sein Ausweis und sein Ehering.

Mein Großvater hat sich am 10. Februar 1962 mit einem Bettlaken in seiner Zelle erhängt.

SECHSUNDVIERZIG

Wenn wir in der Lage sind, uns an einen besseren Ort zu denken als den, an dem wir uns gerade befinden, warum sollten wir dort nicht bleiben? – – –

Am Fenster stehend sehe ich auf die Allee. Regen trommelt gegen die Scheibe, auf der die Tropfen zu Flüsschen zerlaufen. Der Himmel ist grau. Böen reißen an den Baumkronen.

Ich zünde mir eine Zigarette an. Der Rauch schmeckt bitter, scheint in Wirbeln durch meinen Magen zu ziehen.

Ich drücke die Zigarette aus und zucke zusammen, als mein Handy surrt. Dein Meeting war gut, du fährst zu einer wichtigen Kaufverhandlung weiter. »Drück mir die Daumen!«

Ich fülle die Kaffeemaschine und sehe zu, wie der Kaffee durchläuft. Den Geruch habe ich schon als Kind gern gemocht. Oma Lore hat früher die Bohnen jeden Morgen frisch gemahlen und immer gelacht, wenn ich dann angelaufen kam, mich zu ihr setzte und mit geschlossenen Augen den Duft einsog.

Der Kaffee ist fertig. Ich schenke mir einen Becher voll ein, trinke einen Schluck, würge ihn sofort wieder hoch. Verdammt. Was ist das nur? Ich gieße den Kaffee ins Spülbecken und gehe ins Badezimmer. Ziehe mich aus, steige in die Dusche und drehe das Wasser auf. Lege den Kopf zurück und lasse es mir ins Gesicht prasseln. Spüre, wie es über meinen Hals, meine Schultern, meine heftig spannenden Brüste läuft. Die Haut ist heiß, leicht gerötet, und die Nippel brennen, als ich sie berühre. Ich sehe mich im Spiegel über dem Waschbecken. Meine Hüften sind breiter geworden. Und mein Bauch … ich lege die Hände darauf.

Schwanger.

SIEBENUNDVIERZIG

Maximilian bewarb sich mit Entwürfen und Fotos von seinen Graffiti an der Hamburger Kunsthochschule. Im Februar 1998 bestand er die Aufnahmeprüfung. Obwohl er kein Abitur hatte, würde er ab Herbst Design und Bildende Kunst studieren.

Wir trafen uns in der Bücherstube, um zu feiern. Er hatte eben die dritte Runde ausgegeben, als sein Vater die Raumspartreppe herunterkam. »Deine Mutter versucht schon seit Stunden, dich zu erreichen. Hast du dein Handy nicht an?«

»Ach, was? Will sie mir etwa gratulieren?«, fragte Maximilian und schenkte sich noch ein Glas Wodka ein. »Ich dachte, Hamburg interessiert sie gar nicht.«

»Du sollst sofort ins Krankenhaus kommen. Tabea geht es nicht gut.«

Maximilian hob die Schultern. »Der geht's nie gut, Papa. Die hat Magersucht. Irgendwann löst die sich einfach in Luft auf.«

»Jetzt geh schon«, sagte Herr Breitling.

»Klar doch. Wenn Mutter mich einmal im Leben ruft, spring ich sofort.« Er kippte den Wodka runter und schenkte sich sofort nach. »Zieh Leine, Papa, ich hab was zu feiern. Und falls Mutter noch einmal anruft, richte ihr aus, dass sie mich am Arsch lecken kann.«

In der Nacht starb Tabea an einer Lungenentzündung. Sie war ein Jahr jünger gewesen als ich, erst siebzehn.

Ich kam aus der Schule nach Hause. Auf dem Küchentisch lag die Todesanzeige. Mutter hatte sie für mich ausgeschnitten. Ein in dicken Blockbuchstaben gedruckter Satz sprang mich an: Warum hast du uns verlassen?

Eike kam herein. Er studierte seit dem Herbst in Berlin und war nur für ein Wochenende zu Besuch. Ich zeigte ihm die Todesanzeige. Sein Gesicht wurde hart. »Das ist eine der reichsten Familien der Stadt«, sagte er. »Die haben alles im Überfluss. Und lassen ihr Kind verhungern.«

»Sie hatte eine Lungenentzündung«, sagte ich.

»Daran stirbt man nicht. Es sei denn, man ist ohnehin geschwächt. Als ich Tabea zuletzt getroffen hab, an Weihnachten, da war sie nur noch Haut und Knochen.«

»Du warst mit ihr verabredet?« Ich hatte Tabea seit mindestens einem Jahr nirgends mehr gesehen.

»Nee, wir sind uns zufällig über den Weg gelaufen. Aber ich mochte sie.«

»Gehst du zu ihrer Beerdigung?

»Nein. Ich fahr zurück nach Berlin.«

Falk reiste für die Beerdigung aus Berchtesgaden an. Seit seiner Vereidigung telefonierten wir immer seltener miteinander, und wenn er am Wochenende nach Hause kam, sagte ich meistens, ich sei schon mit Weiland verabredet. Nächtelang saß ich an Vaters Computer und schrieb Kurzgeschichten. Hatte ich eine abgeschlossen, traf ich mich mit Weiland in seinem Stammrestaurant. Dort arbeiteten wir sie Satz für Satz durch. Er hatte immer ein Fläschchen Tipp-Ex dabei, mit dem er ausstrich, was ihm nicht gefiel. Von Mal zu Mal blieben mehr Sätze stehen. Ich war wie berauscht, hätte am liebsten nur noch geschrieben, und Falk stritt sich deswegen ständig mit mir. Schließlich schlug er eine ›Beziehungspause‹ vor.

»Dann können wir uns doch auch gleich trennen«, entgegnete ich am Telefon, doch davon wollte er nichts wissen: »Du bist die Liebe meines Lebens, daran wird sich nie etwas ändern. Wir brauchen nur gerade jeder ein bisschen Freigang.«

Zur Beerdigung wollte aber keiner von uns allein. Falk holte mich von zu Hause ab.

Es schneite.

Ich war erschrocken, wie erschöpft er aussah. Sein Gesicht war blass und aufgedunsen, und über den Bund seiner Hose wölbte sich ein Bäuchlein. Anscheinend hatte er schon länger kein Krafttraining mehr gemacht und stattdessen viel Bier getrunken. Seine Augen waren blutunterlaufen.

»Du siehst schrecklich aus«, sagte ich. »Was ist los mit dir?«

»Mir geht's gut«, erwiderte er und schaltete die Scheibenwischer ein. »Triffst du dich immer noch mit diesem Weiland?«

Ich lachte. »Bei dir klingt das, als hätte ich eine Affäre mit ihm.«

»Hast du?«

»Spinnst du? Wir arbeiten nur zusammen, er bringt mir Schreiben bei.«

»Ich dachte, das lernt man schon in der Grundschule.«

»Sehr witzig.« Ich streckte ihm die Zunge raus. Da lächelte er und strich mir mit dem Handrücken über die Wange. »Du fehlst mir, Anna.«

Tabea wurde nicht kirchlich beerdigt. Statt eines Pfarrers hielt ein Freund der Familie die Trauerrede. Vor dem weißlackierten, silberbeschlagenen Sarg stand ein großes Foto von Tabea. Darauf sah sie nicht krank aus, sondern wie geradezu erblüht. Ein Model, dachte ich. Als sie noch lebte hatte ich sie nie so gesehen.

Die Trauerhalle war bis auf den letzten Platz gefüllt, selbst in den Türen und an den Wänden standen Leute. Ich versuchte, einen Blick auf Frau Beckmann-Klagen zu erhaschen, die mit ihrem Mann und Maximilian ganz vorne saß. In all den Jahren war ich ihr kein einziges Mal begegnet.

Ein Kassettenrekorder wurde angestellt. Tabeas Lieblingslied, ich erkannte es sofort, Eike hörte das auch manchmal. *Twenty-twenty-twenty four hours to go, I wanna be sedated, nothin' to do and no where to go-o-oh, I wanna be sedated. Just get me to the airport, put me on a plane, hurry hurry hurry before I go insane.* Einige Leute fingen unbehaglich auf ihren Stühlen zu rutschen an, und vor mir zischte eine Frau ihrer Nachbarin zu: »Wer hat das ausgewählt, wie geschmacklos!«

Maximilian schaukelte nervös mit dem Oberkörper. Oder bewegte er sich zur Musik? *Ba-ba-bamp-ba ba-ba-ba-bamp-ba I wanna be sedated.* Die Beckmann-Klagens zeigten keinerlei Regung, saßen sehr aufrecht, beinahe starr.

Vier Männer traten an den Sarg und hoben ihn an. Herr Beckmann-Klagen stand auf. Er war ein massig wirkender Mann mit dichtem grauen Haar. Er reichte seiner Frau die Hand. Sie senkte den Kopf. Einen Moment lang schien es, als wollte sie sitzen bleiben. Dann nickte sie langsam. Sie war eine große, sehr schlanke Frau mit glattem hellblonden Haar und blasser makelloser Haut. In ihrem engen schwarzen Kostüm hatte sie fast eine Wespentaille. Herr Beckmann-Klagen legte seiner Frau einen Mantel um die Schultern. Hand in Hand folgten sie dem Sarg ihrer Tochter auf den verschneiten Friedhof hinaus. Maximilian lief hinter ihnen. Er hatte seine Jacke liegen lassen, ich nahm sie mit. Falk verdrehte die Augen. »Die kann er später selbst holen, hier kommt doch nichts weg«, sagte er. Die Jacke war speckig und verströmte einen muffigen Geruch. Der rechte Ärmel war mit Farbe verschmiert. Vielleicht war Maximilian in der Nacht sprayen gewesen.

Die Beckmann-Klagens hatten ein mit schweren Granitplatten bedecktes Familiengrab, eine Art kleine Gruft, vor der ein gewaltiger Marmorengel saß. Er hatte den Kopf gesenkt, die Arme an die Brust gezogen und sich die Flügel wie eine Decke um Schultern und Rücken gelegt. Zu seinen Füßen stand ein silberner Kübel voll weißer Rosen. Vor dem Grab war eine Grube ausgehoben worden. Dorthinein senkten die Träger den Sarg. Die unterirdische Mauer zur Gruft war schon geöffnet worden. Ein großes schwarzes Loch, durch das man den Sarg später schieben würde.

Herr Beckmann-Klagen nahm zwei Rosen. Eine für sich und eine für seine Frau. Maximilian starrte ihn an.

Herr Beckmann-Klagen wandte sich ab und ließ die Rose auf den Sarg fallen. Plötzlich drehte Maximilian sich um, drängte sich zwischen den Trauergästen hindurch, stieß einen Mann, der ihn aufhalten wollte, zur Seite. Dann begann er zu rennen.

ACHTUNDVIERZIG

Ganz in Schwarz passt er einfach zu allem … diese Stiefelette ist ein idealer Begleiter zu unkomplizierten Outfits … der robuste Wildlederschnürschuh zeigt sich naturverbunden … dieses Modell ist ein Klassiker unter den Turnschuhen …

Ich arbeite wie besessen, meine Finger fliegen über die Tastatur.

Halbschuhe, Schnürschuhe, Bootsschuhe, Highheels, Sandaletten, Pantoletten, Pumps, Overknees, Gummistiefel, Snowboots.

Dieser Sneaker überzeugt durch geringes Gewicht, hervorragende Leistung und ideale Dämpfung … Retro-Design katapultiert in die urbane Moderne … Ziernähte: weiß, Absatzform: flach, Verschluss: Schnürung … Derby-Schnürung, Schuhspitze: Karree, Obermaterial: Leder … flexible Laufsohle, die sich dem Fuß anpasst.

»Was ist denn los? Du warst schon wieder zu spät«, sagt Eike, als wir in die Mittagspause gehen.

»Ich bin trotzdem fertig geworden.«

Er wirft mir einen Blick zu. Unser täglicher Wettkampf beginnt. »Wie viele hast du?«

Ich lächele. »Neunzig.«

Er starrt mich an. »Wie hast du denn das geschafft?« Zieht sich die Kapuze seines Parkas über und hält mir die Tür auf. »Ich hab elf weniger, obwohl ich pünktlich war. Sauerei. Dann geht das Mittagessen heute auf mich.«

Es regnet in Strömen. Wir laufen über den Hof.

»Ich will gar nichts essen.«

Eike linst unter seiner Kapuze hervor. »Bist du immer noch krank?«

»Ich bin schwanger.«

Er bleibt stehen. »Was? Du verarschst mich.« Er zieht mich in eine Toreinfahrt, wo wir vor dem Regen geschützt sind. »Ist das dein Ernst? Von diesem Constantin? Mensch, Schwesterchen, du machst Sachen.«

»Es ist einfach passiert«, sage ich.

Plötzlich beginnt er zu lachen. »Ich werde Onkel!« Wirft den Kopf zurück, fährt sich mit den Händen übers Gesicht. »Mein Schwesterchen wird erwachsen!«

»So fühl ich mich gar nicht.«

»Lässt du mich auch mal auf das Kleine aufpassen? Wird es ein Mädchen oder ein Junge?«

»Das weiß ich noch nicht.«

»Hast du's schon Mama und Papa erzählt? Und Constantin?«

»Den seh ich erst heute Abend.«

»Dann bin ich der Erste? Mensch, Schwesterchen!« Er umarmt mich. »Ich freu mich so für dich, nein, für euch. Ich freu mich.«

»Irgendwie kann ich's noch nicht richtig fassen«, sage ich.

NEUNUNDVIERZIG

»Wir müssen ihn suchen, Falk.«

Wir standen auf dem Friedhofsparkplatz. Maximilians Sportcoupé war nicht mehr da. Ich drückte seine Jacke an mich, nahm wieder diesen muffigen Geruch wahr. Als hätte Maximilian in dieser Jacke geschlafen.

Falk sah mich an.

»Komm schon«, sagte ich. »Er ist doch auch dein Freund. Lass uns zuerst zur Bücherstube fahren.«

»Quatsch, der will sich nicht bei seinem Papa verkriechen, sondern lässt sich irgendwo volllaufen.«

Also suchten wir die Bars und Kneipen ab, was aber nicht allzu lang dauerte, weil es in Wiesbaden nicht viele gab, die mittags schon geöffnet hatten. Danach dirigierte ich Falk zu den Plätzen, an die Maximilian gern sprayen ging. Mit dem Auto rollten wir langsam am Bahndamm entlang und über das Gelände des ehemaligen Schlachthofs, das inzwischen ein Kulturzentrum war; ich suchte in einer Fußgängerunterführung; dann ging es auf die Autobahn. An jeder Brücke rief ich: »Ich kann nichts sehen! Fahr langsamer!«

»Mensch, Anna, hier gibt's kein Tempolimit, wenn ich plötzlich stehen bleib, kracht uns einer rein!«

»Du sollst nur langsamer machen! Da, guck! Das ist eines von seinen Graffiti!«

»Das ist ja grässlich!«

Schon waren wir unter der Brücke hindurch. »Dreh um! Dreh um!«

»Das ist eine Autobahn!«, brüllte Falk. »Außerdem müsste der Breitling doch bescheuert sein, wenn er hier am helllichten Tag Staatseigentum beschmiert!«

»Aber er liebt seine Graffiti. Er kommt immer wieder zu ihnen zurück, um sie sich anzusehen, wir haben das oft zusammen gemacht!«

»Das Zeug sieht doch abartig aus!«

»Du hast ja keine Ahnung!«, schrie ich. »Weißt du was? Setz mich irgendwo ab. Dann such ich allein weiter.«

Falk schlug mit der Faust aufs Lenkrad. »Niemals.« Dann gab er mir sein Handy. »Ruf ihn noch mal an. Und wenn er wieder nicht rangeht, fahren wir zurück in die Stadt und klappern die Bars ein zweites Mal ab.«

Maximilians Handy war ausgestellt, bei ihm zu Hause meldete sich nur der Anrufbeantworter: Die Familie sei in tiefer Trauer und danke allen Geschäftspartnern, Kunden und Freunden für die zahlreichen Beileidsbekundungen, die Beerdigung finde um 11 Uhr auf dem Südfriedhof statt.

Herr Breitling hingegen nahm sofort ab, hatte Maximilian aber nicht gesehen und sagte in gequältem Ton, er hätte ihn, wäre er bei ihm aufgetaucht, ohnehin gleich nach Hause geschickt. Ich versuchte es bei Mitzi, Rüde, Kobra, bei jedem, der mir einfiel. Maximilian war wie vom Erdboden verschluckt.

Die Stimmung zwischen Falk und mir wurde immer gereizter. Schließlich, es dämmerte bereits, sagte er: »Jetzt reicht's. Wir drehen um. Der Breitling taucht schon wieder auf, das tut er doch immer, wahrscheinlich total besoffen. Ich hab echt keinen Bock mehr, ihn weiter zu suchen.«

»Dann bring mich nach Hause.«

»Was? Nach der Aktion kommst du wohl mit zu mir!«

Beziehungspause, dachte ich, sagte aber nur: »Heute nicht.«

Falk nahm eine Kassette aus dem Handschuhfach und schob sie in den Rekorder. Die Musik donnerte los. *Doch sie waren die besten Soldaten, die besten Soldaten der Welt. Wir werden sie niemals verraten, nicht einmal für Wohlstand und Geld. Denn sie waren die besten Soldaten* … Ich schaltete den Rekorder aus. Falk hob die Hand, dann legte er sie schweigend aufs Lenkrad zurück.

Es hatte wieder zu schneien begonnen. Kleine weiße Flocken tanzten im Scheinwerferlicht. Auf der Windschutzscheibe schmolzen sie sofort.

Wir hielten vor meinem Haus. Inzwischen war es dunkel geworden. Falk sah mich nicht an. Ich nahm Maximilians Jacke und stieg aus. Er drehte die Musik wieder auf und brauste davon.

Vater saß in seinem Arbeitszimmer am Computer, Mutter aber war nicht da. Ich hatte gehofft, dass sie mir ihren Citroën leihen würde.

»Wie war die Beerdigung?«, rief Vater vom Schreibtisch aus.

»Ganz okay.« Ihn um den Mercedes zu bitten war sinnlos. Er würde ihn mir nie geben. Ich hatte gerade erst meinen Führerschein gemacht.

Eine Tür des Dielenschranks war nur angelehnt. Darüber hing Vaters Mantel. Ich fasste in die Tasche, in der wie immer sein Schlüsselbund steckte, stahl mich aus dem Haus, öffnete die Garage und fuhr den Mercedes heraus. Schnee knirschte unter den Reifen.

Abermals rollte ich durch die schmale Altstadtgasse an Breitlings Bücherstube vorbei. Das Rollgitter vor dem Schaufenster war heruntergelassen, das Schild in der Tür auf ›Geschlossen‹ gedreht. Drinnen war alles dunkel. Aber ich war absolut sicher, dass Maximilian hier früher oder später auftauchen würde. Er hatte keinen anderen Ort.

Ich bog um die Ecke, fuhr auf die Marktkirche zu. Ihre schlanken, leuchtend roten Türme ragten in den Nachthimmel auf. Darunter standen kahl die Platanen, ihre Kronen sahen wie nach oben gedrehte Handflächen mit kleinen knotigen Fingern aus. Winzige bläuliche Schneeflocken wirbelten durch die Luft. Sobald sie den Boden berührten, schmolzen sie, schienen aber sofort wieder zu gefrieren. In der ganzen Innenstadt lag kein Schnee, aber die Straßen waren spiegelglatt. Fest umklammerte ich das Lenkrad. Doch der alte Mercedes schob sich wie ein Panzer vorwärts, unter seinem Gewicht schien das Eis einfach zu zersplittern.

Die Kirchturmuhr schlug Mitternacht.

Wieder fuhr ich an der Bücherstube vorbei. In der Wohnung über ihr flackerte bläuliches Licht. Herr Breitling sah immer noch fern. Ich hielt an, stieg aus dem Auto und ging zum Schaufenster. Spähte hindurch. Klopfte gegen das Glas. Nein, da war wirklich keiner. Wo steckte Maximilian bloß? Er hatte doch nicht einmal seine Jacke an. Vielleicht war er immer noch mit dem Auto unterwegs, fuhr ziellos herum. Das hatten wir früher auch oft getan. Oder hatte Falk recht und Maximilian ließ sich irgendwo volllaufen? Sollte ich die Kneipen noch einmal absuchen?

Neben dem Laden führte eine zweite Tür ins Haus. Ich drehte den Knauf. Offen. Ein muffiger, feuchter Geruch schlug mir aus dem engen Gang entgegen. Das Licht funktionierte nicht. Ich tastete mich vorwärts. Rechts die Briefkästen. Die Treppe nach oben. Links die Tür zur Teeküche. Ich rüttelte an der Klinke. Verschlossen. Ganz hinten die Kellerstiege zum Lager. Ich sah hinunter. Ein schwacher Lichtschein fiel durch die Türritzen.

Maximilian saß mit dem Rücken an die nackte Betonwand gelehnt. Er trug noch das weiße Hemd, das er auf der Beerdigung angehabt hatte. Seine Augen waren geschlossen, seine Lippen bläulich verfärbt. Auf seinen ausgestreckten Beinen lagen Papiere, nein, Buchseiten, der ganze Boden war von ihnen bedeckt. Wahrscheinlich hatte er so versucht, sich vor der Kälte zu schützen.

Mein Atem stand weiß in der Luft.

Ich drehte um, rannte nach oben und hämmerte gegen Herrn Breitlings Wohnungstür. Er öffnete gähnend. »Ich hab doch schon gesagt, dass er nicht …«

»Er ist unten! Kommen Sie!« Herr Breitling lief mir

hinterher, blieb aber auf der Schwelle zum Lager abrupt stehen. »Was ist denn hier passiert? Was hast du mit meinen Büchern gemacht? Maximilian!« Er eilte an ein Regal, nahm einen ausgerissenen Buchdeckel auf, stieß einen Schreckenslaut aus. Dann lief er zu seinem Sohn, packte ihn an den Schultern und schüttelte ihn. »Warum tust du das? So eine Scheiße! Was ist los mit dir? Bist du besoffen, oder was? Mach die Augen auf, los, sieh mich an!«

Plötzlich stöhnte Maximilian auf. Dann blinzelte er. Ich war so erleichtert, dass mir Tränen in die Augen schossen. Herr Breitling ließ ihn los und trat einen Schritt zurück. Maximilian sah zu ihm hoch. »Papa«, sagte er.

Herr Breitling starrte ihn an.

Papier raschelte.

»Warum hast du das getan?«

Ein Zittern durchlief Maximilian. »Wusste nicht, wohin.« Er begann mit den Zähnen zu klappern. Herr Breitling sah sich im Lager um, ließ seinen Blick langsam über die Regale schweifen. »Wie kannst du dich an meinen Büchern vergreifen?« Dann sah er zu Maximilian zurück, der am ganzen Körper zitterte. »Brauchst du einen Arzt?«

»Glaub nicht.«

»Dann verschwinde von hier. Diesmal bist du zu weit gegangen. Ich will dich nie wieder sehen.«

Maximilian konnte sich kaum auf den Beinen halten. Ich hievte ihn auf den Beifahrersitz, half ihm in seine Jacke und legte ihm meinen Mantel über. Maximilian drehte den Kopf zu mir, versuchte zu lächeln. »Dabei bin ich nicht mal besoffen.«

Ich stieg ein, ließ den Motor an und drehte das Heizgebläse voll auf. »Warum bist du nicht zu mir gekommen?«

Wieder durchlief ihn ein Zittern. »Die Scheißbücher«, flüsterte er und ließ seinen Kopf gegen das Fenster sinken. »Schreibst du eigentlich noch?«

Schneeflocken zerliefen auf der Windschutzscheibe.

»Wohin jetzt?«, fragte ich.

Mit dumpfer Stimme sagte er: »Bring mich nach Hause.«

Ich sah zu ihm.

Er hatte die Augen geschlossen.

FÜNFZIG

Es klingelt an der Tür, das Taxi ist da. Ich schlüpfe in meinen Mantel, hänge mir meine Handtasche über die Schulter und stecke mein Handy ein. Sind alle Fenster geschlossen? Ich lösche das Licht und schließe die Wohnungstür hinter mir ab. Lasse den Schlüssel in meine Tasche fallen.

Das Taxi bringt mich zu einem Hotel am Tiergarten. Ein livrierter Portier zieht die Tür auf – den Wagenschlag, denke ich.

»Haben Sie Gepäck?«

»Nur mich selbst«, sage ich.

Der Portier lächelt höflich. Vier tief verschleierte Frauen treten aus dem Hotel und steigen in eine Stretchlimousine.

»Zimmer 802«, sagt die Rezeptionistin, nachdem sie dich angerufen und dir meinen Besuch angekündigt hat. Sie weist mir den Weg zu den Fahrstühlen.

Die Lobby ist in Braun- und Goldtönen gehalten, mit einer Freitreppe, Marmorsäulen und Marmorboden. Überall stehen große seidenbespannte Sessel, Teetische und ausladende Blumenarrangements. Eine Hommage an die guten alten Zeiten, hier sind wahrscheinlich die

Goldenen Zwanziger gemeint. Dabei ist das Hotel noch keine zehn Jahre alt.

Aus dem Fahrstuhl kommt mir eine Gruppe Amerikaner in Anzügen, Abendkleidern und bequemen Schuhen entgegen. Ich bin die Einzige, die einsteigt.

Zwischen zwei goldgerahmten Spiegeln hängt ein Plakat: Ein distinguiert aussehender Mann, der in Schaumbergen in einer Badewanne liegt und mit einer Wasserpistole auf eine Hotelangestellte zielt. Ihr Haar und ihre Uniform sind durchnässt. Sie hat die Hände erhoben und lacht. Darunter steht: »Wir erfüllen auch Ihre ausgefallensten Wünsche.«

Du hast einen Schuh in die Tür geklemmt. Ich hebe ihn auf und schließe die Tür hinter mir.

»Stell ihn einfach an die Garderobe«, rufst du.

Das sehr große Zimmer hat holzvertäfelte Wände, einen schwarzbraun gemusterten Teppichboden und dunkle Vorhänge. Die Fenster gehen zum Tiergarten hinaus. Die Einrichtung erinnert mich an das Wohnzimmer meiner Sierksdorfer Großeltern.

Du trägst einen grauen Jogginganzug mit Kapuzenjacke, bist frisch rasiert und hast wieder dein Haar in Strähnen zurückgekämmt. Kupferdraht. Die randlose Lesebrille auf deiner Nasenspitze bleibt auf den Laptop gerichtet. »Ich bin gleich bei dir. Muss noch schnell was fertigmachen.«

Auf dem wuchtigen Schreibtisch sieht das Gerät sonderbar, beinahe lächerlich klein aus. Papiere und Unterlagen bedecken die Arbeitsplatte. Das Zimmer aber ist so aufgeräumt, als hättest du es noch gar nicht bezogen.

»Setz dich«, sagst du. »Gefällt dir das Hotel?«

Ich bleibe stehen. »Ein bisschen altmodisch.«

»Findest du?« Du siehst auf. »Weißt du, warum ich es ausgewählt habe?«

»Warum?«

»Die Raucher-Lounge hier heißt ›Gentlemen's-Club‹.«

Ich lächele.

»Ich hatte gehofft, dass dir das gefällt«, sagst du und blickst zurück auf den Bildschirm.

Ich setze mich auf die Bettkante. Fast zwei Monate lang habe ich dich nur via Skype gesehen. Es kommt mir vor, als wärst du mir da näher gewesen als jetzt.

»Die haben hier ein ganz anständiges Restaurant«, sagst du, schließt den Laptop und schiebst deine Unterlagen zu einem Stapel zusammen. »Ich hab uns einen Tisch reserviert und Champagner kalt stellen lassen. Wir haben nämlich etwas zu feiern.«

»Was denn?«

Da stehst du auf und breitest lächelnd die Arme aus. Ich fliege förmlich hinein, schmiege mich an dich. Dieser Zedernholzduft deiner Haut! Du küsst mich, schmeckst nach Wein und ein bisschen nach Zigarettenrauch. Fährst mir mit den Händen durchs Haar und flüsterst mir zu: »Ich habe euch heute gekauft.«

Ich erstarre. »Was?«

Du legst deine Hände in meinen Nacken und blickst mir in die Augen. »›Universal Shoes‹. Eure Bilanz ist zwar nicht berauschend, aber ich bring euch schon wieder auf Vordermann.« Du grinst, stößt deine Stirn leicht gegen meine. »Ich bin jetzt dein Boss. Wie findest du das?«

»Constantin, ich muss dir etwas sagen.«

Du hast mich angesehen. »Das ist ja ein Ding. Tja, so was kann wohl passieren.« Dann hast du das frische Hemd und die Hose, die über einer Stuhllehne bereit lagen, mit ins Badezimmer genommen, die Tür geschlossen und dich fürs Essen umgezogen.

Schließlich sitzen wir an einem ovalen, weiß und silbern gedeckten Tisch im Hotelrestaurant. Es ist sehr groß und beinahe leer. Nur in einer Fensternische sitzen noch drei Geschäftsleute, die sich gedämpft unterhalten.

An deiner Seite steht ein Eiskübel mit einer Champagnerflasche, zwischen uns ein Blumengesteck aus fleischigen grünen Blättern, lachsfarbenen Rosen und weißen Lilien, die einen schweren süßlichen Duft verströmen. Der Ober nähert sich, du machst eine ärgerliche Handbewegung. Er zieht sich zurück.

»Warst du schon beim Arzt?«, fragst du.

»Ich hab für nächste Woche einen Termin bekommen.«

Du schüttelst den Kopf. »Das muss schneller gehen.« Stehst auf. »Weißt du was, ich ruf Jenny an.«

»Wer ist das?«

Du hast das Handy schon in der Hand. »Eine Geschäftspartnerin, kennst du doch, die war auch in der Bar. Ihr Mann hat eine Praxis am Ku'damm.«

Die Korallenfrau.

»Bin gleich zurück«, sagst du und gehst hinaus, um in Ruhe zu telefonieren.

An der Tür steht ein schwach beleuchtetes Aquarium, darin leuchtend rote Hummer, deren Scheren mit schwarzem Klebeband umwickelt sind. Hummer werden so alt wie Elefanten, uralt. Wenn man sie leben lässt. Ich kann den Blick nicht von den Scheren wenden. In meinem Bauch zieht es, mir wird übel.

Du kommst zurück. Setzt dich. »Das hat geklappt. Gleich morgen um acht bist du dran.«

»Kommst du mit?«

»Das schaff ich nicht. Ich hab einen Termin, den ich unmöglich absagen kann.« Du schiebst das Blumengesteck zur Seite und nimmst meine Hand. »Aber wenn alles gut läuft, hol ich dich ab.«

»Was machen wir jetzt?«, frage ich.

Du lächelst. »Erst einmal essen.« Winkst dem Ober, dabei hast du die Menü-Karte noch gar nicht gelesen.

Er kommt an den Tisch. »Haben Sie gewählt?«

»Ja«, sagst du. »Wir nehmen den Hummer.«

»Ich nicht!«

Du siehst mich nicht einmal an. »Oh doch, den musst du probieren. Der ist ganz frisch.« Du greifst nach der Weinkarte.

»Die werden lebendig in kochendes Wasser geworfen«, sage ich.

Du schlägst die Weinkarte auf. »Wenn du ihr Fleisch einmal gekostet hättest, wüsstest du, dass es das wert ist. Ich hab sie selbst schon gekocht. Das sind Schalentiere, die merken gar nichts, zucken einmal kurz und sind tot.«

Abermals geht ein Ziehen durch meinen Bauch. »Bitte, Constantin, sag so etwas nicht. Das ist grausam.«

EINUNDFÜNFZIG

Aus der Wiesbadener Innenstadt führen die meisten Straßen bergauf in die höher gelegenen Wohnviertel. Ich fuhr über die Bierstadter Straße, die erst nur weiß gepudert war. Dann wurde die Schneedecke dichter. Als ich in die amerikanische Siedlung bog, schlingerte der alte Mercedes kurz, fand dann aber wie von selbst in die Spur zurück. Ich sah zu Maximilian. Er schlief. Ich bog in die Graf-von-Gerlach-Straße, das Auto glitt den Berg hinauf, als würde es von einem unsichtbaren Band gezogen. Am Sonnenberger Friedhof vorbei. An der nächsten Kreuzung links ab. Die Straße ›Am Kamm‹ lag tief verschneit. Ich hielt am Tor der Beckmann-Klagens, berührte Maximilians Hand. Sie war kalt. »Wir sind da.«

»Ich weiß«, sagte er mit geschlossenen Augen.

»Soll ich klingeln?«

Er blickte auf. »Nein, lass mich hier raus. Ich geh allein rein.« Er legte seine Hand auf die Tür, öffnete sie, setzte steif erst den einen, dann den anderen Fuß hinaus. Sah sich nach mir um. »Weißt du noch?«

»Was denn?«

»*Jetzt küss ich dich nicht mehr, sonst stirbst du.*«

Seine Augen hatten diesen hellen, warmen Braunton, wie Honig.

»Du hast mich nie geküsst, Maximilian.«

Er lächelte, nickte wie zu sich selbst. »Dieses Märchen habe ich immer gemocht. Sie werden erwachsen, und alles ist gut.« Dann stieg er aus, drückte sacht die Tür zu und ging mit unsicheren Schritten zum Tor. Es schwang wie von Geisterhand auf. Und schloss sich hinter ihm.

Ich setzte auf die Straße zurück, die schmal und kurvig bergab führte. Über weiße Baumwipfel und Giebeldächer hinweg konnte ich den hell angeleuchteten Turm der Burg Sonnenberg sehen. Wie früher aus dem Fenster des Klassenzimmers.

Unser alter Schulweg führte an Villen und großen Gärten vorbei; an einer Wiese, auf der ein Münzfernrohr und eine Bank standen, von der man einen weiten Blick über die Stadt hatte. Nur einen Meter vor der Bank ging es steil bergab, Teufelsgraben hatten wir den Abhang als Kinder genannt. Hinter der nächsten Kurve wurde die Straße noch schmaler, kleine Fachwerkhäuser rückten an sie heran. Ihre Türen gingen direkt auf den Gehweg hinaus.

Da war die Schule. Überragt von der Burg.

Der Pausenhof. Die niedrige Mauer, die ihn umgab. Turnhalle. Sportplatz. Die Straße endete in einer Sackgasse. Als ich wendete, knirschte Eis, kurz drehten die Reifen durch. Der Wagen schlingerte. Die Fenster der Schule sahen wie schwarze Spiegel aus.

Ich drückte das Gaspedal und fuhr zurück. Wollte nur noch nach Hause. Auf mein Feldbett. Unter die Dachschräge. Schnee wirbelte auf.

Der Pausenhof, die Burg, die Fachwerkhäuser. Ich trat

auf die Bremse. Die Kurve. Der Wagen brach aus, flog über den Bordstein, schlitterte über die Wiese und krachte gegen die Bank. Sie stürzte den Abhang hinunter. Der Wagen drehte sich. Die Hinterräder rutschten ab. Ich wurde in den Sitz gedrückt. Die Kühlerhaube hob sich. Über mir blitzte der silberne Stern auf. Für einen Augenblick schien alles erstarrt zu sein. Dann kippte der Wagen.

Die Tür klemmte. Ich kroch durchs zerborstene Seitenfenster. In meine Handflächen bohrten sich Glassplitter. Bei jedem Atemzug schmerzte mein Brustkorb. Zweige schlugen mir entgegen. Schnee rieselte auf mich herab. Der Mercedes lag mit dem Dach nach unten. Die Räder drehten sich noch, die lackierten Radkappen schimmerten matt. Aus der zerquetschten Kühlerhaube stieg Rauch. Ich krabbelte die Böschung zur Wiese hoch, blieb einen Moment bäuchlings im Schnee liegen. Dann sprang ich auf und rannte.

Sie schliefen schon alle, selbst Mutter. Ich klingelte Sturm. Endlich hörte ich jemanden die Diele entlangkommen. Mein Vater öffnete mir. »Hast du deinen Schlüssel vergessen?«, fragte er. Seine Augen weiteten sich. »Wie siehst du denn aus?«

»Papa, dein Auto, ich hab einen Unfall gehabt.«

Er packte mich an den Schultern. »Anna, bist du verletzt?«

»Nein, nicht, aber das Auto …«

Er zog mich in seine Arme und hielt mich fest.

Weiland sah auf. Wir saßen in der Fensternische unseres Stammlokals. Er nahm seine schmale goldene Lesebrille ab, klappte langsam erst den einen, dann den anderen Bügel ein und ließ die Brille in seine Jacketttasche gleiten. »Streichen Sie den Schluss«, sagte er. »Dann ist es eine gute Geschichte. Lassen Sie den Wagen kippen und Ende.«

Immer verlangte er, dass ich meine Geschichten verschärfte, mich von allem Überflüssigen trennte – das Skalpell ansetzen, nannte er das.

Wenn ich Großvater davon erzählte, regte er sich fürchterlich darüber auf: »Ich habe meine Geschichten immer so erzählt, wie sie wirklich passiert sind. Nur wenn man bei der Wahrheit bleibt und das wirkliche Leben zu fassen bekommt, ist man gut. Weiß dieser Mann nicht, dass Schreiben festhalten heißt?«

Ich strich den Schluss trotzdem und gewann mit dieser Version den Hauptpreis eines Schreibwettbewerbs: ein Wochenendseminar mit anderen jungen Schriftstellern und tausend Mark. Die wollte ich meinem Vater geben, um wenigstens einen kleinen Teil des Schadens an seinem Auto zu übernehmen. Es war nur auf Mutter und ihn versichert gewesen, für den Unfall einer Fahranfängerin wurde nicht gezahlt.

Mein Vater wollte das Geld nicht annehmen. »Spar es für Leipzig«, sagte er. In wenigen Wochen würde ich dort mein Jura-Studium anfangen.

Ich kaufte einen Computer und schrieb meinen ersten Roman.

ZWEIUNDFÜNFZIG

Der Frauenarzt ist ein kleiner Mann mit glänzender Glatze und tiefen Stirnfalten. Er trägt eine modische Hornbrille und unterm offenen Kittel eine Khakihose und ein hellblaues Herrenhemd.

»Jetzt nicht verkrampfen«, sagt er, drückt ein Gel auf die Ultraschallsonde und führt sie in meine Scheide ein. Er blickt auf den Bildschirm, den er von mir weggedreht hat. Ich sehe nur das kantige graue Gehäuse, aus dessen Luftschlitzen mir trockene Wärme entgegenweht. Der Arzt schiebt die Sonde tiefer hinein. »Schön locker lassen«, sagt er und blickt konzentriert auf den Bildschirm. Dann nickt er. »Siebte, achte Woche. Höchste Zeit.«

Ich richte mich auf, soweit es mit gespreizten Beinen möglich ist. Die Sonde rutscht ein Stück aus meiner Scheide heraus. Der Arzt drückt sie zurück. Ein reißender Schmerz. Ich umklammere die Armlehnen. »Darf ich auch mal sehen?«, frage ich.

Er blickt mich an. »Sind Sie sicher, dass sie das wollen?«

»Warum denn nicht?«

Er dreht den Bildschirm zu mir. Kreisförmige weiße Flecken, wie ein Schneegestöber. Darin ein pulsierender Punkt. Das Herz meines Kindes.

Der Arzt zieht die Ultraschallsonde heraus und wischt

sie mit einem Papiertuch ab. »Sie können sich jetzt wieder anziehen.« Er geht an seinen Schreibtisch. »Meine Sprechstundenhilfe gibt Ihnen die Adresse einer Stelle, bei der sie den Beratungsschein kriegen. Da müssen Sie leider hin, das ist so vorgeschrieben, aber die machen das schnell. Und vereinbaren Sie bitte vorn an der Rezeption auch gleich einen Termin für die Ausschabung. Wir sind ziemlich ausgebucht.«

Ich setze mich auf, in meiner Scheide brennt es, etwas von dem Gel läuft heraus. »Ausschabung? Stimmt etwas nicht mit dem Kind? Ist es krank?«

»Wieso krank? Nein.« Der Arzt sieht auf. »Aber wollten Sie nicht … mir wurde gesagt …« Er setzt seine Brille ab, legt sie vor sich auf den Schreibtisch und reibt sich die Augen. »Heißt das, Sie haben vor, das Kind auszutragen?«

Ich verlasse die Praxis, gehe die Treppen hinunter, öffne die Tür, trete auf die Straße. In diesem Moment hält ein Taxi am Bordstein. Du steigst lächelnd aus. »Hab's doch noch geschafft. Bist du schon fertig? Dann lass uns gehen. Gleich um die Ecke gibt's ein gutes Café.«

»Du willst mein Kind umbringen.«

Du blickst erstaunt. »Anna, was redest du da?« Du kommst näher, ganz nahe, legst deine Arme um mich, ziehst mich fest an dich. »Wie das klingt, sag doch so etwas nicht.«

»Aber der Arzt hat …« Unmöglich, es noch einmal auszusprechen. Mein Hals ist zugeschnürt.

Du drückst deine Wange an mein Haar und streichelst

meinen Nacken. »Alles wird gut«, sagst du sanft. »Auch wenn es jetzt vielleicht weh tut. Du kannst das Kind nicht bekommen. Das weißt du doch selbst. Du brauchst deine Freiheit, lebst völlig ungebunden, hast nicht mal eine feste Anstellung. Wie willst du das machen? So kann man kein Kind großziehen. Das ist unmöglich, wäre unverantwortlich. Natürlich begleite ich dich, halte deine Hand, helfe dir beim Abschiednehmen. Und dann schaufele ich mir ein paar Tage frei, wir fahren irgendwohin, wo es warm ist, nur wir zwei.«

Unmöglich zu sprechen. Mein Hals brennt und mein Brustkorb schmerzt, als wollte er platzen.

»Anna?«

»Ich kann das nicht«, flüstere ich.

Da fasst du mich fest an den Schultern, schiebst mich ein Stück von dir weg und blickst mir in die Augen. »Anna, sei bitte vernünftig. Ich bin krank. Das weißt du doch. Ein Kind – ich würde es nicht überleben, noch einmal so festgekettet zu werden. Bitte, tu mir das nicht an.«

»Ich hab das Herz schlagen sehen, Constantin.«

Kein Anruf mehr, keine einzige Nachricht. Dein Skype-Account ist immer offline. Nur wenn ich deinen Namen google, sehe ich dich in den Meldungen zum Verkauf von ›Universal Shoes‹.

Dann schreibt mir die Personalabteilung: »Wie Sie wissen, bricht ›Universal Shoes‹ zu neuen Ufern auf. In diesem Zusammenhang sind auch betriebliche Umstrukturierungen erforderlich, aufgrund derer wir Sie leider nicht länger beschäftigen können. Wir danken Ihnen für die gute Zusammenarbeit und wünschen Ihnen viel Erfolg für die Zukunft.«

»Der kündigt dir wegen der Schwangerschaft. Dagegen musst du klagen«, sagt Eike. »Woher willst du mit Babybauch einen neuen Job kriegen? Du landest sofort beim Sozialamt. Dann musst du aus der Wohnung hier raus, die sind da knallhart – einen Freund von mir haben sie … ich besorg dir einen Anwalt.«

»Ich bin selbständig«, sage ich. »Du weißt das doch. Da gibt's keinen Schutz. Man kann mir jederzeit jeden Auftrag entziehen. Ganz egal, warum.«

Eike starrt mich an. »Und was willst du jetzt tun? Wie bezahlst du nächsten Monat die Miete? Was ist mit deiner Krankenversicherung? Du kriegst ein Kind. Das musst du ernähren. Du brauchst die Arbeit!«

Noch am selben Abend meldet sich Constantin bei mir. Das erste Mal, seit wir uns vor der Praxis getrennt haben. Das Handy surrt, auf dem Display leuchtet sein Name auf.

»Ich bin's«, sagt er.

»Ich weiß.«

»Ich denk viel an dich. Geht's dir gut?«

»Ich glaub schon. Nur beim Essen wird mir immer noch übel. Ich bin jetzt in der zehnten Woche. Übermorgen gehe ich zu meiner Ärztin zum Ultraschall.«

»Hast du die Kündigung bekommen?«

»Rufst du deshalb an?«

»Ich hoffe, du bist nicht allzu erschrocken.«

Ich schweige.

»Natürlich können wir dich auch weiterbeschäftigen«, sagt er. »Du schreibst gut, deine Texte gefallen mir. Ich kann mir vorstellen, dass du bei uns rasch aufsteigen wirst. Dein Vertrag liegt hier vor mir. Entscheide dich.«

Eine Festanstellung für eine Abtreibung.

»Das ist ein großzügiges Angebot, Anna. Schlag es nicht aus.«

»Du hast mir nicht zugehört, Constantin.«

Eine halbe Stunde später teilt er mir per SMS mit, er zweifele die Vaterschaft an und erwarte, dass ich einen Termin in einem Genlabor vereinbare und nach der Entbindung sofort einen Abstammungstest durchführen lasse.

In einer weiteren Nachricht lässt er mich wissen, er werde sich am Unterhalt – sollte das Kind wirklich von ihm sein – bedauerlicherweise nicht beteiligen können. Mit dem Kauf von ›Universal Shoes‹ habe er sich hoch verschuldet und sei nun ein armer Mann. Da könne ich ruhig beim Finanzamt nachfragen.

Die dritte Nachricht kommt kurz nach Mitternacht: »Mach keinen Fehler, Anna. Treib es ab. Du hast keine andere Wahl.«

Es fühlt sich an, als würde er um meinen Hals eine Schlinge legen und zuziehen. Ich muss irgendwie meine Finger darunter bekommen, sie lösen, uns Luft verschaffen, dem Kind und mir. Aber wie? Ich weiß es nicht.

Ich lege das Handy auf meinen Schreibtisch und stehe auf. Ich muss hier raus. Mir ist schwindelig, ich schwanke ein wenig und spüre ein leichtes Ziehen im Bauch. Wahrscheinlich wird mir gleich wieder übel. Egal. Ich halte es in der Wohnung nicht aus. Es wird mir guttun, nach draußen zu gehen. Ich ziehe meinen Mantel an und schlüpfe in meine Stiefel. Als ich mich vorbeuge, um die Reißverschlüsse zu schließen, bekomme ich eine Gänsehaut. Ich beginne zu zittern. Warum ist mir auf einmal so kalt? Abermals spüre ich dieses Ziehen im Bauch. Mein Kind. Etwas Warmes, Feuchtes durchweicht meinen Slip und den Schritt meiner Jeans. Nein, bitte nicht das Kind, bitte, bitte, das will ich nicht verlieren.

Ich liege in einem engen, fensterlosen Raum. Obwohl es warm und stickig ist, zittere ich am ganzen Leib. Dabei soll ich ruhig und gleichmäßig atmen. In den Bauch hinein. Dem Kind Sauerstoff zuführen, hat die Ärztin gesagt. Sie steht am Fußende der Liege, spricht laut und schnell: »Unbedingte Bettruhe. Keine körperliche Anstrengung. Meiden Sie alles, was Sie aufregen oder belasten könnte. Lassen Sie sich von Ihrem Freund oder Ehemann pflegen. Und rufen Sie sofort einen Notarzt, falls es zu einer weiteren Blutung kommt.« Die Ärztin streift ihre Einweghandschuhe ab und wirft sie in einen Mülleimer. »Viel mehr können Sie in diesem frühen Stadium der Schwangerschaft leider nicht tun.« Sie runzelt die Stirn, presst die Lippen zu einem schmalen Strich zusammen, nickt entschieden, notiert etwas auf einem Klemmbrett und nickt wieder. »Festhalten. Versuchen Sie festzuhalten.«

DREIUNDFÜNFZIG

Meine Mutter ist mit mir im Kreissaal gewesen. Wie sie meine Hand hielt, fest und warm, dazu der ruhige, sichere Klang ihrer Stimme, das werde ich niemals vergessen. »Das machst du sehr gut, du hast's fast geschafft, gleich ist er da, Anna.«

Über ihren Vater will sie nicht mehr wissen, als dass er verschwunden ist. Die Prozessakten und den Film wollte sie nicht sehen.

Zu Lukas' Geburt hat sie mir ihr Märchenbuch geschenkt. Oft sei es besser, eine Geschichte nicht so zu erzählen, wie sie war.

Die Fenster stehen weit offen. Sobald Lukas eingeschlafen ist, gehe ich in die Küche an meinen Schreibtisch. Atme tief den Geruch des Sommers ein, der zu mir hereinweht. Lausche fremden Stimmen, fernem Lachen.

Ich schreibe.

In manchen Nächten sehne ich mich plötzlich ins Freie hinaus, stelle mir vor, wie ich für nur einen Moment vor die Tür gehe, die Haus-, nicht die Wohnungstür, wie ich auf die Straße trete und nach Luft schnappe, den Kopf in den Nacken lege, mein Haar fällt warm auf den nackten Rücken hinab, und ich sehe hoch in den Himmel. Ich will nur einmal die Straße hinunter, um den Block herum, oder rennen, um im Handumdrehen wieder zu Hause zu sein, damit Lukas nicht länger als ein paar Minuten ohne mich in der Wohnung gewesen wäre, falls er aus dem Schlaf schreckte; er hätte es nicht mal bemerkt, und selbst wenn er aufgewacht wäre, während ich wie der Blitz einmal um den Block lief – einmal Luft holen, schauen, riechen, rennen, sofort wieder zurück sein, die Treppen hochsprinten, die Wohnungstür öffnen, an Lukas' Bett stehen, noch bevor er zu schreien anfängt; er blinzelte gerade erst und ich – ich hätte genauso gut nur kurz im Bad sein können, er hätte es nicht gewusst, es hätte ihm an nichts gefehlt – aber ich würde ihn niemals allein in der Wohnung lassen, nicht eine Minute lang.

Ich stehe auf und sehe nach ihm. Er schläft mit angezogenen Ärmchen, die Fäustchen an die Wangen gelegt. Sein linker Daumen zuckt leicht, dann schiebt er ihn sich in den Mund und saugt leise schmatzend daran.

Lukas ist kein Kind, das man einfach so mitnehmen kann. Er beginnt zu greinen, sobald es Schlafenszeit ist. Er schläft nicht einfach im Kinderwagen, er will nach Hause. Er ist kein Kind, das man auf dem Bauch trägt oder an der Brust, das in seinem Tuch fest an einen geschmiegt mit in den Biergarten, ins Freiluftkino oder auch nur auf die Wiese hinter dem Haus kommt. Wenn man den Elternratgebern glaubt, die ich eigentlich gar nicht lesen will und trotzdem lese, ist Lukas ein Kind, das nur Ruhe findet, wenn alles genau so ist, wie er es kennt, wenn ich

Rituale einhalte: füttern, lächeln, waschen, wickeln, das Schlaflied, mein Abendgebet, Küsschen auf die weichen, knubbeligen Hände und Fußsohlen, das Bauchstreicheln, die Lampe, die sich schnurrend dreht und pastellfarbene Märchenfiguren an die Wände wirft.

Ich brauche kaum Schlaf, nicke nur tagsüber kurz beim Stillen im Schaukelstuhl ein.

Neben mir liegt das Märchenbuch. Die Widmung darin ist so verblasst, dass man sie nicht mehr lesen kann.

Ich schreibe.

Für die Unterstützung meiner Arbeit an diesem Roman danke ich:

Dr. Dieter Betz, Elisabeth Abendroth, Hartmut Holzapfel, Susanne Lewalter, Thomas Hürlimann und Katja Oskamp; sowie dem Hessischen Ministerium für Wissenschaft und Kunst, der Wirtschafts- und Infrastrukturbank Hessen, dem Hessischen Literaturrat, dem Wiesbadener Literaturhaus Villa Clementine, dem Hessischen Literaturforum im Mousonturm und Château d'Orion.

Mein besonderer, herzlicher Dank gilt meinem Lektor Alban Nikolai Herbst.